Ève et Adam

Du même auteur

Marge brute, Denoël, 2006 ; 10/18, 2008.
Mandalas, Denoël, 2009.
La chimie des trajectoires, Rivages, 2014.
Le Moi au pays du travail. Un état des lieux, Plein jour, 2015.
Ce qui nous guette, Rivages, 2018.

Laurent Quintreau

Ève et Adam

Rivages

Retrouvez l'ensemble des parutions
des Éditions Payot & Rivages sur

payot-rivages.fr

Collection dirigée par Émilie Colombani

Pour mes parents.

Merci à V. et à tous ceux qui ont
su trouver les bons gestes pour
provoquer l'accouchement de ce livre.

« Après le jour du repos, Sagesse envoya Vie, sa fille appelée Ève, comme instructrice pour qu'elle fît se lever Adam – celui qui est sans âme – afin que ceux qu'il engendrerait devinssent des réceptacles pour la lumière (...).

On apprit alors aux autorités que la créature qu'elles avaient façonnée était vivante et s'était dressée. Elles furent très troublées et envoyèrent sept archanges pour voir ce qui s'était passé.

Ils s'approchèrent d'Adam. Quand ils aperçurent Ève parlant avec lui, ils se dirent entre eux : "Qui est cette femme de lumière ? C'est bien à cette forme qui nous est apparue dans la lumière qu'elle ressemble. Allons donc, emparons-nous d'elle et éjaculons en elle notre semence, de sorte qu'étant souillée, elle ne puisse plus remonter dans sa lumière ; en outre, ceux qu'elle engendrera nous seront soumis." »

Nag HAMMADI
Cinquième écrit du codex II
Sur l'origine du monde

1852 Louison Blanchard ╥ Hugues de Marcheville

1874 Augustin Août ╥ Mathilde Goldberg

1895 Fernand Froissard ╥ Thérèse Froissard

1919 Jules Froissard ╥ Valentine Aubert

1954 Suzanne Rossignol ╥ André Froissard

1978 Daniel Delbosc ╥ Marlène Froissard-Delbosc

2013 Barnabé Froissard-Delbosc ╥ Élise Doucet

2046 Diane Doucet

Livre I

Petite chatte sauvage (1852)

(Établissements de Marcheville, Rouen, le 2 décembre)

1.

Oser prétendre que la vie sur terre est un miracle de l'incarnation (ce que ne manquaient pas de faire à longueur d'oraison prêtres et théologiens de tous poils en ce siècle aussi tartuffe que religieux) relèverait de la publicité mensongère la plus éhontée s'il s'avérait que ledit miracle ait la mauvaise idée de s'incarner à l'intérieur de l'une des deux cents *petites mains* des filatures de Marcheville. Cette pitoyable idée de miracle, de providence ou de destin (opportunément remplacée deux siècles plus tard par l'idée mathématique de *probabilités d'apparition nulle* qui présente au moins le mérite de faire l'économie de toute interprétation religieuse de la question) a été ourdie pour répondre aux besoins d'une classe dominante désireuse d'asseoir et de pérenniser l'ordre social le plus inégalitaire.

C'est sans doute de telles pensées qui animeraient une Louison Blanchard si elle était née un siècle et demi ou deux siècles plus tard et se voyait ainsi debout plus de quatorze heures par jour dans une grande pièce surchauffée et puante (la laine que l'on y travaille, les machines, tout sent affreusement mauvais, sans parler des remugles émanant des corps de ces pauvres hères transpirants et dépourvus d'hygiène), tandis qu'au même moment, à un peu plus d'une centaine de kilomètres, l'empereur, tout pomponné, admiré, bichonné, s'apprête à quitter son château de Saint-Cloud d'où il gagnera le palais des Tuileries sous les acclamations d'une foule parisienne en liesse scandant : « Vive Napoléon III ! Vive l'empereur ! »

En ce 2 décembre 1852, elle ne peut rien faire d'autre que d'accomplir son ouvrage habituel, du mieux possible ; c'est tout ce qu'elle a en tête, de toute manière elle n'a pas le choix. Il lui faut surveiller les fils, rattacher ceux qui se brisent, nettoyer les bobines encrassées. Oubliés, les vilaines odeurs, les douleurs au dos et à l'épaule, les regards mauvais : elle voit tout, vérifie tout, va plus vite que les autres ouvriers. Comme c'est la plus rapide, elle gagne presque autant que les hommes, jusqu'à deux francs certains jours. Même la semaine d'avant, où elle n'arrêtait pas de perdre du sang entre les jambes et d'avoir des maux de ventre à se donner des coups de marteau. À ses côtés il y a P'tipaul, son frère cadet, également tout plein de qualités : habile comme un macaque pour ramasser les fils qui se glissent sous les machines, mais aussi mignon qu'un lionceau avec sa crinière blonde et ses yeux bleus en amande. Lui, il gagne presque autant que les femmes.

Elle s'apprête à remplacer une bobine quand un jappement la détourne de sa tâche :

– Eh, la Louison, suis-moi, y a M. le directeur qui voudrait te parler !

Elle se retourne et avise la face renfrognée de Bourras, le contremaître. Il lui fait signe de le suivre. Elle s'exécute sans discuter.

Une foule de regards suivent son déplacement dans l'atelier. Elle en identifie quelques-uns au passage. D'abord *les vieux de la vieille* : Riton, qui ne peut s'empêcher de lui faire les yeux doux même s'il est loin d'être beau. Nenette, toujours aussi rigolarde avec son unique dent. Pierrot le poitrinaire, encore en train de tousser et de cracher comme une machine à vapeur. Grosjean, avec ses gros muscles et son air de bon Samaritain prêt à secourir la veuve et l'orphelin. Et puis il y a les nouveaux, elle ne les a vus qu'une ou deux fois et elle ne les reverra peut-être plus demain, ou après-demain : le scrofuleux aux yeux très bleus, la grande tige à la mâchoire pendante, la blonde qui boitille, et quelques autres.

Un gros escalier de bois vermoulu mène au bureau du directeur. Les marches tremblent, mais sans doute moins que ses jambes qui se dérobent. Quant au cœur, il bat si fort que ça lui cogne aux oreilles. Elle a un mauvais pressentiment. Pourquoi qu'il l'appelle, l'autre vieux là-haut ? Sans doute pas pour lui dire que tout va bien et qu'il est content d'elle ! Non, ça, c'est pas possible… peut-être qu'elle a fait sans le savoir une grosse, une très grosse bêtise…

Elle a pourtant bien surveillé les fils.

Bien dévidé les bobines, rien cassé.

Des retards ? Pas de retards. Ni de temps perdu à bavarder. Aucune bagarre. Jamais une engueulade.

Alors quoi ?

Arrivé sur la mezzanine, le contremaître frappe plusieurs coups à une porte lourde et attend le « entrez » prononcé d'un ton au bord de l'exaspération, avant de s'éclipser.

La pièce est un carré dominé par un monumental secrétaire jonché de papiers et d'enveloppes à moitié décachetées : lettres de change, contrats, actes notariaux, bilans comptables hérissés de chiffres, graphiques prospectifs des offres, des demandes et des plus-values, tableaux comparatifs de l'évolution des coûts du travail, de la matière première, des capitaux fixes et circulants… Un peu plus loin, il y a un petit coin salon, composé de deux fauteuils de cuir noir qui font face à une méridienne en velours ocre.

Plusieurs tableaux ornent les murs, tous de nature et de facture différentes. Un paysage de montagnes enneigées réalisé dans le style néoclassique le plus sobre côtoie une scène de guerre généreuse en vifs coloris et en détails macabres. Le brouillard du port de Londres au crépuscule peuplé de bateaux en lévitation sur une eau spectrale, une marine peinte au début de l'année 1852, voisine avec l'éclat maniériste d'une végétation luxuriante où sautillent des nymphes rebondies, guettées par un musculeux satyre au regard lubrique.

L'homme se tient au milieu de la pièce comme une énorme araignée au centre de sa toile. Grand, massif, il porte une redingote où pend une montre assortie à un pantalon noir qui contraste avec la blancheur de sa chemise : M. le baron.

La petite se tortille de gêne. Même grimé d'une épaisse couche de crasse, son minois de jeune chatte sauvage est irrésistible. Même sales, ses pieds sont adorablement mignons. Quel âge peut-elle bien avoir ? Quinze ans, seize ans, dix-sept ? L'âge suffisant, en tout cas, pour farcir la tête des hommes d'envies de cochonneries ! Tout est bon là-dedans, y a rien à jeter. Scrutant à travers les lambeaux de ses pauvres habits, il guette les symboles les plus apparents de sa féminité dans leur splendeur naissante, comme des portes ouvertes sur une inoubliable volupté : la poitrine est ferme, le ventre plat, le cul tendu à souhait, le tout sur une peau hésitant entre le mat et l'abricot. Pendant qu'il savoure les délices qui l'attendent, son système reproducteur réquisitionne la totalité de ses ressources chimiques et moléculaires. Atelier au repos il y a deux minutes à peine, les testicules se sont transformés en sites de production fonctionnant à flux tendu. C'est dans ces usines en forme de bourdonnement cellulaire que transitent les millions d'émissaires chargés d'assurer la réplication des gènes dont ils sont porteurs : les spermatozoïdes. Affluant des unités de stockage de l'*épididyme*, ils tentent une course éperdue vers le Dehors. Un dehors que les embouteillages monstres aux abords des portes de l'urètre ont rendu momentanément inaccessible.

Elle le détaille par en dessous. Plutôt bien fait de sa personne, le vieux. À plus de quarante ans, les cheveux sont encore noirs, le visage plutôt fin et les yeux verts expressifs. Un nez proéminent et des golfes temporaux sérieusement dégarnis ne parviennent pas à déséquilibrer l'ensemble. Et puis il est si propre, si bien soigné. Plus elle le regarde, plus elle se sent sale et gourde. Cerise sur le gâteau, son ventre se met à gargouiller. À ce moment-là, elle ne peut s'empêcher de pouffer, un petit cri de souris au bord de l'explosion que réprime immédiatement la gravité de la situation.

Il lui ordonne de s'asseoir. L'autorité contenue dans l'injonction (le timbre nasillard dans lequel elle prend forme ne charrie-t-il pas, sédimentés en conglomérats moléculaires aussi solides que de l'acier, des siècles de domination sur les corps ?) comme la sécheresse du geste qui l'accompagne ne suggèrent aucune autre option possible.

Le ton se fait plus mielleux lorsqu'il lui demande comment se passe le travail, si elle ne rencontre pas de difficultés particulières.

Elle lui répond que non, monsieur, tout se passe bien.

Il la regarde fixement, avec des yeux brillants et une intensité qui la trouble. Qui la fait se sentir toute bizarre, tout irréelle. Pour un peu, elle ne se reconnaîtrait plus.

Vous êtes une très bonne ouvrière et je désirerais sonder les secrets de votre excellence, lâche-t-il d'une voix au bord de la pâmoison.

Il sait maintenant qu'il va falloir agir vite. Très vite…

Il s'assied à côté d'elle. Lui passe un bras sur l'épaule. Lui susurre quelque chose à l'oreille. Pas de mots d'amour, non, plutôt de ces formules sédatives telles que « douuux, tout douuuux... » prononcées avec une lenteur exagérée à l'intention d'un cheval fougueux, ou récalcitrant. Lui ouvre son corsage, laissant jaillir deux adorables poires aux bouts ronds caramélisés. À ce moment-là, elle a la nette sensation de flotter dans l'air, aussi légère que le Saint-Esprit. Après, il s'approche encore plus et tout se déroule très vite, comme dans un rêve : il l'allonge sur la chauffeuse, lui écarte les cuisses, s'extasie trois secondes sur sa toison si fine, si bien dessinée, et la pénètre à coups de boutoir avec une vigueur qu'il regrette aussitôt. Son vit au bord de l'explosion a dû taper une membrane, quelque chose qui déclenche l'éjaculation, beaucoup trop précoce comme d'habitude.

Expulsés par une monumentale contraction musculaire et *péristaltique*, plusieurs centaines de millions de spermatozoïdes viennent de s'introduire dans le vagin. S'ils veulent avoir une chance de continuer leur route jusqu'à l'ovocyte (option fort probable en raison de la réunion d'un certain nombre de conditions physiologiques essentielles à la reproduction telles que la configuration du calendrier ovulatoire et l'extrême jeunesse d'une Louison Blanchard aux organes reproducteurs d'une vivacité tout aussi extrême), ils vont devoir survivre dans les environnements les plus hostiles. À commencer par la traversée du fornix vaginal (si le mot « vagin » peut évoquer des images de douceur et de volupté dans l'esprit de la plupart des hommes, il n'en va pas de même pour bon nombre de leurs spermatozoïdes qui y trouvent quotidiennement la mort). Car cette traversée ne va, pour la plupart d'entre eux, durer que quelques centièmes de seconde : comment nager dans une eau simultanément bouillante et glacée ? Suivre son chemin dans un dédale d'éboulis et d'embranchements en perpétuel chantier ? Survivre à des attaques acides si virulentes qu'elles vous nécrosent instantanément le flagelle ? Il va de soi que les plus lents, les malformés, les malchanceux ne sortiront pas vivants de cette épreuve. Pour les autres, l'étape suivante sera la traversée du col de l'utérus, où les attendent de nouveaux défis. Une infime minorité de survivants séjournera dans les trompes dites de *Fallope*. Là, leur seule activité va consister à se gaver de protéines. Gorgés d'énergie, ils ne seront que quelques-uns à se préparer au moment le plus glorieux de leur existence : celui de leur décapitation.

2.

Alors que le baron de Marcheville s'effondre sur la méridienne, Louison Blanchard commence juste à reprendre ses esprits. Elle tente de se lever, mais une douleur aiguë dans le bas du ventre lui fait pousser un cri. Qu'est-ce qu'il lui est arrivé ? À voir la vraie boucherie de sang et de foutre mêlés qui s'est formée sous ses jupons encore défaits, elle en a une petite idée. Embryonnaire, floue, mais déjà suffisamment précise pour déclencher une réaction. Non, il n'a pas pu lui faire cela. Ce n'est pas possible ! Elle se pince, se donne quelques claques. Elle pourrait croire que rien ne s'est passé si, à côté, il n'était pas en train de ronfler comme un sonneur, ses grandes fesses blanches à l'air. En fait, si. Cette certitude lui donne des envies meurtrières, comme de l'égorger ou, mieux encore, de lui arracher les couilles et de les brandir comme un trophée dans l'atelier ; ça lui apprendrait, à ce fumier. Mais pour cela, il faudrait un couteau, une hache, quelque chose de tranchant en tout cas. Elle avise un machin pointu pour couper le papier et imagine comment elle s'y prendrait : d'abord l'entaille, puis la découpe. Ensuite, tout dégoulinerait en un borborygme et visqueux, aussi puant que le poulet du dimanche quand il est juste ouvert, avant de lui faire sortir les abats. En même temps, son lustre de grand bourgeois l'en dissuade, éloignant comme magiquement cette possibilité. Et puis elle n'y croit peut-être pas encore, pas tout à fait du moins. Que le grand patron, M. le baron, si bien habillé, que ce soit lui qui… Et elle, petite pintade, pourquoi avait-elle été incapable de se débattre, mordre, taper, gifler – ce qu'elle savait très bien faire avec ces crevards de frères Mornec qui essayaient tout le temps de la trousser ? Comment avait-elle pu se laisser culbuter comme une putain ?

Louison Blanchard essaie à nouveau de se mettre en mouvement, mais la douleur est vraiment trop vive. Un voile noir lui obscurcit la vue. Elle s'effondre sur le parquet et se laisse emporter par une torpeur traversée de plusieurs saynètes oniriques. Bien que les séquences se succèdent très rapidement, quelques traces mnésiques trouvent le temps de remonter à la surface de la conscience dans leur abjection intacte : individus masqués qui tentent de la prendre de force, lames de scie, barres de métal, sourires sans dents, bobines, perruques qui tombent, hurlements, appels à l'aide, ossements et guenilles. Sans doute les restes de pauvres filles, formule-t-elle au moment où elle se réveille, trente minutes plus tard.

L'autre dort toujours. Il fait parfois de petits bruits gutturaux assez répugnants. Ses fesses se soulèvent au rythme de sa respiration. Là, comme il vient de bouger, elle aperçoit un bout de sexe par l'ouverture qu'a créée la jambe nouvellement fléchie. Dire que c'est cet asticot qui est allé la fouiner là-d'dans. Il y aurait de quoi rire si ce n'avait pas été elle de l'autre côté.

Vu le spectacle, il n'y a plus de doute possible sur ce qui vient de lui arriver.

Oui, elle pourrait très bien aller chercher le coupe-papier, lui taillader les couilles et les lui faire bouffer mais après, ce qui se passerait, elle le savait : les gendarmes viendraient, ils lui feraient couper la tête sur la place publique, et ses parents ne pourraient même plus payer la chambre, ils n'auraient que leurs yeux pour pleurer… Non, vaut mieux oublier. Ne rien dire à personne. Faire le gros dos et attendre que ça passe.

Elle regagne son poste de travail sans dire un mot. Son air impavide, son calme apparent, sa démarche que la douleur rend plus empruntée, tout peut laisser penser aux regards la dévisageant qu'elle a eu un entretien des plus conventionnels. Peut-être la promesse d'une augmentation, ou l'annonce d'un changement dans l'organisation du travail. Une fois par mois, le baron reçoit personnellement un ouvrier trié sur le volet pour lui parler de tout et de n'importe quoi, lui demander des nouvelles de sa famille ou l'entretenir des perspectives économiques de la filature à l'heure des nouvelles lois sur le travail.

Dans le brouhaha des machines et l'atmosphère fétide du lieu, un cri résonne soudain, arrachant chacun à ses mornes occupations :

– L'inspecteur ! V'là l'inspecteur ! Regroupez tous les mioches !

C'est Bourras qui court et s'agite dans tous les sens en poussant d'affreux beuglements. Avec ses gestes courts, son allure gauche et son abdomen long et proéminent boudiné dans une blouse noire, il fait penser à un énorme cafard.

– C'est qui c't'inspecteur ? demande Riton à la cantonade.

– Un inspecteur qui vérifie que les nouvelles lois sur le travail des enfants sont bien respectées, lui répond Grosjean sans quitter la machine des yeux. Quand Bourras l'a vu garer sa calèche dans la cour, il a tout de suite donné l'alerte. D'après ce qui se dit, ils viennent de plus en plus à l'improviste pour prendre les tauliers en flagrant délit.

Comme à son habitude, Nenette rit avec son unique dent qui fait la vedette.

Au milieu de l'atelier s'est agrégé un groupe d'enfants. Parmi eux, il y a son petit frère, qui lui tire la langue en l'apercevant. Tel un berger des basses œuvres, Bourras va les cacher à la cave, ni vu ni connu. Deux minutes plus tard il réapparaît, tout fiérot, tout frétillant du forfait accompli.

Arrive enfin un monsieur en tenue de ville. C'est un homme de haute taille avec une barbe grise et des binocles sur un grand nez. Examinant les lieux du sol au plafond, fouinant autour des machines, il parle avec les uns, demande aux autres de tirer la langue. Après, il griffonne quelques mots sur un calepin et reprend à un autre endroit, avec d'autres ouvriers. Il s'arrête plus longtemps sur certains cas. Pierrot, par exemple, à nouveau en train d'éructer comme s'il avait ses poumons coincés dans le gosier, M. de la Scrofule, Mme du Chicot ou Mlle de la Mâchoire qui pendouille. Il les palpe et les ausculte avec des instruments qu'il sort de sa sacoche.

C'est à ce moment-là que le baron de Marcheville, venu d'on ne sait où, apparaît pour le saluer. L'inspecteur l'emmène un peu à l'écart. S'il n'y avait pas eu le raffut des machines, on aurait pu entendre à vingt mètres à la ronde les mots de tuberculose, de nécrose de la mâchoire, de rachitisme ou encore d'idiotie congénitale tant il est obligé de crier pour se faire comprendre.

Le baron se tient immobile, l'air perplexe. Il hoche la tête avec commisération en faisant des gestes d'impuissance. Soudainement pris d'un accès de compassion, il se fend d'un vibrant réquisitoire contre la dureté des temps modernes et leur cortège de fléaux, misère, oisiveté, vagabondage, famine, auxquels seraient condamnés tous ces pauvres hères s'il n'était pas là pour leur donner du travail.

Lorsqu'ils passent devant Louison, le représentant lui pose quelques questions sur son âge et son état de santé.

Elle lui répond tout va bien, merci, monsieur, j'ai seize ans.

Le baron ne lui prête aucune attention particulière. Il semble même prendre un malin plaisir à l'ignorer, alors qu'il ne se gêne pas pour tapoter la joue de Nenette et plaisanter. Faut dire qu'avec sa bille de clown, elle met tout le monde de bonne humeur, celle-là (sans aucun doute la plus lente et la plus improductive des ouvrières, Nenette n'en est pas moins l'une des plus anciennes, voire la plus ancienne, de l'atelier, au grand étonnement de ses camarades, vivant pour la plupart dans un état de semi-chômage permanent. Aucun d'entre eux n'est en mesure de comprendre que c'est précisément en raison de son incapacité à élaborer des stratégies, à manier des signes et à communiquer, de sa difficulté à acquérir les enchaînements associatifs les plus élémentaires, en raison de son hilarité sans objet, de l'état d'hébétude joyeuse dans lequel elle est toujours plongée, bref, de son idiotie congénitale, pour reprendre le diagnostic du médecin-inspecteur, qu'elle est devenue la protégée du baron. Sans doute ce dernier est-il enclin à croire, par l'effet d'une inavouable superstition, qu'une action généreuse et désintéressée en faveur de la plus *pauvre en esprit* de ses ouvrières pourrait, le jour du Jugement dernier, lui donner un argument de poids pour que ne se ferment pas définitivement les portes du paradis).

L'inspecteur quitte la filature aux alentours de 19 heures. Dès que son fiacre est hors de portée, Bourras retourne immédiatement à la cave chercher les enfants, petits fantômes à la mine grisâtre et aux traits tirés. Et ce n'est pas leur maigre casse-croûte du soir qui les aidera à restaurer leurs forces, à retrouver une ardeur à la tâche doublement entamée par une dure journée de labeur et la perspective de ne pas pouvoir quitter leur poste de travail avant 21 heures.

3.

Comme d'habitude, ils font le trajet du retour à pied et en silence, par petits groupes de cinq ou six. La plupart des habitations sont concentrées dans les quartiers de la vieille ville, à plus de trois kilomètres de la manufacture : un labyrinthe de rues étroites et de courées sordides, suintant la maladie, la faim et le crime. 74

Chassées des campagnes environnantes par le désœuvrement et la misère, des familles entières affluent par dizaines, dans l'espoir de trouver du travail, de la nourriture et un logement. La plupart du temps, elles finissent par échouer dans des caves ou des soupentes d'immeubles à moitié en ruine. En échange de quelques écus, elles achètent le droit de s'entasser dans le froid, la boue et les immondices.

Mais pour l'instant il faut se serrer, marcher à la queue leu leu au bord de la voie si l'on veut éviter d'être éclaboussé ou, pire, de se faire renverser par une voiture. On ne compte plus le nombre d'imprudents écrasés par des chauffards – fils de hobereau grisé par la vitesse, gentilhomme pressé de rejoindre sa maîtresse, valet psychorigide emmenant Madame, Monsieur et les enfants dans leur lieu de villégiature. Comme ils se donnaient rarement la peine de s'arrêter, on découvrait le lendemain dans le fossé des corps sans vie, tête et membres broyés sous les sabots des chevaux et le poids du châssis de l'attelage filant à toute allure.

Ils arrivent enfin en haut de la vallée où la voie bifurque. À cet endroit, tout promeneur est habituellement saisi par la vue soudaine de la cité rouennaise qui se dresse fièrement au milieu avec ses églises, ses hôtels particuliers, ses couvents et sa cathédrale que l'on vient visiter de tout le pays. Mais quand bien même marcheraient-ils ainsi en plein jour, dans un décor égayé par les rayons du soleil de midi, aucun d'entre eux n'aurait le cœur à s'extasier sur ce spectacle.

Dans la vieille ville, le groupe se disloque et chacun se dit bonne nuit et à demain.

Il y a beaucoup de monde devant le pâté de maisons : des enfants, des adolescents mais aussi des badauds aux allures de mauvais garçons. Ils semblent tous très excités et crient des encouragements en forme d'invectives. Cela n'augure rien de bon.

D'ailleurs, Louison reconnaît les frères Mornec au centre de l'attroupement. Ces quatre-là sont connus pour être dans tous les mauvais coups et terroriser le quartier. Depuis que leur père est mort et qu'il n'y a plus personne pour leur flanquer des raclées, c'est de pire en pire. La semaine dernière, ils ont mis le feu à de vieux journaux après avoir chié dedans. Les pauvres locataires du rez-de-chaussée venus pour l'éteindre s'en sont foutu plein les pieds. Cette fois, ils ont organisé un combat d'animaux : dans une cage de fortune, un petit chien affronte un rat d'égout. Visiblement, le rongeur est en mauvaise posture. Bien que blessé à plusieurs endroits, le canidé a réussi à saisir la jugulaire de son adversaire et la secoue nerveusement. L'un des frères, le plus grand, attrape le vainqueur par le cou. Il le lève fièrement comme un trophée sous les applaudissements et les cris pendant que son cadet prend le sexe de l'animal entre ses doigts et se met à le masturber vigoureusement.

Les acclamations laissent place à une vague d'hilarité hystérique. Des dizaines de bouches à moitié édentées éructent d'une joie mauvaise, teigneuse et revancharde.

Louison décide de presser le pas, entraînant P'tipaul avec elle, mais un bras s'érige en barrière :

– Eh, ma belle, pas si vite ! Ce soir, y faut payer le spectacle !

C'est le benjamin des frères Mornec, Riton, qui vient de lui parler. Avec les quelques poils blonds qui commencent à lui couvrir le menton et les pustules rougeâtres prospérant sur toute sa face de souris émaciée, il est encore plus laid que d'habitude. Il ponctue ses propos de simagrées obscènes, donnant des coups de hanches suggestifs, poussant des soupirs sensuels ponctués de couinements suraigus.

– Allez, ma jolie, un p'tit geste pour les artistes !

Il s'approche d'elle et tente de soulever sa jupe. Mauvaise pioche, mauvais jour. Le coup de pied part sans crier gare. Un coup de pied direct, asséné avec une énergie dévastatrice (que n'aurait pas renié, quelques décennies plus tard, un pratiquant de karaté *kyokushinkaï*) broie les testicules de son adversaire. Pendant qu'il se tient les parties en beuglant comme un veau, Louison le prend par les cheveux et lui tape la tête contre le pavé crasseux. Du sang lui dégouline du nez, de la bouche, de partout. Il gueule encore plus fort. Il la supplie d'arrêter sinon il va crever… Trop tard. Une haine profonde, viscérale, presque extatique, s'est emparée d'elle. Galvanisée à la perspective de faire exploser cette tête-furoncle aux pensées qui puent le foutre, elle laisse venir de sa gorge, de son ventre, de ses entrailles, une foule sonore bigarrée de petits cris simiesques et de méchants ricanements de sorcière : il va payer, ce fumier, et tous ceux de son espèce avec, pour toutes les fois où on l'a pelotée, chahutée, tripotée, chiffonnée, tripatouillée, tartouillée, ramonée, comme le baron cet après-midi, lui aussi, elle va le faire payer un jour.

Sourde et aveugle à la foule murmurante qui a commencé à se former autour d'eux, la jeune fille n'est plus qu'un muscle. Un muscle aussi dur que l'implacable surface de ciment, de sable et de gravier mêlés. Les flots d'hémoglobine et les cris de son lamentable assaillant décuplent son énergie, le décompte de ses humiliations passées entraîne regroupements cellulaires, crues artérielles, créations de blocs neuromusculaires radicalisés. Sa force n'a plus de limites.

C'est P'tipaul qui la tire par le bras. Avec toute la capacité de persuasion de ses neuf ans, il lui rappelle que leurs parents vont s'inquiéter s'ils tardent à rentrer.

4.

Lorsqu'ils arrivent dans la soupente du troisième étage, un horrible râle les accueille. Leur mère n'est pas à sa machine à filer, un travail qu'elle exerce à domicile depuis 1837, date de son exode du village de Montigny. Assise sur le lit, elle tient la main du paternel, qui se tord dans tous les sens. Non seulement la blessure qu'il s'est faite avant-hier n'a pas guéri, mais elle a empiré : un mauvais coup de scie qui lui a entaillé la cuisse. Comme il est costaud et pas douillet pour un sou, il est allé travailler malgré la douleur, mais la fièvre est brutalement montée. La jambe, quant à elle, est devenue toute verte et tout enflée. Sur les conseils d'un de ses camarades, il a essayé d'enlever le mal avec un couteau. Il a incisé, cisaillé, découpé, gratté la plaie avec force et acharnement pour faire partir cette cochonnerie de pus – fallait voir comment ça coulait, avec du sang mélangé. Or, la fièvre est montée encore plus, et la jambe a carrément doublé de volume.

Tout ça tombe au plus mal, sanglote la mère : s'il ne peut pas travailler, comment on va faire pour continuer à habiter ici et pouvoir manger tous ?

Le bébé, qui dormait dans le grand lit parental, se met soudainement à pleurer.

À peine a-t-elle le temps de dégrafer son corsage pour lui donner la tétée que l'avant-dernière s'encastre la tête contre le rebord de la fenêtre. Même si la blessure ne semble pas profonde, elle saigne abondamment.

Louison se précipite pour la consoler. Elle tente de la prendre dans ses bras pour la bercer mais l'enfant gigote dans tous les sens. Le sang gicle, ça hurle de partout.

Le paternel recommence à gémir. Il dit des choses incompréhensibles tant il a du mal à articuler. On peut néanmoins en conclure qu'il voudrait que cesse ce raffut qui réveille sa jambe.

C'est elle, la grande. C'est elle, la forte. Elle va trouver une idée pour sauver sa famille qui est comme un radeau en train de sombrer, où tout le monde crie, pleure, saigne, a mal quelque part, même elle avec ses douleurs dans le bas du ventre. Elle va lutter. Elle va les sortir de là. Avec ses nerfs d'acier et ses capacités physiques, elle sait qu'elle va y arriver. Faut voir ce qu'elle lui a mis, à ce fumier de Mornec.

Pendant ce temps, P'tipaul en profite pour chaparder un peu du bouillon qui a mijoté une bonne partie de la journée dans le chaudron : une eau grise et boueuse où surnagent restes de bœuf raclé jusqu'à l'os, pommes de terre en voie de décomposition, rogatons de pain sec.

À sa mère qui lui fait remarquer que c'est leur part de demain à elle et à son père, il demande s'il y aura un enterrement bientôt.

– Mais pourquoi tu veux qu'il y ait enterrement ? le reprend-elle en se signant.

Il lui répond que la dernière fois qu'il y avait à manger du bouillon, c'était quand la petite Marie elle était morte et que tout le monde avait été très gentil ce jour-là.

Sa mère s'effondre en larmes et prend P'tipaul dans ses bras en lui promettant qu'un jour, ils auront tous à manger.

– Un jour quand ? interroge le petit.

– Un jour, quand tu seras assez grand pour le connaître.

Il fait oui de la tête.

Son regard fixe les murs nus et crasseux avec la force de l'espérance, embryon de pensée sur la contingence de l'histoire et la mutabilité des lois humaines, prémices d'une conviction naissante que des réalités comme la faim et la misère ne sont pas données de toute éternité.

Le bébé, quant à lui, s'est endormi sur la poitrine de la mère.

La petite continue à se tortiller quelques minutes dans les bras de sa grande sœur et finit par tomber de sommeil, ce que ne tardent pas à faire ses aînés.

En pleine nuit, Louison est réveillée par un affreux râle : le paternel avec sa jambe. Un des enfants a trop bougé et lui a donné un coup dedans. Sans doute P'tipaul, il n'arrête pas de gigoter en dormant.

Les crénomdedieu et des putevierges qui semblent jaillir de ses entrailles ont déjà un accent d'outre-tombe.

Dans un demi-sommeil, elle implore le Tout-Puissant, le Saint-Esprit et, tant qu'à faire, les démons aussi, bref, tout ce que le Ciel compte de puissances et de dominations, pour qu'il aille mieux. Et la petite Marie, qui gît dans le compartiment des anges, au grand cimetière, oui, leur chère petite sœur ne pourrait-elle pas de là-haut intercéder en leur faveur et leur envoyer par exemple des marmites entières de pot-au-feu et de pain blanc jusqu'à la fin des temps ? Le curé l'a bien dit, le jour de la sépulture, le Seigneur l'avait rappelée à lui, elle séjournait désormais au royaume des bienheureux.

Venue d'entre les cuisses dont les douloureuses ecchymoses obèrent toute possibilité d'oubli de ce qui s'était produit quelques heures plus tôt, une mauvaise pensée s'invite dans ses rêveries célestes. Elle se sent sale, souillée, mais surtout coupable. Coupable de sa passivité, de sa faiblesse, de son silence. En même temps, comment aurait-elle pu faire autrement ? Dire non à un monsieur si bien habillé, un baron, qui tient dans ses mains son destin comme celui de sa famille ?

Lui répond une série de grondements de ventre, presque aussi forts que les râles paternels.

Mais pour manger, il faudra attendre encore un peu. Tenir jusqu'au casse-croûte du matin.

Les yeux ouverts, attentive à l'harmonique des souffles du foyer familial comme aux raclements de gorge qui viennent de l'étage du dessous, Louison scrute l'obscurité de la soupente : les silhouettes déchiquetées sont revenues. Elles reviennent chaque nuit, surtout lorsqu'elle est affamée. Fouettant l'air de leur corps de brume, elles se livrent à de vertigineux ballets, capables de bondir d'un mur à l'autre, tracer des volutes, s'élever en zigzaguant, chuter en ligne droite, grossir jusqu'à envahir tout l'espace et s'amenuiser aussitôt en un point compact, clignoter parfois, changer brutalement de direction pour disparaître dans les ténèbres, le tout en une fraction de seconde.

Une toux glaireuse ramène la jeune fille à un espace-temps incomparablement plus proche. Des autres étages, des immeubles voisins, du cœur de la vieille ville lui parviennent les échos amoindris de toutes ces autres vies, ces pauvres vies trempées jusqu'au cou dans le manque et la misère : pleurs faméliques, insultes en sourdine, éclats de voix sitôt chassés par des gémissements de plaisir, ou d'agonie, emprisonnés dans le gel du matin…

Il n'y a pas de bon Dieu. Ou, s'il y en a un, il n'existe que pour les riches, en conclut Louison avant de basculer dans une torpeur hérissée de pointes.

Quelques centaines de spermatozoïdes avancent à présent péniblement dans le *fornix* vaginal. Ils cheminent en colonnes serrées, comme des fantassins sur un champ de bataille (bien que légèrement surannée, l'image traduit avec une justesse certaine la tournure à venir des événements). Car, pour les cellules mâles, les possibilités de survie à la série d'épreuves que représente la traversée d'un environnement aussi inhospitalier avoisinent zéro. Il y a certes l'aridité, les températures extrêmes que peuvent encore surmonter les plus puissants, mais surtout l'instabilité des lois qui le régissent (comme si, courant sur un sable brûlant pour échapper à un danger, et vous êtes un très bon coureur, peut-être le meilleur, vous vous trouviez soudainement la tête en bas dans un gouffre, en apesanteur. Ou au tout début de votre course, voire un peu avant). Aux nombreuses qualités dont devront être dotés les rares spécimens capables d'envisager l'étape suivante s'ajoutera la complexe interaction avec l'ensemble des *process* qui régissent cet univers (ce que l'on appelle communément *le facteur chance*).

Il ne reste pourtant que quelques secondes à patienter. En effet, sous la double action des *œstrogènes* et de la *progestérone*, l'acidité du vagin laisse place à la douceur du col de l'utérus. S'y forment en un clin d'œil des infrastructures nouvelles, à l'instar de ces canaux désormais recouverts de molécules *chimiotactiques*, où les spermatozoïdes se déplacent avec autant de liberté qu'un chauffard sur une route sans limitation de vitesse.

5.

Le lendemain est un dimanche. Après la messe, les Marcheville organisent une réception pour les dix-huit ans de Sophie, la petite dernière. La jeune fille ne le sait pas encore (dans sa confusion intérieure, elle n'a jamais réussi à enregistrer l'information avec laquelle sa mère avait essayé de la familiariser à plusieurs reprises) mais sa future belle-famille est également conviée : les Villedieu, une grande lignée d'ingénieurs des mines du Pas-de-Calais. Ernest, son promis, est le cadet des Villedieu. Il vient de rentrer à l'École polytechnique et se destine à prendre la direction de la mine paternelle.

Le déjeuner se tient dans le salon du château, une pièce haute et froide que l'enfilement de lustres et les innombrables moulures n'ont pas réussi à rendre plus hospitalière. Le plancher, avec ses craquements secs et insistants, n'est pas le dernier à plomber l'ambiance, renvoyant tout un chacun aux affres de sa corporalité, lui rappelant sans ménagement qu'il est entièrement soumis aux lois de la pesanteur. Imprimée sur fond de ciel bleu saturé d'angelots soufflant dans des trompettes, l'invitation évoquait un banquet de l'amitié où serait servi un florilège de toutes les spécialités de la région.

L'office du matin était consacré à la résurrection. Dans son sermon, l'abbé a cité à plusieurs reprises le corps glorieux du Christ. S'appuyant sur Les Épîtres aux Corinthiens, il a illustré avec force métaphores solaires et minérales son propos sur l'immortalité de l'âme, joyau indestructible qui finira toujours par retrouver la lumière du Seigneur. Toutes ces années d'errance et d'emprisonnement dans de pauvres corps soumis à la souffrance et au péché ont donc un sens puisqu'elles ne sont que le prélude à une vie plus belle.

Nombre de paroissiens ne rateraient ses prêches sous aucun prétexte. Chacun sait y trouver les paroles les plus rassurantes concernant sa condition : les pauvres voient leurs misères abolies dans une éternité radieuse, les riches se réjouissent à l'idée que leur situation puisse se reproduire à l'infini.

À peine revenus de l'église, les Marcheville sont avisés de l'arrivée des premiers fiacres par les aboiements de Pip et Ric, le couple de bullmastiffs chargés de monter la garde. Deux intraitables molosses dont l'impavide ténacité, que parachève un étau d'une tonne hérissé de crocs, laisse peu de chances au visiteur inopportun, ou tout simplement imprudent. C'est ainsi que l'année dernière, on a retrouvé les restes d'un vagabond, disséminés dans le domaine. Bien que sévèrement allégée de sa masse graisseuse, la tête dissociée du corps portait encore les marques de l'effroi qui avait dû le saisir à la vue des deux cerbères aux gueules écumantes de bave.

Pendant que Laurent le jardinier emmène les chiens dans leurs appartements grillagés, d'une des voitures s'extirpent six physionomies que l'on pourrait diviser en deux clans : le père et son fils, trapus, front large, visage rude aux joues empourprées ; la mère avec ses trois filles, toutes graciles, menton décidé, nez droit, angles vifs… Autre différence, le bleu froid délavé des yeux chez les hommes contraste avec le marron ardent, presque méditerranéen, des femmes de cette lignée.

Les autres invités arrivent par grappes lentes et irrégulières. Notables de la région, manufacturiers d'Elbeuf, d'Évreux, des Andelys ou de Louviers, amis du parti de l'Ordre, tous sont venus pour assister au rapprochement entre ces deux familles dont le rang social et la réussite industrielle suscitent l'admiration autant que l'envie. Et ce sont des cascades sonores hétéroclites faites d'invitations à descendre de la voiture, de protestations contre le mauvais temps ou de toux catarrheuses qui s'écrasent sur les pavés humides du domaine de la Ribaudière.

Comme il tombe un crachin froid, les nouveaux arrivants seront épargnés de la visite du parc, de la tirade sur la quantité des arpents acquis et à acquérir avec, comme point d'orgue, la visite de la petite chapelle.

En revanche, ils n'échapperont pas au discours que le maître de maison déclamera avec la ferveur d'un candidat au concours d'éloquence. Sous l'égide d'une reproduction des bergers d'Arcadie encadrée de moulures doriques qui ornent les murs, Marcheville lève un verre au dynamisme industriel et à la prospérité économique de nos belles régions, malgré un contexte politique pour le moins inquiétant, tient-il à préciser d'un froncement de sourcils contrarié. Il remercie chacun de sa présence, en particulier l'évêque, et les Villedieu qui nous rappellent qu'il existe encore de vrais capitaines d'industrie dans ce pays. La perspective de les revoir plus régulièrement encore est autant un honneur qu'un enchantement, assène-t-il avec un sourire entendu. Traits mobiles, visage bien dessiné aux cheveux noirs coiffés en arrière sur un front haut (c'est à quelques nuances près le sosie de l'acteur Daniel Day-Lewis, qui naîtra dans plus d'un siècle à Londres), larges épaules et mollets secs, sa prestance fait forte impression sur l'ensemble de l'assistance. À l'Ordre, à la Propriété, à la Religion, fait-il en levant son verre.

Flottant sur un nuage de puissance et de lumière, le prélat esquisse un sourire. Le saint homme est aux anges. Un fil invisible le relie aux puissances célestes, dont il est la délégation sur cette terre. Le mouvement ascensionnel qui le porte se devine dans son regard repu de plaisirs charnels et de paroles douillettes à l'ego. Car qui sait, à l'instar des physiognomonistes les plus aguerris, lire et interpréter le rapport entre cette zone de cernes boursouflés et les autres parties lisses, presque enfantines, quoiqu'en voie d'affaissement, de ce visage aux méplats sans relief ne pourra s'empêcher d'y associer de tumultueuses scènes de stupre.

Des groupes ont commencé à se former, d'où émergent des bribes de conversation. Un vieux général à la voix de stentor évoque la prise d'Alger aux côtés du comte de Bourmont. Deux anciens pairs de France se lamentent de la mise au pas des parlementaires par le nouveau pouvoir politique en place. Frais émoulu du corps des inspecteurs des finances, l'aîné des enfants Marcheville explique à son futur beau-frère polytechnicien le *Traité d'économie politique* de Jean-Baptiste Say.

6.

– Maintenant, les amis, mangeons.

Le baron leur présente la table garnie de mets qui viennent pour la plupart des campagnes environnantes, à l'exception du vin : un Gevrey-Chambertin dont les arômes épicés exhalent le terrain argilo-calcaire du jurassique bourguignon. Le pâté d'un sanglier natif d'Hénouville y côtoie les rillettes d'une oie décapitée à Bois-Guillaume, tandis que les crudités, carottes râpées, céleri rémoulade, radis, ont tous pris racine dans la terre de la Commanderie, la ferme qui jouxte le domaine. Aussi vive qu'un courant d'air frais, Mme de Marcheville s'affaire à la tâche ô combien diplomatique du placement des différents convives, dont le nom figure sur un vélin blanc cassé. Avec le mélange d'onctuosité et de fermeté qui est sa marque de fabrique, elle présente les uns aux autres, valorisant tel fait de gloire, éclairant tel prestige social. Elle a préparé une déguisement *party* pour les enfants dans le salon d'à côté. Après les avoir fait déjeuner,

Marguerite, la gouvernante bretonne, présidera aux festivités.

Les deux futurs époux présumés s'asseyent l'un à côté de l'autre. Des bribes de paroles convenues tentent en vain de structurer une conversation. Des morceaux de banalités, des germes d'échanges, des « Aimez-vous Chopin ? », « Votre mère m'a dit qu'à votre école on apprend le calcul différentiel et le théorème de Fermat ! » qui échouent à jeter l'ancre sur quelque état de conscience stable. De l'intérieur du cocon douloureux où elle se débat, la jeune Sophie s'envole sur le mot « polytechnicien » proféré par Ernest de Villedieu. Le greffant sur ce visage encore enfantin rescapé de quelque plaisir nocturne et solitaire, elle en fait un polichinelle au faciès d'amanite phalloïde ricanant au clair de lune. De son côté, le jeune homme s'est enfermé dans une bulle de glace et de silence, à l'abri de ce fracas de figures et d'éclats de voix. À l'abri aussi de cette jeune créature insaisissable dont il ne parvient pas à susciter l'intérêt.

Voyant les deux futurs époux à la peine, le père Villedieu ne peut s'empêcher de railler les jeunes d'aujourd'hui, incapables d'accéder aux règles les plus élémentaires du savoir-vivre : son cadet aurait-il oublié qu'il fallait d'abord servir les dames ? Puis il se livre à un réquisitoire faussement emporté contre ces grandes écoles qui forment les nouveaux dirigeants à la technique mais pas au commandement des hommes.

– Savoir faire fonctionner une usine, c'est bien, mais c'est une autre paire de manches que de se retrouver face à la racaille à qui l'on doit rappeler qui est le patron ! s'exclame-t-il, goguenard, en roulant ses gros yeux pâles sur sa femme et son fils.

Les plats se succèdent au rythme des conversations et des emportements. Entre la terrine accompagnée de sauternes et le chevreuil arrosé de pinot du Jura, on pourra s'échauffer à loisir au sujet de la confiscation des biens du roi Louis-Philippe ou des premières mesures sociales de l'Empereur. Villedieu surenchérit : le maire a convoqué les notables de la région pour discuter des caisses de solidarité pour les travailleurs.

L'évêque se fait l'avocat du diable. D'une voix onctueuse, il tient en premier lieu à préciser qu'il n'est en aucun cas perméable aux idées socialistes, contrairement à certains de ses coreligionnaires…

– Cet apostat de La Mennais, tonne une voix.

… en revanche, il attire l'attention de ces messieurs sur les conséquences désastreuses de l'indigence sur la paix sociale, sans parler des drames que vivent les familles au quotidien, des familles parfois très pieuses, quand par exemple le père n'est plus en mesure d'assurer la subsistance du foyer… même si cela, il en convient, arrive fort heureusement plus souvent chez les mauvais sujets… mais on ne peut nier que, dans les pires situations, tout le monde se retrouve sans discernement à la rue. Enfin, il conclut en espérant que cette taxe pour les pauvres va permettre à l'Église de renforcer son rôle en faveur des miséricordieux et de distribuer avec clairvoyance et économie la manne publique.

– Mais, mon père, vous n'y êtes pas, l'interrompt le vieux général tonitruant, rouflaquettes descendantes et sourcils broussailleux sur un visage aussi escarpé qu'une corniche de haute montagne. Cette taxe sur les pauvres sera prélevée sur les bénéfices de nos industries pour alimenter des caisses dont ils vont eux-mêmes disposer selon des modalités que nous découvririons assez tôt.

– Un encouragement à la paresse ! s'exclame Villedieu.

– Une prime à l'oisiveté, lui répond Montclery, un patron de filatures à Amiens.

Ce dernier illustre son propos par l'exemple de l'Angleterre. Après le vote de leur *factory act* visant à interdire le travail des moins de neuf ans, explique-t-il, ils se sont retrouvés avec plein d'enfants dans les rues, à ne savoir qu'en faire.

– C'est une loi aussi universelle que celle de la gravitation, poursuit alors Villedieu d'un air finaud : plus on dépense d'argent pour les pauvres, plus on crée de pauvres, car tout le monde sait que ces drôles se reproduisent comme des lapins.

– À ce propos, je vous conseille *The Principle of Population* de Thomas Malthus, lance le baron avec une emphase de sorbonnard soucieux d'élever le débat. Le révérend père y explique sans ambages que l'accroissement irresponsable des familles engendre la misère, et ce pour la simple et bonne raison que l'homme a toujours, ancrée en lui, cette fâcheuse tendance à se reproduire à l'excès par rapport aux ressources disponibles…

– Le principe de raison suffisante nous enseigne que rien n'arrive sans cause, et si Dieu autorise toutes ces tristes créatures à se multiplier, c'est que cela doit être ainsi, fait l'évêque en remuant malicieusement sa face épanouie de bon Raminagrobis.

À mesure que revient le mot « pauvre » dans la conversation, les synapses du maître de maison vibrionnent des attraits de la petite sauvageonne d'hier. Dieu que c'était bon. Les tissus de son froc sont tendus jusqu'à l'explosion. Il faut qu'il la revoie, qu'il la recouche sur sa méridienne et que sonnent triomphalement les trompettes d'Éros. Demain, il la fera appeler par Bourras sous un prétexte, en sommant ce dernier d'expliciter à haute voix dans l'atelier les raisons officielles de cette convocation.

Au centre d'un nid de coton douloureux, Sophie de Marcheville tente désespérément de s'agripper aux mots comme à la promesse d'une terre ferme, ligne de flottaison immédiatement submergée de bourrasques d'*adrénaline* et de *cortisol.* Si, pour beaucoup de jeunes filles de sa condition, la vie peut ressembler à un rêve de princesse, la sienne s'apparenterait plutôt à une suite de petits cauchemars sans queue ni tête. Des petits cauchemars auxquels personne ne peut remédier, ni le prêtre ni ses parents, encore moins son futur mari (présentant quant à lui un ensemble de caractéristiques – mutisme, goût de l'abstraction, faible empathie – qui seront un jour cliniquement définies sous le nom de syndrome d'Asperger). La souffrance de Sophie, si monstrueuse au regard des images – paysages récurrents, créatures des abysses, ancêtres décédés, tout en gris –, des voix – criardes, lui hurlant des injonctions contradictoires, souvent incompréhensibles – et des états mentaux qui ne cessent de la martyriser, n'a, quant à elle, d'autre cause qu'une altération des gènes impliqués dans la plasticité neuronale, entraînant une production chaotique de dopamine dans le cerveau (l'une des principales explications scientifiques de la schizophrénie).

Mais il faudra attendre le XXe siècle pour comprendre qu'il suffit d'un simple dérèglement biochimique, d'un minuscule dysfonctionnement de telle protéine, d'une infinitésimale carence de telle molécule, pour que la vie ne vaille pas la peine d'être vécue.

Inutile de préciser que le mariage qui va être organisé en grande pompe le 20 juin 1853 ne sera que le prélude à une boucherie matrimoniale phénoménale. La discordance, l'incompréhension, l'absence d'interaction favorable qui présideront à leur relation pourraient en faire un cas d'école. Incapable de comprendre le bibelot cassé qu'il a épousé, Ernest de Villedieu se consacrera à corps perdu à son travail d'ingénieur, y sacrifiant ses soirées et ses loisirs. Le 25 mai 1864 (jour de l'instauration du droit de grève, que relaieront à gros titres provocants tous les journaux, ce qui ne manquera pas de rembrunir encore son humeur uniformément maussade), sa femme décidera d'en finir en sautant du haut d'une falaise à Étretat, où ils seront alors en villégiature. Elle ne lui aura pas donné un seul héritier. Lui-même ne lui survivra guère plus de quelques mois : directeur d'une usine, il prendra la décision de ne pas accorder d'augmentations de salaire afin de protéger l'entreprise des incertitudes économiques liées à la filière charbon à long terme… Et finira sa vie sous les coups de pioche d'ouvriers en colère.

7.

Avec le lundi matin reviennent les machines à filer, encore et toujours. Qui n'attendent pas le lever du soleil pour fonctionner à plein régime, imposant leur fracas assourdissant et leur rythme trépidant. Et dans leur sillage, une chorégraphie hachée de petits gestes exécutés et reproduits à l'infini d'où naîtra une matière riche de variations possibles : draps fins, taies d'oreillers, linge de maison… Bourras, le contremaître, regarde ostensiblement l'horloge de la manufacture au moment où Louison retrouve son poste de travail en présence de P'tipaul.

Nenette, Pierrot, Grosjean et les autres arrivent en même temps. Sept heures moins une : ouf, il ne va pas pouvoir barguigner sur les heures à payer, sous prétexte qu'une heure c'est une heure, et pas moins.

Bravant la pression des pièces à produire et la surveillance du contremaître, Grosjean demande à ses camarades d'infortune s'ils ont passé un bon dimanche.

Riton lui répond d'une voix grasseyante accompagnée d'un clin d'œil appuyé que ça aurait pu être pire.

Nenette le fixe avec un sourire béat de son unique dent.

Louison, elle, se contente de hausser les épaules. Une douleur aiguë lui transperce le thorax et irradie chacun de ses membres, jusqu'aux extrémités. Il faut dire qu'elle a passé son dimanche à courir dans tous les sens avec des choses lourdes à porter, pommes de terre, bois pour le chauffage, bacs d'eau de la rivière pour la toilette de toute la famille, pendant que sa mère s'occupait de son père. Terrassé par d'intenses accès de fièvre, le pauvre homme insultait des créatures invisibles dans son patois natal ou tombait inanimé, comme mort.

P'tipaul est déjà sous une machine, à récupérer quelques bouts de laine égarés.

Elle se lance à son tour, mais quelque chose l'empêche d'avoir sa mobilité habituelle : ses muscles, tétanisés par l'effort de la veille. Elle met alors les bouchées doubles. Décide de se plonger dans son travail comme elle a plongé hier ses pieds dans l'eau glacée de la Seine. En remontant la berge, elle a croisé « la Carabosse ». Comme à son habitude, la vieille folle lui a lancé des imprécations prenant forme dans un chuintement félin accompagné d'un signe cabalistique. On dit qu'elle habite une cabane de branchages à quelques centaines de mètres en aval, à la sortie de la ville, où elle collectionne des onguents et des têtes de mort. Qu'elle se livre à des sabbats, les nuits de pleine lune. Qu'elle a déjà envoûté plusieurs familles. Sous l'influence de ses mauvais sorts, des enfants se seraient noyés, des troupeaux auraient péri, des maladies se seraient déclarées. Toutes les femmes se signent lorsqu'elles la voient. Même le curé en a une peur bleue.

Bravant l'étau mordant de ses muscles froissés, Louison étend, agrippe, tire. Elle reprend si bien le cœur à l'ouvrage qu'elle ne pense plus à rien d'autre qu'à son travail. C'est bientôt l'heure du casse-croûte. Elle se sent ragaillardie à l'idée de ces trente minutes de repos tant attendues et espérées, plage de détente propice aux échanges et aux plaisanteries (même si elle n'aime pas les blagues grivoises de Riton). Dans son cabas, sa mère a déposé deux tranches de pain et deux pommes de terre, pour elle et son petit frère.

Mais au moment où elle sort les victuailles apparaît la silhouette rigide de Bourras qui file droit vers elle. Avant qu'elle n'ait eu le temps de réagir, il lui ordonne de la suivre à nouveau : le patron voudrait encore la voir, s'égosille-t-il dans le brouhaha de l'atelier, pour continuer à réfléchir avec elle au meilleur moyen d'améliorer la chaîne de production.

Le ventre noué par l'horrible sensation d'avoir déjà vécu ce moment, elle emboîte ses pas dans ceux du contremaître.

Le vieux est assis à son bureau, impérial. Il a plus fière allure encore que dans son souvenir de l'avant-veille. Après s'être enquis de sa santé, il l'invite à s'asseoir sur la méridienne. Lui demande si tout se passe bien depuis la dernière fois.

Elle bredouille quelques onomatopées incompréhensibles. Au regard qu'il darde sur ses formes épanouies, elle devine ce qu'il va lui arriver d'ici peu.

Il se lève et s'assied à ses côtés.

Lorsqu'il tente de la renverser, elle se met à hurler.

Il se ravise et lui demande ce qu'elle a : l'aurait-il violentée ? blessée ?

– Non, monsieur, j'ai mal à l'épaule, dit-elle en grimaçant.

La douleur la replonge dans sa journée d'hier, ponctuée par les gémissements de son père. Lui reviennent alors les paroles de sa mère sur leurs difficultés à payer le loyer, la nourriture trop chère, les soins médicaux dont ils devaient se priver. Comment payer le docteur pour l'amputation ? Avec quel argent acheter la canne et la jambe de bois comme en avait le père Gavreau, un de leurs voisins qu'ils entendaient claudiquer lorsqu'il montait l'escalier ?

– Ce sera quarante francs pour aujourd'hui, monsieur !

Les mots ont franchi la barrière de ses dents avant d'avoir fait l'objet d'une quelconque délibération intérieure. Quelques heures plus tard, pourtant, elle pourra se féliciter de cette réaction aussi providentielle qu'imprévue.

Il la regarde sans bouger, l'air glacial. Les secondes se sont figées en une gêne commune.

– Très bien, mademoiselle, fait-il en sortant des billets de sa poche.

Après avoir fait un nœud à l'un des haillons qui pendouillent le long de ses hanches, elle se laisse tripoter sans résister. La précision de sa demande, la froideur du ton sur lequel elle l'a proférée ont transformé ce qui était au départ une violation de son intimité en un échange marchand entre deux personnes, une simple transaction institutionnalisée par la force du portrait impérial qui trône au-dessus du bureau (elle s'étonne de ne pas l'avoir remarqué la dernière fois).

Son seul salut : se ficher pas mal de ce qui lui arrive. Accepter de se laisser toucher, manipuler comme un objet par ce vieux cochon de baron. Sourire à l'idée qu'il commence à lui léchouiller goulûment les nichons avec de gros bruits de succion. À les prendre à pleine main pour les faire rebondir l'un sur l'autre, ce qui a l'air de beaucoup l'amuser.

Le plus dur reste à venir, elle l'attend avec un mélange de honte et de frayeur. Mais au moment où la toison se découvre, il est pris d'un spasme suivi d'un grognement sourd. Le froc maculé du liquide gluant dont elle redoutait tant le contact, il se renverse et s'assoupit.

8.

Elle a gagné. Sans même lutter. Non seulement aucune violence, aucune intrusion intempestive ne lui a été imposée, mais elle ramène à la maison de quoi tirer tout le monde de l'embarras.

Ceci explique la démarche fière qu'elle arbore en regagnant l'atelier.

Bourras l'observe de loin, l'air un peu apeuré. Se pourrait-il que le patron l'ait tellement à la bonne qu'il lui ait donné sa place ? Va-t-il se faire convoquer pour être renvoyé ? Il se dandine légèrement, comme si le poids de ce genre de questions était trop lourd pour son cerveau. Louison s'en amuse et le fixe d'un air bravache.

Après avoir enfourné son morceau de pain gris et sa pomme de terre, elle se remet rapidement à la tâche.

Elle ne s'est jamais sentie aussi légère. La seule idée qu'elle tient une telle somme au creux des reins porte sa hargne, sa fatigue, ses muscles endoloris. L'heure du départ sonne à la fois comme une délivrance et une espérance : son père va être soigné, ils vont pouvoir payer le loyer et s'acheter des kilos de pommes de terre. Anticipant les interrogations de sa mère, elle a même prévu ce qu'elle va pouvoir lui dire : elle a bien travaillé, le patron lui a octroyé une prime. Avec une si grande part de vérité, ce ne sera qu'un demi-mensonge !

Le chemin du retour lui paraît incomparablement plus court que d'habitude. Exaltée par toutes ces pensées qui s'agitent agréablement, elle en oublie le mordant du froid comme le coupant des graviers sous ses pieds. Elle en oublie même qu'après son exploit de l'avant-veille, il se pourrait bien qu'un comité d'accueil l'attende un de ces jours devant son immeuble.

Elle a déjà commencé à s'engager dans la ruelle quand P'tipaul l'avise des quatre silhouettes tapies dans la pénombre. Un vent glacial s'insinue en elle. Elle songe tout de suite à l'argent, aux quarante francs qu'elle a dans un petit coin de son corsage. Elle reste une ou deux secondes immobile, interloquée, avant de prendre la fuite. Mais la course fait chuter les billets. Le temps passé à les ramasser donne de l'avance à ses poursuivants. Voyant qu'elle va être bientôt rattrapée, elle confie son trésor à son frère en lui criant d'aller chercher du secours.

Alors qu'il court depuis plusieurs minutes, il croise enfin un couple à l'air bien soigné : la dame a une belle chevelure rousse dont les bouclettes tombent sur une robe à dentelle. L'homme porte de longs favoris noirs et une redingote rouge qui lui moule le buste.

Ses épaules de lutteur, la grosse canne dont il est armé rassurent l'enfant.

– Monsieur, monsieur, ma sœur elle se fait attaquer par les frères Mornec !

Sans doute charmée par le visage d'ange du petit, la dame fait signe à son mari d'aller voir.

Lorsqu'ils la rejoignent, Louison se débat, mord, crie, mais deux de ses agresseurs la tiennent par les bras – non sans lui avoir mis la poitrine à l'air – tandis que les deux autres s'approchent dangereusement de ses jupons, slalomant entre coups de pied et morsures.

L'affaire est prestement réglée. L'aîné des voyous assommé, les trois autres détalent comme des lapins.

Le frère et la sœur remercient chaleureusement le couple et regagnent leur domicile.

Lorsqu'ils arrivent dans la soupente, les petits sont déjà couchés. Leur mère veille tristement au chevet de son mari, qui est au plus mal. La fièvre continue à monter et la gangrène s'est étendue dans toute la jambe, exhalant ses miasmes pestilentiels qui alourdissent l'air. Sortant les quarante francs de son corsage, la jeune fille les tend fièrement à sa mère. Une prime, pour payer le docteur, le loyer et des pommes de terre, fait-elle avec sobriété. Après des embrassades sans fin, tout le monde va se coucher.

Grisée par sa double victoire – si l'on compte la correction des frères Mornec – sur l'adversité, la jeune femme en aurait presque oublié sa première mésaventure avec le baron. Ses organes reproducteurs, en revanche, en ont gardé la mémoire intacte et s'affairent avec autant de professionnalisme que de précision au processus de sélection des spermatozoïdes.

Des trois « finalistes » (jusqu'à la fin du XXe siècle, la biologie assimilera les spermatozoïdes à des petites brutes conquérantes, et la cellule femelle à une créature paresseuse et immobile, une grosse molasse lascive n'ayant d'autre fonction que d'attendre l'assaut du guerrier ; c'est seulement à partir du début du XXIe siècle que sera reconnu le rôle actif de l'ovule, dont les signaux chimiques conduisent et jalonnent, construisent et anticipent la trajectoire des cellules mâles), deux portent des chromosomes sexuels Y, et un seul un chromosome sexuel X. Pour le moment, donc, deux chances sur trois pour que le futur hôte de ces lieux soit un mâle. Un minutieux décryptage des opérations en cours serait déjà capable – avec le voile de prudence qu'impose tout pronostic comportant une part importante d'aléas – de laisser se dessiner trois portraits qui pourraient un jour plonger en dimension réelle dans le grand monde :

– *XY47 est susceptible de recevoir une part importante de son génome de sa génitrice et, de façon plus marquante encore, de la mère de sa mère : fortes probabilités, donc, pour phénotype yeux bleus, cheveux blonds, traits fins, jambes longues, tronc court, hypotension, tempérament nerveux avec « hyperexcitabilité » cérébrale ;*

– *XX22 (seule fille) est fortement liée à son géniteur : probabilités fortes pour morphotype athlétique, grande taille, cheveux noirs, yeux verts, nez bourbonien, tendance à l'hypertension, tempérament colérique, risque élevé de développer la maladie d'Alzheimer dès l'âge de cinquante ans ;*

– XY59 est susceptible d'intégrer le phénotype « maternel » : yeux bleus, visage fin et anguleux, taille moyenne, musculature développée (héritage qu'elle tient de son propre père), « hyperexcitabilité » cérébrale (irriguant de forts afflux sanguins les principales zones du cerveau), sans compter l'importante part d'indétermination liée à la rencontre avec l'ovocyte.

À ce stade, les trois spermatozoïdes ont une chance égale de fusionner avec l'ovule, mais le succès de leur entreprise va en grande partie dépendre de leur capacité à communiquer avec les émissaires de la cellule femelle :

XY47 fonce vers une constellation lumineuse, l'ensemble se fige au fur et à mesure de son avancée : la constellation n'est qu'un point mort, et XY47 déjà un cadavre.

Quant à XX22, peut-être prise de panique à l'idée de fusionner avec une autre cellule, elle se met à accélérer en sens inverse, tout droit vers le col de l'utérus. Mauvais choix (en existe-t-il réellement un bon pour qui tient à conserver l'intégralité de sa structure ?). C'eût été sans compter les bandes de *lymphocytes* qui traînaient par là. Alertées par l'afflux de corps étrangers, elles s'empressent de mettre en pièces l'intruse. La tête disjointe du flagelle, les différentes parties de XX22 s'ajoutent au carnage environnant de ces centaines de milliers de spermatozoïdes démantibulés, d'*acrosomes* esseulés, de *centrioles* coupés à vif, de filaments axiaux en voie de décomposition, de *mitochondries* flottantes, inertes, dans un océan d'indifférence.

Il ne reste donc plus qu'un seul postulant, dont le flagelle oscille timidement autour de l'ovocyte. Un bruissement, une fluctuation, et XY59 file droit vers sa transformation en zygote, puis en embryon qui portera vingt-deux ans plus tard la forme d'un homme en âge de procréer, capable de se délester à son tour de plusieurs millions de spermatozoïdes.

Livre II

Le paradis retrouvé (1874)

(Bords de Seine, Saint-Ouen, Île-de-France, le 26 avril)

9.

Ils viennent d'arriver à l'endroit le plus pittoresque de l'île, qui donne à voir un enfilement de guinguettes au bord de l'eau. Des familles ou des couples attablés attendent leur friture. Les hommes boivent de la bière, les femmes de la limonade. Une odeur de graillon et d'eau croupie mélangés enivre les sens.

Il lui demande si elle veut choisir une de ces gargotes pour déjeuner. J'ai dans ma poche de quoi nous offrir un festin, précise-t-il en contemplant l'ovale parfait de son visage de madone.

Elle lui répond qu'elle n'a pas encore faim. Elle préférerait se promener à ses côtés, il sera bien assez tôt pour manger dans une heure ou deux.

Ils s'étaient donné rendez-vous à 10 heures et avaient fait des kilomètres, à force de zigzaguer et de prendre des chemins de traverse. Ils ont croisé des familles endimanchées avec des petites filles jouant au cerceau, des couples d'amoureux qui leur souriaient, mais aussi quelques vieux barbons accompagnés de grisettes.

Et c'était une procession ininterrompue de robes volantes et de chapeaux fleuris sur fond vert qui éblouissait la vue.

Elle lui parle de tout, de rien, du bichon de sa mère, du daguerréotype de son père, des lubies des uns et des autres, de l'indéniable influence des traits du visage et des bosses du crâne sur le caractère et les aptitudes mentales, des serpents et des scorpions africains qu'elle a vus au Muséum d'Histoire naturelle.

Elle est si gaie, si jolie. Grisé par ses paroles, son parfum sucré et ses manières de petite femme si bien soignée, Augustin en aurait presque oublié le comité d'action de cet après-midi, avec des décisions à prendre et des tracts à rédiger sur l'augmentation des salaires, la reconstitution de l'Internationale ouvrière et l'abrogation de la loi Le Chapelier. Ce qu'il n'a pas oublié, en revanche, et qui lui revient comme un fardeau de plus en plus pesant et douloureux, est ce mensonge qu'il lui a raconté lors de leur première rencontre à l'exposition de Pierre Simonin, le mois dernier. En plus d'héberger le jeune homme pour trois francs six sous dans son atelier de Ménilmontant, le peintre est le professeur particulier de la jeune femme. Malgré la foule de curieux qui l'interrogeaient sur son travail, l'artiste avait pris la peine de les présenter, lui et son élève.

Peut-être pour faire taire l'assurance de la belle qui s'exclamait avec des mots de dictionnaire devant les peintures, Augustin a prétendu qu'il était lui-même d'une famille d'artistes… Alors qu'il connaît à peine sa mère ! Cette dernière avait débarqué chez lui, quelques mois auparavant, aux côtés d'un huissier de justice : une danseuse de cabaret. Il l'a revue à plusieurs reprises, mais elle n'a pas osé lui dire qui était son père. Elle lui a surtout parlé de son enfance misérable dans la ville de Rouen où elle était ouvrière dans une manufacture textile. De ses propres parents, morts dans l'incendie de leur logement (un matin de mars 1853, ils s'étaient retrouvés prisonniers des flammes dans leur soupente sous les toits). De son arrivée à Paris sans le sou avec ce bébé dans le ventre qu'elle avait été obligée de laisser à l'orphelinat en se promettant de tout faire pour le revoir un jour. Elle a aussi un jeune frère dont elle est très fière, seul survivant avec elle de cette fratrie de cinq. Au moment où l'incendie s'était déclaré, un peu avant 7 heures, ils étaient sur le chemin de la manufacture où ils travaillaient tous les deux. Ton portrait tout craché, a-t-elle ajouté avec des larmes qui faisaient couler son épais maquillage.

– Eh, monsieur le poète, exilé en votre ciel intérieur ?

Elle lui donne un petit coup de tête sur l'épaule, comme une invitation à lui faire partager ses pensées ténébreuses. Elle aime tout chez lui, sa révolte à fleur de peau, ses silences, son esprit vif, ses mains noueuses de travailleur, son visage d'ange aux yeux d'azur encadré de longs cheveux blonds ondulés.

Ils s'aventurent dans des taillis de plus en plus touffus. Les exclamations gouailleuses des bateleurs et le brouhaha des guinguettes ont fait place au pépiement des oiseaux et au bourdonnement des insectes.

Seuls au monde, ils se sentent vibrer à l'unisson de cette nature douce et riante.

Mathilde s'assied soudainement, prétextant un étourdissement. C'est une clairière d'une dizaine de mètres carrés abritée du vent grâce à une rangée de peupliers naissants. Le sol est encore un peu humide, mais le soleil de midi les encourage à se dévêtir. Elle déchausse ses bottes, laissant paraître des pieds adorablement mignons. Puis c'est au tour des mains, qu'elle libère de ses gants de soie qui la couvrent habituellement jusqu'au coude. Maintenant elle peut enlever son chapeau. Sans leur chignon, les cheveux s'éparpillent en boucles soyeuses.

Il s'assied à ses côtés. L'herbe fraîche du printemps lui donne quelques frissons. Une brise légère exhale des senteurs de fleurs et d'humidité.

Une libellule gigantesque fait des zigzags autour des deux amoureux. Ses reflets violets et mordorés ondoient, aussi lumineux que ceux d'une créature de contes de fées, au rythme de ses déplacements.

C'est elle qui fait le premier pas. Elle lui passe la main sur le torse et entreprend de déboutonner sa chemise.

Il lui baise les mains, le cou. Leurs lèvres se rencontrent. Après un enlacement de plusieurs minutes, ils s'abandonnent les yeux fermés et s'affaissent, jusqu'à se retrouver tous deux couchés dans l'herbe. Elle lui susurre des mots à l'oreille. Il lui répond que lui aussi.

Ils s'embrassent, dans une étreinte rageuse.

Les mains s'égarent, dans l'espoir de trouver ce qu'elles cherchent.

Par centaines de millions, les spermatozoïdes accourent de l'*épididyme* pour se bousculer aux portes de l'urètre.

D'une main fiévreuse, il déboutonne son corsage qui laisse jaillir une poitrine menue si ferme, si bien dressée qu'il ne peut s'empêcher de l'embrasser à pleine bouche.

Elle lui déboutonne le froc, d'un geste hésitant entre méthode et précipitation.

Ils s'embrassent à nouveau avec force, dans un long baiser qui leur arrache des soupirs de pâmoison.

Lorsqu'elle dégrafe son jupon, suffisamment pour qu'apparaisse sa toison, il regarde à droite et à gauche, paniqué. S'ils se faisaient prendre sur le fait par des passants ou, pire, par des policiers ? S'ils se faisaient emprisonner pour attentat à la pudeur et outrage aux bonnes mœurs ? Il a suffisamment de connaissances, il lit assez les journaux pour savoir qu'en cette sombre période d'ordre moral et de bigoterie, on ne plaisante pas avec la libre expression des esprits et des corps. Ultramontains, toutous de Pie IX, de Mac Mahon et de Broglie en tête, nostalgiques de la Restauration, tous unis contre la liberté de jouir où bon nous semble !

Enfin, rassuré de ne voir personne, il se positionne entre ses cuisses, ne sachant trop que faire tant il attend ce moment. Il reste ainsi un temps indéterminé, partagé entre le désir de rester au bord de ce précipice de promesses et celui de s'y engouffrer, de s'y laisser engloutir.

Ils se sont vus à plusieurs reprises dans l'appartement de la rue de la Mare qu'il partage avec son ami Simonin, le professeur de peinture de Mathilde.

Étant joli garçon et plein d'esprit, il est déjà familier de la chose, qu'il a pu pratiquer avec des lorettes de passage. Des jeunes femmes qu'il pouvait rencontrer dans des cafés, en prenant le train, chez des amis, un peu partout à vrai dire, qui finissaient invariablement par s'attacher et se mettre en tête de le revoir. Peu enclin à s'opposer au désir qui lui était porté, répugnant à blesser l'autre, il lui en coûtait de décliner avec une habileté gênée toute perspective d'avenir commun.

Mais depuis qu'il connaît Mathilde, il ne veut rien faire d'autre que la revoir.

Il se décide enfin à accomplir le seul acte qu'elle est en droit d'attendre de celui qu'elle a laissé venir là, à cet endroit.

Elle lui demande s'il sait ce qu'il fait.

Il lui répond de ne pas s'inquiéter.

Contrairement à ce qu'il aurait pu craindre, c'est encore mieux que les dernières fois. Accompagnant le va-et-vient en ondulations de plus en plus amples, elle pousse de petits cris et finit par éclater d'un rire tonitruant.

Lui aussi a joui. Il décide de se dégager. Le moment est tardif, il n'a pas réussi à garder sa semence, mais qu'importe : ils s'aiment, c'est le destin qui décidera.

10.

Ils ne recouvrent progressivement leurs esprits qu'après vingt minutes d'immobilité bienheureuse et de tendres enlacements.

Dans le vagin, l'ambiance est différente pour les spermatozoïdes, qui comptent les morts et les estropiés (même si des flux d'œstrogènes viennent d'activer la fabrication de glaire cervicale, permettant à un nombre significatif d'entre eux d'atteindre l'ovule).

Lorsque les amoureux retrouvent la foule du centre de l'île, il est presque treize heures trente. La plupart des clients attablés finissent leur dessert ou fument la pipe en devisant. Devant, une bande de carabins sortent de table en entonnant des chansons paillardes. Certains titubent. Plus loin, c'est un saltimbanque qui fait gémir un orgue de Barbarie. Son chien, un roquet habillé d'un tutu de vieille poupée, qu'il a installé au sommet de l'appareil, hurle à la mort. Des badauds ricanent de ce lamentable spectacle. Tant d'agitation déchire la bulle de douceur et d'harmonie où ils sont encore enfermés.

Après avoir marché quelques centaines de mètres, Augustin et Mathilde finissent par trouver un endroit plus calme. C'est une modeste guinguette qui ne paye pas de mine, avec deux petites tables de zinc en guise de terrasse. La patronne, une blonde entre deux âges aux traits ronds et fatigués, les avise d'un ton blasé qu'elle n'a plus grand-chose, à part de la petite friture qu'elle peut leur servir avec quelques pommes de terre.

Un acquiescement commun anime leur visage.

Au moment de s'installer, il prend soin de lui laisser la place face à la rivière où déambulent quelques barques animées de rires et d'exclamations.

C'est la première fois qu'ils déjeunent ensemble ; le moment idéal pour rétablir la vérité au sujet de son histoire. Lui qui a toujours détesté le mensonge, comment avait-il pu lui déblatérer de telles affabulations et lui cacher l'essentiel ? Et puis quoi, était-ce une honte d'avoir été élevé par un prêtre défroqué, ancien jésuite marié à une cantatrice italienne ? Il n'était pas obligé de lui parler des Brémont, qui le battaient et l'enfermaient dans la cave pendant des heures. Après tout, il ne les avait connus que jusqu'à l'âge de cinq ans. Avoir été élevé par une cantatrice, en revanche, voilà qui n'est pas dénué de panache ! Simplement, il devait le lui dire avec diplomatie et habileté. Le plus grave serait qu'elle en prenne ombrage et décide de ne plus le revoir.

Mais à peine s'apprête-t-il à lui servir un récit présentable qu'elle lui demande s'il a lu *Le Paradis perdu* de Milton. L'opus trônait dans la bibliothèque de son père avec sa dernière traduction, celle de Chateaubriand. Là, elle en est au passage où Adam et Ève sont chassés du paradis pour avoir goûté à l'Arbre de la science…

– Chateaubriand, cet affreux contre-révolutionnaire ? lance-t-il avec une vivacité qu'elle ne lui connaissait pas.

– L'écrivain n'a rien à voir avec l'homme politique, et un auteur ne peut pas être réduit à ses idées, lui répond-elle avec son assurance de jeune fille lettrée de bonne famille.

Pour ne pas être en reste, il dit préférer *Le Paradis* de Dante, bien qu'à son avis la vie soit plus intéressante au purgatoire ou même en enfer, car ce sont des endroits où l'homme lutte contre sa propre nature, faite de passions mauvaises. Il avoue un faible pour le cercle des voluptueux, emportés dans un éternel ouragan où ils s'abîment au souvenir des temps heureux. Fier de sa tirade, il peut lui parler de son métier. La reliure de beaux livres, explique-t-il, lui permet de vivre de sa passion. Il a lui-même travaillé sur *La Divine Comédie* illustrée par Gustave Doré. Il précise qu'il est devenu ouvrier numéro deux dans son atelier. Quand il n'est pas sur ses gravures, il milite pour les droits des travailleurs. Retrouvant sa flamme révolutionnaire, il évoque l'Internationale ouvrière, le retour d'exil tant espéré du « patron » et la victoire imminente des idées socialistes.

– Le patron ?

– Jules Guesde… Il n'a jamais supporté qu'on l'appelle « patron »… une blague entre camarades !

Elle lui parle alors de son oncle paternel, rédacteur au *Cri du peuple*. Engagé dans la Garde nationale, il a été arrêté et déporté au bagne de Toulon au moment de la Commune. Elle espère qu'il reviendra bientôt car elle l'aimait beaucoup. C'était un extraordinaire touche-à-tout qui pouvait à la fois déclamer des poèmes entiers, faire le comique, jouer à l'acrobate, et étonner toute la famille par d'invraisemblables tours de magie. Ses parents aussi ont participé aux barricades ; son père a même été blessé par une balle perdue. Il en a gardé un léger boitillement et une sensibilité extrême à l'humidité.

Il répond en évoquant son oncle P'tipaul, condamné à mort pour avoir participé aux événements. Heureusement, il a réussi à s'échapper… pour être repris un an plus tard et exilé en Guyane. D'après les dernières nouvelles, il se serait lancé dans les affaires et aurait épousé une indigène avec qui il aurait eu des enfants.

Peut-être enfin le moment de lui confier la vérité, mais une nouvelle objection s'élève : que ferait sa si prosaïque histoire d'enfant adopté après un destin aussi rocambolesque ?

Ne sachant que dire, il lui demande si ses parents savent qu'elle déjeune avec un inconnu.

– Ils me croient avec Simonin, en qui ils ont confiance. Comme c'est ton ami, c'est un demi-mensonge. Et puis quoi, je ne suis plus une petite fille, badine-t-elle.

Elle lui raconte que son père, qui est professeur de philosophie dans un institut privé, s'est pris de passion pour l'histoire de l'art. Du coup, il joue le mécène avec le jeune peintre, lui achetant régulièrement une toile.

Parfois, ils se taisent, pétrifiés par la seule présence de l'autre. S'attardant sur le détail d'un trait, d'une expression, croisant leurs regards, ils tentent de ralentir le temps et d'immobiliser ce moment passé ensemble, peut-être guidés par la prescience que ce sera le dernier. L'horloge sonne trois coups. Et son comité d'action qui va bientôt commencer ! Même s'il trouvait facilement une voiture pour regagner Paris, il n'y serait pas avant une heure ou deux… Bah, après tout, s'il arrive en retard, les camarades n'en mourront pas.

11.

Après avoir déambulé dans la poussière et le soleil, ils trouvent un fiacre porte de Saint-Ouen. Une vingtaine de minutes plus tard, ils sont devant chez Mathilde, rue Rambuteau. Le conducteur a été bien inspiré d'éviter les embouteillages dominicaux habituels des Grands Boulevards (devenus pires encore avec ces interminables travaux depuis que le baron Haussmann s'est mis en tête de construire des allées versaillaises à la place des rues de Paris !) ; ils ont bifurqué par la place du Château-d'Eau (bientôt rebaptisée « place de la République »), inhabituellement calme.

Ils s'embrassent et promettent de se revoir au plus vite. Lorsque Augustin la voit monter l'escalier par la porte encore entrouverte, il l'imagine évoluant dans un appartement lumineux décoré de fines tentures d'arabesques et de larges meubles à tiroirs.

Le rendez-vous avec ses camarades a été fixé au *Chat qui pelote*, un beuglant de Belleville, près de son logement de la rue de la Mare. Le déchirement qu'il éprouve à quitter la jeune femme se dilue peu à peu dans le brouhaha de la ville et le spectacle de la misère la plus abjecte qui s'y étale en permanence. Aux abords de Saint-Ambroise, un homme s'en prend à une adolescente en haillons. Tous deux arborent les signes de l'extrême pauvreté : visages scrofuleux, tics nerveux, habits déchirés, plaies sur tout le corps. Apparemment, il (son mari ? son frère ? son amant ?) lui reproche de ne pas lui avoir rapporté assez d'argent. Après l'avoir molestée, il la prend par les cheveux et lui cogne la tête contre un pan de mur délabré. Elle s'effondre, le visage en sang. Le temps pour Augustin d'intervenir, de vérifier qu'elle est encore vivante – et qu'elle exhale de l'eau-de-vie par tous les pores –, l'agresseur s'est déjà enfui dans l'un de ces innombrables coupe-gorge perpendiculaires au boulevard. Un peu plus haut, au niveau de la rue Saint-Maur, deux enfants se poursuivent en titubant à côté de leur mère, ivre morte, qui vomit sur la chaussée. Quant au père, un géant unijambiste au front minuscule, il insulte ce qui a tout l'air d'être une carcasse de chien-loup dont il tente en vain d'extraire l'un des cuissots.

En haut du boulevard de Belleville, Augustin s'arrête dans un terrain vague pour satisfaire un besoin naturel, que le mélange de bière et de café avait rendu irrépressible. Alors qu'il asperge sans merci un assemblage de graminées, de fougères et de pissenlits, son regard est capté par une série de micromouvements hachés dont les assauts vif-argent striés de jaune et noir trouvent aussitôt place au catalogue des choses connues : un frelon, aux prises avec une mante religieuse. Comme la mante lui a déchiré les ailes, l'hyménoptère essaie de s'envoler et reste cloué au sol en dépit de tous ses efforts. Pour un peu, on le prendrait pour une nouvelle espèce de long cafard jaunâtre.

Furieuse de son impuissance, la bestiole bourdonne avec rage. Mais elle a beau remuer ses grosses pinces et agiter son dard avec force, elle finit coincée entre les deux énormes pattes de sa prédatrice. Comme pour l'embrasser, cette dernière s'est délicatement approchée, toutes mandibules sorties, cisaillant l'air avant de broyer yeux, antennes, et de laisser entrevoir, encore tout frémissant de souffles, d'humeurs et de volonté de vivre, l'intérieur noirâtre et gélatineux de l'abdomen.

Question cruauté, la nature n'a rien à nous envier, marmonne le jeune homme en repartant.

Arrivé au *Chat qui pelote*, Augustin Août trouve le collectif divisé en deux groupes distincts sur le premier point de l'ordre du jour, qui porte sur la reconstruction des forces révolutionnaires : autour d'une table, Simonin est en pleine discussion avec Lefresne et Chazot.

Le premier tente d'expliquer que l'art a son rôle à jouer dans l'avènement de cette société nouvelle à laquelle ils aspirent tant.

On ne changera pas le monde si on ne modifie pas ses formes de représentation, plaide-t-il avec véhémence. Il cite Delacroix, sa *Liberté guidant le peuple* à l'appui.

Avec son sens de la nuance habituel, Chazot lui objecte que ce culte effréné du Beau est une pratique bourgeoise qui ne vise qu'à flatter des goûts bourgeois (sourire intérieur d'Augustin qui ne peut s'empêcher de penser à Mathilde, et à son père amateur de peinture).

– Et quand bien même l'artiste serait-il animé des meilleurs sentiments, concède-t-il, sa production finirait tôt ou tard par engraisser ces coquins exploitant la misère du peuple que sont marchands et spéculateurs.

La virulence de Chazot s'explique en partie par la haine qu'il nourrit à l'égard de sa famille, où cohabitent plusieurs lignées de riches négociants – certains, la souche bordelaise, s'étaient même enrichis de la traite d'esclaves. Il déteste son père en particulier, un homme violent qui battait femme et enfants. Occupant une place importante au ministère de l'Intérieur – directeur de commission ? chef de bureau ? Chazot était incapable de le préciser –, il risquait la révocation s'il se savait en haut lieu que son fils aîné nourrissait des sympathies socialistes.

Comme à son habitude, Lefresne consigne les arguments de chacun sur un petit carnet rouge.

À la table d'à côté, Lecourt et Rouvier s'écharpent sur la crise qui est en train de secouer l'Association internationale des travailleurs (dite Première Internationale).

Le premier soutient Bakounine et l'Internationale antiautoritaire qu'il vient de créer, à la suite de son éviction de l'AIT.

À l'inverse, le second est partisan d'un socialisme scientifique et autoritaire. Grand lecteur de Marx (outre ses *Statuts généraux de l'Association internationale des travailleurs*, qu'il connaît par cœur, il en dévore comme un bréviaire les écrits sur le Salaire, le Capital, ou la Lutte des classes en France), il soutient le matérialisme historique et la dictature du prolétariat, préludes à la constitution d'une société égalitaire.

Un peu plus loin, un homme fume la pipe en lisant *Le Charivari*. Augustin s'apprête à lui parler, ne doutant pas qu'il s'agit d'un camarade, mais il est plongé dans sa lecture, et rien ne semble l'en extraire. À sa tignasse en bataille, son foulard rouge noué de travers sur un chandail élimé, son regard réfléchi et réfractaire à toute forme de discipline, il aurait pourtant juré qu'il tenait là un blanquiste de la plus pure extraction.

Après avoir salué ses amis, Augustin s'installe à la seule place libre de la banquette entre les deux tables. En dépit de ses efforts, il n'y est pas. Peinant à se passionner pour le contenu des débats, il se contente de picorer quelques morceaux des conversations alentour. Comment trouver dans la compagnie de ses camarades un motif de joie, alors qu'il est encore dans les enlacements de ce midi et pense que la seule cause qui vaille la peine est de les revivre au plus vite ?

Simonin lui sert un verre de vin rouge. « Voilà qui va peut-être me donner du cœur à l'ouvrage », se morigène-t-il.

Rouvier l'interpelle. Rouvier et sa face replète aux yeux ronds et hagards, marquée par une calvitie précoce. Son défaut de naissance à la lèvre, comme une excroissance de chair putréfiée, le fait ressembler à un gros poisson pris à l'hameçon. Un ratage parfaitement réussi qui pouvait porter le cachet d'une divinité brouillonne, ou malfaisante. Après avoir aboli la lutte des classes, la révolution devra également s'attaquer aux inégalités physiques. Pour cela, il faudra développer la science et la médecine. Elles seules (et non une quelconque intervention divine !) seront en mesure de corriger les caprices de la nature qui distribue le meilleur chez les uns, le pire chez les autres, programmant des vies de souffrance sans répit pour les seconds. Combien ce pauvre Rouvier avait-il eu de femmes ? Sans doute aucune, tant il était répugnant, même si son esprit portait les plus belles idées.

– Alors, tes préconisations, camarade ?

Tous les regards se sont braqués sur lui. Heureusement qu'ils n'ont pas la possibilité de lire dans ses pensées… S'il voulait retrouver sa place parmi les siens, il fallait frapper fort, quitte à en faire un peu trop. Comme le ferait le patron. Ou Blanqui, oui, Blanqui, qu'Augustin admirait plus que tout autre. Allez, mon vieux, fais ton Louis Auguste…

– 1789, 1830, 1848 et 1871 ont vu les mêmes reprendre le pouvoir ? Eh bien, nous n'avons pas le choix que de remettre notre ouvrage, encore et toujours, assène-t-il sur un ton tranchant. Et le programme est si simple qu'il tient en quatre mots : tout raser, tout reconstruire. Comment reprendre autrement aux voleurs le tribut de leur butin injustement amassé ? Comment substituer sinon au gouvernement des riches la souveraineté du peuple ? Tout cela, mes chers camarades, ne se fera pas dans la joie et la bonne humeur et il faudra en faire couler, du sang et des larmes, pour hisser l'humanité vers cette société juste que nous espérons tous. *Primo*, on constitue une armée et on s'empare de tous les dépôts d'armes de France et de Navarre pour refaire 1870 à l'envers… *Secundo*, on trucide tous ces coquins de curés qui voudraient nous ramener plusieurs siècles en arrière et on transforme leurs églises en logements ouvriers… *Tertio*, on délègue dans chaque région des commissaires politiques qui veilleront à l'application de l'égalité dans les usines, mais aussi dans les tribunaux et les foyers… À chacun selon ses besoins, la propriété pour tous, et la science à la place de Dieu pour enfin aider les hommes à vivre mieux… Mais pour y arriver nous devons commencer par reconstituer nos forces, alors buvons !

Un tonnerre d'applaudissements salue son allocution. Car d'autres groupes ont également entendu et apprécié. Galvanisé, Lefresne s'est même arrêté de noter.

L'homme au foulard rouge semble également conquis. Hochant la tête d'un air inspiré, il prend des notes sur son calepin en sifflotant.

– Oh, je n'ai fait que mettre à ma sauce ce que nous ne cessons de lire et d'entendre dans nos assemblées, fait-il en feignant la modestie.

Soulagé d'avoir trouvé les mots justes, il vide son verre d'un trait et en commande un autre. L'effort, la concentration, l'énergie mobilisée pour exposer sa vision de la révolution l'aident à s'extraire de l'océan de volupté où il est encore prisonnier.

On passe aux points suivants de l'ordre du jour, que Lefresne synthétise avec une précision maniaque, distribuant des actions aux uns et des échéances aux autres, selon les compétences et les disponibilités.

À mesure que les verres de vin se vident, le désordre s'installe dans les conversations et les formatages idéologiques se ponctuent de digressions. La rédaction des tracts est remise à la semaine prochaine. On entend des noms d'hommes politiques vus dans des lupanars sordides. On voit se dessiner sur la table le président Mac-Mahon, les fesses à l'air, s'apprêtant à recevoir une bénédiction très particulière de Pie IX, qui lui-même offre son postérieur à un cochon…

À 21 heures précises, ce petit monde se sépare car demain est un lundi, et il faudra aller travailler, tôt pour la plupart.

Vivant sous le même toit, Augustin Août et Pierre Simonin font naturellement le chemin du retour ensemble. En passant devant un couvent rue Puebla, Augustin s'esclaffe : des drapeaux rouges tenus par le Christ et la Sainte Vierge, voilà qui aurait de l'allure !

Alors qu'ils s'engagent rue de la Mare, Simonin lui fait signe de se taire, car il a l'impression qu'on les suit : sans doute un voleur qui guette sa proie. Peut-être fait-il partie de ces fameuses bandes dont ont parlé les journaux. Les faits divers de ces derniers jours n'abondent-ils pas en crimes sordides et crapuleux, parfois même à l'encontre d'ouvriers sans le sou ?

Le cerveau à nouveau farci de baisers et de mots doux, Augustin n'a aucune envie de se battre, encore moins de se faire trucider. Aussi n'a-t-il jamais été autant soulagé d'entendre se refermer d'un bruit sourd le loquet verrouillant la porte en chêne de l'atelier.

12.

Comme d'habitude, ils fument une pipe en devisant avant d'aller se coucher. Plusieurs mois de cohabitation ont transformé les deux camarades de lutte en véritables amis. Par-delà leurs affinités politiques, ils n'hésitent plus à s'épancher au sujet de tout et de rien, de leurs déboires professionnels aux démêlés avec le mari ou le père d'une de leurs maîtresses de passage.

D'une voix que l'alcool – un savant mélange de vin rouge, d'absinthe et de vieille poire – a rendue tout à la fois discordante et empesée, Simonin déclare qu'ils ont bien raison de vouloir changer le monde. Tout foutre en l'air, à commencer par le monde de l'art, selon lui pourri jusqu'à la moelle. Avec quelques-uns de ses amis des Beaux-Arts qui, comme lui, n'ont pas été exposés au salon de la peinture et de la sculpture, il participe à une exposition dans l'atelier de Nadar, boulevard des Capucines. Oh, il n'en attend pas grand-chose, tant ces imbéciles de critiques sont focalisés sur la *ressemblance avec la chose vue*. Le salon de 1873 a été un modèle du genre, avec tous ces petits maîtres qui rivalisaient de grandiloquence et de boursouflure pour célébrer des sujets mille fois éculés. Que pouvait-on attendre du magasin d'antiquités qu'est devenu notre pays ? Alors que, dans le même temps, la photographie et l'électricité font basculer toutes nos vieilles habitudes de représentation. Il faudra lui expliquer en quoi ses *Vus du ciel* ou les *Impressions* de Monet sont moins artistiques que les clinquantes allégories de Cabanel, déplore-t-il en désignant un ensemble de toiles aux formes à la fois étrangement aquatiques et aériennes qu'il appelle en plaisantant des « géométries molles ».

Les deux amis se sont posés sur des tabourets à vis, au milieu de l'atelier saturé d'effluves de gouache et de térébenthine. Des dizaines de tableaux (dont la texture n'avait effectivement rien à voir avec les formes néo-classiques célébrées en ce début de IIIe République) s'amoncelaient sur le sol, sur des chevalets, sur des fils tenus au plafond.

– Manet ? le coupe son ami, d'une attention distraite.

Comme la plupart de ses contemporains, Août avait déjà entendu gloser au sujet du *Déjeuner sur l'herbe*, sans avoir une opinion bien tranchée sur la question.

– Non, Monet… un de mes amis des Beaux-Arts… Le pauvre se bat comme un beau diable pour imposer une autre représentation… suggérer une réalité qui n'est pas d'un bloc, comme les mythologies ampoulées de cet âne de Bouguereau dont tous ces pédants ignares se gargarisent, mais une suite de perceptions qui se noient dans d'autres perceptions… Pour ma peinture, c'est l'observation d'un vol de mouettes au-dessus du Sacré-Cœur qui m'a donné cette idée de *Vus du ciel*... C'est comme si un oiseau au regard de poisson voyait notre monde... Heureusement que Goldberg m'achète un tableau de temps à autre... mais le pauvre bougre n'a pas le bras assez long pour imposer son poulain à la critique...

– Au fait, à propos de Goldberg, je dois t'avouer quelque chose, glisse Augustin, soudainement pris d'une légère appréhension.

– Sa fille ?

– Oui, sa fille !

– Ne me dis pas que tu l'as...

– Euh, je crois bien que oui !

Le jeune peintre joint ses deux mains en position de prière et lui confie que donner des cours à la déesse de l'Amour est pour lui une vraie torture...

– Je pourrais être très jaloux, mais puisque c'est toi, mon ami, je te bénis...

Après d'affectueuses accolades, ils se dirigent en titubant de l'autre côté de la grande pièce, où les attendent deux matelas disposés le long d'un mur les séparant opportunément d'une cour sombre, étroite, puante et jonchée de fientes de pigeons.

Augustin se réveille plusieurs fois dans la nuit, partagé entre la joie de la revoir et la crainte de devoir lui parler de ses origines. Comment va-elle réagir ? Sans doute par ce sens de la repartie dont elle a fait preuve alors qu'il avait eu un mauvais mot sur les Juifs, qui selon lui thésaurisaient du capital sur le dos de la classe ouvrière ; et quoi, ce n'est pas parce qu'elle s'appelle Goldberg qu'elle est née dans une mine d'or, lui a-t-elle répondu. Ayant énuméré les titres de fortune de sa généalogie, elle lui a démontré que l'argent venait plutôt de sa mère, issue d'une famille de hobereaux de l'Est (qu'elle n'aime d'ailleurs guère, les trouvant odieusement cupides, brutaux et arriérés) alors que, du côté de son père, ils étaient pour la plupart des petits boutiquiers sans le sou, menacés par l'arrivée des grands magasins et épinglés par la police en raison de leurs activités politiques au moment de la Commune.

Oui, elle est de son côté, et leurs discussions sont aussi animées que celles qu'il peut avoir avec ses meilleurs amis du comité. *Le Cri du peuple*, l'entourage socialiste, sa curiosité pour la science, sa vivacité d'esprit, ses lectures, tout chez elle l'attire et lui donne pour la première fois le désir de dépasser la simple gaudriole pour que cette histoire ait suite et continuité. Quant à ses attraits, il n'en avait jamais connu de tels chez une autre femme. Rien d'étonnant à ce qu'elle ait été pressentie pour être danseuse étoile. Mais elle a été obligée d'abandonner la danse à cause d'une mauvaise chute de cheval qui lui avait esquinté le genou.

C'est au petit matin, tandis qu'il vient à peine de se rendormir, qu'il est réveillé par des coups à la porte et des cris de « police, ouvrez ! ».

Pensant qu'il s'agit d'une blague de ses camarades, il marmonne quelques onomatopées incompréhensibles et tente de retrouver le sommeil.

Mais les coups redoublent d'intensité et on menace de forcer la porte.

Il s'habille avant de leur ouvrir, déterminé à leur expliquer que ce n'est pas très amical de réveiller un camarade de si bonne heure !

Lorsqu'il voit deux vrais policiers lui ordonner de le suivre, il croit d'abord à une erreur. Sans doute ont-ils confondu le numéro 20 avec le 22, qui est devenu invisible à cause de récents éboulements.

– Eh, quoi, messieurs, nous ne sommes pas des criminels, déclare-t-il du ton de celui qui est dans son bon droit.

Il a bien participé à des manifestations il y a trois ans, mais il a pris garde à ne jamais se faire pincer. Et puis, c'était il y a longtemps !

S'économisant toute forme de réponse, les deux représentants de l'ordre se contentent de lui passer des menottes au poignet.

Alerté par le bruit, Simonin accourt pour prendre sa défense mais il se fait menotter à son tour.

– Messieurs, suivez-nous !

Celui qui a parlé d'un ton hypernerveux est le plus jeune des deux. C'est un homme blond et chétif. L'exaspération et la fatigue qui semblent l'habiter en permanence se manifestent tant par la tension de sa voix que par les quelques gouttes de sueur qui perlent de ses tempes prématurément dégarnies.

Dans la pénombre du couloir de l'immeuble, adossé à la rambarde de l'escalier se tient un troisième individu qui les rejoint : l'homme au foulard rouge. Dire que, sur sa bonne mine et ses habits usés, ces imbéciles l'ont pris pour un des leurs… Comment ont-ils pu tenir leur comité alors qu'il notait chacun de leurs faits et gestes ? Comment ont-ils pu se montrer aussi naïfs ?

– Votre carrosse vous attend dehors ! badine l'autre fonctionnaire de police, à l'air plus débonnaire.

Son accent du Sud propice à la galéjade, son gros rire caverneux secouant un embonpoint épanoui pourraient presque leur laisser croire qu'il s'agit d'un canular.

Attelé à deux vieilles rosses blanchâtres, le fourgon cellulaire dissipe toute forme de doute sur la réalité de leur arrestation.

13.

À 8 heures du matin, Mathilde est réveillée par une succession de cris stridents et de hennissements qui viennent de la rue. Quand elle ouvre sa fenêtre et comprend dans un demi-sommeil qu'un homme est passé sous les roues de l'omnibus, elle est prise d'un frisson de frayeur. Et si c'était lui ? Regardant plus attentivement, elle est immédiatement rassurée : celui qui gît sur la chaussée, inerte, est brun, corpulent, et porte une moustache. Sa redingote ainsi que sa petite valise indiquent qu'il doit s'agir d'un homme d'affaires – notaire, avocat, banquier, patron. Bref, un individu trop pressé ou accaparé par son travail, qui n'a pas pensé à regarder. Après, tout se succède selon un enchaînement de faits et de gestes prévisibles, symphonie de la catastrophe que chaque intervenant interprète en fonction de la partition qui lui est dévolue : les badauds s'apitoient, grapillant en un coin de mémoire les quelques miettes du spectacle dont ils s'empresseront fièrement de peupler foyers et bureaux avec force détails, un agent de ville vient prendre les témoignages et faire son rapport, tandis que le cocher ne cesse de jurer ses grands dieux que l'individu a déboulé comme un beau diable et qu'il n'a rien pu faire.

Une fois la fenêtre fermée, le soulagement fait place à une immense frustration. Elle regrette qu'il ne soit pas avec elle, à ses côtés. Son lit ne lui a jamais paru aussi vide, et sa chambre aussi triste. Elle ouvre le placard en acajou de sa garde-robe pour le refermer aussitôt. Que lui font ces fanfreluches soyeuses, ces guipures galantes, ces mousselines légères, ces jupons coquins faits pour effleurer la peau et faire naître les plus irrépressibles envies de tendresse quand elle ne voudrait qu'une seule chose, être dans ses bras ?

Quant au reste de l'appartement, il lui paraît tout à coup si froid, si indifférent. Elle qui avait si ardemment contribué à sa décoration ces dernières années, lui imprimant ses goûts et ses lubies du moment, ne se reconnaît soudain plus dans cet entrelacs vaniteux de bergères ornées de fuchsias, de bureaux sculptés de cariatides et de tables décorées d'acanthe et de micas.

Eh, quoi, se reprend-elle aussitôt, tu n'es pas morte, tu vas bientôt le revoir. Alors sois patiente, ma fille. La patience, Mathilde, la patience. Combien sont-ils à le lui répéter ? Mais elle a beau se raisonner, elle sent tant d'énergie sourdre en elle, à l'intérieur de chacune de ses cellules, un irrépressible courant prêt à faire sauter toutes les digues que se sont évertués à construire le sens des convenances et le fertile terreau de sa bonne éducation.

Et s'il ne donnait plus signe de vie ? S'il en rencontrait une autre entre-temps ?

Non, il n'en est pas question. Elle le reverra sans attendre.

Si au moins elle pouvait en parler à quelqu'un, mais ses parents se sont tous les deux absentés, son père dans son école près des Champs-Élysées, sa mère pour promener Frisé, le nouveau venu de la famille, et sans doute faire quelques courses par la suite.

Se préparant un café et des tartines de pain à la confiture, elle se figure le type d'existence qu'ils pourraient avoir tous les deux : ils quitteraient le centre de Paris pour acheter une petite maison aux murs couverts de lierre en bordure des Buttes-Chaumont ou du bois de Vincennes. Il y aurait des lilas, un potager et des arbres fruitiers dans le jardin, avec une petite cabane où entreposer les outils de jardinage. Elle aménagerait un immense salon de réception avec une bibliothèque qu'elle fabriquerait elle-même et des tableaux sur tous les murs. Des réunions parfois s'y tiendraient, où ils inviteraient artistes, poètes, militants politiques et hommes de sciences pour construire le monde de demain. Ce serait vraiment une vie heureuse et palpitante faite de plaisirs simples, de rencontres inoubliables et d'une grande foi en un avenir radieux. Quelques années plus tard, une fillette et un petit garçon joueraient sur des chevaux de bois sous les yeux émerveillés de leurs grands-parents, pour qui une chambre en bas aurait été aménagée. Enfin ils vieilliraient à leur tour, fiers d'avoir contribué à transformer cette vallée de larmes qu'aura été ce XIXᵉ siècle en un XXᵉ siècle où il fera bon vivre pour tous.

Elle esquisse quelques pas de danse, mais un choc sourd au plafond, suivi d'éclats de voix et de pleurs, l'interrompt. Cette fois, il s'agit des voisins du dessus, une famille grouillante de marmots dont elle entend parfois le chahut dans la cour. La distribution de torgnoles a commencé tôt, aujourd'hui. À entendre la gamme de hurlements et d'injures qui fusent, la mère aussi en fait les frais. Ne faut-il pas être dépourvu de cervelle pour s'enfermer à dix là-dedans ! Le précédent locataire au moins était silencieux. Tellement silencieux que personne ne s'était rendu compte de sa mort : un marchand d'accessoires de cuisine ruiné par la concurrence des grands magasins. Noyant ses problèmes d'argent dans l'alcool des bars du quartier, on l'entendait parfois de bon matin trébucher dans l'escalier. C'est l'odeur qui avait alerté les voisins de palier. Un matin, la police était venue et avait forcé la porte, découvrant un cadavre en état de décomposition avancée.

Nouveau cri dans la rue. Cette fois, c'est un ivrogne qui insulte les passants. Tout à coup, il s'arrête et se met à pisser au milieu de la chaussée.

Décidément, elle n'en peut plus de ce Paris grouillant de crasse et de misère. De cette violence. De cette pesanteur. De cette bêtise sans fard, arrogante, carnassière – où elle fourre pêle-mêle les riches, qui ne font aucun mystère des mauvais traitements qu'ils réservent aux travailleurs sous prétexte qu'ils sont d'un règne inférieur, et les pauvres, aussi dénués de compassion que les premiers face à plus pauvre ou plus faible qu'eux –, empestant tout l'air de la capitale de son parfum d'abjection.

Forte de sa récente découverte de l'œuvre de Jules Verne, elle se prend à rêver d'une ville modelée par les grandes inventions scientifiques. Une ville lumineuse, propre et intelligente. Où des éclairages fonctionnant à l'électricité illumineraient chaque foyer. Où d'ingénieux systèmes de drainage évacueraient les immondices. Où des navettes circuleraient sur des coussins d'air et où des réseaux mystérieux relieraient tous ses habitants. Où une jeune fille comme elle, enfin, pourrait s'aventurer seule à toute heure du jour et de la nuit sans crainte d'être violée, puis égorgée.

14.

Deux hommes amènent Augustin Août dans un réduit sans fenêtre où brûle un bec de gaz diffusant une lumière jaunâtre et vacillante. On l'assied sur une chaise de bois vermoulu – l'un des seuls meubles de la pièce, avec une table et une armoire où s'entassent quelques piles d'archives.

– Alors, tu devines pourquoi tu es ici ?

Non, il ne devine pas, il ne sait pas, il ne sait rien, ça doit être une erreur, oui, une erreur, il ne voit pas autrement, se contente-t-il de répondre, ce qu'il ne cesse de répéter depuis le début de son arrestation.

Lorsqu'ils sont arrivés au commissariat, on leur a fait comprendre qu'ils sont sous le coup d'une « comparution immédiate sur ordre du procureur de la République ! » : n'étant nullement spécialistes du droit, ils ne savent pas ce que recouvre ce jargon judiciaire, encore moins à quelle procédure cela peut mener.

L'un des deux enquêteurs, le plus costaud – visage long rectangulaire un peu empâté du bas, front étroit, nez de boxeur – sort un calepin gris de sa poche intérieure (le recueil de témoignages de l'homme au foulard rouge, soupire Augustin avec amertume) et en égrène laborieusement le contenu.

– Le 26 avril 1874 à 17 h 10 au café *Le chat qui pelote*, situé 42, boulevard de Belleville, lors d'une réunion publique nommée « comité d'action » par l'un de ses participants, Monsieur a déclaré vouloir tout raser, tout reconstruire… et en faire couler, du sang et des larmes… constituer une armée et s'emparer de tous les dépôts d'armes de France et de Navarre… trucider tous les curés et transformer leurs églises en logements ouvriers… déléguer dans chaque région des commissaires politiques… Euh, il a aussi été produit sur un coin de table un dessin représentant le président de la République violé par le pape, lui-même violé par un cochon…

En prononçant le mot « cochon », l'homme tape du poing sur la table. Sentant ce monument de muscle et de haine prêt à bondir, Augustin prend un ton poli et distant :

– Il ne s'agissait pas d'un vrai projet… juste une farce… je veux dire une blague… une bonne blague entre amis… Vous savez, quand on boit avec les copains, on n'est pas à une bêtise près… Après un verre, deux verres, on peut déclamer des discours violents, excessifs, mais qui n'ont pas d'autre ambition que de faire naître quelques applaudissements…

– Tu veux nous expliquer que ton comité d'action est un comité pour ne rien faire, où tout le monde s'écoute et s'applaudit comme au cabaret.

– Ils disent tous ça, le coupe alors d'un air faussement blasé son collègue – plus petit, plus mince, face triangulaire, yeux verts vipérins, sans doute le chef... Tu me le fais parler avant ce soir ! Allez, je dois m'occuper de l'autre...

Les yeux scrutant l'espace exigu des quatre murs boursouflés de salpêtre, Augustin Août tente d'expliquer qu'il est innocent, il ne comptait pas mettre à exécution tout ce qu'il avait déclaré, il le jure, d'ailleurs il n'a jamais été arrêté, ni condamné... Je suis un honnête travailleur, un ouvrier du livre qui devrait être à l'atelier à cette heure-ci... Qu'y a-t-il de mal à lutter pour les droits des travailleurs... Enfin et surtout – à ce moment-là, il se souvient de récits de garde à vue que d'autres camarades lui ont racontés, et de la manière dont certains ont réussi à en réchapper –, s'il ne connaît pas les motifs de sa détention, il se réserve le droit de porter plainte pour erreur judiciaire.

À ces mots, l'homme se met à siffloter en faisant craquer les articulations de ses mains.

– Pourrais-je avoir le motif de mon arrestation ? insiste Août.

En réponse, il reçoit une énorme claque qui lui brûle et lui congestionne tout le côté droit du visage.

– Auriez-vous, dans votre immense bonté, l'obligeance de me donner le motif de mon arrestation, monsieur le représentant de l'ordre ? badine alors le policier avec des gestes de minauderie exagérée.

Deuxième coup de poing évité de justesse, mais il est agrippé par les cheveux. On lui cogne à plusieurs reprises la tête contre la table. Un bruit minuscule d'effritement suivi d'une douleur nasale aiguë, à la limite du tolérable, le prévient de la fracture.

Par un mystérieux jeu de correspondances sensorielles, l'intensité du choc lui fait revivre une scène de sa toute petite enfance chez les Brémont, sa première famille d'accueil (à qui il avait été enlevé après la visite providentielle d'un inspecteur des affaires sociales pour être placé chez ce bon père Viaux) : il a deux ans, peut-être trois. Il se balance sur une chaise haute. La mère Brémont coupe des légumes pour le potage du soir, vraisemblablement des pommes de terre et des carottes. Tout à coup, la chaise bascule. Dans l'espace d'un instant étiré, il voit avec une netteté hallucinante le carrelage de la cuisine s'approcher de plus en plus vite, jusqu'à cette étrange sensation de fusion contrariée avec la matière. Alertée par les pleurs, la mère Brémont pose son couteau, avise les quatre petits membres potelés gigotant au milieu d'une tache rouge et soupire. Puis elle remet tout en place, le couteau avec les légumes, la chaise avec le bébé à l'intérieur, non sans grommeler qu'à cause de lui elle va être obligée de tout nettoyer.

Des flots de sang se répandent sur le sol.

– Maintenant, tu vas me dire où sont tes complices !

L'injonction s'accompagne d'un nouveau coup, cette fois dans l'estomac.

La douleur irradie jusqu'aux poumons, lui bloquant toute possibilité de respirer.

– Je ne les connais pas, je les rencontre au café, ânonne-t-il en se demandant ce qu'il va pouvoir lâcher comme information sans compromettre ses camarades.

– Tes complices ? beugle à nouveau le fonctionnaire.

– Jules Guesde… Édouard Vaillant… Paul Lafargue… Auguste Blanqui (sachant que le premier est en exil en Italie, et les deux autres à Londres. Quant au quatrième, encore condamné à perpétuité, il ne craint rien d'une nouvelle inculpation !).

L'enquêteur prend un stylo et note en grommelant.

– Ah, on commence à retrouver la mémoire…

– Les autres ? Ceux du café ? Nom, prénom, appartenance politique, profession…

– Raoul Vergnes, association internationale des travailleurs, métallurgiste.

– Et encore ?

– Corentin Bailleux, association internationale des travailleurs, journaliste.

– Les autres ?

– Gaston Balfour, association internationale des travailleurs, journaliste… Louis Mermot, association internationale des travailleurs, journaliste… Euh…

– Te fatigue pas, on va déjà essayer d'attraper ces oiseaux-là…

À moins d'un extraordinaire concours de circonstances, ils n'en attraperont aucun. Noms, prénoms, tout a été inventé de toutes pièces. Qu'espère le jeune homme au juste de cette manœuvre dilatoire ? Pas grand-chose, à part peut-être l'infime possibilité qu'un miracle, séisme, révolution, coup d'État, suspende ou inverse à la faveur de ce dérisoire sursis le cours de l'histoire.

Si l'hypothèse d'une volte-face politique ne tient guère au regard du nombre d'opposants tués ou condamnés à l'exil, celle d'un caprice du sous-sol parisien est plus plausible : les grands travaux du baron Haussmann ont révélé la friabilité d'une ville-gruyère, traversée de gouffres et d'excavations. Une ville que ne cessent de chambouler de profondes et interminables saignées. Des Tuileries à la Bastille, du Luxembourg à l'île de la Cité, ces nouveaux axes ont créé d'immenses trouées de lumière et d'azur où il fait si bon déambuler. Mais parfois, les ténèbres reprennent le dessus. Sous les coups des démolisseurs, la terre s'ouvre sans crier gare et engloutit pans d'immeubles et tronçons de voiries. On raconte même que dans le quartier des Champs-Élysées (et ils sont actuellement à la direction de la Sûreté générale, rue des Saussaies, à quelques dizaines de mètres de l'hôtel Beauvau, qui abrite déjà le ministère de l'Intérieur) des bâtiments entiers ont été avalés par des cratères géants.

Bien que parfaitement athée, Augustin Août n'en est pas moins sujet à diverses superstitions. Aussi croit-il en sa bonne étoile, entité qu'il assimilera quelques années plus tard – à la lumière de travaux maçonniques – au Grand Architecte de l'univers. À la différence du dieu cruel et autoritaire de la Bible, celui-là se contenterait de choisir le meilleur plan possible, pour reprendre les termes du philosophe Leibniz, afin que soient parfaitement réglées une bonne fois pour toutes les vies humaines entre bien et mal, bonheur et malheur. Parfaitement logique et cohérente avec elle-même, cette bonne étoile le protégerait de tout, à tout moment, avec autant d'obstination aveugle qu'elle avait eu la judicieuse idée de le faire exister. Aussi l'immeuble pourrait-il s'effondrer, emportant murs, plafonds et occupants dans les entrailles de la terre, et il se verrait émerger, vivant et hagard, au milieu des décombres et des éboulis.

Après quelques heures de recherches infructueuses, le policier revient. Il a l'air très contrarié et surtout très *réel* : la magie n'a pas opéré, le miracle s'est dérobé.

– Alors, comme ça, on ne veut pas se mettre à table ?

L'homme sifflote à nouveau, un sifflotement cette fois plus appuyé et plus saccadé. La porte de l'armoire s'ouvre et se ferme. À la vue du nerf de bœuf tapoté par ces deux grosses mains impatientes, Augustin Août se prépare à une montée de quelques degrés dans l'échelle de la violence.

15.

Quelques heures se sont écoulées. Des heures longues, terrassées par l'immensité de la douleur. Pire que les coups, il y a la certitude que ce n'est qu'un début, le prélude à des souffrances plus grandes encore, l'expérimentation de toutes les gammes de sévices que peut supporter un corps.

Sortant d'un sommeil sans repos, Augustin Août interroge la pénombre : où est-il ? Comment a-t-il atterri ici, dans ce lieu empestant les égouts, dont l'air est aussi opaque que du charbon ?

Il tente de respirer mais rien, ou si peu, ne réussit à se frayer un chemin à l'intérieur de ses sinus broyés, de ses poumons entravés.

Un spasme nerveux lui fait à nouveau perdre connaissance. Il se retrouve alors dans le noir.

Un noir sans nuance. Sans horizon. Sans perspective. Un noir dans lequel il ne cesse de plonger, météorite incandescente fracturant le silence de la nuit.

Quelques secondes plus tard, il est dans la cave des Brémont qui se situe sous une cour dallée. Cette fois, il est tombé du toit et se voit la tête écrasée au sol. Malgré le choc, il les entend qui l'accablent de tous les maux, l'accusant même d'être à l'origine de leur ruine (pourtant antérieure à sa naissance puisque c'est en 1851 que leur boutique de mode et d'accessoires avait fait faillite, c'est uniquement dans le but de toucher les rentes de l'État pour éponger leurs dettes qu'ils les avaient alors accueillis, lui et quelques autres petits, tous entassés dans le même lit crasseux). À côté de la cave où ils avaient l'habitude de l'enfermer pour le punir de son ingratitude s'ouvre une autre pièce : une salle de restaurant, avec des tables servies et des couverts ! Il pense qu'il est temps de dîner mais un vent violent le fait décoller du sol. Tournoyant comme une feuille morte au-dessus des plats, il est saisi d'un doute sur la réalité de ce qu'il vit. Comment peut-il échapper ainsi aux lois de l'attraction terrestre ? Retrouver ma forme humaine, je dois retrouver ma forme humaine, tente-t-il de se persuader. À peine née, cette pensée se diffracte en éclats minuscules et incohérents : doigt… uh !… mène… trou… Il se cogne plusieurs fois la tête au plafond avant de revenir à la conscience.

Les yeux ouverts, il cherche à percer les ténèbres environnantes pour identifier des formes connues.

Un objet, une géométrie, un mouvement, quelque chose qui le sorte de cet espace sans contenu. Tentant de bouger les bras, il ne sent que la brûlure de ses mains, entaillées à vif par les menottes. À mesure qu'il s'éveille, d'autres zones douloureuses se font connaître.

Ce sont d'abord les orteils, dont le vide purulent laissé par l'arrachement des ongles picote désagréablement. Ensuite les jambes : les multiples plaies et ecchymoses qui les couvrent lui font l'effet d'être dévoré vivant par une meute de loups.

Le torse n'est pas mieux loti, avec une succession de volcans en éruption et de cratères de lave qui lui ébouillantent la poitrine et les omoplates. Quant à la tête, il ne peut la bouger sans qu'elle menace de s'effriter en mille morceaux avec cette boule de douleur qu'est devenu son nez.

Par-dessus tout, il se rend compte avec effroi qu'il s'est chié dessus. Cette sensation désagréable de mou, cette horrible puanteur qu'il croyait émaner des égouts proviennent de la chaise sur laquelle il est assis.

Son estomac se met à gargouiller. Depuis combien de temps n'a-t-il pas mangé ? D'où vient ce goût de sang qui le saisit à la gorge et lui brûle l'œsophage ?

Il tente alors de se raccrocher à une silhouette connue, qui pourrait le guider vers un début de compréhension, mais sa mémoire tourne à vide. Il n'est pourtant pas arrivé ici, dans cet endroit obscur, par l'opération du Saint-Esprit…

– Alors, mon gaillard, heureux de nous revoir ?

Simultanément, une autre silhouette allume le bec de gaz de la pièce minuscule.

Les deux hommes, le balèze et le moustique aux yeux vipérins, se tiennent devant lui. Ce dernier prend la parole d'un ton vif et assuré :

– Dis donc, tu l'as bien arrangé… Toujours pas parlé avec ça ? Moi, le mien, il a tout avoué avant même que j'aie eu besoin d'employer les grands moyens… Tu comprends, un *artisse*, ça flirte avec le sublime, ça fricote avec les muses et le beau monde… Ça joue les terreurs en société, mais, au fond, ce sont de vrais petits agneaux de lait… Pour la conférence avec M. le ministre, les entretiens avec les rédactions des journaux et les portraits des prévenus, on n'attend plus que toi, conclut-il avec un mélange de moquerie et de menace dans la voix.

Il n'en faut pas plus pour que les souvenirs se réassemblent et que lui reviennent les événements de ces dernières heures : les embrassades avec Mathilde, leur déjeuner au bord de l'eau, son comité d'action au *Chat qui pelote* avec ses amis, la discussion avec Simonin, leur arrestation à l'aube, le panier à salade, toutes les tortures qui lui ont été infligées pour lui faire avouer des crimes qu'il n'avait même pas l'intention de commettre…

– Ça arrive, ça arrive, chef… Coriace, le bougre, mais on va arranger ça… Couteau, s'il vous plaît !

Les sifflotements ont repris. À la vue de la lame rougie au feu qui virevolte autour de ses plaies, Augustin Août perd connaissance.

16.

N'en pouvant plus d'attendre son professeur de dessin, Mathilde Goldberg s'écrie d'un ton alliant l'impatience à l'inquiétude :

– Maman, Simonin n'est toujours pas là !

Dès 14 h 45 – son cours est à 15 heures –, elle s'est postée à la fenêtre pour guetter sa démarche chaloupée et ses cheveux noirs en bataille. Ne le voyant pas arriver au bout d'un quart d'heure, elle a descendu quatre à quatre l'escalier pour aller à sa rencontre, mais ça ne l'a pas fait davantage apparaître. Hier, il n'était pas venu non plus. Que se passe-t-il donc ? Sûrement lui est-il arrivé quelque chose.

En fait, elle se fiche comme d'une guigne de son cours de dessin, mais elle est inquiète à la perspective de ne pas avoir de nouvelles d'Augustin. Et puis elle aime bien Simonin, surtout depuis qu'elle est devenue l'amante de son meilleur ami.

Demain, on sera déjà mercredi. Le temps de lui laisser un message, elle ne reverra pas son amoureux avant la fin de la semaine. Hier au dîner, ses parents venaient de lui rappeler que, ce week-end, ils étaient invités à un baptême chez les Froissard, des cousins de sa mère, de riches paysans qui possèdent des terres dans les environs de Châlons-sur-Marne. Tout cela renvoie donc leur rencontre à la semaine suivante, une éternité.

Ce week-end à la campagne la contrarie d'autant plus qu'elle n'apprécie guère cette branche de la famille de sa mère, conservatrice et arriérée. Des monarchistes ruraux nostalgiques de l'Ancien Régime, a-t-elle décrété à leur sujet. Quelques années auparavant, ils avaient assisté à un mariage en grande pompe entre leur fils unique, Eugène Froissard, et la fille d'un hobereau ruiné des environs, Adélaïde de La Fontvieille, qui s'était avéré une épreuve – « un monument d'ennui » – pour Mathilde.

Son père appréhende également ces réunions de famille où il ne sait que dire, que faire. Avec son physique dégingandé et lunaire, il se coule difficilement dans le moule de ces lignées de mâles aussi solidement bâtis que les taureaux qu'ils exhibent fièrement lors des comices agricoles. Comble de l'inadaptation, il confond les prénoms, attribue à tort les titres ou les propriétés et a développé une allergie au pollen qui le fait éternuer en permanence.

– Ma chérie, lui répond sa mère avec sa sempiternelle volonté de rassurer, les gens ont parfois des empêchements… Souviens-toi, Simonin nous a parlé de son père, catarrheux, et de sa mère, sujette à des crises de goutte à se taper la tête sur les meubles… Sans doute a-t-il été appelé d'urgence au chevet d'un parent souffrant.

Dame. Comment va-t-elle revoir Augustin si son seul intermédiaire est indisponible plusieurs jours ? plusieurs semaines ?

– Qu'en penses-tu, Frisé ? Hein, qu'en penses-tu ? Que ferais-tu si tu étais à ma place ?

Croyant que sa petite maîtresse l'invite au jeu ou à la promenade, le canidé se met à remuer la queue en courant dans tous les sens.

– Oui, bien sûr, tu ferais tout pour le trouver. Et bien, j'irai moi-même le chercher jusque dans son terrier.

Qu'à cela ne tienne ! Dès que son père sera de retour, elle lui demandera de l'accompagner dans leur mansarde de Belleville.

Rassérénée à cette perspective, elle rejoint sa chambre pour se replonger dans la lecture d'*Autour de la Lune* de Jules Verne. Elle a dévoré *De la Terre à la Lune* quelques mois plus tôt et retrouve avec ravissement Nicholl et Barbicane dans leurs pérégrinations autour du satellite terrestre. Vibrant aux possibilités offertes par la science naissante, elle regrette de ne pas être née deux siècles plus tard pour connaître cette humanité enfin émancipée des lois de la nature que seule la littérature peut anticiper avec autant de justesse et de précision. Elle préfère de loin les fantaisies exaltées de ces savants fous aux tristes atermoiements de cette pauvre Bovary ou, pire encore, à l'inexorable décrépitude de ce crétin de Père Goriot. Des personnages à la psyché sculptée par le burin de la souffrance, qui ne lui rappellent que trop la triste réalité de ce siècle où, ne cesse-t-elle de le répéter avec sa vivacité mordante de jeune fille de bonne famille choyée et éduquée, elle a eu le malheur de naître.

Lorsque son père revient du travail à 18 h 30, il est accueilli par les joyeux aboiements de Frisé. Mais, au lieu de le saluer de son « bonjour, mon chien » répété en boucle, il brandit *Le Petit Journal* d'un air catastrophé sous le nez de sa femme et de sa fille qui viennent à sa rencontre.

– Regardez sur quoi je viens de tomber ! fait-il en posant le journal ouvert sur la commode.

C'est la mère qui s'approche la première. Aux cris de « mon Dieu, Simonin ! », la fille accourt, hurlant qu'elle veut savoir ce qu'il lui est arrivé.

Le titre fait état de l'arrestation de deux dangereux anarchistes. Grâce à la vigilance de la police, est-il expliqué dans le chapeau – et il est question dans le long développement qui suit des exilés de la Commune qui continuent à instiller de l'étranger leurs idées séditieuses –, une révolution sanglante a été évitée de justesse.

Les yeux virevoltant du portrait des deux hommes au dévoilement officiel de leur identité – nom, prénom, âge, profession –, Mathilde Goldberg ne peut s'empêcher de pousser un cri avant de s'effondrer, inanimée.

L'embargo sur le sang et l'oxygène déclenché par le système nerveux autonome a immédiatement coupé le flux de conscience, évitant à la jeune femme de mesurer l'étendue de son malheur au moment où elle en prend connaissance. Si intense soit-il, le trauma qu'elle vient de subir n'en a pas pour autant déconnecté ses organes reproducteurs de leur mission du moment.

Les deux spermatozoïdes encore en lice portent des chromosomes sexuels X. À ce stade, la seule certitude porte sur le sexe, féminin, du futur embryon.

Une future femme, donc.

Quelles que soient ses particularités génétiques – morphologie, caractère, aptitudes, fragilités –, elle devra s'adapter aux usages d'une société massivement façonnée par les hommes. Devenir la douce et jolie jeune femme aux courbes rebondies et à la voix flûtée, la solide reproductrice, l'épouse aimante et dévouée à son mari, même s'il ne lui inspire que de la haine et du dégoût.

Répondant aux vibrations chimiques qui lui sont envoyées, l'un des deux spermatozoïdes fusionne avec l'ovocyte et parvient à se délester de ses vingt-trois chromosomes : naissance d'un *zygote*, qui va devenir embryon, puis fœtus et nourrisson, pour porter vingt ans plus tard le front haut, le nez bourbonien et le caractère irascible qui sont la « marque de fabrique » des Marcheville.

Personne, en revanche, ne sera en mesure de lui dire qu'elle est « le portrait craché de son grand-père ».

Livre III

Du froid, de l'humide, du gluant (1895)

(À vingt kilomètres de Châlons-sur-Marne, le 25 octobre)

17.

Comme chaque soir, il attend ce moment. Faussement endormi, les yeux mi-clos, il guette chacun de ses gestes, impatient du spectacle qu'elle va lui donner sans le savoir, sans même pouvoir le soupçonner. La jeune épouse est trop bien élevée, bien trop prude, pour pouvoir imaginer les cochonneries qu'elle fait naître dans la tête de celui qui est devenu son mari. Alors, quand elle sort du lit, il se prépare, le plus discrètement possible : ça y est, elle lève son chemisier. S'accroupit. Ajuste le pot de chambre. Il ne l'entend pas même pisser tant il est concentré sur ce qu'il peine à distinguer. Les yeux tendus par l'effort, il tente de percer la pénombre de la chambre. N'en émergent que quelques contours brumeux – malgré les deux bougies qu'elle a opportunément laissées pour continuer son livre ! – qui ne font qu'accroître l'excitation. Son imagination cavale à la pensée de ce globe blanchâtre fendu d'un trait noir. Son organe turgescent et dur, violacé à force d'être trituré, ne cesse de se cogner aux draps rêches de ce grand lit, si froid, si humide que l'on s'y enfourne avec plus d'appréhension que de soulagement.

Ça y est, elle est à nouveau à ses côtés. Prenant son courage à deux mains, il ébauche une énième tentative de rapprochement :

– Toc-toc-toc, c'est l'facteur, laisse-moi entrer dans ta chaumière jolie, fait-il d'une voix douceâtre et faussement enjouée en se serrant contre ses reins.

Des millions de spermatozoïdes prisonniers se cognent furieusement aux parois de l'urètre.

– Laisse-moi tranquille, veux-tu, je ne vais pas tarder à m'endormir, lui est-il répondu, poliment mais fermement. Je préférerais être en forme, demain sera une grosse journée, je te rappelle qu'on reçoit mon père dans deux jours !

À quelques détails près, la même réponse que la dernière fois, qui était elle-même une morne duplication de la précédente, et de celle d'avant.

Cette situation n'est nullement le résultat d'une lassitude entre les deux époux. Depuis leur nuit de noces, il y a deux ans de cela, elle n'a cessé de lui témoigner sa répugnance à l'égard des choses du sexe et ne l'accepte qu'occasionnellement, sans doute dans la seule perspective d'accéder un jour au si désirable statut de « mère ». Même si elle a entendu dire – et l'observation des mœurs animalières lui en donne chaque jour la preuve – que l'accouplement en est un passage obligé, une partie d'elle ne peut s'empêcher de croire qu'avec un peu de chance et beaucoup de vertu, *cela* pourrait se produire en l'absence de tout contact physique, comme l'avait révélé le miracle de l'Immaculée Conception.

Lui, au contraire, est visiblement friand de la Chose puisqu'il en redemanda le jour d'après et les jours qui suivirent. Pour un gros tempérament comme le sien, amateur de viande rouge, d'activités physiques et de plaisirs charnels, quel pire cauchemar que d'être marié à une femme se refusant à lui ?

Il faut dire qu'il ne l'avait même pas choisie. Comme d'habitude, c'était sa mère qui avait tout manigancé à l'avance quand la petite était arrivée à la ferme il y a cinq ans :

– Fernand, je te présente Thérèse. C'est ta cousine, elle vient de Paris. C'étaient ses grands-parents, tu sais, les Goldberg, qui s'en occupaient… Sa mère est morte en couches à sa naissance, en 1875, et son père, un jeune révolutionnaire anarchiste, a été envoyé au bagne en Nouvelle-Calédonie… Comme les Goldberg sont très malades, elle va vivre ici, avec nous, un petit moment.

À l'époque, on s'était bien gardé de lui dire qu'il allait être obligé de l'épouser trois ans plus tard, dès qu'ils auraient dix-huit ans. Il repense à la Renée, la fille d'une ferme voisine. Sa promise avant que l'autre n'arrive. Une belle grande fille aux joues rouges et à la cuisse généreuse qu'il s'est plu à tartouiller dans la grange dès ses douze ans. Ce n'était pourtant pas faute d'avoir renâclé. Mais il y avait eu ce psychodrame juste avant les fiançailles, il avait déclaré que nom de nom, il ne voulait pas de cette Thérèse Goldberg et ce n'était pas la peine de discuter ; sa mère s'était alors tailladé les veines de contrariété, arrosant de sang le sol tandis que son père lui avait *illico* foncé dessus comme un taurillon piqué au vif, le rouant de coups jusqu'à l'assommer, tout en beuglant qu'il n'était qu'une vermine, avec tout ce qu'ils faisaient pour lui, il allait les tuer tous les deux à cause de son ingratitude. Fernand avait bien été obligé de se rendre à l'évidence, il n'avait pas le choix. De guerre lasse, il s'était alors secrètement consolé en se disant qu'au moins ils lui en avaient pris une belle, avec un joli minois de belette et des charmes à damner un saint.

Mais après toutes ces longues nuits de sevrage, son inextinguible prurit sexuel est devenu un vrai martyre. À toute heure, en tout lieu, il ne pense qu'à ce corps qui lui est interdit. Le moindre bout de mollet, la plus anodine vision d'un bras qu'elle dénude n'ont pour effet que l'accroissement d'une tension à son paroxysme.

Traversé par une foule de visions cochonnes, il l'observe parcourir les pages. Peut-être ses livres lui montent-ils le bourrichon.

Lui qui ne sait presque pas lire. Il ne comprend pas toujours ce qu'elle dit, ni de quoi elle parle. Une bourgeoise, avec de ces grands airs… Éduquée par de vraies gens de la ville : un professeur binoclard en redingote et une belle dame distinguée à ombrelle, d'après la description de maman.

Lorsque la toute jeune Parisienne avait débarqué dans la ferme avec ses tenues apprêtées et ses manières distinguées, elle avait éveillé la curiosité des villages alentour. Après les fiançailles et le mariage, tout s'était normalisé : elle est devenue Thérèse Froissard, femme de Fernand Froissard. N'était-ce pas un cadeau empoisonné que lui avait fait sa mère avec cette femme refusant tout contact et passant ses soirées sur ses livres, les travaux de la journée éclusés ? N'aurait-il pas été mieux avec une moins belle à regarder mais plus vivante ? Il a pourtant tout fait, tout essayé, allant jusqu'à astiquer ses chaussures le dimanche et lisser ses moustaches avec coquetterie, mais aucun de ses efforts n'a été couronné de succès. Est-il si laid, si répugnant ?

Il envie la vie sexuelle des bêtes, qui ne s'embarrassent pas de toutes ces questions. Pense aux juments prises de force par des étalons mus par leur seule pulsion. Aux vaches mollement consentantes face aux saillies de taureaux intraitables. Aux chèvres engrossées à l'improviste par d'inflexibles boucs.

Engaillardi par la vision de cette nature si peu regardante quant aux procédures et aux demandes d'autorisations, il lui trousse la chemise de nuit.

– Va-t'en, je t'ai dit, fait-elle en le repoussant.

Mais le mouvement involontaire de ces jolies fesses gigotant contre son vit exaspère d'un cran supplémentaire la violence des flux moléculaires au bord de la rupture.

Il lui passe la main entre les cuisses, où ses doigts commencent à fureter.

Elle se met à gueuler qu'elle a dit non, elle ne veut pas, il n'a pas le droit.

Tandis qu'un bâillon lui couvre la bouche, étouffant ses cris, un quintal de chair s'affaisse sur son corps menu.

Elle se débat de plus belle, lui mord la main, qu'il enlève, elle se remet à hurler mais il n'entend rien. Pas plus qu'il ne prête attention aux grincements du lit, si terrassantes sont les prémices d'une volupté qu'il n'a jamais connue, ou peut-être dans l'un de ses rêves d'adolescent après lequel il s'était réveillé, le froc trempé, se voyant pénétrer une femme sans tête en train d'astiquer le parterre, la croupe tendue.

La jouissance est instantanée. Un cri de brute, et il s'effondre aussi lourdement qu'un gros arbre foudroyé dans le silence de la nuit.

18.

Le matin, ils sont réveillés dès 5 heures par le chant du coq.

Ils se lèvent en silence. Debout, elle pousse une plainte de rage et de douleur. De multiples ecchymoses mêlées à des envies de meurtre ne sont pas loin de faire voler en éclats le vernis de sa bonne éducation. Si elle avait une idée plus précise de ce qui se trame en ce moment même au cœur de ses entrailles, Thérèse Froissard née Goldberg pourrait être tentée de prendre le plus gros couteau de cuisine, celui qui sert à saigner le cochon, et de découper avec une rage punitive les principaux responsables : d'abord l'horrible limace qui a craché sa gluance, ensuite ses propres organes. Quel autre moyen d'en finir avec cette partie d'elle-même qui accepte de se faire coloniser et de collaborer sans scrupule avec l'ennemi ? Elle préférera finalement se draper dans un voile d'ignorance, serrant son corset pour ne pas voir son ventre s'arrondir, faisant comme s'il ne s'était rien passé et ne se passait rien, vaquant à ses occupations quotidiennes. Jusqu'à ce que, huit mois et demi plus tard, le médecin dépêché à son chevet lors de la rupture de la poche des eaux se contente de déclarer, au grand étonnement de tous, que la grossesse est arrivée à son terme.

À peine dans la cuisine, ils sont accueillis par le bonjour aigre de la mère Froissard, également surnommée par le personnel de la ferme « mère Tape-dur » en raison de son physique noueux, de ses traits renfrognés et de sa facilité à médire. Comme d'habitude, sa belle-mère s'est levée avant tout le monde. Sanglée dans une robe noire à col blanc, elle maugrée contre cette mauvaise terre, incapable de leur donner à manger comme il faut, tout en regardant Denise, la nouvelle bonne – l'ancienne ayant succombé à des piqûres de frelons pour en avoir involontairement heurté un nid –, finir d'éplucher de minuscules pommes de terre déjà fanées : une pauvre fille de l'assistance qui la craint comme la mort et la suit comme une ombre, anticipant chacune de ses contrariétés et faisant tout pour y remédier.

Ils prennent leur petit déjeuner, chacun à une extrémité de la grande table de chêne, lui des tartines de rillettes, elle de confiture.

Il l'évitera soigneusement tout au long de la journée, espérant benoîtement qu'elle finira par oublier.

Elle ne pense à rien, elle ne veut parler à personne. Elle préférerait ne pas être née. Le philosophe Schopenhauer, dont ne cessait de lui parler son grand-père – elle venait de commencer *Le Monde comme volonté et comme représentation* –, avait bien raison de dire que la vie humaine ressemble à un balancement de l'ennui à la souffrance et de la souffrance à l'ennui, sans alternative possible.

D'où elle est assise, elle ne voit que la cour de la ferme : un marronnier agite ses feuilles, des moineaux picorent le sol avant de s'enfuir dans les airs.

Elle pourrait être n'importe quoi d'autre, un arbre, un bout de ciel, ou même une porte d'étable, sans que cela change rien à l'ordre du monde. Cela serait sans doute préférable, tout bien réfléchi. Elle envie l'existence de Napoléon, l'énorme bâtard, croisement probable de saint-bernard et de berger beauceron, qui soupire sous la grosse table de chêne. Sans idée ni espérance d'un avenir meilleur, il se contente de vivre sa vie de chien. Et lorsqu'il aboie autour des troupeaux ou monte la garde, la nuit venue, nulle voix intérieure ne lui rappelle qu'il aurait été mieux ailleurs, dans une autre famille. Tandis qu'elle, jeune fille de la ville aux goûts raffinés, fait une interminable chute dans un univers froid, humide et gluant.

Une petite mouche grise tourne autour d'elle et se pose sur son bol.

– Pas touche, cochonnerie ! maugrée-t-elle en la chassant d'un geste brusque.

Son seul salut : ne plus jamais penser à ce qui lui est arrivé. Enfouir l'événement. L'étouffer. Le dissoudre dans l'immensité du silence et de l'oubli. Après, elle n'aura plus qu'à se laisser porter par la boule de haine et d'indifférence qu'elle sent naître en elle, autour d'elle, et s'y tenir, quelle que soit la suite, quelles que soient les suites ; car elle sait pertinemment, c'est une fille intelligente, qu'il y aura forcément un avant et un après ce moment. S'il a osé faire *cela*, alors qu'elle lui avait dit non, signifie clairement qu'il pourra toujours recommencer quand bon lui semblera.

Demain, elle va rencontrer son père pour la première fois. Il était rentré de Nouvelle-Calédonie quatre ans auparavant. Il avait fallu toute sa volonté de persuasion, conjuguée à celle d'autres membres du « clan Froissard », qui avaient fait valoir les liens du sang, pour que sa belle-mère accepte enfin de le recevoir, en dépit de son passé sulfureux. Dans quel état va-t-il la trouver ?

Quelques bruits de pas et un « bonjour » encore lourd de sommeil attirent son attention : Félicie, sa belle-sœur. Elle ne s'est pas levée en même temps que son mari, Philippe, qui est dehors depuis plus d'une heure. De cette fratrie de quatre – les deux sœurs se sont mariées à des notables de Châlons, l'un député, l'autre magistrat –, Philippe est incontestablement le plus travailleur. Le plus courageux également. Lui seul avait opposé un refus catégorique et obstiné au choix matrimonial que voulaient lui imposer ses parents. Quant à Félicie, elle a été acceptée bon gré mal gré par sa belle-famille, surtout depuis qu'elle leur a donné, deux années successives, de beaux héritiers de quatre kilos cinq à la naissance, en ce moment même en train d'écluser leur demi-litre de biberon au lait de vache dans leurs grands lits à barreaux !

La mère Froissard l'appelle « ma première bru » en référence à la date du mariage, même si elle n'est jamais avare de critiques à son égard. Comment pourrait-elle apprécier une femme avec laquelle son fils aîné entretient une relation d'une réciprocité parfaite, et possédant toutes les qualités d'équilibre, de pondération, de sens de la mesure et d'amour de la vie (ce qu'un manuel de caractérologie – cette branche de la psychologie dont les salons raffolent – eût classé dans le type sanguin, actif, extraverti, cordial et enjoué) dont elle est totalement dépourvue ? Aussi ne cesse-t-elle de chercher à la mettre en défaut, tentant de transformer aux yeux de tous une fille sérieuse et conciliante en une bécasse négligente et désinvolte, allant même jusqu'à mettre en doute sa capacité à s'occuper de ses enfants.

Prudemment, Félicie s'installe à une petite table un peu en retrait, espérant prendre son petit déjeuner à l'abri des remarques acerbes de sa belle-mère. Mais cette dernière a déjà planté sa silhouette arachnéenne au milieu de la pièce. Sa bouche sévère pliée en une moue aigrie n'augure rien de bon. Les mains sur les hanches, elle se met à fixer de ses yeux bleuâtres cernés de noir la nouvelle venue, prête à dégainer l'une de ses armes de déstabilisation favorites, qu'elle réserve habituellement, voire quotidiennement, à son mari.

– Oh, vous, ça n'a pas l'air d'aller ce matin ! Il y a quelque chose qui vous chiffonne ?

Elle la scrute de bas en haut, guettant signe physique suspect ou détail qui cloche pour mener son enquête à charge.

– Mais non, belle-maman, tout va très bien. Encore un peu endormie, c'est tout !

Comme prévu, l'objection ne fait que confirmer les suspicions premières. L'idiote est tombée dans le piège, comme elle tombe dans tous ceux que lui tend la vieille. Elle au moins, « la fille de la ville, la dinde chichiteuse, l'oie savante », a réussi à imposer une distance respectueuse avec sa belle-mère. Naîtra même, quelques années plus tard, une étrange complicité de femmes ayant secrètement souffert des mêmes maux.

– Oh, pas la peine d'essayer de me le cacher, je vois bien qu'il y a quelque chose qui vous tracasse, vous n'êtes pas dans votre assiette ce matin ! y revient-elle d'une voix suraiguë, presque chantante.

– Belle-maman, j'suis pas bien réveillée, c'est tout, lui répond la jeune femme avec une pointe d'agacement.

Avisant ce visage aux angles vifs posé sur un petit corps noueux, elle pense que sa place serait plus à l'asile, chez les foldingues, qu'à faire tourner un domaine agricole.

– Vous avez mal dormi, s'exclame-t-elle, triomphante, il faudrait voir ce qui se cache là-dessous, vous voyez bien, ma pauvre fille, qu'il y a quelque chose qui ne tourne pas rond !

Fière de sa victoire et heureuse d'avoir décelé un malaise qui finira bien par éclore un jour en une dramaturgie, une scène de violence entre les deux époux qu'il lui incombera d'arbitrer, elle retrouve sa place aux côtés de ses pommes de terre et de sa nouvelle bonne à tout faire. Cette dernière n'a pas cessé d'éplucher, ses yeux ronds rivés sur les peaux qui lentement mais sûrement se désolidarisent de leur corps initial.

Quelques minutes plus tard, le fils et le père reviennent de l'étable. Yannick et Xavier, les deux commis de ferme, les accompagnent. Les quatre hommes parlent fort en faisant des gestes animés. Les quelques bribes de sons qui émergent de leur conversation laissent entendre qu'une vache est en souffrance : la Noiraude. Elle est prise de contractions depuis hier mais rien ne vient, pas l'ombre de la queue d'un veau. Le père Froissard tente de temporiser en plaidant que chaque bête va à son rythme et qu'il est inutile de précipiter les choses. Philippe lui objecte que plus on attendra, plus on risque de la perdre. La situation ne serait pas si grave, concède-t-il, si elle ne paraissait pas au bout du rouleau, refusant même de marcher et de s'alimenter. En tout état de cause, ils vont être obligés de la faire vêler en allant chercher le petit dans ses entrailles. Le mieux serait cet après-midi, car demain ils reçoivent le père de Thérèse, et après-demain il sera vraisemblablement trop tard.

Fernand accourt à leur rencontre avec des expressions joyeuses et pataudes de gros animal de compagnie. La perspective de passer une partie de la journée à regarder un veau sortir du ventre de sa mère, au milieu des glaires et des matières fécales, a l'air de le mettre en joie. Des frissons de haine et de dégoût parcourent Thérèse : comment a-t-on pu lui faire épouser quelqu'un d'aussi répugnant ? Qui lui fait, présentement, penser à ces énormes carcasses de bœufs pendouillant à des pics de boucher.

Oui, il y aurait infiniment plus de justice à l'emmener à l'abattoir que toutes ces pauvres bêtes qui n'ont rien fait.

Justement, à propos, la mère Froissard ordonne à Denise d'aller tuer trois poules pour le déjeuner de demain avec le père de Thérèse et la famille. Les trois vieilles grises, précise-t-elle. Après, tu les plumes et j'en fais mon affaire. Il y a aussi le cochon de lait à préparer, mais celui-là patientera jusqu'à demain matin pour rôtir à la broche. Ah, si, les préparatifs de la grande pièce, avec les tables à dresser. Pour cela, elle demandera à Xavier de s'en occuper cet après-midi, ils n'ont pas besoin d'être toute une armée autour d'une vache, morigène-t-elle en regardant son mari avec défi. Son esprit s'échauffant au gré des tâches à accomplir, elle finit invariablement par se plaindre du poids des festivités qui pèse sur ses épaules, clamant que si elle n'était pas là pour veiller au grain et penser à toutes les choses auxquelles on doit penser, cette maison marcherait sur la tête.

Pendant que sa belle-mère s'agite dans tous les sens, Thérèse s'éclipse pour regagner sa chambre. Accroupie sur le sol, elle ouvre le petit coffret où sont enfermés tous ses biens les plus précieux. Des photos, des pierres, des bijoux – bagues, pendentifs, colliers de perles – ayant été portés par sa mère et sa grand-mère, mais surtout, soigneusement classées par ordre chronologique, les lettres que son père Augustin Août a envoyées depuis son exil calédonien, d'abord à sa mère, puis à ses grands-parents, enfin à elle.

19.

Singapour, le 10 septembre 1874,

Ma chérie,

Tout d'abord un immense merci à tes parents pour toutes leurs démarches auprès du ministre afin de me tirer de ce mauvais pas.

Malheureusement, leurs arguments n'ont pas convaincu puisque tu me vois en route pour la Nouvelle-Calédonie, où une huitaine d'années de travaux forcés m'attendent, suivies d'un temps de relégation au moins équivalent…

Plus chanceux que moi, Simonin a été transféré à Sainte-Pélagie, où il ne va rester que deux ans. Il pourra saluer bien bas les mannes de tous les grands esprits qui ont fréquenté ce lieu : savais-tu que Barbès et Cavaignac s'en étaient évadés par un souterrain qui les a menés jusqu'à la rue Lacépède ?

J'espère qu'à l'issue de ce temps si long nous serons réunis comme nous aurions dû l'être à ce jour, car mon seul désir est de vieillir avec toi. Je serais prêt à brûler tous les feux de l'enfer pour revivre nos dernières heures, qui ont eu pour moi la force de l'éternité.

Ici, chaque moment passé nous voit abrutis de fatigue, et la vermine fait des ravages. Le typhus a décimé pas loin du tiers des prisonniers, les plus vieux et les plus faibles. On ne compte plus les morts que l'on jette par-dessus bord.

Je te rassure, j'ai quant à moi une santé de fer et je dors comme un bébé. Coup de chance dans mon malheur, j'ai rencontré dès le début du voyage un médecin qui m'a guéri de mes vilaines blessures avec un traitement à base d'onguents et d'un miel miraculeux. Il m'a si bien recollé le nez, grâce à un emplâtre qui m'a tout de même empêché de respirer pendant plusieurs semaines, que l'on pourrait presque croire qu'il ne m'est rien arrivé. Je dis « presque », car il en reste malgré tout une légère déviation, comme une esquisse de point d'interrogation.

D'où je t'écris, je distingue dans la nuit tombante la silhouette massive d'entrepôts portuaires géants gardés par des hommes armés jusqu'aux dents. Il faut dire que c'est ici qu'attendent, avant d'être acheminées dans leur pays de destination, d'énormes cargaisons de thé, d'épices, de caoutchouc, de charbon, mais aussi des quantités d'opium à assommer une ville comme Paris.

Mais, hélas, je dois déjà te quitter si je veux éviter de passer le reste du voyage dans un cachot, ce qui

ne manque pas d'arriver aux tire-au-flanc et aux voleurs.
Quoi que tu fasses, quoi que tu te décides de faire désormais, tu seras toujours l'astre étincelant que la Providence a envoyé pour m'aider à cheminer dans ce bois si parcimonieusement percé d'éclaircies que l'on appelle la vie.
Ton Augustin

Île de Nou, le 30 juin 1878

Mes très chers,
La nouvelle administration pénitentiaire vient de me remettre plusieurs lettres en retard, la privation de correspondance ayant constitué, semble-t-il, le « traitement de faveur » réservé par l'ancien directeur aux exilés politiques…
Vous vous l'imaginez, ce que j'ai appris à leur lecture m'a plongé dans une affliction qu'aucun mot ne pourra décrire.
Mathilde s'est battue au-delà de ses forces pour que vienne un bébé en bonne santé, et nous voilà donc avec une petite Thérèse. Dans votre prochain courrier, vous serait-il possible de m'envoyer d'elle quelques images photographiques ?
Ici, l'ambiance est à la guerre civile : des indigènes pillent des magasins, des Blancs tombent dans des embuscades, des expéditions punitives sont menées de tous les côtés. Nous avons assisté à un grand moment de panique (nous faisions alors des travaux

de terrassement dans le palais du gouverneur de Nouméa) quand les autorités se sont rendu compte que les fils télégraphiques avaient été coupés par les Kanaks. Il se raconte que c'est Louise Michel (toujours sur l'île, où elle passe son temps de relégation) qui a appris à leur chef, un dénommé Ataï, cette mesure de rétorsion à l'encontre des Blancs.
Compte tenu de mon état d'abattement depuis la réception de votre lettre, je ne saurais rien vous dire de plus, tout m'est à peu près égal, mon seul désir serait de revenir quatre ans en arrière pour voir Mathilde souriante et en bonne santé.
Votre Augustin

Île de Nou, le 30 mars 1882

Ma fille chérie,
Puisque maintenant tu sais lire, je vais pouvoir t'annoncer une bonne nouvelle : dans un mois, je sors enfin de l'endroit où je suis enfermé depuis huit ans, et je vais habiter dans une maison avec un grand jardin pour y faire des plantations et avoir plein d'animaux.
À propos d'animaux, il y en a ici beaucoup de bizarres, comme les geckos géants. Ce sont de gros lézards avec une drôle de tête ; on dirait toujours qu'ils sourient, même endormis. Je suis sûr que tu peux demander à ton grand-père et ta grand-mère d'en voir des spécimens au Muséum d'Histoire naturelle. Il y a aussi des kagous, qui sont de

grands oiseaux qui crient « kagou ! » quand ils sont dérangés. Mais le plus incroyable, c'est qu'ils ne savent pas voler et doivent se contenter de marcher avec leurs longues pattes.
L'autre jour, alors que nous étions en train de construire une route (j'ai été nommé chef des travaux par le directeur de l'administration pénitentiaire, tout le monde est très gentil avec moi), nous avons dû nous arrêter de travailler, car un troupeau de vaches s'était échappé et les bêtes couraient dans tous les sens.
C'était un spectacle drôle et effrayant à la fois, comme, j'imagine, tu peux aller en voir à Paris (je me souviens qu'au jardin du Luxembourg, il y avait toujours des théâtres de Guignol avec un Gnafron très laid et un Gendarme particulièrement méchant, mais tu dois être déjà trop grande pour cela).
Parler de mon pays, de ma ville et de tout ce qu'on peut y faire me rend un peu triste, alors je vais commencer à me préparer pour aller dîner. Comme je suis « prisonnier 1re classe », je mange la même chose que les surveillants, ce qui me change de la bouillie infecte que l'on nous servait au début. Mais cela ne vaut pas les délicieuses brioches que l'on peut trouver dans les boulangeries près de l'Hôtel de Ville, où, j'imagine, tes grands-parents t'amènent souvent.
Tu les embrasseras de ma part, ainsi que tous les oncles, tantes et cousins dont m'avait tant parlé ta maman.
Ton papa

20.

À deux cents kilomètres de là, Augustin Août s'engouffre d'un pas décidé dans le hall de la gare de l'Est. Indifférent aux sculptures de divinités anthropomorphes à peine nubiles qui en ornent la façade, il se précipite vers le tableau qui indique les horaires Paris-Châlons-sur-Marne le dimanche. Après moult tergiversations, Louison Blanchard (qu'il n'a jamais osé appeler « maman ») a finalement décidé de venir avec lui : deux billets pour le départ 8 h 12, arrivée gare de Châlons 11 heures. Pour le retour, ils prendront le 18 h 45, arrivée gare de l'Est 22 h 15. Comme ils auront mangé comme des ogres, ils ne devraient pas être affamés pour le dîner.

Après avoir prévenu Louison, qui habite rue d'Hauteville, à quelques minutes de la gare, de l'heure de départ le lendemain, il devait retourner au travail dans le quartier de Maubert-Mutualité pour régler un problème qui s'est, au fil des mois, transformé en un vrai dilemme l'empêchant parfois de dormir.

La cause en est son vieil ami Simonin : à son retour de Nouvelle-Calédonie, il y a quatre ans de cela, le peintre l'avait fait engager dans l'atelier de reliure où il était dessinateur-coloriste. Par sa capacité de travail, sa compréhension rapide des nouvelles techniques de fabrication et son comportement toujours calme et pondéré, Augustin avait si bien gagné la confiance du directeur qu'il en est devenu le bras droit. Pendant ce temps, Simonin avait suivi le chemin inverse, bâclant ses épreuves, oubliant ses rendez-vous, arrivant à 11 heures, mal luné et mal fagoté, repartant à midi pour revenir en début de soirée, totalement alcoolisé, commençant à travailler avec une exaltation bruyante et maladive au moment du départ des autres employés. À tel point qu'un rendez-vous de recadrage est prévu dans l'après-midi, où il va, selon toute probabilité, être demandé à Augustin de le renvoyer. Et ça, il n'en est pas question, même si, il en convient, une société ne peut se permettre de payer aussi bien un employé à ne rien faire, voire à saboter le travail qui lui est confié. Que faire ? Défendre ce pauvre Simonin jusqu'au bout au détriment d'une entreprise qui fait vivre, et bien vivre, plus d'une vingtaine de personnes – sans compter que s'il le défend trop, il risque d'être vite à son tour *persona non grata* au sein de son collectif de travail ? Le renvoyer et le condamner à une déchéance certaine ? Comment peut-on se comporter ainsi avec son plus vieil ami ? En même temps, qu'y a-t-il de commun entre le jeune homme à la chevelure flottante et à la démarche chaloupée qu'il avait connu et le personnage aigri et ventripotent qu'il est devenu ?

Ils s'étaient vus le soir à maintes reprises, tantôt dans le nouvel atelier montmartrois de l'artiste – qui en a fait l'acquisition sitôt touché l'héritage de son père, un spéculateur qui s'était enrichi sous le Second Empire en faisant commerce d'immeubles voués à la démolition –, tantôt chez Augustin, dans le Quartier latin. Ce dernier vient d'y trouver un appartement coquet, près de son travail, dans l'une de ces constructions monumentales et rectilignes sorties de terre vingt ans plus tôt, à une époque où il se plaisait à fulminer contre l'*haussmannisation* de ce pauvre Paris, bientôt anéanti sous les coups de boutoir d'une architecture policière et panoptique, aux ordres du *Kapital.*

Si le souvenir des années passées avait porté les premiers échanges, il s'est vite révélé inapte à nourrir le lien d'autrefois. Augustin s'est mis à redouter ces interminables soirées alcoolisées au cours desquelles Simonin ne cesse de rabâcher les motifs de sa rancœur : depuis la mort de Goldberg, le vieux peintre ne bénéficie plus d'aucun soutien. Ses anciens amis des Beaux-Arts ont accédé à la notoriété, de nouvelles générations d'artistes sont arrivées, et ses géométries n'intéressent plus personne (l'esthétique de la mollesse devra attendre les sculptures molles de Marcel Duchamp au début du XXe siècle, et plus encore le XXIe siècle, avec des artistes comme Claes Oldenburg ou Erwin Wurm qui revendiqueront le mou comme une composante du monde, en faisant un matériau essentiel de leur œuvre, sans oublier les montres molles ou les autoportraits mous de Salvador Dalí). Aussi s'estime-t-il en droit de toucher une rente à vie pour son œuvre injustement méconnue.

À ce moment de ses pensées, Augustin Août est déjà arrivé rue d'Hauteville, devant l'immeuble de sa mère. Quelques minutes plus tard, ils sont autour d'un café, évoquant l'organisation de la journée de demain, chacun anticipant l'événement par une série de questions impatientes au sujet de cette Thérèse qu'ils vont découvrir, son apparence physique, son caractère, sa façon d'être, de rire, de parler, heureux de se retrouver dans cette fébrilité commune, car ce n'est tout de même pas tous les jours qu'il est donné de rencontrer pour la première fois sa seule fille, et son unique petite-fille.

Les meilleures choses ne finissent-elles pas toujours par arriver, même si elles le font selon des modalités qui parfois nous déroutent ? songe Augustin à l'angle du boulevard de Strasbourg et du boulevard du Temple où un cocher vocifère à l'encontre d'un conducteur de véhicule à moteur pour un problème de priorité. N'a-t-il pas nourri une ambition politique qu'il a payée de seize ans d'exil et de renoncement à toute action ? Pendant ce temps, ses anciens camarades ont accéléré la construction de cette république d'égalité et de fraternité qu'il chérissait tant. Rouvier, Chazot et quelques autres avaient suivi Jules Guesde, désormais député du Parti ouvrier de la septième circonscription de Lille, tous en passe de devenir des élus locaux influents. Lafargue avait été pris au cabinet d'Édouard Vaillant, désormais député de la Seine, et dirige avec ce dernier le très blanquiste et jusqu'au-boutiste comité révolutionnaire central. L'histoire s'est faite en son absence, et ses contemporains goûtent les fruits des graines qu'ils avaient semées, lui et quelques autres : l'école a été rendue laïque et obligatoire, les syndicats légalisés, de multiples lois sur le travail adoptées, la presse libérée de ses vieux carcans.

Mais ce serait la marque d'un orgueil bien mal placé que d'y voir un affront, ou une source nouvelle d'insatisfaction. Le retour à Paris tant redouté s'est déroulé au mieux. Contrairement à toute attente – et à la plupart de ces effroyables récits d'exilés, sans aucune perspective, souvent obligés de finir leur vie sous les ponts et à la soupe commune –, il avait très vite trouvé un travail dans son domaine de prédilection : la reliure de beaux livres. Le salaire qu'il touche chaque mois lui permet de mener une existence des plus confortables. Il a déniché un appartement dans un immeuble moderne pourvu de toutes les commodités et il s'est même mis à y recevoir. Sa seule contrainte, se lever le matin pour aller au travail, n'en est pas vraiment une. Comme il aime ce qu'il fait, il se réveille avant l'heure, avec une envie de dévorer la journée à pleines dents. Parfois, il sort au restaurant ou au spectacle avec une « bonne amie » qu'il ramène à la maison.

Sigismonde Marbœuf est l'une d'elles. Elle avait visiblement trouvé autant à son goût l'appartement que celui qui y vivait, et s'y était installée, l'égayant de quelques bibelots Art nouveau, placardant aux murs des gravures où des nus languides et verdâtres s'étreignaient mollement dans des univers aquatiques. Veuve d'un riche marchand de biens, féministe et poétesse – elle fréquenta un temps le club des Hydropathes, avant de se rapprocher du mouvement des Incohérents –, elle n'en a pas moins des exigences d'un autre temps sur la conduite sexuelle de son nouveau compagnon. Aussi lui a-t-elle vite fait comprendre qu'il allait devoir devenir monogame. Augustin s'en accommode parfaitement, songeant qu'une relation exclusive avec une créature dont la conversation, l'intelligence et la drôlerie sont à la hauteur de ses attraits n'a rien, mais vraiment rien, d'une punition.

Quelques semaines auparavant, ils ont fait l'acquisition d'un télescope. Une nuit de pleine lune, ils se sont installés sur le balcon et ont scruté à tour de rôle l'astre éclairé, y décelant des mouvements que décrivaient, sous un épais brouillard lumineux, quelques silhouettes anthropomorphes.

– Des Sélénites ! Des Sélénites ! s'est exclamée Sigismonde en battant des mains comme une enfant.

Augustin voit cette sérénité nouvelle où coule chaque moment de sa vie comme la rançon de ses années de captivité, et plus encore du risque qu'il a pris en revenant ici, au milieu d'un univers où personne ne l'attendait plus et d'une société dont deux décennies le séparaient. Arrivé de nuit par la gare Montparnasse, il était resté bouche bée devant la tour Eiffel éclairée, tout comme il avait sursauté en découvrant l'indescriptible trafic parisien, mélange hétéroclite et pétaradant d'automobiles, de tramways mécaniques et de voitures à chevaux. Comme les administrateurs des colonies l'y avaient encouragé, il eût été nettement plus simple de faire prospérer son domaine agricole, où tout avait poussé avec une étonnante vigueur, arbres fruitiers, tomates, céréales, et de devenir un gros propriétaire terrien, patron à la tête d'une armée d'autochtones sous-payés pour lesquels ne s'appliquait aucune législation du travail, mais quelque chose en lui s'y était opposé, continuant envers et contre tout à penser qu'il fallait se battre pour que ce monde devienne enfin vivable pour tous.

Il reviendra à la politique, mais sous d'autres formes et dans d'autres courants, moins dogmatiques que le Parti ouvrier français. Toutes ces années de bagne et de relégation lui ont donné une forme de détachement à l'égard des choses de ce monde, qu'il sait mieux que personne contingentes et éphémères. Il s'était du reste étonnamment bien adapté à ses conditions de détention, allant jusqu'à sympathiser avec les gardiens et certains membres de la nouvelle direction de l'administration pénitentiaire, ce qui lui avait permis d'améliorer le quotidien de ses codétenus. Aussi, lorsqu'il avait revu ses anciens camarades les avait-il trouvés doctrinaires et bien étriqués. Des bigots du marxisme dont Karl Marx lui-même n'aurait pas voulu, s'était-il dit, tout en se reprochant cette pensée si peu amène. À la réflexion, il se sentait plus proche des réformistes révolutionnaires de la Fédération des travailleurs socialistes de France créée par Paul Brousse, Jean Allemane et Jules Joffrin ; avec son ironie habituelle, le patron les appelait les « possibilistes ».

De doux rêveurs qui pensaient que le socialisme finirait par s'imposer à tous, sans violence et sans révolution, par la voie la plus républicaine : celle des urnes. Mais étaient-ils de si doux rêveurs à la vérité ? Le *Système des contradictions économiques ou Philosophie de la misère* de Pierre-Joseph Proudhon et *Le suffrage universel et la souveraineté du peuple* de Paul Brousse lui avaient fait l'effet d'une révélation. Si chacune de ces deux sommes pouvait se résumer en un mot – mutualisme pour le premier, municipalisme pour le second –, leur contenu respectif était en lui-même un programme politique des plus réalistes.

Un programme parfaitement déclinable aux trois instances économiques que sont l'individu, force de travail, la commune, unité de consommation, et la corporation, unité de production –, pour reprendre l'analyse de Brousse qui revendiquait haut et fort son héritage proudhonien, la boucle est bouclée. Les « doux rêveurs » étaient d'ailleurs devenus les premiers, et la Fédération des travailleurs socialistes de France, le plus grand parti ouvrier du pays devant le Parti ouvrier français de Jules Guesde, et comptait de plus en plus de députés et de conseillers.

Au bout de la rue Rambuteau, Augustin arrive à l'endroit précis où il avait laissé Mathilde, plus de vingt ans auparavant. Tout a changé, à commencer par l'immeuble, flambant neuf dans son souvenir. À moins, peut-être, que les nouveaux logements construits tout autour – dans le sillage des travaux haussmanniens, des habitations insalubres ont été rasées, les voies se sont encore élargies – le fassent paraître plus vieux et plus décrépit. Quant à la tristesse sourde qui l'habite à présent, elle n'a pas grand-chose à voir avec la violente émotion qui l'avait étreint en l'observant disparaître dans le hall ce jour du 26 avril 1874. C'était la dernière fois qu'il la voyait, et l'imbécile n'avait pas pensé à lui demander un portrait, une médaille ou une photographie qui lui aurait permis de fixer son image, empêchant son beau visage de subir toutes les altérations à mesure qu'il tentait de s'en souvenir.

21.

À 9 heures du soir, Thérèse n'a toujours pas regagné son lit. Lorsqu'elle a vu « l'autre » prendre le chemin de la chambre, elle s'est opportunément trouvé quelques tâches à terminer, ranger la table, épousseter les meubles, décaper les services de couverts en argent commis d'office pour le déjeuner du lendemain. Ils seront une bonne vingtaine à table sans compter les enfants, il faut que tout soit prêt pour midi, l'heure à laquelle ils sont censés arriver. Comme les Froissard avaient coutume d'assister à la messe du dimanche, de 9 à 10 heures, la matinée passera vite.

Sa belle-mère la félicite de son zèle, en profitant pour pester contre ces bonshommes qui ne pensent jamais à rien et crottent systématiquement le sol de leurs gros sabots pleins de terre. Pour ce qui est de fanfaronner et de palabrer, ils sont champions, mais quand il s'agit de mettre la main à la pâte il n'y a plus personne. Et surtout on dirait qu'ils aiment ça, saloper, tout saloper... Pires que des porcs, conclut-elle avec une grimace amère.

À ce moment-là, la jeune femme est tentée de se confier à elle, de lui expliquer ce que lui a fait subir son fils afin que la mère Froissard lui flanque une bonne correction, mais elle décide de monter dans sa chambre se coucher.

Soulagée de le voir endormi, elle allume une bougie. Yeux fermés, les traits repus de sommeil, il est encore plus répugnant. Ses lèvres tremblotent au rythme de ses expirations, produisant un bruit de bouche gras et désagréable, à la limite du ronflement. Ça remue également du côté des jambes, et le thorax est animé de ce perpétuel mouvement de flux et de reflux de l'air dans les poumons : cette engeance schopenhauerienne de volonté de vivre, sourde, aveugle. Et si laide.

Prenant place dans le lit, elle veille à ne pas trop bouger pour éviter de le réveiller.

Un jour, elle fera chambre à part, comme sa belle-mère. Oui, elle va prétexter que « l'autre » ronfle et qu'il est impossible de dormir à ses côtés. Pires que des porcs… Si ces quelques syllabes n'avaient pas provoqué de prise de conscience directe au moment où elles étaient sorties de la bouche grimaçante de la mère Froissard, née Adélaïde de La Fontvieille, elles continuent à résonner dans le silence et l'obscurité jusqu'à prendre une dimension nouvelle, donnant force de loi à une foule de sentiments relevant de l'intimité la plus inavouable.

Son livre est toujours sur la table de chevet, corné à la page quarante et un. Elle a laissé *Le Monde comme volonté et comme représentation* de Schopenhauer en plan – bien trop théorique à son goût, même si elle y a picoré quelques idées intéressantes sur la douleur universelle de vivre – et s'est mise à dévorer *Le Père Goriot* avec un nouvel appétit. L'opus est souligné et annoté à certains endroits de l'écriture de sa mère. Elle s'adressait aux personnages du roman sans retenue, traitant Delphine de poule mondaine, gratifiant Rastignac du vocable de faraud hâbleur, donnant à ce pauvre Goriot des conseils pratiques pour lui éviter la banqueroute tout en satisfaisant à la passion de ses filles.

Mais à peine en parcourt-elle quelques lignes que ses pensées la propulsent vers la journée de demain, où elle sera en compagnie de son père et de cette grand-mère qu'elle n'a jamais connus. Cet homme sans visage qu'elle pensait ne jamais voir va enfin se matérialiser sous ses yeux. À quoi ressemble-t-il au juste ? Si elle dispose de quelques bribes d'informations par ses grands-parents (ils avaient continué à revoir Simonin après sa sortie de prison), le portrait qui s'en dégage – blond, des cheveux bouclés, des yeux clairs – reste bien incomplet et peut prendre tous les traits possibles.

Elle a souvent entendu dire que les fils tiennent de leurs mères, et les filles de leurs pères. Cherchant dans son entourage immédiat, elle constate que cette « règle » ou cette « loi » – comment appeler cela ? – est loin de se vérifier dans tous les cas. « L'autre », là, en est le plus parfait exemple. Quelque chose dans les formes et les rapports, peut-être ce front buté, ce regard fuyant, ce teint rougeaud et ces membres épais, en fait plutôt le portrait craché de son père. Les filles Froissard, quant à elles, présentent comme leur mère un visage court aux angles vifs et un aspect nerveux de bibelot toujours près de se casser.

Thérèse, en revanche, ne ressemble guère à sa propre mère. Si elle en croit ce qu'en disaient ses grands-parents, et les quelques photographies qu'elle a d'elle, cette dernière avait une peau foncée, des cheveux ondulés, un visage ovale avec un petit nez et des yeux bruns, tandis qu'elle a une peau très blanche, des cheveux raides, un visage en forme de triangle inversé avec un nez assez imposant (bien que cela reste, si l'on en juge par la lueur égayant le regard de la plupart des hommes qui la croisent, dans des proportions tout à fait harmonieuses), et des yeux hésitant entre le vert et le gris. Peut-être tient-elle vraiment de son père, confortant l'opinion majoritaire à propos de la transmission des caractères héréditaires.

De guerre lasse, elle imagine une version d'elle-même en blond, une vingtaine d'années plus tard, portant pantalons et redingote. Mais sitôt apparue, cette image la rebute tant elle la trouve grotesque, digne d'un accoutrement de carnaval.

Et s'il était laid ? Difforme ? Simple d'esprit ?

Elle s'en veut de ce questionnement, car enfin, elle n'attend pas son futur fiancé mais son propre père, qu'elle n'a jamais vu : dame, il sera comme il sera ; et puis ils vont surtout être émus, heureux de se rencontrer.

De toute manière, qu'il soit laid ou crétin n'est guère possible : sa mère était une très belle femme, elle avait de l'esprit et de l'éducation, elle ne l'aurait jamais choisi s'il n'avait eu toutes les qualités pour la séduire…

Comme un contrepoint à ses réflexions, un affreux borborygme intestinal, suivi d'un soupir grasseyant, lui rappelle avec qui d'autre elle est dans ce lit. Elle sursaute, effrayée. Et s'il lui prenait l'envie de se réveiller ? De lui sauter dessus avec la même sauvagerie que la nuit dernière ? À cette perspective, son cerveau se peuple d'images où elle se voit marcher vers la commode, s'emparer du gros chandelier qui y trône, le tenir à bout de bras au-dessus de sa tête et frapper de toutes ses forces, saluant la boucherie finale d'un tonitruant cri de victoire.

À son grand soulagement, il se remet à ronfler. Le danger est écarté, elle peut à nouveau laisser ses pensées suivre leur cours. Essayer d'imaginer sa grand-mère, par exemple. L'exercice présente moins d'enjeux, mais il est incomparablement plus facile : elle sera blanche, courbée, ridée, édentée, et vêtue d'un fichu noir, comme toutes les grands-mères du monde.

22.

À midi cinq, ils ne sont toujours pas arrivés.

Ils étaient pourtant censés avoir rejoint la gare de Châlons à 11 heures. L'omnibus du père Grimault devait les y attendre, et ce dernier connaît parfaitement le trajet, qu'il effectue rarement en plus de trente minutes : tout cela a été confirmé par télégramme hier.

Peut-être un problème d'attelage, ou un accident de route lié au mauvais temps. Il a plu des cordes toute la matinée, à tel point que l'on a dû renoncer au sacrement dominical. Ce n'est pas parce que le ciel est plus clément depuis quelques minutes que les ornières et les trous d'eau se sont volatilisés, comme par miracle.

Yannick, l'un des deux commis, est posté en éclaireur à l'entrée de la propriété, mais il revient régulièrement avec des gestes d'impuissance pour signifier qu'il n'y a toujours personne.

Dans la grande pièce de réception, la mère Froissard tourne comme une lionne en cage et commence à faire entendre que tout cela est fort inquiétant, surtout par les temps qui courent, en profitant au passage pour se plaindre de ses rhumatismes qui la font souffrir et de ses nerfs qui ne vont pas pouvoir tenir beaucoup plus longtemps.

Il faut dire qu'elle ne manque pas de public aujourd'hui. En plus de ses enfants et de leurs conjoints sont venues ses deux sœurs, l'une mariée à un viticulteur à Reims – il s'est spécialisé dans le champagne –, l'autre veuve d'un notaire, et, du côté de son mari, un frère betteravier et un cousin qui tient une chocolaterie à Châlons.

Tout en confiant ses deux petits à Denise, la nouvelle bonne, la plus grande des filles Froissard tente de la rassurer : le train a sans doute pris un peu de retard, ce qui arrive fréquemment. Si l'on ajoute à cela l'obligation de rouler plus lentement sur la route à cause des intempéries, on dépasse allégrement les trente minutes. Pour peu que la voiture ne soit pas de la dernière fraîcheur… N'ont-ils pas, eux-mêmes, eu un mal fou à arriver à l'heure, malgré leur attelage flambant neuf ?

Sa cadette s'emporte contre les municipalités qui laissent les ornières prospérer, faisant courir de graves dangers aux voyageurs. Il devrait y avoir une loi pour punir ce type de négligence coupable, plaide-t-elle avec l'assentiment timide de son mari, magistrat à Châlons.

Thérèse profite de ces débats pour monter se refaire une beauté dans le cabinet de toilette attenant à sa chambre. Elle s'ausculte, se recoiffe, se repoudre.

Elle veut que son père la voie belle, pimpante et joyeuse pour cette première rencontre.

Bientôt lui parviennent les « ils arrivent ! ils arrivent ! » portés par un Yannick époumoné.

Le temps de descendre, elle distingue à peine deux silhouettes dans la carriole du père Grimault. Son regard se pose tout d'abord sur la femme, immodérément apprêtée et coquette. Elle en fait une princesse russe déchue, une courtisane, peut-être une ancienne espionne. Captivée par cette créature qui n'a ni cheveux blancs ni fichu noir, mais une magnifique chevelure d'un blond cendré encadrant un visage félin, quoique alourdi par le poids des ans et une dose excessive de maquillage, il lui faudra quelques longues secondes pour se faire à l'évidence : elle a sous les yeux sa propre grand-mère, et l'homme qui l'accompagne est son père. Mais à peine a-t-elle le temps de poser son regard sur lui qu'il est déjà descendu. Maintenant, il aide la vieille dame à descendre à son tour et salue la mère Froissard ainsi que son mari, venus les accueillir : il est enchanté d'être ici et la remercie de les recevoir.

Par chance, il a arrêté de pleuvoir, et quelques convives sont sortis.

Thérèse se détache d'un petit groupe, vraisemblablement son mari Fernand, son beau-frère Philippe et sa belle-sœur Félicie, et vient à la rencontre d'Augustin.

– Que je t'embrasse, ma fille, lui fait-il à l'oreille en s'apprêtant à l'enlacer, les yeux embués de larmes. Mais Fernand est déjà entre les deux, à serrer la main de son beau-père avec un entrain exagéré.

– C'est moi, le mari ! fait-il d'un ton faussement modeste, l'air content de lui.

Le cerveau retourné par cette première rencontre avec sa fille, Augustin Août n'a pas saisi le rictus d'horreur de cette dernière, accompagné d'une crispation de tout le corps, au moment où son mari s'est approché. Il le remarque d'autant moins que Philippe vient de lui adresser la parole. L'aîné des garçons Froissard lui fait une impression favorable. Il a le regard franc et un beau visage d'alpiniste. Son épouse lui paraît également de bonne composition. Contrairement à la plupart des femmes de la lignée Froissard, elle ne pousse pas de petits cris aigus de souris exaspérée et ses gestes, ses paroles sont empreints d'un détachement amusé.

Arrivant par grappes hésitantes, d'autres invités viennent saluer les deux visiteurs et échanger quelques mots.

Même le député, ancien « boulangiste » et nouvellement élu du parti nationaliste, va à sa rencontre avec chaleur et lui souhaite la bienvenue dans la dernière région avant le *Reichsland Elsass-Lothringen*, faisant allusion à l'annexion allemande de l'Alsace et de la Lorraine depuis le traité de Francfort du 10 mai 1871.

L'ancienne ouvrière des établissements de Marcheville, en revanche, n'a pas décroché un mot et regarde sa petite-fille avec une fixité étrange. C'est à croire qu'elle a vu un fantôme ! Après l'avoir embrassée maladroitement et s'être présentée en bredouillant, se rattrapant au vol avec une assurance de dame un peu distante – Louison Blanchard, enchantée de vous rencontrer, ma petite Thérèse –, elle restera mutique, au moins tout le début du repas.

Bientôt, la maîtresse de maison ordonne à tout ce petit monde de rentrer et de prendre place autour de la grande table. Plusieurs dessertes ont été dressées, sur lesquelles trônent cochons de lait, poules farcies, bouteilles de champagne et grands crus. Les hors-d'œuvre, légumes, accompagnements et autres condiments attendent plus modestement derrière, à l'abri des regards, dans leurs beaux faitouts terre de Sienne.

Pour le placement des convives, un petit carton gravé du nom de chacun a été disposé à côté des verres.

Le père Froissard prend la parole. Avant de passer à table, il voudrait remercier le Seigneur de les avoir tous réunis et tient à saluer deux événements qui ont marqué les comices agricoles du mois dernier : le prix d'amélioration de la race bovine, qui lui a été attribué, et le prix du meilleur champagne, reçu par son beau-frère Antonin…

– D'autant meilleur qu'il nous l'a fait au meilleur prix, termine-t-il avec l'air entendu de celui qui a fait un mot d'esprit, tout en adressant un clin d'œil appuyé audit Antonin.

23.

Le festin est si copieux, l'alcool si abondamment servi qu'ils n'ont pas vu le temps passer. Revenu pour 18 heures précises, le père Grimault les surprend en pleine dégustation d'un « digestif », un alcool de poire fait maison. Après avoir remercié les instances organisatrices et esquissé un bref et ostensible « au revoir » à la maisonnée, ils s'engouffrent précipitamment dans la carriole.

Par chance, il n'a pas plu de l'après-midi, et l'attelage les dépose un peu en avance à la gare pour le train du retour.

Les paysages de collines baignés des faibles lueurs du crépuscule laissent très vite place à la nuit noire. Louison Blanchard s'endort immédiatement sur la banquette, son chapeau orné de camélias sur les yeux. Bercé par le bruit sourd de la machine, Augustin se remémore les principales scènes du repas.

Pendant que le champagne égayait les entrées, les questions avaient fusé dans leur direction. Il avait été placé entre sa mère et sa fille. Les époux Froissard lui faisaient face, encadrés de leurs deux fils. Avec un air de compassion appuyée, la mère Froissard lui avait demandé comment ils supportaient ce Paris, avec tout ce qu'on y voyait. Elle faisait, bien sûr, allusion aux attentats anarchistes qui n'avaient pas marqué de pause ces deux dernières années – et culminé avec l'assassinat du président Sadi Carnot –, mais aussi à l'accident de cette semaine, à la gare Montparnasse. Elle était même allée chercher le journal, affichant à la une le lamentable cliché de cette pauvre locomotive, le nez absurdement planté dans le bitume de la rue de Vaugirard, une fois sa folle course terminée.

À ce moment-là, le père Froissard avait coupé sa femme pour donner son interprétation personnelle de l'événement, à son avis en lien avec toutes les scènes de violence dont la capitale est régulièrement le théâtre depuis plusieurs années. Intelligence étrangère, complot judéo-maçonnique, entente avec l'ennemi étaient les mots qui revenaient. Il respirait fort en parlant, comme s'il s'apprêtait à révéler une vérité d'importance capitale, et ses gestes brusques semblaient indiquer une nature peu encline à accepter la contradiction. Isidore, le député nationaliste, lui avait déjà confirmé la pertinence de ses soupçons. Étant de la partie, il en savait long sur la question, et lui non plus ne pouvait s'empêcher de penser qu'il y avait quelque chose d'autre là-dessous, un scandale qu'un homme politique plus intègre que les autres finirait bien par faire éclater au grand jour.

Après, le père Froissard avait opportunément hélé Denise pour le champagne : il y avait déjà des bouteilles vides sur la table, d'autres attendaient d'être ouvertes, on n'allait tout de même pas les donner à boire aux cochons. Puis il s'était levé pour vérifier combien il en resterait pour le dessert s'ils en débouchaient quatre de plus.

Prenant sa mère à témoin, Augustin avait argué que le Paris des journaux n'était pas forcément celui dans lequel vivaient les Parisiens tous les jours. Il avait précisé qu'il sortait beaucoup, allait souvent au théâtre, dînait régulièrement dehors avec des amis ou des collègues de travail, mais qu'il n'avait personnellement jamais assisté à des scènes de violence. En lui-même, il avait trouvé plutôt piquant que la belle-famille de sa fille, qui n'avait jamais donné signe de vie, sans doute à cause de son passé de « dangereux anarchiste », l'interroge avec une si grande sollicitude sur ce Paris si dangereux où le bon bourgeois dont il avait pris l'allure pouvait à tout moment succomber.

À sa fille qui l'avait questionné sur sa profession, il avait répondu qu'il travaillait dans un atelier de reliure. Engagé comme simple correcteur, il en était devenu l'un des directeurs. Dans le cadre de ses nouvelles responsabilités, on lui avait demandé de renvoyer un employé peu consciencieux, mais comme il ne voulait mettre personne à la rue, il avait trouvé une solution intermédiaire : l'employé s'en était tiré avec un simple avertissement, et quelques mois pour se ressaisir.

Autour de lui, tout le monde avait écouté son histoire avec intérêt, à commencer par la mère Froissard, qu'il s'était empressé de féliciter pour les délicieuses poules au vin et ses qualités de maîtresse de maison.

Il avait également évoqué le domaine dont il avait été propriétaire en Nouvelle-Calédonie, avec ses nombreuses plantations et les élevages de volailles. Philippe, l'aîné des fils Froissard, lui avait posé des questions sur les cultures et les animaux que l'on pouvait trouver dans ces lointaines contrées. S'était ensuivie une discussion un peu technique sur les races de poules pondeuses les plus fertiles et les modes d'irrigation les plus efficaces, chacun voulant montrer qu'il connaissait son sujet sous toutes les coutures. Félicie, la femme de Philippe, lui avait demandé s'il avait rencontré des sauvages cannibales, comme ils avaient pu en voir à l'Exposition universelle.

La deuxième partie du repas avait été plus pénible. Au rythme des cadavres de bouteilles s'accumulant, les esprits s'étaient échauffés et les langues s'étaient déliées. Avec le feuilleton à rebondissements de l'affaire Dreyfus et la condamnation du colonel à la déportation, on avait entendu quelques éructations sur la juiverie, les francs-maçons, les Prussiens, tous ces ennemis qui, à force de s'infiltrer au cœur même du pouvoir et des institutions, n'allaient pas tarder à mettre le pays à feu et à sang. On avait cité des passages de *La France juive* d'Édouard Drumont, dont *La Cocarde* avait fait ses bonnes pages. On avait entendu quelques extraits des *Nouveaux chants du soldat* de Paul Déroulède sur le devoir viril, la vigueur du sang guerrier, l'amour pour la Mère Patrie. Des chants patriotes avaient été entonnés.

Par chance, le groupe des nationalistes – le député boulangiste, le producteur de champagne et le magistrat, rejoints par le père Froissard au moment du dessert – avait été placé à l'autre bout de la table. De toute manière, Augustin Août n'avait d'yeux et d'oreilles que pour sa fille. Il en découvrait l'enfance paisible et studieuse chez les Goldberg, s'enquérant avec plaisir d'une myriade de faits, d'anecdotes et de détails, de toutes ces petites choses du quotidien qui lui rappelaient le temps de sa rencontre avec Mathilde.

Le voyage en train se déroule sans incidents majeurs, problèmes mécaniques, heurts de gros animaux, risquant de faire dérailler la locomotive.

Mais après une heure d'immobilité dans le wagon, Augustin sent affluer des douleurs diffuses le long de ses jambes. Avec ce repas trop copieux, ses articulations éprouvées par de longues années de détention se sont mises à gonfler. Il ne peut s'empêcher d'y voir des signes avant-coureurs de la vieillesse. Même s'il est, aux yeux des femmes qui le croisent, toujours bel homme à quarante-deux ans, il pressent dans ces désagréables sensations corporelles le présage d'une lente et irrémédiable détérioration des organes. Contrarié à l'idée qu'il lui reste moins à vivre que ce qu'il a vécu jusqu'ici, il grimace et se force à effectuer quelques pas dans le couloir. Il y croise une jolie brune, à qui il ne peut s'empêcher de faire les yeux doux, mais apparaît vite derrière elle son mari, un grand et gros homme à l'air aboyeur, avec d'énormes moustaches à la Jean Casimir-Perier.

Sa mère est encore endormie, la bouche ouverte. Elle ronfle de plus en plus bruyamment, comme si son pharynx peinait à ingérer l'air environnant. À l'approche de ses soixante ans, elle vient de prendre un sacré coup de vieux. Il s'en étonne d'autant plus qu'à son retour de Nouvelle-Calédonie, il ne l'avait pas trouvée changée, à peine quelques rides de plus. Il lui avait même demandé dans quel élixir de jouvence elle s'était baignée, se félicitant en lui-même de ce caractère héréditaire qu'elle lui avait très probablement transmis, compte tenu de leur ressemblance. Mais, depuis peu, le phénomène inverse semble se produire : un vieillissement accéléré, qui lui a fait prendre dix ans en moins de dix mois. Ses beaux traits de panthère ont commencé à s'empâter, entraînant l'ensemble du visage dans un affaissement prévisible, tandis qu'elle perd peu à peu de sa mobilité. Lorsqu'il est venu la voir hier, elle s'est plainte de son arthrose qui l'empêche de faire des gestes de tous les jours et aussi, et cela est nettement plus inquiétant, de vertiges et de pertes d'orientation.

Elle se réveille si brutalement qu'Augustin n'a pas le temps d'éviter son regard. Surpris en train de lui scruter le visage, ne sachant que dire, il lâche l'interrogation qui le travaille depuis qu'il a vu Thérèse :

– Elle est jolie, mais elle ne ressemble pas du tout à sa mère, s'étonne-t-il. Elle n'a rien pris de notre côté non plus.

– Vu de qui elle tient, ça ne risque pas !

Maintenant que la phrase est sortie, elle n'a plus le choix.

Louison Blanchard décide de lui raconter ce qui s'était passé en ce mois de décembre 1852, dans le bureau du baron de Marcheville où elle avait été appelée et guidée par le contremaître, elle s'en souvient comme si c'était hier, même si elle se garde bien de lui dire comment elle a gagné sa vie par la suite, arrivant jeune, belle et vive dans ce Paris si peu accueillant pour les femmes de petite condition.

24.

Après avoir embrassé son père et sa grand-mère avec moult effusions et promesses de donner des nouvelles très vite, Thérèse les avait regardés partir avec un sentiment d'arrachement et de détresse. Elle se souvenait d'avoir éprouvé ce même sentiment, quelques années auparavant, lorsqu'elle avait compris qu'elle resterait toute sa vie ici, au milieu des animaux de ferme et de ces gens si rudes. Ce jour-là, elle avait passé la journée à pleurer dans sa nouvelle chambre, une pièce froide sous le grenier, percée d'une minuscule lucarne, et ne l'avait quittée que pour les repas.

À la sortie de la propriété, elle avait suivi des yeux l'attelage du père Grimault qui s'éloignait, jusqu'à le voir devenir un point invisible dans le crépuscule.

La fête battait encore son plein à son retour dans la grande pièce. Entre les tomettes en terre cuite et les poutres de bois noir résonnaient les éclats de voix entrecoupés de rires que les effets de l'alcool décuplaient, même si sa belle-mère était déjà à pied d'œuvre pour remettre les choses en l'état, demandant à Denise de débarrasser les bouteilles, de laver la vaisselle dans l'évier et de remiser la nourriture restante dans des bocaux.

Quant à son imbécile de mari, il était encore en train de raconter de mauvaises blagues avec son père, qui ne valait guère mieux que lui. L'image de ces deux colosses avinés lui rappelait sa vision de la veille, où elle l'avait assimilé à une carcasse, pendue à un pic de boucher à côté d'autres carcasses. Dire qu'il n'avait pas même eu la délicatesse d'échanger quelques mots avec les invités ! Elle n'adore pourtant pas son beau-frère Philippe – elle le trouve ennuyeux, un peu froid, passionné de sujets techniques, tout comme elle ne ressent nulle affinité pour sa femme, à qui elle reproche au fond d'être une vraie campagnarde, native de cette région tant abhorrée –, mais lui, au moins, s'était intéressé aux plantations néo-calédoniennes de son père. Et la mère Froissard avait retrouvé sa bonne éducation de jeune fille bien née (un jour, Thérèse comprendra que lorsque Adélaïde Froissard née de La Fontvieille, orpheline de hobereaux ruinés par des dettes dues à de mauvaises affaires, en avait été réduite à accepter de donner sa main à un fils de paysans, elle avait connu les mêmes affres), accueillant volontiers la conversation de cet homme de bonne compagnie avec qui il faisait si bon deviser.

Prise d'une montée de larmes, Thérèse était partie pleurer dans sa chambre. Elle ne voulait plus rester ici, en présence de tous ces hommes brutaux et de ces odeurs d'étable. Elle ne voulait plus supporter cette réalité rugueuse, méchante et laide. La vraie vie était loin d'ici, aux côtés de son père et de sa grand-mère, de ces gens de la ville qui vont au spectacle, dans des dîners, et parlent comme dans les livres. Loin de l'apaiser et de l'aider à accepter sa condition, cette rencontre avait ravivé des plaies et relancé des désirs qu'elle avait presque oubliés.

Cette journée avait été si belle, mais elle était passée si vite. Comme elle s'était sentie fière et heureuse lorsque son père leur avait parlé de son travail, de la tâche délicate qu'il avait eue de sermonner un employé négligent. Un peu plus tard, au moment du dessert, il lui avait décrit l'appartement qu'il avait trouvé dans un bel immeuble de la rue Monge. Elle se serait transformée en souris ou en puce pour le suivre là-bas, s'endormant dans le double salon devant les gravures Art nouveau sur les murs et les moulures au plafond. Pendant la journée, elle se promènerait boulevard Saint-Michel, où elle croiserait de jolies femmes à bottines pointues et de jeunes hommes élégants en costume court.

La rue Monge. Combien de fois en avait-elle foulé les pavés avec ses grands-parents pour se rendre au jardin des plantes, où ils finissaient toujours par une visite au Muséum d'Histoire naturelle ? Quand il faisait beau, ils y allaient à pied de la rue Rambuteau. Au retour, ils s'arrêtaient dans un café pour prendre une limonade accompagnée de gaufres au chocolat.

Oui, elle pourrait très bien retourner vivre à Paris avec son père. Elle aurait un amoureux, il serait étudiant en littérature et il habiterait dans une mansarde du Quartier latin, nichée au cinquième étage d'un immeuble donnant sur le Panthéon. Il l'inviterait au restaurant avec sa bande d'amis, d'autres étudiants en littérature ou en droit, de futurs avocats, de futurs écrivains, de futurs journalistes, tous pleins de culture et d'esprit. À la fin de la soirée, ils finiraient par s'embrasser, des beaux baisers salés si langoureux qu'ils ne voudraient jamais s'arrêter.

À mesure qu'elle comparait la vie qu'elle pourrait avoir avec celle qui était la sienne, une solution s'imposait à son esprit : elle allait s'enfuir. Quitter ce milieu qu'elle détestait. Libérée de ce mariage qu'elle n'avait pas choisi, elle irait vivre avec son père. Comme il était directeur, personne n'oserait venir la chercher.

Forte de sa décision, elle descendit dans la pièce principale. Puisqu'elle allait bientôt partir, elle pouvait bien les supporter quelques heures de plus.

Mais à moins d'aller voir une « faiseuse d'anges », contrevenant à l'article 317 du Code pénal de 1810, elle n'empêcherait pas la marche irréversible de la vie qui se tramait en elle, à son insu (sans doute en raison du traumatisme qu'elle avait subi et tout fait pour oublier au plus vite, elle serait impuissante à décoder les multiples alertes – sensibilité inexpliquée des organes, appétit décuplé, apathie inhabituelle – que son corps ne tarderait pas à lui envoyer).

En effet, le spermatozoïde mâle XY378 a déjà la tête engouffrée dans le cytoplasme de l'ovule. Après y avoir débobiné les caractères héréditaires de ses vingt-trois chromosomes, il fusionne définitivement avec la cellule femelle.

Commencera alors le fastidieux process de la division cellulaire, d'abord la duplication des informations génétiques (la « mitose »), puis le brassage des chromosomes maternels et paternels (la « méiose »).

C'est à ce moment-là, dans cet échange aléatoire aux allures de loterie existentielle, que survient une variation génétique (même s'il est à ce stade encore difficile de déterminer quel type de déficience elle va entraîner, et encore plus difficile de savoir s'il s'agit d'une mutation *ad novo* ou si elle ne s'est pas déjà produite avant la fécondation, par l'intermédiaire de l'un des parents, qui en était porteur sans avoir déclaré la maladie).

Quoi que l'on trouve à l'origine de ce *bug*, mauvais sort, châtiment divin ou simple erreur de programmation (comme l'enseignera la génétique dès le milieu du XXe siècle), il n'en amènera pas moins son lot de troubles neurologiques ou psychomoteurs, rendant incomparablement plus incertaine l'issue de la « lutte pour l'existence » (il n'est guère étonnant qu'à certains moments de l'histoire, la volonté politique s'immisce dans l'autoreproduction de l'humanité pour tenter d'en influer le cours : le malthusianisme du XIXe prône la limitation des naissances dans les classes ouvrières, supposées pauvres en capital génétique, tandis qu'avec l'eugénisme se dessinera la possibilité, de plus en plus réelle à mesure que s'affinera la connaissance des mécanismes de reproduction, de sélectionner les cellules sexuelles afin de créer une amélioration globale de l'espèce humaine).

Debout en face de la grande armoire, Thérèse Froissard choisit méticuleusement les habits qu'elle va emporter. Galvanisée par la décision qu'elle vient de prendre, elle ignore les odeurs de moisi qui s'échappent des tissus.

Elle partirait en plein milieu de la nuit et arriverait à la gare de Châlons à l'aube. De là, il ne lui serait pas difficile de trouver le bon train. Et, une fois arrivée à destination, de trouver la direction de la rue Monge.

– À nous deux, Paris ! s'exclame-t-elle en agitant comme un drapeau l'une de ses robes au-dessus de sa tête.

De son visage où perce une étrange lueur de détermination, les larmes ont toutes disparu.

LIVRE IV

ESPRITS, ÊTES-VOUS LÀ ? (1919)

(Un appartement parisien, le 30 avril)

25.

Sitôt passé son entrevue avec le directeur, le temps file comme une flèche. Comme si, sous l'effet de la bonne nouvelle qu'il vient de recevoir, les minutes et les secondes étaient devenues incapables de retenir l'instant. Soulevé par une joie euphorique, Jules Froissard passe d'un dossier à l'autre, peaufinant une réponse, y décelant une nouvelle complication technique à laquelle il s'empresse de trouver la parade, esquissant en un éclair le contenu d'une nouvelle note de service.

Mille idées lui viennent pour améliorer le classement, rationaliser le travail, en éliminer les temps morts.

Il est pris d'une nouvelle quinte de toux, mais elle ne dure pas.

Quant à son pied, qui l'a tant fait souffrir ces dernières semaines (un pied bot *varus équin* de naissance sur lequel plusieurs médecins s'étaient acharnés dans l'espoir de le redresser, à coups de bistouri et de traitements orthopédiques. Faute de chirurgie adaptée, ils ont surtout réussi à broyer une partie de l'os et à multiplier les zones de chair nécrosée tout autour), il ne lui apporte qu'une gêne légère, tout à fait supportable.

Lorsqu'il croise d'autres employés en regagnant son bureau, il se contient pour ne pas leur communiquer sa joie d'avoir été enfin promu. Même cette pauvre Josette, avec ses lenteurs, ses maladresses, son air gauche et sournois de vieille paysanne, lui inspire de la bienveillance. C'est une mauvaise dactylo mais quoi, il faut bien que tout le monde vive ! Tapant avec ses gros doigts boudinés, elle a encore fait une faute et s'apprête à recommencer pour la troisième fois de suite. Mais, au lieu de la gronder, il la presse de partir et de bien profiter de sa soirée avec son mari et ses enfants. La pauvre femme, peu coutumière de cet élan de bonté à son égard, le regarde avec des yeux de merlan frit en bredouillant un merci.

Dès demain matin, il enverra un télégramme à sa mère, Thérèse Froissard née Goldberg (il ne peut s'empêcher de la voir dans sa ferme, près de Châlons-sur-Marne, plantée au milieu de la grande pièce, donnant des ordres à Denise, la bonne à tout faire, une vieille fille simplette et à moitié sourde dont elle est la tutrice depuis le décès de sa belle-mère, Adélaïde Froissard née de La Fontvieille, quatre ans plus tôt, suivi quelques mois après seulement de celui de son beau-père). L'information lui donnerait une preuve supplémentaire qu'elle avait eu raison d'insister auprès du « paternel » pour le laisser continuer l'école après le certificat d'études, donnant à son frère cadet Victor la charge de l'exploitation. Comme leurs deux cousins germains – les enfants de son oncle Philippe et de sa tante Félicie – étaient morts sur le front belge dès le 22 août 1914, Victor en devenait de fait l'unique responsable.

En attendant, il est grand temps de partir pour annoncer la bonne nouvelle à sa femme. De la rue, il jette un regard victorieux sur le bâtiment tout à la fois élégant et massif de la Société du gaz de Paris. Par chance, il n'attend que quelques minutes le bus du retour, qui est bondé comme d'habitude. Le jeune couple enlacé qui lui fait face semble s'être parfaitement accommodé de cette promiscuité forcée, communiquant par un amalgame de mots doux, de petits gloussements, de regards d'admiration et de caresses par en dessous.

Il en éprouve un pincement au cœur et anticipe la réaction de sa femme quand il va lui faire part de sa promotion : un détonnant mélange d'exaspération, d'indifférence et de mépris. Va-t-elle au moins se rendre compte de la volonté dont il a dû faire preuve pour en arriver là ?

– Chérie, j'ai quelque chose à fêter ce soir… J'ai été nommé sous-chef du service distribution à mon travail, est-il en train de lui déclarer quelques minutes plus tard, une bonne bouteille de saint-émilion à la main.

Valentine Froissard née Aubert est encore dans la pénombre. Elle lui répond un « bonjour, chéri » d'un ton détaché, sans même faire mine de réagir.

Elle ajoute que Pierre-Louis est couché. Il attend son baiser du soir.

Bien qu'il ne soit pas de lui, Jules Froissard s'était rapidement attaché à ce petit bonze taquin et rieur. Aussi n'aurait-il raté ce rituel sous aucun prétexte.

De retour dans le salon, il allume le bec de gaz. Agressée par cette lumière soudaine, elle lui demande d'éteindre immédiatement. Il le fait sans discuter, décidé à ne pas laisser éclater une dispute. Il lui demande si elle veut bien qu'il allume une bougie. Une bougie, oui, elle veut bien.

À notre nouvelle vie ! lance-t-il, tandis que les verres s'entrechoquent dans le silence de la nuit.

Elle l'observe attentivement. Elle ne le trouve pas si vilain, autoritaire, mesquin, à la réflexion. Et puis il y a, autour de sa maigre silhouette, cette luminosité faible, vacillante, qui la trouble légèrement. Se pourrait-il qu'il soit menacé par la maladie ou un méchant coup du sort ?

En fait, elle s'attendait si peu à ce qu'il rentre de bonne humeur. Qu'il lui sourie. Lui serve du vin. Éteigne l'éclairage. Elle n'y croit qu'à moitié, tant les derniers jours avec lui ont été une épreuve.

– … Et demain soir, on va continuer à fêter ça avec Firmin Desloches, mon directeur général, continue-t-il en descendant son verre d'un trait. Tu n'as pas oublié qu'il vient dîner demain, avec sa femme et ses enfants ? Comme le lendemain est férié, on n'aura pas besoin de se réveiller le matin.

Bien sûr qu'elle n'a pas oublié – même si elle ne s'en souvient qu'au moment où il le lui rappelle.

Un courant d'air lui arrache à nouveau une quinte de toux. Maudit rhume.

Elle songe au signe qu'elle vient de découvrir à la faveur de l'obscurité et lui suggère d'aller voir un médecin. Il tousse depuis plusieurs jours, et son état n'a pas l'air de s'arranger.

Il élude le sujet – les médecins, il en a assez soupé –, et oriente immédiatement la conversation vers des horizons moins maussades : comme il va gagner plus, ils vont pouvoir louer plus grand.

Ils se servent un deuxième puis un troisième verre en devisant des dimensions et de l'emplacement de leur futur logis.

Après avoir dressé le couvert, elle sert à manger, des pommes de terre écrasées avec des restes de poulet.

Elle titube légèrement, il l'observe avec un regard de plus en plus humide et caressant. Belle brune au visage fin légèrement anguleux, Valentine Aubert tient de sa grand-mère indigène sa peau foncée, et de son éducation de petite fille riche, trimbalée aux quatre coins du globe par un père administrateur des colonies, une forme d'indolence désinvolte et autoritaire.

Il débouche une nouvelle bouteille. Lui sert un quatrième verre. Et un cinquième. Ils discutent de leur agrandissement à venir. Un peu avant minuit, elle lui dit qu'elle va se coucher.

Dix minutes plus tard, ils sont au lit tous les deux. Il l'a bien surveillée, vue tituber, entendue trébucher dans le couloir avant d'accourir pour l'amener dans la chambre. Elle s'est laissé faire de bonne grâce lorsqu'il lui a caressé les cuisses en la relevant. Elle l'a embrassé en retour, d'abord par petites touches, avant un vrai baiser langoureux.

Les spermatozoïdes se sont d'ores et déjà regroupés dans le canal de l'urètre, en vue de leur éviction prochaine.

Tandis qu'elle se positionne sur le dos, les cuisses écartées et les yeux fermés, il s'épuise dans un mouvement frénétique de va-et-vient, rythme d'automate désaccordé auquel elle répond par des ondulations de vague, d'abord légères, puis de plus en plus amples, flux et reflux traversés de souffles et transpercés de soupirs, rêves inavoués de dissémination en d'infimes particules, désirs kamikazes de fusion-absorption en un continent nouveau. Jusqu'à ce que les deux entités, la vague et l'automate, s'immobilisent en un cri strident, illusion sonore d'une unité parfaite.

26.

Pendant que son mari dort à poings fermés, Valentine Froissard sort du lit en silence. Se dirige vers le salon. Se prépare un café. S'installe dans un fauteuil qui lui offre une vue sur les toits. Peut-être en raison de l'effervescence qui règne encore entre ses cuisses, territoire en guerre, parfum de fête et de carnage mêlés, elle se sent tout à fait réveillée. L'horloge indique 4 heures : il est temps.

Cette nuit encore, elle va essayer de le voir. De le revoir. Elle sait qu'un jour, elle finira par y arriver. Mais, pour cela, elle doit être patiente. Très patiente. Apprendre à percer le mur des apparences pour que se révèle enfin l'envers de la vie dans toute sa terrassante profondeur. Le regard flottant entre l'immobilité rectiligne d'un immeuble et l'inconsistance vaporeuse des ténèbres, elle s'entraîne à recréer, à partir du contraste entre la ville habitée et le cosmos qui l'entoure, l'affolante solitude d'univers peuplés de forces anonymes, impersonnelles, que ne peuvent émouvoir les bruyantes vicissitudes des hommes, se figurant ainsi l'inconcevable immensité où il est désormais.

« Si je meurs, je t'enverrai un petit signe de là-haut », lui avait-il dit alors qu'il était revenu en permission – quatre jours accordés pour assister à l'enterrement de sa mère, terrassée par la grippe espagnole – avant de repartir pour le front. Lui, c'est Pierre de Mirmont, son premier et son seul amour, et non son *ersatz*, c'est ainsi qu'elle appelle Jules en elle-même, avec qui elle vit aujourd'hui.

Valentine avait reçu une lettre tamponnée du ministère des Armées le 15 septembre 1918. La lettre à peine décachetée, les mots dansaient à tel point qu'elle avait été obligée de demander à sa mère de lui faire la lecture. À mesure que se précisaient les circonstances du drame, des larmes se détachaient des yeux de la pauvre femme, qui voyait en Pierre non seulement un gendre idéal, serviable et bien élevé, un bon père, mais surtout un excellent mari à la mesure de sa fille chérie, si exigeante, si fantasque, qu'elle avait parfois du mal à suivre et à comprendre.

L'affliction plongea la jeune femme dans un délire obsessionnel et autodépréciatif (c'est l'expression du médecin qui la suivra pendant plusieurs années). Elle aurait dû le cacher, le forcer à s'enfuir, avec elle et le petit, dans un autre pays, voire le mutiler pour le rendre inapte au maniement des armes. Et puis pourquoi n'avait-elle rien ressenti au moment de son décès – la lettre mentionnait le 1er août, elle était alors avec ses parents dans leur résidence secondaire de Compiègne –, à l'instar de ces mères bretonnes qui savent que leur fils marin est mort en pleine mer quand elles entendent le son des charrettes grinçantes de l'*Ankou* ? Ne l'aimait-elle pas assez pour avoir ignoré ce petit signe qu'il avait promis de lui envoyer ? D'un autre côté, il n'avait nullement prétendu qu'il le ferait à l'instant où il passerait de vie à trépas !

Elle se mit donc à l'attendre à tout moment, en tout lieu : au petit matin elle observait, hagarde, les premiers rais du jour se projeter sur le mur. Ouvrait les volets de sa chambre et scrutait avec une intense fixité l'horizon, attendant une déchirure du ciel où il lui apparaîtrait, dans une apothéose de lumière. La journée, elle restait l'œil rivé au plafond, guettant la configuration humanoïde d'une fissure, d'une aspérité visuelle. C'était un miroir dans lequel se reflétait un visage autre que le sien, une fumée aux volutes étrangement anthropomorphiques, une voix qui l'appelait de nulle part dans une rue déserte. À la longue, les coïncidences et les signes se multipliaient en une farandole goguenarde, la renvoyant à l'épaisseur d'un mystère immémorial.

Les livres vinrent alors à la rescousse : pourquoi cheminer seule sur cette voie escarpée alors que d'autres avaient fait part de leurs expériences ? Elle se mit à arpenter d'un pas fiévreux librairies et bibliothèques de quartier, d'où elle ressortait chargée de traités d'occultisme ou de guides de conversation avec les esprits. Sous le regard inquiet de sa mère, elle tournait fébrilement les pages du *Livre des médiums* d'Allan Kardec, auquel succédait le *Traité des représentations et des correspondances* du penseur suédois Emanuel Swedenborg. De la philosophie illuminative de Sohrawardi aux mystères d'Éleusis, du *Corpus hermeticum* d'Hermès Trismégiste à *La Doctrine secrète* d'Helena Blavatsky, elle devint rapidement familière de la discipline de l'Arcane. *Le Livre de la hiérarchie céleste* du Pseudo-Denys l'Aréopagite, ainsi que la pensée mystique de Plotin, lui donnaient des désirs d'angélisme et d'unité : elle se voyait, immobile et désincarnée, flotter dans la lumière de l'UN où rayonnaient, de toute éternité, son amoureux défunt et la totalité des créatures auxquelles Dieu avait donné forme.

Après plusieurs mois de lecture, elle se mit en quête de sociétés occultes et de cercles spirites à fréquenter. Elle jeta son dévolu sur la société théosophique, alors en plein essor.

La première conférence à laquelle elle assista portait sur les mondes suprasensibles. Après un cours magistral, plutôt scolaire et ennuyeux, donné par un professeur de psychologie barbichu, les participants avaient été invités à former de petits groupes pour des exercices de vision dans le noir. Cette seconde partie du travail s'était avérée nettement plus passionnante, avec en fin de séance une restitution des expériences de chacun. L'ambiance, à la fois solennelle et bon enfant, lui donna envie de revenir.

C'est à cette période que survint le signe tant attendu. Ce soir-là, après avoir laissé l'enfant à sa mère, elle était sortie pour marcher seule dans la rue, peut-être dans l'idée de s'étourdir dans le défilé des visages et des tenues qui forment la foule bigarrée des Champs-Élysées. Avec Pierre, ils aimaient déambuler dans les lieux les plus peuplés de la capitale pour vibrer à l'unisson de cette masse hétéroclite, remuante et anonyme, se livrant ainsi à ce que Baudelaire appelait la « sainte prostitution de l'âme ».

Lorsque Valentine l'aperçut, à l'angle de la rue Marbeuf et de l'avenue des Champs-Élysées, elle crut d'abord à une apparition. Persuadée d'avoir retrouvé son bien-aimé, elle s'avança vers lui, chercha son regard, mais il n'eut pas l'air de la reconnaître. Elle se mit alors en tête de le suivre. Il était seul et semblait perdu. Surtout, elle le trouvait très amaigri depuis leurs dernières étreintes. Avait-il perdu son thorax et ses fortes épaules de lutteur grec à la guerre ? Elle attendit que la chaussée soit plus clairsemée pour le doubler. Lorsqu'elle le devança de quelques mètres, elle laissa tomber l'un de ses gants, qu'il s'empressa de lui rapporter. Nonobstant l'indigeste logorrhée qu'elle dut lui servir ce soir-là, il accepta de la revoir.

Le premier rendez-vous eut lieu la semaine d'après, au jardin des Tuileries. En le revoyant, elle fut perdue. C'était lui et ce n'était pas lui, ou bien ce n'était pas lui tout en étant lui, elle ne savait plus : le visage était exactement le même, mais le corps moins musclé. Le ton de la voix ressemblait au sien, mais le vocabulaire comme l'élocution différaient. Et surtout il avait ce défaut au pied ou à la jambe, il était difficile d'en situer l'endroit précis, dont elle venait de s'apercevoir, et qui le faisait claudiquer.

Il y eut d'autres rencontres : le dévorant du regard, elle lui décrivait les mœurs des sauvages vivant dans les continents éloignés qu'elle avait connus, enfant, avec ses parents. Il préférait quant à lui se perdre en considérations générales, ou parler de son travail à la Société du gaz de Paris, dont il était très fier. Il restait sur ses gardes, considérant avec un mélange de désir et de méfiance cette belle jeune femme qui s'était si mystérieusement intéressée à lui. Par chance, ils aimaient lire et possédaient tous les deux une solide culture historique et romanesque. Ils se disputèrent au sujet de Barrès – *Les Déracinés* resterait son livre préféré, elle trouvait le style ampoulé et le propos dépassé –, et se réconcilièrent avec Stendhal : *Le Rouge et le Noir* était unanimement salué comme un roman magistral, dont la cruauté des enchaînements qui amenaient à la fin de ce pauvre Julien Sorel donnait des frissons dans le dos.

Lorsqu'elle lui confia qu'elle était veuve de guerre et mère d'un enfant de cinq ans, un petit Pierre-Louis, il bégaya qu'il serait ravi de le rencontrer.

Puisqu'elle acceptait son infirmité, il accepterait son petit.

Soulagés que leur fille ait enfin rencontré un homme qui l'aide à retrouver goût à la vie, ses parents l'encouragèrent à se remarier sans plus attendre.

Mais après six mois de vie commune, ses lubies la reprirent de plus belle. S'il ressemblait physiquement à Pierre, Jules n'avait pas sa folie, encore moins son talent.

Elle avait aimé un poète, elle se retrouvait avec un chef de bureau.

27.

Lorsque le réveil sonne à 6 heures, Jules Froissard peine à émerger d'un long cauchemar.

Il se voit courir nu dans la neige, poursuivi par une meute de loups. Alors qu'il se fait rattraper, il est entouré de soldats coiffés de casques à pointe. Ses assaillants l'amènent vers un enchevêtrement de barbelés, où plusieurs fusils sont braqués vers lui. Il entend le cliquetis et se réveille juste avant la détonation.

Après la peur de mourir, il y a ce sentiment de culpabilité qui le saisit, sitôt le rêve évanoui, sans doute à l'origine de l'étrange soulagement qu'il éprouve alors que se téléscopent encore les images d'une fin héroïque au service de sa terre, de sa patrie, de son peuple. Il en vient à penser qu'il est comme ces criminels repentis sacrifiant leur vie à une grande cause, en rachat de leurs fautes. Mais lui, de quel crime s'est-il rendu coupable ? D'être né avec une malformation au pied qui le rend incapable de courir et de se battre ? D'être resté à travailler dans un bureau, alors qu'autour de lui, dans les familles, tout le monde pleure un fils, un frère, un cousin, tandis que les survivants n'ont pas assez de mots pour conter l'horreur qu'ils ont vécue ?

Ce n'était pourtant pas faute d'avoir insisté au moment de sa conscription, quatre ans plus tôt, mais, à la vue de ce conglomérat de chairs souffrantes qu'était devenu son pied, le médecin-officier avait secoué la tête avec une expression fermée, déclarant qu'à ce niveau d'infirmité il ne serait pas une aide, mais plutôt un fardeau, pour l'ensemble de ses camarades.

Il en était revenu fou de rage et de dépit. Heureusement, il venait à la même époque d'obtenir sa licence en mathématiques. Comme il ne voulait pas se retrouver professeur, il avait été recommandé par un cousin de son oncle Isidore, le député du parti nationaliste, pour travailler à la logistique de la Société du gaz de Paris.

L'ordre, la rigueur qui irradient du cadre pyramidal d'une grosse compagnie l'ont immédiatement rassuré. Aussi s'est-il plongé dans ce nouveau travail avec une ardeur sans égale. Outre sa motivation, ses compétences techniques, son sens du détail, ses chefs apprécient unanimement sa ponctualité, son sérieux, sa discipline, et espèrent bien lui faire gravir tous les échelons de la société.

En se levant, il constate que sa chemise de nuit est mouillée de la tête aux pieds.

C'est une sueur froide désagréable qui lui colle à la peau, dont il ne saurait dire si elle le glace ou le réchauffe. Comme il est habitué à la douleur physique et aux sensations de fièvre qui l'accompagnent, il n'y accorde aucune espèce d'importance.

La seule chose qui importe, c'est de se lever pour être à l'heure au travail. Repensant aux *Déracinés*, il tente pour se rassurer d'établir un parallèle entre sa trajectoire et celle des personnages du roman, comme lui de jeunes provinciaux exilés dans la capitale. N'est-il pas tout à la fois Sturel, Roemerspacher et Suret-Lefort, qui réussissent à force de volonté, et non ces pauvres Racadot et Mouchefrin, qui finissent par assassiner une princesse arménienne pour lui voler ses bijoux ?

Il n'est peut-être lui-même qu'une bouture, la minuscule branche d'un arbre gigantesque qui plonge ses racines dans la terre de la Marne, charriant en sa sève la brièveté des vies et l'esprit des morts qui s'y sont accumulés. Il finirait bien, à force de persévérance, à trouver les siennes. Et il les trouverait, ses fameuses racines, en s'unissant à son peuple et à sa race – cette entité collective immémoriale dont Hippolyte Taine avait décrit la lente maturation – à l'endroit où converge et se concentre toute l'énergie de la nation : Paris.

Quel chemin parcouru depuis que Thérèse Froissard avait accompagné son fils pour l'inscrire en sciences, à la Sorbonne, et l'aider à s'installer dans une soupente du Quartier latin, où résidait également son grand-père, Augustin Août. C'est d'ailleurs grâce aux nombreuses relations de ce dernier – une riche héritière dont Augustin connaissait bien le mari avait partagé l'appartement familial en plusieurs lots pour les louer à des étudiants – qu'ils avaient trouvé ce logement bruyant, inconfortable et exigu, offrant néanmoins, de son sixième étage accessible par un escalier escarpé, une vue incomparable sur les toits de la capitale.

Les premiers jours, une sensation d'étrangeté glaciale s'était interposée entre Jules et le monde ; elle ne l'avait quitté qu'au bout de quelques mois. Tout lui manquait, le tendre bruissement des feuillages, les enivrantes senteurs des champs labourés et des foins coupés, les lointains bêlements de l'agneau qu'apportait la brise des soirs d'été, la douceur riante des collines vertes de sa Champagne natale. Combien de temps pourrait-il vivre ainsi loin des siens ? Certes, il avait déjà été pensionnaire, au lycée de Châlons, mais il était dans sa famille tous les week-ends et trouvait dans l'observation de la nature et les longues discussions avec sa mère de quoi se consoler de la vie fruste de l'internat et de la grossière inculture de ses camarades de chambrée.

Peu à peu, l'habitude finit par apprivoiser cette grande ville dont il ne voyait que trop les dangers. Dans l'univers-bulle qu'il avait réussi à se constituer, rien ne lui échappait, tout était prévu dans les moindres détails : chaque jour, il effectuait le même trajet, accomplissait des tâches similaires, percevait des formes identiques. Avec ses camarades d'études, les rapports étaient fort polis, toujours distants. L'empêchant de courir bistrots et estaminets avec la même facilité que ceux de son âge, son handicap le protégeait des tentations du vice. Aussi le voyait-il comme une protection, un bouclier invisible derrière lequel il pouvait se cacher quand bon lui semblait.

Le dimanche, après la messe à Saint-Nicolas-du-Chardonnet, il allait déjeuner chez son grand-père. Ce dernier vivait avec sa femme et leur chat, Karl. Leur unique enfant étant mort en bas âge (même si Pasteur avait déjà démontré qu'il valait mieux garder une distance polie avec nombre de micro-organismes, personne n'avait alors soupçonné que l'assassin était un staphylocoque doré ayant élu domicile sur la main gauche du médecin qui avait extirpé le bébé du ventre de sa mère), ils avaient décidé de ne pas réitérer.

Pour Jules, il suffisait de remonter la rue Monge, l'immeuble étant situé un peu après le carrefour avec la rue Lacépède. Il y avait souvent du monde et de l'animation : on pouvait palabrer des heures entières au sujet du symbolisme avec des professeurs, des poètes ou des artistes amis de madame, ou s'enflammer à propos de la révolution bolchevique avec des travailleurs de la Section française de l'Internationale ouvrière, dont Augustin Août était devenu l'un des responsables d'arrondissement.

Ce rendez-vous dominical fut honoré plusieurs années de suite, jusqu'au jour où le jeune homme apprit qu'Augustin était franc-maçon. S'il en avait d'abord conçu une sorte de curiosité amusée, l'idée que son grand-père appartenait à une société secrète qui ambitionnait de saper les fondements de la nation finit par faire naître une sorte de défiance à son égard. Lorsqu'il en parla à son oncle Isidore, le député nationaliste – il s'était pris d'estime et d'affection pour son neveu qui poursuivait de si brillantes études –, ce dernier lui confirma ses craintes : avec les Juifs et les Allemands, les francs-maçons sont les pires ennemis de la Patrie, avait-il asséné tout au long d'une logorrhée haineuse, où étaient à plusieurs reprises revenus les qualificatifs de nuisibles, d'infection et de détritus.

Depuis ce jour, Jules avait décidé de prendre ses distances avec son grand-père. Thérèse Froissard avait bien essayé de défendre son père, mais elle manquait de culture politique et d'habitude rhétorique pour contrer les arguments d'Isidore. Et puis, et c'était sans doute le plus grave, le jeune homme suspectait son grand-père d'avoir une mauvaise influence sur Valentine. Qui sait si ce n'est pas lui qui l'a poussée vers l'occultisme ?

Lors de leur repas de mariage, ne les avait-il pas surpris en grande conversation sur la nécessité d'aider les populations opprimées à s'affranchir du joug colonial et sur le droit des peuples à disposer d'eux-mêmes ? N'était-ce pas là une de ces idées séditieuses susceptibles d'attenter à la grandeur de la nation ?

Après avoir bu son café et avalé ses tartines au beurre, Jules Froissard revient dans la chambre et choisit une cravate, la beige, dans la penderie. S'immobilisant lorsqu'il entend le froissement des draps, il est parcouru d'une foule d'émotions contradictoires et de questionnements. Est-ce une bonne ou une mauvaise femme ? Que lui veut-elle au juste ? Que penser d'elle, de ses bizarreries et de son humeur hautaine ? La nouvelle d'hier l'ayant tenu semi-éveillé une partie de la nuit, il l'a entendue se lever pour aller dans le salon : qu'y a-t-elle manigancé toute la nuit ? Il soupçonne ses mauvaises lectures et les sociétés occultes qu'elle fréquente de lui gâter le cerveau.

La semaine dernière, il lui a interdit d'aller dans cette loge théosophique qu'elle s'était trouvée. Elle lui a rétorqué qu'il n'allait rien lui interdire et qu'il n'était qu'un paltoquet. Piqué au vif, il lui a flanqué une bonne gifle, histoire de lui rappeler qui était le patron. Elle est partie en claquant la porte, le laissant avec le petit, pour ne revenir que quatre heures plus tard, son sac plein à craquer de livres. Il en a identifié un au passage : *Le Symbolisme de la croix*, écrit par un certain René Guénon.

Parfois, il donnerait tout pour avoir une femme normale, une épouse qui le craigne, l'admire et se plie à ses quatre volontés. Avec son nouveau poste de sous-directeur, elle finira bien par le respecter. Et puis il y a cette idée que lui a suggérée Isidore, lors de son dernier séjour passé chez sa mère dans la Marne : devenir membre de l'Action française. Le 1er-Mai est férié, une réunion se tient en leurs locaux, il s'y rendra avec la recommandation de son oncle. Si en plus il devient un homme politique, elle sera bien obligée de reconnaître son importance.

28.

À 7 heures, Jules Froissard est déjà dans la rue. Au contact de la fraîcheur printanière et des particules de charbon que ramène le vent d'est, pensées, frustrations et espérances s'effacent devant une quinte de toux particulièrement douloureuse.

Même si les quelques sombres nuages qui obscurcissaient la ville viennent de s'éloigner pour faire place à de larges bandes de ciel bleu, on peut apercevoir, tout au loin, des formes dont la menaçante noirceur ne laisse guère de doute sur le degré d'hygrométrie à venir du pavé parisien.

En route vers son arrêt de bus, il croise des ouvrières aux robes rapiécées, des employés de bureau à la chemise repassée, des patrons sanglés dans leur redingote. Plus loin, à l'angle de la rue de Rivoli et de la rue du Louvre, déambule une *gueule cassée*, que s'épuise à éviter le regard des autres passants. Chacun porte avec soi, dans ses traits et dans sa démarche, tout ce qu'il est, les ouvrières leur misère, les employés leur ambition, les patrons le sentiment de leur importance, les *gueules cassées* l'horreur de la guerre.

Après une matinée consacrée à l'aménagement de son nouveau bureau où il remue chaises et dossiers dans la poussière, la salle voûtée de la cantine résonne de ses bruits thoraciques rauques et obstinés. À tel point que l'un de ses collègues lui conseille d'aller voir un docteur, suggérant que cette saloperie de grippe n'a peut-être pas totalement terminé sa basse besogne. Il se contente d'un signe de tête légèrement dédaigneux, l'orientant vers d'autres causes plus probables : l'humidité – incroyable comme cette cave sent le salpêtre –, les courants d'air et le printemps, oui, le printemps et ses pollens. Puis il s'empresse de reprendre une cigarette avec son café.

Furieusement heureux d'être enfin promu, il ne voudrait surtout pas gâcher ce beau moment en pensant à la maladie. Le plus important n'est-il pas que son travail soit reconnu à sa juste valeur ?

L'après-midi, il finit ses rangements et trouve le temps de rédiger une note de service qu'il donnera à taper vendredi, après l'avoir relue. Pendant ses va-et-vient incessants dans les couloirs naissent des idées de vengeance. Il revoit les faciès abrutis de Boyard et Robin, deux anciens camarades de classe, et les imagine sous ses ordres. Quelle bonne leçon ce serait pour ces deux grosses brutes jalouses de son prix d'excellence, incapables d'apprendre à l'école, et qui l'humiliaient en permanence. Non contents de piétiner son pied bot, ils le poursuivaient avec des branches de noisetier, l'appelant « Mouton » en raison de ses cheveux blonds et frisés. Ils le fouettaient s'il refusait de bêler, et le gratifiaient d'une simple claque s'il obtempérait. Et les autres, tous les autres, ceux qui s'étaient moqués de lui dans la cour de récréation, ceux qui le regardaient d'un œil torve, ceux qui préféraient l'ignorer, il y en aurait bien un qui finirait par atterrir ici, à moins qu'ils ne se soient tous fait tuer au front.

Avant de partir, à 17 heures, il fait un crochet par le bureau de son directeur pour valider avec lui l'heure et l'adresse du dîner. Comme à son habitude, Firmin Desloches l'accueille avec une solide accolade accompagnée d'un paternaliste « mon petit Froissard, comment ça va par chez vous ? ». Ingénieur de formation et passionné de chimie, Desloches n'en est pas moins un redoutable politique, aussi doué pour concevoir de nouvelles techniques de production d'énergie que pour en faire la promotion et se placer dans les lieux de pouvoir. Embauché à la Compagnie parisienne d'éclairage et de chauffage par le gaz en 1889, il en avait organisé la capitalisation à la Bourse de Paris. C'est également lui qui avait chapeauté l'arrivée des becs de gaz intensifs et des becs à fluorescence, en réponse à la concurrence croissante de l'électricité. Aussi, lorsque la Société du gaz de Paris a été créée en 1907 pour assurer la seule exploitation du combustible – la partie investissement ayant été déléguée à la Ville de Paris –, il en est naturellement devenu directeur.

À son contact, Jules éprouve toujours un sentiment mêlé où l'admiration le dispute à la crainte. Cherchant ses compliments avec une avidité maladive, craignant chacun de ses froncements de sourcils, il est à la fois l'enfant qui reçoit un bon point et l'explorateur en face d'un fauve capable de le dépecer en quelques secondes.

À peine sorti de son bureau, il constate qu'il tremble légèrement, des rougeurs lui brûlent et lui empourprent les joues.

À 17 h 30, il écrit et signe une dépêche dans le bureau de poste de l'Hôtel du Louvre. Lorsque l'employée se dirige vers ses appareils pour transmettre le message, il tente de visualiser les merveilles de la science télégraphique, cet enchaînement de codes de transmission et d'impulsions électromagnétiques circulant d'un point A à un point B le long de fils conducteurs que portent de gigantesques poteaux de bois, tout en se félicitant de la perfection mathématique du résultat : Thérèse Froissard recevrait très vite, peut-être même dans l'heure, avait confirmé la télégraphiste, la bonne nouvelle de la promotion de son fils à la Société du gaz de Paris. Elle seule l'avait toujours défendu bec et ongles contre son imbécile de père. Ce dernier n'avait cessé de le traiter de bon à rien et de *gougnafier*, inapte aux travaux de la ferme, lui préférant de loin son frère cadet, un solide gaillard au bon sens paysan. Inversement, sa mère s'était maladivement attachée à cet être chétif aux traits fins et à l'intelligence vive en qui elle reconnaissait son propre père, Augustin Août, tandis qu'elle ne pouvait s'empêcher de considérer son second fils, un costaud aux traits lourds et à l'esprit obtus, comme le portrait craché de son mari, à qui elle vouait une haine froide et sans répit. Il fallait voir cette femme intraitable, dont le caractère s'était durci au fil des années et des rancœurs, retrouver l'usage de ses sentiments en présence de son fils aîné, le couvrant des trésors de gentillesse et de douceur qu'elle refusait aux autres.

Dans l'omnibus du retour, deux éclopés s'entretiennent de leurs mutilations respectives. L'un explique avoir laissé une jambe, une oreille et deux doigts à Verdun, tandis que l'autre agite nerveusement les moignons qui lui servent de bras, laissant quelques borborygmes traverser un trou sans lèvres ni dents.

À peine descendu à l'arrêt de bus, Jules Froissard accélère nerveusement le pas. Il doit arriver le plus tôt possible à la maison pour vérifier que Valentine n'a pas oublié le dîner de ce soir. Ils en avaient certes reparlé la veille, mais il n'ose imaginer ce qui se passerait si rien n'était prêt pour 8 heures.

Lorsque s'ouvre la porte de son trois-pièces, il a l'heureuse surprise de la voir à pied d'œuvre dans la cuisine. Le bœuf braisé est en route, les carottes cuisent dans la poêle, la nappe a été mise, les couverts étincellent. Et sa femme porte une magnifique robe de mousseline noire incrustée de perles roses.

Il ne peut s'empêcher de pousser un cri d'exclamation, et de la féliciter pour sa tenue.

Elle se montre anormalement gaie, et ravie de le voir. Tournant les morceaux de bœuf qui mijotent dans le faitout, elle lui raconte sa journée avec Pierre-Louis : après l'avoir emmené au jardin des Tuileries, elle est allée rendre visite à ses parents, dans leur nouvel appartement de la rue La Boétie. Ils ont tous eu la bonne surprise de voir débarquer son frère aîné, revenu plus tôt que prévu des Antilles où il avait passé les cinq dernières années. Quant à son cadet, celui qui *fait son droit*, il a animé le déjeuner de discours enflammés, tous brillamment émaillés d'articles de loi et d'extraits de la Constitution, contre la colonisation. Depuis qu'il s'est mis en tête de devenir le grand avocat des peuples opprimés, il passe ses soirées et ses week-ends à lire et à réviser, amassant dès à présent le matériau de ses futures plaidoiries.

Elle ajoute que, pour jeudi, tout est arrangé : elle emmènera le petit chez sa mère toute la journée. Il pourra ainsi aller à sa réunion politique et elle à la sienne : une conférence sur la survie de l'âme dans le bouddhisme, elle ne la raterait sous aucun prétexte.

29.

À 8 heures moins cinq précises, la porte d'entrée résonne de quatre coups nerveux et impatients. Occupé à parfaire l'alignement des chaises sur les assiettes et les couverts, Jules Froissard se fige sur place, foudroyé par le surgissement de ce qui était tant attendu : l'arrivée de Firmin Desloches, son directeur.

– Ils sont là ! s'étrangle-t-il avant de se précipiter pour faire entrer les invités.

Valentine le précède de quelques mètres.

– Arriver en avance à un dîner est l'une des plus grandes marques d'impolitesse, chuchote-t-elle d'une voix taquine avant d'ouvrir.

Dix secondes plus tard, elle se tient souriante à ses côtés, invitant les visiteurs à se délester de leur pardessus.

Firmin Desloches est un homme trapu aux moustaches broussailleuses, que perce un regard clair et inquisiteur. Odalie Desloches, sa femme, est en tout point l'inverse. Son doux visage de poupée mélancolique, relié par un cou de cygne à un long corps aux courbes molles, en fait aux yeux de Valentine Froissard l'incarnation de ces créatures longilignes et oniriques qui l'avaient tant impressionnée lorsqu'elle avait vu des œuvres de Modigliani dans une galerie.

Les enfants, deux gros garçons turbulents de six et huit ans, sont le portrait de leur père. À peine arrivés, ils se précipitent vers la grande table pour s'empiffrer de petits gâteaux au beurre, ignorant superbement ce pauvre Pierre-Louis que la maîtresse de maison vient de leur présenter. Leur mère s'en excuse aussitôt, accusant la cruelle fatalité de lui avoir donné deux garçons d'âge si rapproché. Sans aucune transition, elle félicite Valentine pour la beauté de sa tenue :

– Quelle robe ravissante, laisse-t-elle échapper avec gourmandise et une légère emphase dans la voix.

– Moins que votre collier ! dégaine aussitôt Valentine Froissard.

– Et c'est vraiment charmant ici… Regarde, Firmin, ces belles poutres apparentes et ces armoiries au-dessus de la cheminée… on se croirait dans un château… J'adore l'ancien, mais mon mari ne jure que par le moderne… L'haussmannien, c'est pratique pour recevoir, mais tellement moins poétique !

– Vous venez de loin ? s'enquiert Valentine.

– Du quartier de l'Opéra ! Vous voyez, les nouveaux immeubles que longent les Grands Boulevards, entre la place de l'Opéra et…

– Nouveaux, nouveaux, pas si nouveaux que ça, la coupe son mari.

Mais il nuance aussitôt son propos en précisant que leur immeuble est tout de même l'un des premiers à s'être équipés d'un ascenseur électrique.

On s'installe autour de la table pour l'apéritif. Les deux couples se font face, tandis que les enfants sont placés en bout de table. Les fils Desloches sont incontestablement les plus remuants et les moins sages. Au rythme de leurs allées et venues entre la salle à manger et la chambre de Pierre-Louis, ces deux petits goinfres laissent impunément tomber des miettes dans tout l'appartement. Ciel, que ces enfants sont insupportables et mal élevés, ne cesse de fulminer Jules Froissard. S'il ne tenait qu'à lui, il leur flanquerait une bonne raclée et les obligerait à nettoyer leurs salissures. Quelques banalités sont échangées. Firmin Desloches sifflote en permanence et interroge du regard la porte d'entrée, sans doute dans l'espoir de voir arriver d'autres invités. Conscient que la conversation peine à prendre de l'ampleur, Jules tente de lui donner un élan par des considérations géopolitiques, mais il est interrompu par des « maman, Pierre-Louis, il veut pas me prêter son cheval » ou bien « Raymond, il m'a tapé avec un soldat ». Et puis, à chacun de ses développements, son patron balaie ses craintes d'un revers de main avec la bonhomie critique de celui à qui on ne la fait pas : la menace bolchevique ? Il n'y croit pas une seule seconde dans une nation de Gaulois comme la nôtre ! Raillant ce poltron de Clemenceau qui vient de *lâcher* la journée de huit heures pour avoir la paix avec les communistes, il voit cette concession comme une parfaite erreur de débutant. La dette publique, la possible banqueroute de l'État ? Pas de panique, l'Allemagne paiera ! Le taylorisme pour améliorer le travail des employés ? Une marotte de protestants obsédés par le tic-tac de l'horloge et la conversion de leur satané temps en argent, dont les catholiques gaspilleurs que nous sommes ne savent que faire ! Le patron commande, les travailleurs exécutent et il n'y a pas à chercher plus loin. Quand deux et deux font quatre, est-il besoin de se demander si ça ne pourrait pas faire cinq et pourquoi pas six ?

Jules en est conscient, ce dîner ne s'engage pas sous les meilleurs auspices. Une sueur froide lui dégouline le long des tempes. Par chance, il n'a pas toussé ce soir, même s'il se sent de plus en plus fiévreux et inquiet. Il est si crispé qu'en parlant il fait un geste trop brusque et renverse le verre de vin rouge d'Odalie, dont le contenu éclabousse sa robe. Après avoir apporté du sel et s'être confondu en excuses, il est coupé par sa femme. Poliment mais fermement, elle clôt l'incident en annonçant que le plat va être servi.

Le bœuf braisé aux carottes est unanimement apprécié. Le vin, d'excellents crus bourguignons, commence à produire son effet. Mis en confiance, les convives se détendent, toutes langues déliées. Indiscrétions et anecdotes s'accompagnent de commentaires égrillards, quand elles ne sont pas agrémentées des détails les plus inavouables. Comme les enfants sont partis dans la chambre de Pierre-Louis, les convives peuvent se montrer salaces et grivois, faisant naître de petits gloussements d'excitation chez les dames. Le comique troupier n'est jamais loin, avec ses rasades de gros pinard et de rire suffisamment gras pour amortir les tirs destructeurs du camp ennemi. Firmin Desloches évoque un ami à lui, mis en cause par sa bonne bretonne pour une histoire de « polichinelle dans le tiroir » et obligé de l'indemniser pour qu'elle retire sa plainte, assortie de menaces d'avertir sa femme et ses enfants. Puis un autre, accusé de viol par sa servante antillaise. Grâce au code de l'indigénat, son témoignage en justice n'a pas tenu et elle a été déboutée de toutes ses demandes. Il se met alors à lancer des histoires cochonnes apprises à la guerre, comme des élixirs de bonne humeur délivrés à toute la tablée. Après avoir terminé ses histoires, il part d'un rire tonitruant qui secoue son large coffre et donne à voir une glotte vibrante, dont les soubresauts modulent les éructations sonores. Jules est soulagé. Ce dîner ne sera peut-être pas une catastrophe.

Même les enfants, dans la chambre de Pierre-Louis, restent étonnamment silencieux.

30.

Après le dessert, des œufs à la neige accompagnés de petits-beurre, on déguste un alcool de poire *fait maison* dans le berceau champenois de la famille Froissard. Les hommes l'accompagnent de cigarillos qu'a apportés le directeur de la Société du gaz de Paris. C'est à ce moment-là qu'un craquement de bois se fait entendre, comme si quelqu'un avait marché sur le plancher. Or, il n'y a personne d'autre dans la pièce que nos quatre convives s'égayant autour d'une table.

– Diable, moi qui pensais qu'il n'y avait que dans les châteaux en Écosse que l'on pouvait rencontrer des fantômes, s'esclaffe Firmin Desloches, en regardant autour de lui d'un air faussement effrayé.

– C'est l'inconvénient du vieux bois qui continue toujours à travailler, répond mielleusement Jules.

Le ton de sa voix est en tout point semblable à celui d'un Lully ou d'un Couperin, obligés de s'excuser auprès de Sa Majesté le Roi-Soleil de la survenue d'un élément météorologique discordant lors d'un concert en plein air donné en son honneur.

– Qui nous dit que l'intuition de Firmin n'est pas la bonne, et que ce n'est pas autre chose que du simple bois ? fait Valentine Froissard en roulant des yeux hypnotiques sur chaque convive.

– Allons donc, chère Valentine, rassurez-vous, je ne faisais que plaisanter… Moi, je ne crois que ce que je vois, du moins ce que mon outillage sensoriel me permet de connaître du monde… Souvenez-vous, mon petit, de ce bon vieil Auguste Comte, qu'avait-il trouvé sous son scalpel ? Ni âme ni esprit, mais des humeurs et des viscères… Les mystères, l'être suprême, les histoires d'incarnation et de résurrection, c'est l'affaire des religions, pas la nôtre. Quant aux fantaisies occultistes auxquelles se livrent bon nombre de nos contemporains, et pas des moindres, en convient-il volontiers, comment peut-on croire à de telles calembredaines ?

Elle lui objecte que l'occultisme, contrairement aux religions, n'est précisément pas une question de croyance, mais de faits et d'expérimentations. D'ailleurs, si on réfléchit bien, transmettre des ondes à distance en envoyant des messages à des personnes qui se situent à des milliers de kilomètres et échanger avec des morts, souvent beaucoup plus proches, est-ce si différent ? Comment soutenir aujourd'hui une conception matérialiste du monde, alors qu'un nombre croissant de scientifiques et de penseurs remettent en question l'idée même de matière ?

Déstabilisé par un tel sens de la repartie venant d'une femme et ne sachant s'il doit continuer à croiser le fer ou s'arrêter de discuter par peur du ridicule, Firmin Desloches se gratte la tête, l'air perplexe.

Son épouse, en revanche, porte au débat un intérêt grandissant. Réagissant aux arguments de chacun, elle hoche la tête, soupire, s'essaye à une large gamme de mimiques. Elle finit par lever le bras pour prendre la parole. D'un ton où vibrent tout à la fois la frayeur et l'espoir, elle évoque de bouleversantes séances de communication avec des défunts que lui ont minutieusement narrées quelques proches. Elle-même a toujours eu la conviction qu'il existe une vie après la mort. Qui d'entre nous n'a jamais senti, à certains moments particuliers, lors de rêves ou dans des circonstances inhabituelles, l'extrême fragilité séparant l'au-delà de l'univers des vivants ?

Paniqué, Jules Froissard aspire une trop forte bouffée de son cigarillo et se remet à tousser, une quinte particulièrement douloureuse. Tandis que des milliers de poignards lui triturent les poumons, un goût âcre et métallique remonte de l'œsophage, agressant chacune des cellules du gosier. Son seul remède : reprendre les choses en main. Éviter que tout ne déraille. Avec de la rigueur, de l'autorité et de la fermeté viriles, tout ce petit monde devrait revenir à la raison.

Sur sa lancée, Odalie confesse qu'elle a toujours rêvé de faire une séance de spiritisme. Or, elle n'a jamais vraiment osé, peut-être par peur de l'inconnu, de ce qu'elle pourrait découvrir. Et puis, il faut dire que son mari ne l'aide pas, tant il est fermé à ces choses-là…

– Le mieux serait peut-être de profiter de ce moment de calme pour essayer, suggère Valentine Froissard. N'ayant jamais voulu se livrer seule à ce type d'exercice, elle voit là l'occasion parfaite pour mettre en pratique les enseignements prodigués à la société théosophique de Paris. Et, qui sait, avoir enfin des nouvelles de son bien-aimé mort à la guerre.

– Jamais je ne m'adonnerai à de telles pitreries, beugle Firmin Desloches.

– Valentine, on ne va tout de même pas imposer ça à nos invités, lui répond comme en écho affaibli Jules.

Mais devant les supplications de son épouse, Firmin Desloches finit par céder : oui, il veut bien participer à cette mascarade, toutefois pas plus de dix minutes ; l'horloge tourne, ils vont devoir y aller s'ils ne veulent pas arriver à plus d'heure à la maison.

Valentine court chercher dans une armoire le *nécessaire à médiumniser* – verre, lettres de l'alphabet, chiffres alphanumériques, symboles entrée et sortie – entreposé dans un coffret de bois orné d'un pentagramme doré. Pour le reste, il suffira de suivre le protocole mis en œuvre par Allan Kardec, le maître spirite, une méthode désormais testée et approuvée dans le monde entier par des dizaines de milliers d'amateurs de tables tournantes, des faubourgs de New York aux appartements cossus de l'ancien monde, des cercles familiaux de la petite bourgeoisie aux strates les plus élevées du pouvoir.

Perturbée par de *mauvaises ondes*, symbolisées de la façon la plus grossière par les soupirs de plus en plus insistants de Firmin Desloches et les râles catarrheux de Jules Froissard, la séance peine à démarrer.

– Esprit, es-tu là ? invoque alors Valentine d'une voix puissante, tout en intimant à la chose de décliner son identité avec les lettres de l'alphabet et de répondre un coup pour oui, deux coups pour non, selon Kardec.

Après quelques longues minutes d'immobilité, le verre se met à exécuter des mouvements circulaires, d'abord imperceptibles, puis de plus en plus amples et saccadés, contrariant l'ostensible incrédulité de la gent masculine. L'objet, en effet, semble se déplacer seul, indépendamment de toute poussée physique, comme s'il était mû par une énergie autonome, *fluide éthérique* ou *magnétisme animal* (si l'approche de Mesmer et de Puységur semblait différer sur la forme, elle n'en rendait pas moins compte, sur le fond, des mêmes phénomènes, auxquels la maîtrise conjuguée des puissances électromagnétiques, de l'atome et du silicium permettra, au XXIe siècle, de donner une puissance de vertige inégalée).

Au gré de sa trajectoire stochastique, des lettres sont heurtées, formant des esquisses de mots : on peut y lire les noms de l'archiduc François-Ferdinand, tué à Sarajevo, de Ravachol, guillotiné à Montbrison, ou encore de Jean Jaurès, assassiné il y a presque cinq ans au *Café du Croissant*, à deux pas de là. Pour Valentine, il n'y a aucun doute sur le statut farceur, voire malin, de cette entité.

– Esprit, sors de cette pièce, ordonne-t-elle d'un ton menaçant.

Odalie laisse échapper un petit cri de frayeur, tandis que son mari pousse un bref grognement porcin qui attire l'attention de Jules, les yeux rougis d'exaspération et de frayeur.

À force de concentration, les participants parviennent à faire bouger le verre à nouveau.

– Esprit, qu'as-tu à nous dire ? demande Valentine avec autorité.

Ce dernier semble s'agiter autour de la main de Firmin Desloches et reproduire de façon insistante le même slalom entre consonnes et voyelles.

La jeune femme épelle alors avec excitation les quatre lettres du mot « père » et les sept lettres du mot « meurtre ».

Le directeur général de la Société du gaz de Paris se lève alors furieusement et se précipite vers le portemanteau pour prendre son pardessus : il en a assez vu, cette mascarade n'a que trop duré, il est maintenant l'heure de partir. Il ajoute que son père n'a jamais tué personne. Le malheureux s'est noyé dans la Bièvre un soir d'hiver 1885, Firmin n'avait alors que dix ans… Comme l'eau était glacée, il n'a pas survécu à l'hydrocution, point barre.

– Il n'a jamais tué personne car il a été tué, il s'est noyé dans la Bièvre car quelqu'un l'y a poussé, lui objecte Valentine Froissard.

S'enquérant des circonstances du drame, elle apprend que Léonce Desloches tenait une pharmacie avec un associé, dans le XIIIe arrondissement.

Les querelles entre associés sont fréquentes, tranche-t-elle. En le supprimant, l'autre gérant devenait seul maître à bord.

Choquée par l'implacable dénouement du récit, Odalie pousse un petit cri et tombe inanimée sur le parquet du salon.

Au même moment, on entend un hurlement suraigu, venant de la chambre de Pierre-Louis. Laissant la mère de famille allongée au sol, les trois adultes se précipitent et trouvent Raymond en pleurs, le doigt coincé dans la charnière d'une porte que vient de fermer son grand frère. Tentant de le sortir de ce mauvais pas, Firmin Desloches lui tire le bras d'un coup sec, mais il arrache un épais bout de peau, tandis que le sang arrose plus abondamment encore le parquet. Les pleurs s'exacerbent jusqu'à se transformer en d'étranges hoquets gutturaux, signes annonciateurs de l'évanouissement. Prostrés sur le lit, les deux autres enfants assistent à la scène avec des mimiques d'effroi.

Jules Froissard est allé vomir dans les toilettes. Son épouse tente de cautériser le doigt blessé à l'aide d'un chiffon mouillé, mais il lui est impossible d'approcher l'enfant, tant il se débat dans tous les sens.

Quant à Firmin Desloches, il se précipite en grognant vers la sortie, son petit dans les bras. Mais lorsqu'il aperçoit son épouse toujours inerte, il laisse échapper un mugissement de bête sauvage, où se mêlent rage et impuissance.

Une heure plus tard, le calme est enfin revenu dans l'appartement des Froissard. Valentine vient de tout nettoyer, tout débarrasser, pendant que son mari est allé se coucher, tremblant de fièvre et d'épuisement. Un gouffre d'une soixantaine de minutes la sépare désormais des cris et des pleurs qui ont terminé cette lamentable soirée.

Demain, elle va devoir affronter la colère de Jules, sans parler des conséquences prévisibles de ce concours de catastrophes. Il va probablement se faire sanctionner à son travail, peut-être même renvoyer. Même si le petit n'a pas le doigt cassé, ni la phalange sectionnée, son père s'est montré dans un tel état de nerfs au moment du départ ! Elle n'a désormais qu'une seule chose à faire : se coucher et récupérer toutes ses forces pour la suite des événements.

Troublant le silence de la nuit, un nouveau craquement de bois, plus fort encore que le précédent, lui répond : si en plus les esprits sont d'accord, elle n'a plus une seconde à perdre pour retrouver son lit.

31.

– Tout est ta faute ! Je t'avais pourtant interdit de fréquenter tes cercles occultes ! Tu ne m'as pas écouté et maintenant tu peux être fière du résultat !

Valentine Froissard ne sait que répondre à son mari, qui vient de surgir dans le salon. Après une nuit agitée – endormi, il bougeait sans arrêt, respirait avec un drôle de sifflement et l'avait réveillée à plusieurs reprises, tour à tour gémissant de douleur et criant de violentes imprécations –, il était sorti du lit à 11 heures.

Bien que ses traits tirés et sa voix de zombie amoindrissent la menace physique qu'il représente, il y a dans son regard fiévreux encore embué de sommeil une lueur métallique dont elle ne peut sous-estimer le danger.

– Rien ne pouvait laisser prévoir que la séance tournerait aussi mal, déplore-t-elle d'un timbre fluet, presque inaudible.

– Tu sais ce que tu es ? Une sorcière ! Une créature maléfique ! À cause de toi, je vais perdre mon travail… Et en plus, je ne me suis même pas réveillé à temps pour aller au rassemblement des patriotes, qui a commencé il y a déjà une heure…

– Odalie tenait tellement à faire cette séance, elle en a même convaincu son mari, je n'ai fait que me plier à ses désirs, se défend-elle. Quant à ton Firmin Desloches, c'est lui qui par son attitude renfrognée a perturbé les esprits et fait naître toutes ces catastrophes.

– Je t'interdis de prononcer ce nom, hurle-t-il.

Pour tous les maux qu'elle a causés, il lui demande de se mettre à genoux et d'implorer son pardon.

– Jamais ! fait-elle en le regardant avec défi.

Il s'avance vers elle, chancelant, et lui assène une série de claques, avant de se laisser tomber sur une chaise, épuisé.

Même si les coups portés sont faibles et imprécis, elle pousse un cri de surprise qui fait venir le petit. D'abord figé sur place, tétanisé par la violence du spectacle, il se précipite pour s'interposer entre les deux adultes. Après lui avoir expliqué que papa et maman doivent avoir une discussion de grands, sa mère le ramène immédiatement dans sa chambre. Comme c'est un enfant étonnamment sage et attentionné, elle peut le coller devant son livre d'animaux en relief sans qu'il se mette à se rouler par terre en hurlant.

Plus que la violence physique dont s'est déjà montré capable son mari, elle craint la force de la haine qui l'anime. La haine de l'autre, des autres. Des étrangers.

Des femmes. De l'imprévisible. De l'inconnu. Qui l'amène à préférer le fonctionnement des interminables tuyauteries de l'usine à gaz de Vaugirard aux rouages complexes des relations humaines.

Elle lui hurle qu'il n'est qu'un misérable. Pierre n'aurait jamais osé porter la main sur elle, et s'il avait vu quiconque agir ainsi, il lui aurait flanqué une bonne raclée… Lui au moins était un homme, un vrai, mort à la guerre, pas comme tous ces planqués qui pullulent dans les bureaux comme des cafards. Ah, oui, au cas où tu ne l'aurais pas entendu hier soir, tu sais où était ton grand directeur vénéré pendant que d'autres se faisaient massacrer pour leur pays ? À l'administration centrale des armées, rue de Grenelle, où il était réserviste. Ça ne doit pas être un hasard si toutes les tantouzes qui ont réussi à se dérober à leur devoir patriotique finissent ensemble, au même endroit, termine-t-elle avec un ricanement sardonique.

N'en pouvant plus, il se lève avec un râle moribond et, dans un dernier sursaut d'énergie, l'attrape par les cheveux et lui cogne la tête contre la table, lui ordonnant d'une voix caverneuse de se taire. Elle parvient à se libérer de sa prise et court se réfugier dans la cuisine, où il s'apprête à la rejoindre. Mais au moment où il franchit la porte, elle agrippe un cendrier en bois massif et le lance dans sa direction. Le projectile ne fait que lui effleurer la tempe droite, lui laissant au passage une légère éraflure.

– Je pars au rassemblement, lâche-t-il dans un soupir plein de sonorités caverneuses.

Il prend soudainement le chemin de la sortie, comme si le choc avait stimulé une zone décisionnelle de son cerveau et ses fonctions physiologiques les plus élémentaires, amoindrissant peu à peu chacun des symptômes de sa maladie. Si je fais vite, j'arriverai peut-être à temps pour le discours de Maurras et l'hommage aux soldats défunts.

Charles Maurras. Combien de fois a-t-elle, dans la bouche de son mari, entendu ce nom, dont les homonymes « mot-race » ou « maux-races » résonnaient en elle, petite-fille d'une indigène née à Biskra (sa grand-mère avait épousé un lieutenant de l'armée française qui venait alors d'être muté en Algérie, et il se disait que Valentine en était le *portrait craché*, tant par sa couleur de peau, sa beauté, que par sa nature vive et imaginative) avec une sonorité aussi désagréable que les innombrables détestations auxquelles ne cessait de se livrer ce grand contempteur de la République.

– Eh bien, moi, je pars avec Pierre-Louis chez mes parents, crie-t-elle, avec la diction lente et haut perchée de celle qui s'adresse à une personne malentendante. Quand je vais leur expliquer avec qui je vis, crois-moi qu'ils vont comprendre pourquoi je ne resterai pas ici une seconde de plus !

Cinq minutes plus tard, alors qu'elle enfourne ses dernières robes dans un sac, il est de retour, plus cadavérique que jamais. Dans un souffle de moribond, il baragouine une suite de phonèmes d'où émergent confusément quelques bribes de sens – temps de chien, force de continuer, affronter la mort – pour se précipiter dans la chambre et s'étendre sur son lit avec ses vêtements mouillés.

La porte de l'entrée claque avec fracas. Pendant que Valentine Froissard descend précipitamment l'escalier, son cabas dans une main, son fils dans l'autre, avant d'atteindre le rivage du dehors, savourant le goût de la liberté enfin retrouvée, la cuvette des toilettes se tapisse de crachats rougeâtres, emplis d'une substance épaisse.

32.

La météo est exécrable, et les parapluies peinent à protéger des bourrasques de pluie.

– On arrive quand, maman ? demande le petit, las de marcher sur un sol de plus en plus boueux.

– Dans dix minutes, lui répond sa mère.

– C'est combien, dix minutes ?

– Tu comptes six fois jusqu'à dix, et tu recommences encore une fois, deux fois, trois fois, jusqu'à dix fois !

– D'accord, fait-il en énonçant les chiffres.

Toute à la protection de son enfant contre l'offensive des éléments naturels, Valentine tarde à réaliser que ce jeudi a quelque chose de particulier. S'étonnant de la présence de policiers armés, postés à chaque coin de rue, elle comprend peu à peu, à mesure qu'elle croise des groupes d'ouvriers portant une églantine à la boutonnière et brandissant des pancartes griffonnées de slogans révolutionnaires. Bien sûr, ce fameux 1er-Mai, murmure-t-elle, dont tous les journaux ont fait leurs choux gras.

Lui revient à présent le rictus goguenard de ce dégoûtant Firmin Desloches, lorsqu'il a évoqué la journée des huit heures, tout récemment « lâchée » par ce « poltron de Clemenceau » en gage aux bolcheviques. Il s'est même esclaffé en soutenant que l'on pourrait aussi, sur notre lancée philanthropique, payer les employés à rester chez eux. Oh, qu'elle l'a détesté lorsque sa face rougeaude de crapaud arrogant s'est fendue de cet affreux sourire suintant le mépris envers les classes laborieuses.

Visiblement lieu de départ du rassemblement, la place de la Concorde est noire de monde. À l'angle de la rue Saint-Florentin et de la rue de Rivoli, un groupe de manifestants déploie une grande banderole où il est question de droit au repos et aux loisirs. Quelques dizaines de mètres plus loin, c'est « Pour un 1er-Mai de revendications prolétariennes et de justice sociale » qui s'affiche en rouge et noir. À côté, une section syndicale de métallurgistes brandit une pancarte pour rappeler que la loi votée doit s'appliquer dans toutes les usines. Partout alentour fleurissent des myriades de mots d'ordre : « Liberté de réunion ! », « Contre l'intervention en Russie ! », « Travailleurs socialistes, chômez et manifestez ! », « Réduction des heures de travail sans réduction de salaire ! ». Ici et là, on entend fredonner *L'Internationale*.

Dans le cortège de la Section française de l'Internationale ouvrière – Fédération socialiste de Paris –, Valentine aperçoit Augustin Août, aux côtés d'autres responsables de la formation politique. Il est presque plus jeune et plus vif que dans son souvenir, même s'il doit bien approcher les soixante-dix ans, d'après ce que lui a dit Jules. Se frayant un passage dans une foule de plus en plus compacte, elle décide d'aller à sa rencontre. Il s'étonne de la voir ici, même s'il s'en montre ravi, et lui conseille de faire attention à elle et au petit, car il risque d'y avoir du grabuge (effectivement, près de la place de l'Opéra, plusieurs échauffourées opposant les manifestants aux forces de l'ordre ne vont pas tarder à éclater, il y aura deux morts, sept cents blessés et de nombreuses arrestations parmi lesquelles Léon Jouhaux, le secrétaire général de la Confédération générale du travail).

Lorsqu'il lui demande des nouvelles de Jules, la réponse de la jeune femme s'étouffe en une succession de sanglots. Comment l'évocation de l'état de santé alarmant de son mari peut-elle ainsi la faire chavirer dans l'émotion, alors qu'elle s'apprêtait à le quitter parce qu'il s'est mis à la battre ? Toujours est-il qu'aussitôt après avoir vu Augustin, elle décide de rebrousser chemin : le cabinet de son médecin de famille est situé rue du Mont-Thabor, à cinq minutes à pied. Il suffirait d'un peu de chance – ou plutôt, rectifie-t-elle *in petto*, de bonnes dispositions des esprits – pour que le docteur Lefort consulte aujourd'hui et fasse montre de la plus grande diligence pour visiter le malade.

Quelle que soit la suite des événements, il ne sera pas dit qu'elle aura laissé mourir son mari comme un chien.

Les esprits lui sont favorables car, une heure plus tard, Valentine et son fils Pierre-Louis sont de retour, suivis du médecin. S'étant enquis des symptômes de son futur patient, ce dernier porte masque et gants de protection.

Tout habillé, sanglé dans un costume gris charbon, son pardessus encore mouillé sur le dos, Jules est en train de grelotter dans son lit. De ses lèvres bleuâtres s'échappent de petits bruits mats, entre hoquets et soupirs.

Après lui avoir ausculté la zone rhino-pharyngée avec sa lampe frontale, le praticien positionne le stéthoscope à plusieurs endroits : le cœur bat de façon irrégulière et désordonnée, passant sans crier gare de 150 à 40 pulsations minute. Les poumons ne se portent guère mieux : sifflements, râles et crépitements à l'expiration laissent craindre un dangereux rétrécissement des voies respiratoires. Mais il est hors de question – en bon disciple de Claude Bernard, Lefort sait pertinemment que tout affaiblissement psychologique est susceptible d'influencer défavorablement le système immunitaire, créant un terrain plus propice à la prolifération des virus et des bactéries générant des maladies – de laisser paraître la moindre expression d'inquiétude.

– Et il tousse depuis combien de temps ? s'informe-t-il d'un ton exagérément détaché.

– Environ deux semaines.

– A-t-il eu la tuberculose ?

Comme la réponse est négative, il n'y a qu'une seule option possible : une pneumonie, très probablement les suites de cette fameuse grippe espagnole. Il y a encore quelques cas dans Paris, même si le nombre de personnes infectées n'a rien à voir avec celui de l'année passée.

Il ajoute que c'est un miracle si ni elle ni le petit ne l'ont attrapée.

Valentine se renseigne sur les risques de contamination.

À ce stade, ils sont très faibles, la rassure Lefort. S'ils avaient dû attraper le virus, ils l'auraient fait pendant la période d'incubation, quelques semaines auparavant.

Lorsqu'elle lui demande si son mari va s'en sortir, le médecin lui répond qu'il a environ une chance sur deux de survivre, chiffre qui demande à être pondéré en fonction des soins qui lui seront prodigués. À cet effet, il va prescrire des onguents qui vont l'aider à mieux respirer et ralentir son rythme cardiaque, sachant que le meilleur remède reste le repos, et surtout une alimentation riche en vitamines et en fer. Il faut avoir conscience que les malades meurent souvent de faiblesse, plus rarement de leur maladie. En lui donnant de la viande rouge, des fruits et des légumes en bonne quantité, ses chances de guérison sont automatiquement multipliées par un et demi, conclut-il avant de filer à son cabinet.

– Ah, oui, au fait, ma chère Valentine, mes hommages à vos parents, votre maman est-elle retournée à Vichy pour son psoriasis, votre papa s'est-il bien remis de sa crise de paludisme ? lance-t-il au moment de fermer la porte, laissant ses questions et les réponses en suspens peupler le vide causé par son absence soudaine.

Une chance sur deux. Elle va tout faire pour qu'il guérisse. Demain, elle ira acheter des pièces de bœuf chez le boucher pour préparer un bon pot-au-feu avec des carottes. Et des pommes de terre. Et des navets. Et des fraises pour le dessert.

Le gouffre qui menace de s'ouvrir à nouveau la pousse vers le désir d'une vie normale, d'un quotidien égayé de rires d'enfants et de lourds repas en famille. Même si ces derniers jours ont été invivables avec lui, ils le seraient encore plus s'il venait à disparaître. À quoi rime une existence entourée de fantômes ?

Les yeux embués de larmes, elle lui susurre des mots doux à l'oreille : elle a été une vilaine fille, elle s'excuse pour tout le mal qu'elle lui a fait et pour toutes les méchancetés qu'elle a pu dire tout à l'heure. Elle ne sait pas ce qu'il lui est arrivé, elle ne voulait pas, les mots ont dépassé sa pensée. Maintenant, ils vont repartir d'un bon pied tous les deux. Dès qu'il sera guéri, ils iront dans une ville thermale au bord de l'océan. Le matin, ils marcheront sur le sable chaud et, le soir, ils se laisseront bercer par le bruit des vagues.

Une nouvelle quinte, mais cette fois la toux sèche a laissé place à des expectorations glaireuses, charriant en leurs filaments caoutchouteux des résidus de fluides et de matière organique.

Toute à ses doutes et à ses questionnements sur l'issue de la bataille qui oppose le virus au système immunitaire de son mari (au sujet de laquelle les deux voyants qu'elle s'empressera de consulter lui donneront des réponses opposées, l'un prédisant la mort, l'autre la guérison), Valentine est loin de soupçonner ce qui se trame au cœur de son propre appareil reproducteur.

La fusion des gamètes haploïdes, et avec elle la réunion des deux noyaux, mâle et femelle, est en train de s'achever.

La méiose terminée – et les gènes du père et de la mère aléatoirement échangés, puis mixés en d'infinitésimaux fragments de chromatine – pourra se dessiner le portrait-robot de l'individu qui devrait venir au monde au début de l'année prochaine. Une fois le programme établi, rien (à part un accident au cours de l'embryogenèse, de l'organogenèse ou de l'enfance, choc traumatique, attaque virale *in utero*, malnutrition…) ne pourra empêcher sa mise en œuvre. De lui dépendra chacune des caractéristiques les plus observables – taille, morphologie, particularités physiologiques ou psychologiques –, bibelots-surprises sortis de l'un des innombrables tiroirs de l'héritage génétique familial commun (dans notre cas, celui des Froissard et des Aubert), dont les imprévisibles occurrences ne manqueront pas de faire surgir, à l'occasion de la grossesse, une série d'interrogations aussi triviales que pressantes entourant l'arrivée du futur bébé (et dont le degré de précision scientifique varie en fonction de l'époque à laquelle elles appartiennent) :

– Aura-t-il les yeux bleus en amande et la constitution nerveuse de son papa ?

– Le visage sculpté, la tonicité musculaire et l'intelligence vive de sa maman ?

– La haute taille, le caractère sanguin, l'esprit lent et le risque de cancer colorectal de son grand-père paternel ?

– Le nez droit et la tendance maniaco-dépressive de sa grand-mère maternelle, ou le nez bourbonien et les fortes prédispositions à la maladie d'Alzheimer consécutives à la présence du gène ApoE4 de son autre grand-mère ?

– L'inverse ?

– Un peu de tout dans un ordre dispersé ?

Livre V

Principe de plaisir (1954)

(Magasin « Au bon sommeil »,
Asnières, le 10 décembre)

33.

À l'entrée du magasin se profile enfin une robe rouge à pois blancs, surplombée d'une abondante chevelure auburn. La dame s'appelle Suzanne Rossignol, elle vient d'avoir vingt-deux ans et a rendez-vous avec son amant. Elle avance avec grâce et souplesse, faisant vibrer au rythme de ses pas fuselés chacun des symboles de sa féminité épanouie.

Comme d'habitude, André Froissard est au comptoir. Coupant court à la contemplation gourmande de ce paradis de formes et de rondeurs qui va bientôt s'offrir à lui, il jette un bref coup d'œil à sa montre : 17 h 30. Dans deux heures, il doit être à la maison pour l'anniversaire du petit. S'il tient compte du temps de la fermeture du magasin et de celui du trajet, il n'a qu'une petite heure à passer avec sa maîtresse. Par chance, il y a très peu de clients. Comme le Vieux est parti, c'est lui le chef, il peut diriger le théâtre des opérations comme bon lui semble. Mais il doit faire vite, très vite, s'il veut avoir le temps de tout mener, bien s'occuper de la dame et ne pas arriver en retard chez lui. Après avoir adressé un petit clin d'œil à Suzanne, qui fait mine d'essayer un matelas, il se met à frapper dans ses mains :

– Mesdames et messieurs, on ferme… Allez, messieurs-dames, c'est fermé !

– Mais il n'est même pas 17 h 30. Normalement, la fermeture est à 19 heures, c'est marqué à l'entrée.

La femme qui vient de parler est une petite brune massive aux joues légèrement empourprées. Fichu noir, œil bleu, bras forts et potelés comme des gourdins, elle ressemble en tout point à ces paysannes soviétiques qui peuplent tant les tableaux constructivistes russes que l'imaginaire des Occidentaux. Son air revêche et son regard déterminé laissent entendre qu'elle ne va pas se rendre sans combattre.

– Oui, mais aujourd'hui on fait l'inventaire, improvise André Froissard.

– Sur le panneau il est marqué 19 heures, et il n'est question d'inventaire nulle part ! reprend-elle en posant les mains sur ses hanches.

– C'est la loi, madame, on est obligés de s'y plier, lui répond-il, faussement navré.

De guerre lasse, elle finit par tourner les talons, tout en maugréant qu'elle reviendra demain matin. Elle ne manquera pas de le faire savoir et d'envoyer une réclamation écrite à la direction.

Les trois autres clients, un vieux monsieur élégant aux cheveux noirs abondamment gominés et un couple de jeunes mariés – ces deux-là ont passé leur temps à sautiller sur tous les lits avec des gloussements suggestifs sans rien acheter –, partent sans rien dire.

Enfin seuls. André Froissard ferme la porte d'entrée du magasin à double tour et actionne avec force la manivelle du rideau métallique. Sentir ses biceps se gonflant au rythme de l'effort lui procure une impression de toute-puissance. Il ne peut alors s'empêcher d'esquisser un combat de boxe, lançant quelques directs suivis d'uppercuts. Puis se tape bruyamment la poitrine en imitant le cri de Tarzan.

Assise sur un lit d'exposition, Suzanne se montre inhabituellement indifférente aux pitreries d'André Froissard. Non seulement elle reste de marbre lorsque ce dernier s'avance vers elle pour l'embrasser, mais elle lui annonce d'un air grave qu'ils doivent parler tous les deux.

– Parler, mais de quoi, de qui ? fanfaronne-t-il en reprenant son combat contre un *sparring-partner* invisible.

– De Roger, mon mari… Je suis sûre qu'il se doute de quelque chose, lui annonce-t-elle.

Ne laissant pas à André le temps de répondre, elle lui explique que Roger est de plus en plus suspicieux. Lorsqu'elle lui a dit qu'elle allait prendre le thé avec une copine pour revenir un peu avant 20 heures, il s'est contenté d'un « oui oui, c'est ça, c'est ça » suggestif et particulièrement inquiétant. Voyant bien qu'elle le fuit et qu'elle n'a plus beaucoup de désir pour lui, il est de plus en plus violent et irascible. La semaine dernière, il l'a giflée pour une histoire bête de costume qu'elle avait oublié d'aller chercher au pressing. Par bonheur, ils n'ont pas encore réussi à avoir d'enfant, ce qui aurait rendu la situation encore plus compliquée.

Elle en conclut qu'ils devraient éviter de se voir pendant plusieurs semaines.

André Froissard s'assied à côté de sa maîtresse en soupirant. L'évocation de cette scène de violence le ramène trente ans en arrière. Il se revoit, lui haut comme trois pommes avec son demi-frère, Pierre-Louis, de cinq ans son aîné, tentant de protéger leur mère du paternel qui la poursuivait en titubant, encore pompette. Déjà qu'en temps normal il avançait péniblement avec son pied bot, mais c'était pire lorsqu'il avait bu ! Il fallait le voir se cogner aux meubles, tomber, se relever et recommencer, aussi instable et agité qu'un ressort magique, tapant avec sa canne, beuglant qu'il avait épousé une traînée, une marie-salope qui se faisait ramoner par toutes les bites du quartier. À la fin, il s'assoupissait brutalement sur le parquet, ivre mort, après avoir craché ses poumons dans les toilettes à cause de sa pleurésie.

– Mon père aussi battait ma mère et nous cognait quand il avait trop bu.

Le ton empreint de gravité sur lequel a pris forme l'aveu est suffisamment inhabituel chez lui pour que Suzanne réagisse avec émotion. Que ce grand gaillard au torse herculéen ait connu une enfance difficile le rend encore plus beau, plus désirable à ses yeux.

– Oh, mon pauvre chéri, fait-elle en se rapprochant pour l'enlacer.

Il lui répond avec un mélange de détachement et de fierté virile qu'il n'y a rien de tel que les épreuves pour forger un caractère et apprécier les bonnes choses de la vie à leur juste valeur. En prononçant les derniers mots, il la fixe avec un regard tendu vers de futurs ébats.

Quelques secondes plus tard, il l'embrasse avec fougue. Elle pousse un petit cri de surprise et se laisse tomber sur le plaid multicolore qu'il a préalablement étalé sur la couverture en plastique du lit. Les habits tombent à la vitesse des flux hormonaux qui les parcourent tous les deux : elle lui enlève fébrilement sa cravate, puis sa chemise, tandis qu'il dégrafe son soutien-gorge, laissant ses mains trouver ce qu'elles cherchent.

Les spermatozoïdes affluent par centaines, par milliers, ils seront bientôt des millions à vouloir se frayer une voie hors de l'épididyme.

Allongée, les cuisses écartées, elle lui dit de venir, mais il lui répond qu'il aimerait lui faire une surprise. Ce faisant, il se positionne contre ses fesses et tente de la prendre par-derrière. Jusqu'à présent, elle s'était refusée à ce type de pratique qu'elle jugeait dégradante et potentiellement douloureuse, mais quoi, elle a très bien pu changer d'avis. Et puis, après ce qu'il lui a raconté, elle pourrait peut-être consentir à un petit effort pour lui faire plaisir.

Mais la dame le repousse avec vivacité et lui dit qu'il aura beau insister, elle ne voudra pas plus.

C'est bien la première fois qu'une de ses maîtresses se refuse à ses fantaisies et André Froissard en compte, des maîtresses, même s'il est également marié, et père de trois enfants ! Bel homme, il tient de son père ses traits fins et de son grand-père paternel, sa haute taille ainsi que ses muscles de lutteur. Même s'il a tendance à faire du gras, il n'en est pas moins pour beaucoup de femmes un spécimen rare, à épingler quelque part entre Johnny Weissmuller et Kirk Douglas.

Il aimerait bien négocier, tenter de la convaincre d'essayer, une seule fois, et si elle n'aime pas, il ne l'embêtera plus avec ça, mais l'heure tourne et il ne voudrait surtout pas la braquer. Elle a déjà suffisamment de soucis avec son mari, et lui avec sa femme, dont il ne sait que faire.

À ce moment-là, un choc sourd ébranle le rideau métallique. Lui succède un hurlement de bête sauvage.

– Tu as entendu ? questionne-t-elle d'une voix tremblante.

André la rassure immédiatement : sans doute un ivrogne qui s'est cogné. Le bistrot du coin de la rue attire tous les poivrots du quartier, poursuit-il. La semaine dernière, la femme de ménage a été obligée de nettoyer des vomissures devant la vitrine.

– Et si ce n'était pas un ivrogne ?

Voyant où elle veut en venir, il lui objecte que son mari ne peut pas savoir qu'elle est ici si elle ne lui a jamais parlé de lui. Parce que moi, je ne lui ai pas parlé de toi, s'esclaffe-t-il.

– Tu veux que j'aille lui dire de quel bois je me chauffe ? suggère-t-il d'un air bravache.

– Embrasse-moi plutôt, lui répond-elle avant de se blottir contre son large torse.

Leurs bouches se rencontrent à nouveau. Ils s'affalent sur le lit, fous de désir. Oubliés, les gestes déplacés, les hurlements d'ivrognes, les menaces de mari jaloux, ils sont tout entiers dans ce mouvement qui les porte l'un vers l'autre, l'un dans l'autre. Elle accompagne chacune de ses allées et venues de petits cris, puis se met à lui hurler d'y aller plus fort : elle sent qu'elle va venir, elle l'aime à la folie, elle voudrait ne plus jamais le quitter.

Lui pense surtout à se retenir, car il sent qu'il est également en train de venir, ce qui pourrait avoir des conséquences catastrophiques. Comment ferait-il avec un marmot de plus, sans compter que le Vieux le mettrait à la porte du magasin ? Il pense au ventre déjà flasque de sa femme, à l'anniversaire de son fils, aux réprimandes continuelles du Vieux, à la paperasse qu'il n'a pas finie au magasin. Au moment où les paroles de Suzanne laissent place à une série de stridences, il se retire et lui éjacule sur le ventre en poussant un grognement de sanglier.

34.

Pendant qu'il comate sur le lit, elle déambule dans la boutique et se figure toutes les tâches qu'elle aurait à accomplir si elle était la patronne du magasin. Elle ferait la comptabilité, lui s'occuperait de la logistique, des fournisseurs et de la vente.

Elle est aussi volontaire et déterminée que l'infime minorité de spermatozoïdes – à peine quelques milliers – qui ont réussi à se faufiler dans le couloir vaginal, filant à toute allure vers le col de l'utérus où les cellules épithéliales s'apprêtent à former une haie d'honneur pour leur faciliter le passage.

Une vingtaine de minutes plus tard, André Froissard émerge de sa sieste postcoïtale avec une faim de loup. Jetant un coup d'œil à sa montre, il éprouve un soulagement à la perspective du bon dîner qui l'attend dans moins d'une heure à la maison. Et puis, même si les relations conjugales ne sont pas au beau fixe – des silences bruissant de reproches tenant lieu de dialogue entre les deux époux –, l'anniversaire du petit aidera les adultes à oublier leurs soucis.

Mais à peine est-il sorti de son état léthargique qu'elle lui demande s'il a l'intention de divorcer de sa femme un jour, ce qui lui donnerait l'occasion de quitter son mari.

Il lui répond que ce n'est malheureusement pas aussi simple : il ne suffit pas de ne plus aimer sa femme ou de se faire battre par son mari pour avoir le droit de divorcer – avec son père qui cognait sur toute la famille et sa mère qui aurait dû partir mille fois, il connaît bien le sujet. Le seul fait grave sur lequel tous les juges s'accorderaient pour autoriser la séparation est l'adultère. Et quand bien même sa femme aurait-elle la bonne idée de lui faire porter des cornes, se reprend-il en allumant une cigarette, il devra attendre d'être le gérant, c'est-à-dire le propriétaire du magasin, pour demander le divorce. « Au bon sommeil » a été fondé en 1905 par son beau-père. Malheureusement, ce dernier possède la totalité des murs, et il faudrait qu'il casse sa pipe pour qu'André en devienne propriétaire. Et si lui, André Froissard, divorçait maintenant de l'unique fifille du Vieux, celui-ci le foutrait *illico* à la porte et il se retrouverait sans rien. Et ça, ce serait drôlement bêta, foi de Froissard !

Une moue d'incompréhension vient de figer le visage tout en courbes – sauf le nez, pointu et légèrement en trompette, un nez à sentir le cul des anges, disait sa grand-mère – de Suzanne. André pressent le risque d'enlisement s'il ne trouve pas vite, très vite, une échappatoire.

– J'ai une bien meilleure idée, fait-il l'index dressé et les yeux écarquillés, arborant soudainement une mine hilare à la Charles Trenet.

Il rappelle alors qu'il a d'autres cordes à son arc. À l'âge de seize ans, il avait arrêté l'école pour embrasser une carrière de comique. Il avait même commencé à se produire en spectacle dans des cafés-concerts et des music-halls de Montparnasse. Or, à la même période, sa mère est devenue veuve, sans aucune source de revenus. Jules Froissard, qui travaillait encore à la Société du gaz de Paris, avait littéralement bu toutes les économies de la famille, en plus de son salaire. Comme ils avaient fait l'acquisition d'un bel appartement dans le quartier de l'Opéra, elle a pu le revendre pour déménager avec ses deux fils dans une petite maison à Asnières, et vivre avec la modeste rente que lui avait laissée la plus-value de la vente.

– Tu m'as compris, ma poulette, le André il a bien fallu qu'il vole de ses propres ailes pour gagner sa croûte, claironne-t-il en se levant pour imiter la démarche ridicule d'un gallinacé.

Il s'assied à nouveau pour raconter qu'il a alors enchaîné plusieurs métiers – apprenti maçon, marchand de couleurs, livreur, tapissier… –, dont il se faisait systématiquement renvoyer au bout de quelques mois. De fil en aiguille, il se retrouva vendeur au « Bon sommeil » à vingt-deux ans, en pleine occupation allemande, où il rencontra sa future femme. La jeune fille – elle n'avait alors que dix-huit ans – s'enticha vite de cet employé au physique d'acteur. Ils se marièrent en 1943, juste avant qu'il soit envoyé en STO, dans un camp allemand, dont il réussit à s'échapper. De retour en France, il fut accueilli par sa belle-famille en héros. Comme il n'avait pas de fils, son beau-père en fit son successeur et son bras droit pour la gestion du magasin. En plus de cette nouvelle charge, il participait secrètement à des actions dans un réseau de résistance avec lequel sa mère, Valentine Froissard née Aubert, l'avait mis en contact (après la mort de son mari Jules, en 1937, et le départ de ses deux fils, elle avait rejoint « Mesdames, pas vous », un groupe de vigilance féministe antifasciste). Et puis il y eut la naissance de son premier enfant. Puis du deuxième, et du troisième, à seulement quatre ans d'intervalle. Tout ceci explique comment il avait fini par oublier sa vocation première.

– Tu sais quoi ? Je vais me remettre en scène ! fait-il en levant les yeux au ciel.

Avec l'argent des spectacles, elle pourrait ouvrir un commerce, pourquoi pas un magasin de lingerie. Elle serait la patronne et lui ferait des tournées dans toute la France, peut-être même pourraient-ils habiter un peu en Amérique.

– « Dans la vie, faut pas s'en faire », chantonne-t-il en imitant le timbre grave et enjôleur de Maurice Chevalier.

De fait, André Froissard ne s'est jamais inquiété de grand-chose. Sensuel, peu travailleur, sûr de son physique de tombeur et persuadé d'avoir un talent inné de comédien, il pense que le succès va finir par arriver. Fermant les yeux, il visualise tout à coup l'existence de pacha qu'il pourrait mener dans quelques années. De séjours dans les plus beaux palaces en soirées somptueuses autour d'une piscine, il baignerait dans l'opulence, entouré de femmes lascives et sculpturales, toutes folles de lui. Le seul moyen pour y arriver : devenir le gérant du « Bon sommeil », faire fructifier l'affaire pendant un an ou deux et la revendre au prix fort pour vivre sur ses rentes en attendant le succès. Pour cela, il devrait quitter sa femme – le moment venu, il trouverait bien une solution pour divorcer, quitte à obtenir de faux témoignages en soudoyant quelques pauvres types sans le sou – et retourner à Paris. Seul hic pour mener à bien ce programme : son beau-père est encore en vie, et rien ne laisse présager une mort prochaine. À plus de soixante-dix ans, le Vieux ne donne aucun signe de fatigue, pas une alerte cardiaque, rien. Tant qu'il n'aura pas cassé sa pipe, André Froissard sera coincé comme un rat, obligé de supporter cette simagrée de vie de famille avec ses trois marmots et une femelle vieillissante et triste qui a toujours quelque chose à lui reprocher.

– À quoi tu penses ? lui demande alors Suzanne.

– Je pense à notre vie future, ma chérie... Nous pourrions habiter à Paris, j'y ai encore quelques amis d'enfance et aussi mon demi-frère, Pierre-Louis, qui est professeur de médecine en psychiatrie, nous pourrions faire des dîners, aller à des soirées... mais il va falloir que tu sois un peu patiente... Paris ne s'est pas fait en un jour, et là c'est le cas de le dire, conclut-il.

– Tu as un demi-frère professeur de médecine ? Oh, j'aimerais beaucoup le rencontrer ! s'enthousiasme-t-elle en battant des mains comme une enfant. Tu sais que ma mère est infirmière dans un hôpital ?

L'intérêt qu'elle manifeste pour Pierre-Louis éveille chez André une pointe de jalousie et lui rappelle quelques mauvais souvenirs de torgnoles au moment de la remise des bulletins scolaires… En même temps, il ne vas pas être jaloux de son demi-frère, qui n'a pas son physique, ni son succès avec les femmes. Un premier de la classe qui passait ses soirées à potasser ses cours pendant que lui, au moins, profitait de la vie.

– On va organiser ça un jour… Si tu le voyais, tu serais surprise… Il fait une tête et demie de moins que moi et sa peau est si foncée que tout le monde le prend pour un Arabe…

Coupant court aux considérations sur son demi-frère, André Froissard se met à pérorer sur toutes les différences qui peuvent exister au sein d'une même famille : entre sa mère, qui a ouvert un cabinet d'astrologie après avoir dirigé une loge théosophique tout en militant pour le droit de vote des femmes, son oncle maternel, un avocat devenu grand défenseur des indépendantistes algériens, et de l'autre côté, celui de la branche paternelle, les Froissard, de riches paysans de la région de Châlons-sur-Marne, ultra-catholiques et ultra-conservateurs – il va d'ailleurs les revoir, pas plus tard que demain, pour assister à l'enterrement de sa grand-mère –, il y a l'embarras du choix ! Ah, oui, il allait oublier Augustin Août, son arrière-grand-père, le communard : après avoir été arrêté et exilé en Nouvelle-Calédonie pendant près de vingt ans, il a rejoint la Section française de l'Internationale ouvrière, dont il a été l'un des dirigeants jusqu'à sa mort, ajoute-t-il, avec une nuance de fierté dans la voix.

35.

Ils se séparent à 19 heures.

Suivant un rituel dont ils sont convenus pour ne pas être vus ensemble dans la rue, elle sort la première. Les ondulations de hanches que dessinent les plis de son manteau sont vite happées par la pénombre ; seuls continuent de résonner ses talons sur le pavé. Elle habite près de l'Hôtel de Ville : en longeant l'avenue Gallieni, elle en a pour une vingtaine de minutes à pied.

Après avoir laissé passer quelques minutes, il se risque à son tour et actionne le mécanisme de fermeture. Cette sortie par la porte de service donne sur une courée perpendiculaire à la rue où se trouve la devanture du magasin et présente un avantage certain. Dans l'obscurité de ce *no man's land* urbain, nul ne peut les reconnaître, ni savoir d'où ils viennent.

Sa fourgonnette Citroën l'attend patiemment, à deux rues de là. Apercevant son faciès de gros bouledogue bonasse, il est pris d'un mouvement d'affection, rassuré de retrouver sa vieille *Titine* toujours fidèle au poste. Il se voit en train de pousser la portière coulissante, de se glisser sur le siège, d'allumer la clef de contact et de passer les trois vitesses pour arriver dans une maison où rivalisent des odeurs de pommes de terre sautées et de chocolat chaud.

Mais, au moment de sortir ses clefs de voiture, il entend des bruits de pas se rapprocher et avise une forme dans le noir. La silhouette s'immobilise à un mètre de lui. Le gars est immense, pas loin de deux mètres, et plutôt jeune, à peine la trentaine, avec des cheveux noirs coupés en brosse. Son long visage osseux tranche avec un nez étonnamment petit et écrasé. Un nez de boxeur, de petite frappe, pense aussitôt André Froissard.

– Alors, pas trop fatigué de la journée ? hasarde l'inconnu.

André détaille l'énergumène. Il a effectivement quinze bons centimètres de plus que lui – fait suffisamment rare pour être noté –, mais il est une fois et demie moins large : il devrait en faire facilement son affaire.

– On se connaît ? fait André avec un air détaché.

– Nous, on ne se connaît pas, mais toi tu connais ma femme, tu la connais même très bien, réplique l'homme avec un ton plein de sous-entendus.

– Votre femme ?

– Fais pas l'imbécile, ducon ! J'ai suivi cette idiote depuis chez nous et je vous ai vus sortir tous les deux, en amoureux…

Cette idiote. C'est comme ça qu'il parle de Suzanne… Il pense aux raclées, à tout ce qu'elle lui a raconté sur son enfer conjugal, à tout ce que sa propre mère a dû subir aussi, avec un mari violent et jaloux : la baffe part toute seule et envoie le type à terre. Quand ce dernier se relève, André Froissard voit étinceler la lame d'un couteau. Ne lui laissant pas le temps de dégainer son arme, il lui décoche un coup de pied dans la figure, qui l'envoie cogner contre le rebord du trottoir.

Sévèrement sonné, l'homme est à terre, immobile. Pas peu fier d'avoir si prestement abattu son gigantesque agresseur, André Froissard tend son majeur et son index vers le haut en signe de victoire. Quand il racontera ça à Suzanne… Mais avant de partir, il aimerait tout de même le réveiller, histoire de lui dire sa façon de penser.

Il lui donne deux ou trois petites claques, mais la tête reste invariablement rigide et inerte.

Le cauchemar prend forme au moment où il colle son oreille contre la poitrine du type : il ne respire plus, et le cœur est au point mort. « Non, c'est pas vrai », siffle André Froissard entre ses lèvres. Alors il le claque de plus en plus fort, jusqu'à ce que des filets de sang lui sortent du nez et de la bouche, mais il ne se réveille pas davantage.

Il reste plusieurs minutes figé, bouche bée, partagé entre l'incrédulité et la frayeur, terrassé par l'implacable constat : il vient de tuer un homme. Ce n'est certes pas la première fois (il avait achevé un Allemand blessé à coups de pioche, c'était en 1944, en temps de guerre, et tuer des Allemands était alors un jeu, presque un devoir). Il pourrait aussi plaider la légitime défense, mais s'il allait voir les policiers, il lui faudrait tout avouer, sa liaison avec Suzanne, et le risque est grand que le Vieux le déshérite et ça, c'est hors de question.

Après, les pensées, les gestes et les actes se télescopent, sous l'effet des bourrasques d'adrénaline et de noradrénaline qui le submergent. Il se voit (car il éprouve cette sensation étrange de dédoublement qui ne le quittera pas jusqu'à l'arrivée à son domicile) courir comme s'il échappait à la poursuite de policiers. S'arrêter à bout de souffle. Et revenir sur ses pas pour constater que le cadavre est toujours là, aussi réel. Charger ce dernier dans la fourgonnette après s'être usé les poings et l'avoir bourré de coups de pied. Foncer vers les quais, le pied sur l'accélérateur. Stationner au bord de la Seine. Sortir le cadavre. Prendre un bout de corde pour lui attacher une pierre d'une quarantaine de kilos aux pieds. Le faire rouler jusqu'à la berge. Le jeter à l'eau. Observer quelques bulles afin de s'assurer qu'il a bien été englouti.

36.

À 20 h 25, André Froissard débarque en plein milieu des festivités familiales.

Si les enfants accueillent leur père avec de joyeux « papa ! papa ! », leur mère affiche une gueule de six pieds de long, ce masque de tristesse et de reproche qu'elle arbore systématiquement en sa présence. Que son mari soit un coureur de jupons invétéré, un homme à femmes, ne lui a pas vraiment échappé durant ces douze années de mariage, mais qu'il arrive en retard, tout cochonné, tout débraillé, livide de fatigue et repu de plaisir le jour de l'anniversaire de son fils dépasse tout ce qu'elle aurait pu imaginer.

Épuisé et hagard, André Froissard ne s'est toujours pas débarrassé de cette étrange sensation de flotter au-dessus de son propre corps. Il entre dans la bulle domestique comme s'il plongeait dans un océan de coton, sourd et aveugle à tout autre stimulus que les pulsations de ses veines charriant des flots de sang et des blocs de pensées chaotiques.

La tête ailleurs, il a oublié de fermer sa braguette, par l'ouverture de laquelle pend lamentablement un pan de chemise froissé.

– Ton pantalon ! fait-elle d'un geste accusateur, désignant la braguette ouverte, mais aussi les taches de sang et de terre mêlés.

– Mon pantalon ? Ah, oui, saloperie de cambouis, grommelle-t-il en faisant mine de s'épousseter tout en remontant machinalement le curseur de la fermeture éclair.

Alors qu'elle lui demande ce qu'il a fichu dehors jusqu'à pas d'heure, il invente une histoire de camionnette qui ne démarrait pas et qui a fini par se mettre en marche au bout d'une demi-heure, à force de trifouiller dans le moteur et de resserrer quelques boulons…

Il part se changer et revient dans la salle à manger. Lorsqu'il est de retour, l'horloge murale sonne huit coups avec trente-cinq minutes de retard, sans doute le mécanisme qui commence à se gripper.

– On t'a gardé une part de bœuf bourguignon, lui lance-t-elle avec une pointe d'acrimonie dans la voix en allant chercher le plat recouvert d'une assiette. Ta mère t'a envoyé un télégramme, elle sera demain matin à 7 heures porte de Pantin, au niveau de la grande Halle de la Villette.

Cette information l'aide à envisager un futur, c'est-à-dire une issue par où sortir de ce cul-de-sac temporel dans lequel il continue d'errer, comme dans un cauchemar. Oui, il doit aller à cet enterrement et amener sa mère, qui tient à être de toutes les réunions de famille. Porte de Pantin, très bonne idée ; il prendra les boulevards des Maréchaux pour y arriver, et ensuite il n'aura qu'à rejoindre la nationale.

L'odeur du bœuf accompagné d'oignons et de petits lardons frits à la poêle fait accourir Sultan, le nouveau venu de la famille, un bouvier bernois pure race. La chienne du voisin avait opportunément eu une portée quelques mois auparavant, on leur a proposé ce chiot, dont les propriétaires ne savaient que faire. Depuis le temps que les enfants demandaient un compagnon de jeu, et Marie-Paule un gardien suffisamment dissuasif pour décourager les cambrioleurs potentiels, toute la famille s'est autorisée à craquer devant cette boule de poil qui devient chaque jour un peu plus volumineuse.

Pendant qu'il dévore son plat encore tiède, Marie-Paule Froissard revient avec le gâteau au chocolat illuminé de six bougies. Le petit Claude est obligé de s'y prendre à deux reprises pour les éteindre. Les joyeux jappements du chien, l'odeur du chocolat chaud et l'agréable fondu-enchaîné de son quotidien le plus doux, le plus banal aussi, achèvent de l'ancrer dans un univers antérieur au crime qu'il vient de commettre, dans lequel même l'idée de crime est aussi incongrue qu'un rhinocéros en équilibre sur le beau vaisselier que leur a offert son beau-père pour leurs dix ans de mariage (bien qu'il n'ait sans doute jamais eu connaissance de la querelle entre les philosophes Ludwig Wittgenstein et Bertrand Russell, quelques années plus tôt, sur les preuves possibles de l'inexistence d'un rhinocéros dans une salle de classe, c'est cette image, aussi grotesque qu'incongrue, qui surgit dans le cerveau d'André Froissard).

Après la dégustation du dessert chocolaté, et la minute de silence ponctuée d'irrépressibles expressions gutturales de ravissement gustatif qui l'accompagne, vient le moment si attendu de l'ouverture du cadeau.

À peine libéré de son emballage, le camion de bois est déjà dans les mains des deux grands frères, qui s'entendent toujours pour se liguer contre le « petit chouchou » de maman. Tentant en vain de récupérer son bien que les autres ne veulent pas lui céder, l'enfant se met à pleurer. André Froissard pousse alors un grondement de monstre, les soulève chacun leur tour et les lance au plafond, avant de les récupérer dans ses bras. Ils jettent de petits cris de joie et de frayeur.

– André, tu vas les énerver juste avant d'aller se coucher ! lui fait immédiatement remarquer sa femme d'une voix traînante au bord de l'exaspération.

Il les repose au sol et leur dit que maman a raison, maintenant il est temps d'aller se coucher.

Tandis qu'ils montent sagement dans leur chambre après avoir embrassé leurs parents, Marie-Paule range la table et fait la vaisselle. Son mari, quant à lui, vient de s'installer dans le fauteuil pour y lire son journal quotidien. Après avoir survolé l'actualité nationale et internationale – nouvelle politique industrielle de Mendès France, grève des commerçants menée par un certain Pierre Poujade, stratégie militaire du Pentagone face à l'URSS, débuts de négociations en Indochine, premières émeutes en Algérie –, il se pose à la rubrique « faits divers » : à Bécon-les-Bruyères, un homme a mystérieusement été assassiné à coups de couteau pendant son sommeil. La victime n'était pas connue des services de police, et le mobile du meurtre sans doute crapuleux, comme l'indiquent les édredons éventrés. Le criminel, quant à lui, serait encore en train de courir.

« Serait encore en train de courir » : en voilà une bonne, une excellente nouvelle !

André Froissard pousse un soupir de soulagement : s'il y a un criminel à Bécon-les-Bruyères, il peut très bien sévir le lendemain, ou le surlendemain, à Asnières. Dans l'hypothèse où Suzanne alerterait les policiers au sujet de la disparition de son mari, ils ne manqueraient pas d'interroger son amant ! Mais avec cet assassin toujours en liberté, ils vont privilégier cette piste plutôt qu'une autre.

Sortant de la cuisine, Marie-Paule observe son époux à la dérobée. Dire qu'au tout début de leur mariage, ils s'endormaient dans les bras l'un de l'autre. Et à son retour d'Allemagne, ils avaient été si contents de se retrouver. Et si amoureux ! Ils jouaient à se poursuivre dans le jardin de ses parents, et celui qui attrapait l'autre avait droit à un baiser. Où sont passés leurs premiers élans d'amour et de tendresse ? Certaines nuits, elle se réveille en pleurant, aux prises avec un irrépressible sentiment de tristesse et d'échec. Pourtant, qu'a-t-elle à se reprocher ? A-t-elle, une seule fois, failli à son devoir d'épouse et de mère ? Comment en sont-ils arrivés à un tel degré de silence et d'incompréhension ? Lorsqu'elle a parlé au prêtre, dans le secret du confessionnal, et décrit son âme comme un tabernacle aux étagères croulant sous le poids de mauvaises pensées à l'égard de son mari, colère, dégoût, haine, mépris, l'homme d'Église lui a rappelé les vertus du pardon, dont la puissance est capable de transcender les faiblesses de la nature humaine.

Si elle est prête à passer l'éponge sur ses liaisons extraconjugales, elle lui pardonnera plus difficilement le rôle où elle a été reléguée : celui de la femme mal-aimée, pleine de jalousie, de rancœur et de mesquinerie.

Le dieu des relations conjugales a dû entendre sa prière car, ce soir-là, son mari se lève de toute sa hauteur et l'enlace tendrement. Il vient de lire un horrible fait divers dans le journal : un criminel rôde dans la région, il est inquiet pour elle, pour les enfants.

– Heureusement, Sultan est déjà un redoutable gardien. En mon absence, il saura vous protéger.

Il dit tout cela d'un ton inhabituellement doux et affectueux.

– Je sais, je ne suis pas toujours chouette avec toi, je suis même parfois une grosse vilaine bête à amener direct à l'abattoir… Mais je vais tout faire pour arranger la situation…

Ils devraient peut-être sortir plus tous les deux, aller au restaurant ou au cinéma.

Ça faisait si longtemps qu'il ne lui avait pas parlé avec sincérité et tendresse. Des larmes embuent les yeux de Marie-Paule Froissard.

– Au cinéma, oui, j'aimerais tellement aller voir ce film, tu sais, avec Ava Gardner et Clark Gable, fait-elle d'une voix troublée par l'émotion.

– *Mogambo* ?

– Oui, *Mogambo* !

– Nous irons le voir très vite, ma chérie, promis, juré.

Mais il se fait tard, glisse-t-il avec regret, et il doit se lever tôt pour aller à l'enterrement de sa grand-mère, Thérèse Froissard.

37.

De retour chez elle, un peu après 19 heures, Suzanne Rossignol appréhende la rencontre avec son mari. Sitôt après son arrivée, il va l'épier, scrutant chaque détail susceptible de la trahir. Il est même capable de la renifler comme un chien policier dressé à traquer l'odeur des autres hommes, tant sa jalousie est maladive. L'opposé de son amant, André Froissard, qui a tellement l'air de se ficher de tout. Lui au moins, est toujours de bonne humeur, et qu'est-ce qu'il la fait rire ! Lorsqu'il a fait son numéro du paysan ivre, la semaine dernière, il était si drôle qu'elle a failli faire pipi dans sa culotte… Son plus grand défaut, c'est qu'il ne l'invite jamais au restaurant. Il a peur d'être pris en flagrant délit d'adultère. Peut-être a-t-il raison, après tout, ses affaires familiales ont l'air compliquées. Si elle l'avait rencontré avant, sa vie aurait été plus heureuse. Pourquoi les choses se goupillent-elles toujours aussi mal ? regrette-t-elle en imaginant son quotidien avec

André, incomparablement plus gai que celui qui est devenu le sien.

Coup de chance, Roger n'est pas encore rentré. Elle a le temps de prendre une douche et de se refaire une beauté. D'abord discipliner ses cheveux encore en désordre et uniformiser ce teint hérissé de rougeurs suspectes, veinules submergées par l'augmentation de la pression sanguine qu'une investigation répétée dans tout ce que la ville comptait de miroirs possibles sous la lueur crépusculaire des candélabres – rétroviseurs, vitrines, fenêtres – avait été incapable de détecter.

Après le passage du peigne et un bon coup de *blush*, il n'y paraîtra plus.

Comme elle a prévu deux tranches de rumsteck assorties de haricots verts déjà préparés, il suffira de faire chauffer le tout à la poêle dès qu'il arrivera. Il y a également toute une variété de fromages, camembert, morbier, comté, qu'elle a achetés chez le crémier, et pour le dessert des crèmes caramel accompagnées de petits macarons.

Elle reste plus d'une heure dans le cabinet de toilette et en sort toute pimpante, prête à accueillir son mari. Virevoltant d'une pièce à une autre, arrangeant un plaid, époussetant un coin d'armoire plein de poussière, changeant de robe à trois reprises pour décider que la première est finalement la plus jolie, elle s'attend à le voir arriver d'une minute à l'autre. Elle est tout de même surprise, et un peu inquiète, de son absence prolongée. Même s'il a été odieux ces derniers jours, il ne s'est pas toujours comporté de la sorte. Et surtout, elle déteste et craint au plus haut point la solitude de ces instants qui n'en finissent pas de s'étirer dans le silence de l'attente.

Et encore, heureusement qu'ils se sont installés en plein centre-ville, dans un appartement donnant sur une rue animée. C'était son idée à elle, un logement près des commerces, près de chez ses parents, près de tout. Un coquet trois-pièces avec un beau salon lumineux et deux chambres, une grande et une petite. L'usage de la petite se fait certes encore attendre après quatre ans de mariage, mais la déception de la jeune femme a peu à peu laissé place à un soulagement que nourrissent la détérioration grandissante de leur relation de couple et les coups qui se sont mis à pleuvoir.

Dire qu'elle avait dû déployer tous les arguments du monde pour qu'il daigne le visiter. S'il n'avait tenu qu'à lui, elle se serait retrouvée aujourd'hui dans le salon d'une petite maison individuelle donnant sur une rue déserte dans une zone périphérique, à frissonner de frayeur au moindre bruit, se demandant si, et surtout quand, elle allait se faire trucider.

Elle attend pendant trois quarts d'heure dans le fauteuil de la salle à manger, tournant et retournant les pages d'un roman-photo dont elle connaît l'histoire par cœur : celle d'une jeune fille qui tombe amoureuse d'un bel aventurier, en plein cœur de l'Afrique noire. L'homme vient de la sauver des griffes d'affreux cannibales qui l'ont capturée alors qu'elle accompagnait son futur mari à un safari. Car la belle est promise à cet autre homme, cupide et brutal, qu'elle n'aime pas ;

c'est un industriel richissime qui a bâti sa fortune sur l'exploitation du minerai, l'asservissement des travailleurs et la corruption des autorités locales. Mais comme c'est une histoire où tout finit bien, son méchant futur mari sera victime d'un revers du sort qui l'amènera à la case prison. Quant à notre héroïne, elle retrouvera son prince charmant dans l'avion du retour et l'épousera à son arrivée en France.

Sans suspense, la lecture manque cruellement de piquant. Rejetant son journal, elle se pose sur son canapé, les bras croisés, à attendre que ça passe. Elle est fatiguée. Elle a faim. Elle aimerait qu'il arrive quelque chose, plutôt que cette inaction.

Peut-être est-il en train de jouer au poker avec ses amis. Le mois dernier, il était revenu à 5 heures du matin, empestant la cigarette et le whisky, délesté de quatre-vingt mille francs qu'il venait de perdre aux jeux.

Après 21 heures, les minutes semblent prendre un malin plaisir à se prélasser dans une durée indéfinie et stagnante. Elle se demande si l'horloge ne s'est tout simplement pas arrêtée. Entendant monter dans l'escalier, elle se dit que c'est lui, même si elle ne reconnaît pas tout à fait son pas, rapide et souple à la fois. Peut-être est-il juste fatigué. Elle se poste derrière la porte, mais le pas continue son chemin vers un étage supérieur.

Comme il n'est toujours pas arrivé à 21 h 30, elle décide d'aller passer la nuit chez ses parents. De toute manière, si elle continue à attendre sans rien faire, elle ne va pas tarder à avoir une crise de nerfs. Si ça se trouve, il en a rencontré une autre et il l'a quittée, ce qui serait peut-être une excellente chose pour tous les deux. Après tout, n'a-t-elle pas elle-même passé un moment délicieux avec son amant ?

Elle emporte une culotte et quelques produits de maquillage dans son sac à main, et griffonne un mot qu'elle laisse sur la commode du salon :

« Chéri, je ne sais pas où tu es, j'ai peur, je suis partie chez mes parents le temps que tu reviennes. »

Quinze minutes et un millier de pas plus tard, elle active la clochette de la petite maison de ville où elle a passé toute son enfance. Les lumières sont encore allumées, il y a du monde dans la véranda. Les graviers crissent sous un pas léger et rapide, le portail métallique s'ouvre, deux bras chaleureux l'enlacent tendrement.

– Je suis toute seule à la maison ce soir, Roger n'est toujours pas revenu et je ne sais pas ce qu'il fiche, répond Suzanne à la question que ne lui a pas encore posée sa mère.

Cette dernière dissimule à peine un sourire de satisfaction. Il faut dire qu'elle n'a jamais tellement apprécié ce Roger, trop « mauvais genre », pas assez travailleur à son goût. Tellement peu travailleur qu'elle ne connaît même pas le nom de l'usine où il a été embauché il y a six mois, après celle dont il avait été renvoyé un an plus tôt, pour une histoire de bagarre. Elle aurait préféré pour sa fille un homme plus sérieux avec un métier plus classique, un fonctionnaire des postes ou un instituteur, par exemple.

Lorsque les deux femmes entrent dans le salon, Edmond Rossignol lâche *L'Humanité* dont il dévorait les pages « économie » et se lève pour saluer sa fille.

Le chewing-gum que celle-ci était en train de mâcher avec son habituelle ostentation narquoise s'immobilise sur l'une de ses molaires. Elle a intérêt à montrer patte blanche si elle veut éviter l'éternel couplet paternel sur l'impérialisme américain et les cochonneries en tout genre venant par charters entiers de la patrie de l'oncle Sam.

Fils d'ouvrier et ouvrier lui-même, Edmond Rossignol a épousé la cause communiste dès l'âge de vingt ans, après avoir participé à une grève de plusieurs jours qui s'était conclue par une belle victoire des travailleurs : une augmentation générale de toutes les catégories, hors cadres, et le versement d'une prime pour les victimes d'accidents du travail. Il ne voulait pas suivre la même voie que son père, qui vivait l'usine comme une fatalité contre laquelle il valait mieux ne pas essayer de se battre, car on était sûr d'y perdre des plumes. À force de se taire et d'accepter des conditions de travail indignes pour pouvoir nourrir sa femme et ses sept enfants, le pauvre homme était mort d'épuisement à moins de cinquante ans, avant même d'avoir pu profiter de ses petits-enfants.

Après avoir adhéré à la Confédération générale du travail en 1936 et en avoir dirigé l'union départementale, son fils Edmond avait pris sa carte au Parti communiste français dans la foulée. Doué d'une grande puissance de travail – il avait appris à lire et à écrire en se rendant après l'usine aux cours du soir organisés par le Parti –, habile négociateur, fin stratège, il était vite devenu responsable de la branche métallurgie au niveau national. Après la guerre, sans doute en récompense de ses actions au sein de la section locale du réseau de résistance FTP-MOI (certains historiens ne parleront-ils pas de « dette gaullienne » envers le communisme ?), il avait participé au fastidieux et non moins essentiel chantier de mise en place des conventions collectives.

Permanent au Parti depuis quatre ans, Edmond Rossignol est devenu un ardent promoteur du modèle soviétique en France. Il appartient à ces très rares *apparatchiks* autorisés à entrer sur le territoire russe. Le trentenaire de la révolution d'Octobre – rebaptisée « coup d'État bolchevique » par les puissances impérialistes ! – passé sur une place Rouge en liesse devant d'immenses portraits de Staline, de Marx et de Lénine est l'un des plus beaux souvenirs de sa vie. Et après l'annonce de la mort du « petit père des peuples », l'année dernière, il est resté plusieurs jours en deuil, pleurant l'homme providentiel disparu : qui d'autre pour mener d'une main de fer l'humanité vers le bonheur d'une société sans classes ?

Aussi, lorsqu'il apprend que sa fille va peut-être se séparer de son mari, il en éprouve de la satisfaction, certes modeste mais suffisante pour lui arracher quelques paroles de réconfort. Il a toujours regretté que son unique enfant soit si loin de ses préoccupations et n'a jamais apprécié ce grand échalas dont le plus grand tort est, à ses yeux, de n'avoir aucune conscience politique.

38.

À 5 heures du matin, André Froissard se réveille en s'asphyxiant. Il vient de rêver que le mari de Suzanne le tuait, de la façon la plus humiliante qui soit : soulevé par le col et tenu à bout de bras comme un vulgaire poulet, il essayait de se défendre mais ses coups n'avaient aucune force. Où était passée la puissance destructrice de ses poings capables d'assommer un bœuf ? Plus il tapait, plus l'autre riait, riait, et plus l'étau sur le cou se resserrait…

Lorsqu'il descend, il est accueilli par l'éternelle bonne humeur de Sultan. Le jeune chien le salue à sa façon, joyeuse et exubérante, et lui fait la fête comme s'il ne l'avait pas vu depuis des années. En retour, son maître lui dit d'un ton bêtifiant qu'il est un beau chien, un gentil chien. Croyant qu'il est invité au jeu ou à la promenade, le quadrupède remue la queue en courant dans tous les sens.

Après avoir caressé les flancs de l'animal, André Froissard lui tient un long monologue. Il lui dit qu'il aime les femmes, qu'il a toujours aimé les femmes, l'odeur des femmes, la douceur des femmes. Il les aime autant qu'il déteste les hommes, leur violence, leur dureté, leur goût de l'autorité. Déjà, enfant *(en parlant, il fait un geste censé désigner un être humain de petite taille)*, il adorait sa mère et ne pouvait pas supporter son père. La raison en était très simple : sa mère était toujours tendre et câline, elle les couvrait de baisers et de cadeaux, Pierre-Louis et lui, tandis que leur père ne cessait de leur donner des ordres, de gueuler s'ils n'obéissaient pas tout de suite, s'ils obéissaient aussi d'ailleurs, car il changeait souvent d'avis entre-temps. Lorsqu'il avait bu, ce qui pouvait arriver à n'importe quel moment de la journée, il battait tout le monde.

Il tabassait d'abord sa femme, à qui il avait toujours quelque chose à reprocher, un plat trop cuit, une parole jugée irrespectueuse, un amant dont il détectait une touche de parfum, parfois même un simple cheveu égaré, et s'en prenait vite aux enfants qui avaient le tort d'exister. Il les cognait de toutes ses forces comme s'il avait voulu les enfoncer dans le sol, ou les faire disparaître dans les airs. *(Il se tait pendant trente secondes.)*

À la fin, il ne cognait plus personne, car il était devenu trop faible, d'abord en raison de sa pleurésie – une séquelle de cette fameuse grippe espagnole – qui l'obligeait à aller crachoter des bouts de poumon de plus en plus gros dans les toilettes, ensuite à cause de sa cirrhose qui le rendait de plus en plus jaune, apathique et absent. Et puis ses fils étaient désormais assez grands pour se défendre, chacun à sa manière : Pierre-Louis était déjà en médecine, ses paroles faisaient autorité quand il conseillait à Jules Froissard d'aller se reposer plutôt que de s'énerver s'il voulait ménager sa santé. Quant à lui *(il se désigne du doigt)*, il faisait déjà un mètre soixante-quinze et pesait plus de quatre-vingts kilos à quinze ans, ce qui rendait techniquement les choses difficiles pour ce petit homme gringalet, si méchant et hargneux fût-il.

Au lycée aussi, c'était toujours la même chose avec les grands qui voulaient montrer qu'ils étaient les plus forts et les professeurs qui le punissaient, car il se battait beaucoup et travaillait peu, contrairement à Pierre-Louis qui ne faisait qu'étudier et avait toujours d'excellents résultats. Lui qui détestait la violence plus que tout, il était constamment obligé d'en venir aux mains pour se défendre des autres, sans doute jaloux de son joli minois d'ange botticellien et de sa plastique de statuaire antique. Un jour, une bande de terminales l'avait attrapé dans un coin pour lui faire une « mise à l'air » suivie d'une « bite au cirage », mais il s'était si bien défendu qu'il en avait mis un KO. Le surveillant général l'avait convoqué et lui avait flanqué une rafale de gifles, si fort qu'il en avait les joues en feu *(il se cogne le front du poing)*.

Après la mort de Jules Froissard, ils ont été obligés de quitter l'appartement du boulevard des Capucines pour emménager dans une petite maison d'Asnières, près de la gare, au bord de la voie ferrée, à côté d'un terrain vague envahi par une jungle d'arbustes que dominait un énorme cèdre, au sommet duquel il montait pour contempler la ville et les collines alentour, restant parfois des heures à jouir de cette étrange sensation de danger et de liberté mêlés. Pendant ce temps, leur mère avait refait sa vie avec Alain, un professeur de français au lycée, un homme immensément doux et compréhensif. Il ne les tapait pas, ne s'énervait jamais, ne criait sur personne, il aidait même leur mère à faire la vaisselle. La vie est soudainement devenue plus facile, même si dans les réunions de famille, personne n'a jamais vraiment accepté ce pauvre Alain : les Froissard le détestaient avant même de le rencontrer, car ils ont toujours détesté les professeurs, cette « engeance de rouges anticléricaux et francs-maçons », pour reprendre leur expression favorite. Quant aux Aubert, tout à leur snobisme de hauts fonctionnaires et de grands avocats, ils l'ont tout de suite trouvé trop populaire à leur goût *(il reprend une pause d'une vingtaine de secondes)*…

Maintenant, le problème, c'est le Vieux. Depuis que ce dernier a fait de lui son employé, il passe son temps à l'humilier devant les clientes pour montrer que c'est lui le chef, à lui dire qu'il devrait faire ceci, qu'il a oublié de faire cela, à le traiter de branleur, de fainéant, alors que lui, le Roi de la literie, l'Empereur du sommeil, a fondé son affaire avec trois sous et l'a fait prospérer à force de travail et de sacrifices… S'il n'était plus là, lui, André Froissard, deviendrait le patron, il revendrait la boutique, et après la belle vie : artiste de music-hall, il irait de palace en palace, on le reconnaîtrait dans la rue, toutes les femmes seraient à ses pieds. Les femmes, les femmes… avec elles, tout est tellement plus facile, il suffit de leur faire les yeux doux, et tout s'arrange, le bonheur est à portée de main *(il fait mine de caresser des formes rondes et féminines)*…

Eh, oui, mon vieux *(il tapote la tête de son chien)*, que tu le veuilles ou non, les choses ont toujours été aussi simples que cela, partagées entre la douceur des femmes et la violence des hommes, comme elles le sont entre le blanc et le noir, le jour et la nuit, le plaisir et la douleur, les Russes et les Américains…

– Tu sais quoi ? *(Il se met à chuchoter.)* Même si je ne l'ai pas fait exprès, je ne regrette pas d'avoir buté cette ordure…

39.

André est au volant de la 203 à 6 h 30. La messe en hommage à Thérèse Froissard est prévue à 10 heures en l'église Saint-Alpin de Châlons-sur-Marne, et sera immédiatement suivie de la procession vers le cimetière. Après la mise en terre, un moment de recueillement convivial autour d'une table aura lieu à la Chênay, le fief familial des Froissard.

En filant tout droit par la nationale qui traverse la plaine de Brie, ils peuvent y être en moins de trois heures s'il ne lève pas trop le pied de l'accélérateur. Compte tenu de la saison, il y a peu de tracteurs et de remorques à foin sur les routes susceptibles de provoquer des ralentissements.

À 7 heures précises, il est à la porte de Pantin où l'attendent, tout de noir vêtus, sa mère et Alain, son beau-père. Valentine Carrère née Aubert (car elle porte désormais le nom de son second mari) est frappée par le teint livide et les traits tirés de son cadet.

Comme elle le lui fait remarquer, il lui répond en marmonnant qu'il a peu dormi à cause de tout le travail au magasin.

– Mon pauvre chéri, roucoule-t-elle en un double mouvement vocal de ralentissement et de montée progressive dans les aigus, ne te détruis pas la santé au travail.

Elle lui cite plusieurs cas dans son entourage, dont un de leurs amis député : à force de courir et de se faire du mauvais sang pour être élu, il vient d'avoir un infarctus. Pas mortel, grâce à Dieu, mais il va être obligé de faire attention, de se ménager, d'arrêter de fumer et de faire un régime sans sel. De fil en aiguille, elle en arrive à son demi-frère Pierre-Louis, qui vient d'avoir des petits ennuis avec la police. Le mot « police » fait sursauter André Froissard. Après avoir calé, il grille un stop et manque de s'encastrer contre un panneau signalétique.

– Qu'est-ce que lui veut donc la police ? bafouille-t-il.

– Figure-toi qu'une nuit, en sortant d'une garde à l'hôpital, alors qu'il s'apprêtait à s'engouffrer dans le métro, il a été contrôlé par des policiers. Ils lui ont gueulé : « Mouloud, tes papiers ! » Comme il n'avait pas sa carte d'identité, il a été menotté, frappé et emmené au poste. Là, il a pu s'entretenir avec un commissaire. Lorsqu'il lui a expliqué, avec sa voix grave et professorale, qu'il ne s'appelait pas Mouloud mais Pierre-Louis Froissard, qu'il revenait de l'hôpital où il dirige le service psychiatrie, tout en lui sortant des documents de travail de son cartable, le commissaire a convoqué ses sbires, qui se sont pris une soufflante… Ils l'ont raccompagné à la sortie avec des « excusez-nous, monsieur le professeur, si vous avez besoin de nous, n'hésitez pas », à tire-larigot.

L'anecdote rassure André Froissard, même s'il éprouve une sensation de malaise et de nausée en longeant la Marne, dont les eaux croupissantes lui rappellent le secret de l'acte immonde qu'il a accompli hier.

Ils quittent peu à peu l'agglomération parisienne et il se met à accélérer, gardant le pied au plancher jusqu'à atteindre les cent vingt kilomètres/heure, pour ne ralentir que lorsqu'ils traversent des villages.

Valentine Carrère ne cesse de parler des destins des uns et des autres, invoquant la configuration des étoiles et leur signe astrologique en guise d'explication, l'entretenant de sa psychanalyse jungienne, des travaux passionnants de Gurdjieff sur le développement de l'âme – elle vient d'assister à une conférence sur le sujet avec l'assistant du mathématicien Ouspensky –, des dîners qu'elle doit organiser, du dernier Goncourt qu'elle n'a pas encore lu. Avec son mari qui ne dit pas un mot, à part pour grommeler en réponse aux exclamations de sa femme ou s'extasier sur quelque trésor architectural, château du XVIIIe, abbaye, église romane, ils forment une parfaite moyenne.

L'accident se produit alors qu'ils traversent un hameau juste avant La Ferté-sous-Jouarre, au détour d'un virage. Un enfant courant derrière un chien apparaît subitement devant les phares du véhicule, suivi d'un choc sourd et d'une secousse sous la roue. Les freins crissent, l'automobile fait une embardée et atterrit sur le bas-côté, tandis qu'André Froissard s'écroule, la tête sur le volant.

– L'enfant, j'ai tué l'enfant ! sanglote-t-il, persuadé d'avoir fauché une vie humaine pour la deuxième fois en moins de vingt-quatre heures.

Aussitôt sortis de la voiture, Valentine et Alain s'empressent de scruter les alentours et découvrent avec soulagement que le corps qui gît inerte, la tête écrasée, à deux mètres du véhicule, est celui du quadrupède. En pleurs devant la dépouille de son compagnon de jeu, l'enfant n'a pas une égratignure. Valentine Carrère s'approche et lui donne un billet de cent francs.

– Tiens, tu pourras t'acheter un beau cadeau, lui dit-elle en lui caressant les cheveux avant d'aller annoncer la nouvelle à son fils, encore en train de pleurer sur son volant.

André Froissard pousse un soupir de soulagement : ce pauvre gosse est encore en vie, là est l'essentiel. Quant à l'acte commis cette nuit, il n'a rien fait de mal. On pourrait même considérer qu'il a accompli une bonne action, si l'on part du principe que rayer un salopard de la surface de la terre en est une, comme il l'a déjà fait avec cet Allemand blessé, un *Obersturmführer* à la noix, qui s'était réfugié dans une grange. André s'était approché de lui en aboyant un « *Heil Hitler !* » tonitruant de haine contenue. À peine l'autre lui avait-il répondu « *Heil Hitler !* » avec un air de gratitude, pensant avoir eu la chance de tomber sur un allié, qu'il s'était fait arranger le portrait à la pioche.

S'il n'avait pas tué cette ordure, Suzanne aurait tôt ou tard péri sous ses coups. Maintenant, que va-t-elle dire à la police ? Il doit s'attendre à tout avec son cerveau de petite fille capricieuse – c'est du reste, outre ses attraits physiques, ce qu'il aime le plus chez elle – et surtout s'y préparer.

Arrivés à 10 heures précises, ils prennent place aux côtés de Pierre-Louis et de son épouse Irène, dont les cheveux ont spectaculairement blanchi depuis leur dernière rencontre, six mois plus tôt. Pierre-Louis Froissard et Irène Théry s'étaient rencontrés à la faculté de médecine, une dizaine d'années auparavant. Si Pierre-Louis s'était rapidement orienté vers la psychiatrie, vers laquelle la toute récente découverte des neuroleptiques fait converger de nombreux espoirs, sa jeune épouse s'était spécialisée dans la médecine génétique, dont les progrès restent encore discrets, et peu connus du grand public.

Le curé, un grand homme osseux et livide, a préparé un discours étayé de dates et d'événements censés retracer la vie de la défunte. Après avoir souhaité la bienvenue à Thérèse dans le royaume de Dieu et de la vie éternelle, il salue « une femme courageuse qui après le décès de son mari s'était retrouvée seule à la tête de la ferme pour en faire une exploitation agricole moderne (personne dans l'assistance n'est alors en mesure de penser qu'avec un grand-père comme le baron de Marcheville, elle avait de qui tenir !) et avait œuvré pour le rayonnement de nos campagnes. Une femme de cœur et de caractère, car malgré la mort de son mari en 1910, de ses deux neveux en 1914, et de son fils Jules en 1937, malgré les deux guerres qu'elle a vécues de plein fouet, elle n'a jamais perdu la foi, la volonté de faire le bien autour d'elle, organisant des œuvres de charité, distribuant des vivres aux pauvres de la commune, de même qu'elle a toujours gardé sa soif d'entreprendre et de faire prospérer le domaine familial ». Il termine sur « son parcours exceptionnel de petite fille de la ville, élevée par ses grands-parents après la mort de sa mère en couches, arrivée à la campagne sans autre bagage que sa foi, pour y suivre un chemin de vie toujours éclairé de la lumière du Seigneur ».

Pendant que le prêtre conclut son oraison, André Froissard pense aux fonctions basses des viscères et à toute cette pourriture organique qui se décompose dans les fonds opaques de la Seine. Ayant toujours été profondément athée, il conçoit la vie comme une chimie improbable, un entrelacs confus de champs de forces, de flux et de fermentations dont la mascarade religieuse à laquelle il assiste s'échine depuis des siècles à nier la matérialité brute.

Valentine se revoit à l'enterrement d'Augustin Août, vingt ans auparavant. Deux ans avant l'arrivée au pouvoir du Front populaire, s'est-elle dit à plusieurs reprises par la suite, songeant avec regret à la joie d'Augustin s'il avait pu vivre un peu plus longtemps. Il y avait eu aussi celui de Jules, trois ans plus tard, mais elle n'en avait ressenti qu'une vague tristesse mêlée de soulagement, tant les dernières années avec son mari avaient été infernales.

Lui reviennent également en mémoire une série de rêves qu'elle faisait, adolescente, peut-être jusqu'à ses vingt-cinq ans. Des rêves récurrents dont le scénario n'avait cessé de la hanter des années durant. Le héros en était à chaque fois le règne minéral, Elle se voyait marcher dans la rue, dîner avec sa mère ou discuter avec des copines tout en comprenant que quelque chose clochait. Elle ignorait si c'était un détail incongru dans son habillement, l'irruption d'une forme inédite perturbant la géométrie de l'appartement, la présence soudaine d'un autre personnage, mais quelque chose clochait très sérieusement. Elle tentait alors d'en savoir plus en questionnant les humains à sa portée, un passant, sa mère, l'une des amies avec qui elle était, leur demandant s'ils ne voyaient rien de bizarre, mais personne ne l'entendait, comme si elle s'était trouvée téléportée à des centaines de kilomètres. Comme si, surtout, elle avait perdu tout accès aux fonctions les plus élémentaires du langage et s'était émancipée des lois de la physique : d'ailleurs, que faisait-elle au juste ? Rampait-elle ? Flottait-elle ? S'était-elle mise à voltiger ? à clignoter ? Pourquoi cette tempête ? Était-ce vraiment une tempête ? Où l'emportait-elle ? Un mélange de joie et d'effroi l'étreignait à mesure qu'elle avait la certitude de sa décomposition programmée. Comment voir autrement la disparition graduelle de tous les éléments sensoriels de son environnement – vrombissement des automobiles et hennissement des chevaux, tintement des couverts, rire des amies – dont les repères familiers laissaient peu à peu place à un maelström de vibrations et de couleurs dans lequel elle se fondait ? C'était une sensation douce et désagréable à la fois, qui n'avait rien à voir avec la peur, si glaciale, ou avec la panique, beaucoup plus théâtrale, cinétique, caricaturale, paroxystique. Essayant de se toucher, elle ne rencontrait rien, rien d'autre qu'une matière spongieuse où tout s'amenuisait et s'asséchait. Les sentiments mélangés des premières phases d'effondrement laissaient place à une sérénité lumineuse, un bien-être merveilleux de fluidité et de liberté, qui pouvait l'amener à traverser la fameuse grande lumière jaune pour converser avec quelques-uns de ses ancêtres.

Jusqu'à présent, en rêve, elle visitait ainsi le royaume des morts et en ressortait totalement disloquée, anéantie mais douée de double vision, comme le lui avait suggéré Randall Shoribindo, un yogi rencontré lors d'une conférence sur la survie de l'âme dans les religions orientales. Elle avait hérité ses caractéristiques occultes de Zoubida, sa grand-mère maternelle. Cette dernière exerçait son don de clairvoyance et sa puissance de guérison dans la région de Biskra. Sa renommée était telle que des personnes venaient du pays entier, parfois même de la Tunisie voisine, pour recevoir ses soins ou ses oracles.

Valentine observe le cercueil avec l'intensité d'une sorcière s'apprêtant à transformer une princesse en crapaud. Elle se prépare à accomplir le seul rite qu'une juridiction de l'au-delà devrait rendre obligatoire pour tout proche d'un nouveau défunt. Fermant les yeux, elle emplit son obscurité intérieure de Thérèse, de tout ce qu'elle voyait, tout ce qu'elle savait d'elle. À force d'en faire danser les images et la présence, elle finit par retrouver cette faille entre les mondes pour l'aider à trouver sans encombre sa future demeure.

Alain, quant à lui, se contente de goûter le paysage de collines verdoyantes. Attentif aux moindres nuances visuelles de cette campagne bucolique, il murmure la seizième strophe du *Cimetière marin* de Paul Valéry :

« Les cris aigus des filles chatouillées, /
Les yeux, les dents, les paupières mouillées, /
Le sein charmant qui joue avec le feu, /
Le sang qui brille aux lèvres qui se rendent, /
Les derniers dons, les doigts qui les défendent, /
Tout va sous terre et rentre dans le jeu ! »

Après la lente procession et le défilé silencieux autour du cercueil lors de la mise en terre, tout le monde se retrouve pour un buffet dans la grande pièce de réception de la Chênay. Les enfants de Victor, le fils cadet de Thérèse, ont préparé les festivités, disposant autour de la grande table pâtés, saucissons, rillettes, rôti de bœuf, fromage, crudités.

– Au fait, de quoi il est mort, Fernand ? demande André Froissard à la cantonade, étonné que Thérèse ait perdu son mari à trente-cinq ans à peine.

– Oh, on sait pas trop, à l'époque, la médecine, vous savez… Mais le docteur pense que papa est mort d'une occlusion intestinale, lui répond Victor (sans aucun doute aidée par son régime alimentaire – mélange de soude caustique et d'ammoniaque – que lui préparait quotidiennement sa femme, qui s'était résolue à demander conseil à une empoisonneuse des environs pour se débarrasser définitivement de celui qui la violait toutes les nuits).

Puisqu'on parle de médecine, Pierre-Louis se sent obligé de dire qu'une occlusion est souvent le symptôme d'une autre pathologie, pour certaines heureusement plus guérissables que trente ans auparavant. Dans certains cas d'empoisonnement, ajoute-t-il, il peut également y avoir retournement ou perforation du tube digestif.

Sa femme Irène prend également la parole, mais ses mots s'étouffent vite en un chuintement haché et inaudible. Personne dans l'assistance n'est en mesure d'imaginer que cette petite chose blafarde, aux yeux inquiets dissimulés derrière d'énormes double-foyer, aurait pu être à l'origine d'une découverte capitale sur la structure de l'ADN, à partir des travaux de Chargaff sur la composante azotée de l'adénine (A), de la thymine (T), de la guanine (G) et de la cytosine (C), si le scepticisme des chercheurs et des responsables de laboratoires dont elle avait recueilli les avis n'était parvenu à la dissuader de poursuivre ses recherches.

C'est en 1951 qu'elle avait esquissé, à l'aide de modèles géométriques complexes qui noircissaient de petits carnets reliés de cuir, de nombreuses architectures possibles pour relier les quatre lettres et préciser les rapports spatiaux A/T et G/C, allant jusqu'à imaginer une structure bicaténaire hélicoïdale. Découragée par la réaction de ses pairs, d'un naturel peu combatif et propice au doute, elle n'a finalisé aucune de ses hypothèses de combinatoires architecturales, préférant se concentrer aussitôt sur le chantier plus balisé des mutations génétiques chez les mouches drosophiles. En avril 1953 a paru un article de la revue

Nature décrivant la structure bicaténaire hélicoïdale (la fameuse double hélice de l'ADN) que la jeune chercheuse avait, parmi d'autres hypothèses, imaginée et esquissée. Les deux auteurs en sont le biologiste James Watson et le biochimiste Francis Crick.

La stupeur de la jeune femme a vite laissé place à l'effondrement, qui nécessita la mise en place d'un protocole thérapeutique des plus drastiques, orchestré par son mari. S'ils réussirent à juguler les envies suicidaires dont elle fut alors l'objet, les neuroleptiques n'atténuèrent en rien son sentiment de culpabilité. À quoi bon sacrifier sa santé et sa vie si l'on manque à ce point de combativité et de courage pour aller jusqu'au bout de ses idées ? Lui reviennent en boucles mémorielles l'exaltation fébrile de ces innombrables nuits blanches à guetter l'éclosion d'un enchaînement, l'intuition d'un schéma, et les matins douloureux d'où elle émergeait le ventre noué et le crâne dans un étau. Et tous ces efforts pour en arriver nulle part ?

Signataire malchanceuse d'un article refusé, elle aurait pu au moins accuser ses collègues, et avoir une preuve de sa précieuse contribution au rayonnement de la génétique. Mais dans sa situation, qui pouvait-elle accuser à part sa propre bêtise ? Pourquoi n'avait-elle pas finalisé ses premières intuitions, quitte à se heurter aux institutions dont elle dépendait ? N'est-ce pas l'essence de l'esprit scientifique que d'avancer en bousculant ses propres modèles ? Darwin, Mendel, Pasteur, Einstein n'avaient-ils pas imposé leurs idées envers et contre tout, violant tour à tour la conception d'un monde fixiste, l'imprédictibilité de la transmission des caractères héréditaires, la croyance en la génération spontanée ou l'indépendance de l'espace et du temps ?

– De toute manière, ma chérie, si ta théorie avait été validée, d'autres pontes de l'Académie de médecine se la seraient appropriée, et ceci pour la simple et bonne raison que tu es une femme, ne cessa de lui répéter son mari (sans savoir que Rosalind Franklin, qui fut la première à percevoir la structure de l'ADN grâce à une radiographie par diffraction de rayons X, fut pendant longtemps ignorée de ses pairs tandis que Watson et Crick apparaissaient comme les seuls héros de la découverte de la double hélice). Il avait sans doute raison, mais il ne pouvait l'empêcher de penser qu'elle avait raté l'occasion de sa vie.

Voyant son explication sur la mort de Fernand et la réponse de son épouse faire naître une perplexité inquiète dans les regards, Pierre-Louis Froissard décide de changer de conversation et se contente de lever un verre à cette grande et belle famille qui compte tout de même déjà deux octogénaires.

À force de palabres, les secondes et les minutes poursuivent leur course, et il est bientôt l'heure de partir. Mais au moment où plusieurs convives se lèvent, Victor fait mine de les en empêcher. En réponse à son geste, l'aîné de Thérèse sort un alcool de prune de l'armoire, arguant qu'ils ne peuvent pas partir avant d'avoir goûté à cet élixir miracle : le meilleur des onguents pour s'éclaircir les idées et se donner du courage avant de prendre la route !

40.

Le lendemain au magasin, André Froissard parcourt avec avidité la rubrique « faits divers » du journal local, soulagé de ne pas y lire un titre tel que « Macabre découverte : un cadavre lesté d'une pierre de quarante kilos a été trouvé dans la Seine ».

Il avait eu du mal à s'endormir et s'était levé tôt, des cauchemars plein la tête. Il avait donc décidé de se changer les idées en allant prendre une liqueur dans un bistrot. Un couple d'une cinquantaine d'années se faisait face à une table voisine de la sienne : elle, toute maigrichonne, grisonnante, des traits pointus, furibarde et menaçante, avec une voix éraillée de crapaud ; lui, penaud, visage hâve, joues creusées, yeux ronds et verts de batracien – il avait dû être plutôt charmant, bien que légèrement grassouillet –, très bien habillé, tous les deux en train de fumer. D'après ce qu'André a pu comprendre, l'homme est atteint d'un cancer des poumons en phase terminale et va passer ses derniers jours à l'hôpital, situé à côté. Or, en fouillant dans ses affaires, sa femme venait de tomber sur des lettres de son amant. Cette découverte la mettait manifestement dans un état de transe haineuse, car elle l'invectivait avec une violence inouïe, le traitant de « tante », de « salope », d'« enculé », tellement lâche, tellement merdique qu'il préférait crever plutôt que d'affronter la vérité, ah, il avait trouvé la solution, le fumier, pour se dérober à ses devoirs conjugaux, ah, mais ça n'allait pas se passer comme ça, elle allait voir avec le curé pour le punir, le maudire jusqu'à la fin des temps, elle cracherait sur son connard de cadavre et ferait tout son possible pour qu'il crame des éternités entières en enfer.

Méchamment sonné, André s'est dépêché de boire sa liqueur et a marché un moment dans la rue, tremblotant de tous ses membres, avant de pouvoir prendre sa voiture. Plus que la violence de la scène – il en a vu d'autres –, l'a traumatisé la possibilité, pour lui impensable jusqu'alors, que le sexe féminin comptait aussi de vraies crevures en son sein. Il serait bien venu au secours de ce pauvre bougre s'il n'avait eu d'autres soucis en tête. Contrairement à la plupart de ses contemporains, il ne voit pas les pédérastes comme des tarés, des pestiférés sexuels. D'après les quelques spécimens qu'il a pu côtoyer lors de ses tournées parisiennes, il les trouve même incomparablement plus sympas et drôles que les autres hommes, et ce d'autant plus qu'ils ne peuvent s'empêcher de s'extasier sur son physique.

Il s'apprête à aller chercher une nouvelle livraison dans l'entrepôt – un matelas de luxe pour les personnes souffrant de lombalgies – lorsqu'il voit apparaître sa maîtresse sur le pas de la porte. Apparemment, elle a mal dormi, et le fond de teint dont elle s'est barbouillée peine à masquer la pâleur de son visage et les énormes cernes qui lui donnent un air de tragédienne. Voilà qui ne va pas tarder à le rappeler au principe de réalité, s'il peut encore douter de l'acte qu'il a commis.

Elle s'avance vers le comptoir et lui glisse d'une voix blanche qu'elle aimerait lui parler.

– Maintenant ? fait-il en feignant l'étonnement.

– Oui, ça va aller très vite... Roger n'est toujours pas rentré. Croyant qu'il avait juste découché, je suis allée dormir chez mes parents, mais lorsque je suis retournée à la maison hier, il n'y était toujours pas, et ce matin non plus...

Par chance, le Vieux n'est pas arrivé, et il n'y a encore aucun client : l'afflux commencera à partir de 11 heures pour culminer en fin d'après-midi, sans parler du samedi où les deux cents mètres carrés du magasin sont noirs de monde. L'approche des fêtes de fin d'année, la renommée grandissante du « Bon sommeil » et l'ouverture récente d'un rayon spécial « tout-petits » vont rendre nécessaire une embauche supplémentaire, en plus de Rouzier, cloué au lit depuis plus d'une semaine à cause d'une bonne grippe, et d'André lui-même, chargé de multiples tâches – administration, vente, logistique, gestion du personnel – sous l'implacable supervision de son beau-père.

– Tu as demandé à ses amis ? demande-t-il en vérifiant qu'il n'y a toujours personne dans la boutique.

– J'ai interrogé Jeff, son copain de jeu, il ne l'a pas vu depuis le week-end dernier, indique-t-elle d'une voix grave. Quant à sa famille, son père est mort depuis longtemps, il n'a plus de relations avec sa mère, et sa sœur habite dans le sud de la France.

Elle est même allée voir à son travail – il était contremaître dans une usine à Puteaux –, où son patron lui a également confirmé que Roger était absent depuis lundi…

– Ah, en voilà une qu'elle est bonne, s'esclaffe André du ton de celui qui connaît la vie, et pour lequel la nature humaine n'a aucun secret.

Tentant de banaliser la situation, il se met à gloser sur l'inconséquence de ces maris qui disparaissent de leur foyer sans laisser de nouvelles, peu soucieux du désarroi et de l'inquiétude dans lesquels ils laissent leurs proches.

– Tu as prévenu la police ? demande-t-il avec appréhension.

Elle lui répond qu'elle a hésité, il est peut-être un peu tôt pour le faire.

Le plus tard possible de préférence, pense-t-il alors, de façon que personne ne soit capable de déterminer le jour exact de la mort.

– Maintenant je vais être obligée de te laisser travailler.

– Oh, ce n'est pas avec tous les clients aujourd'hui que tu me déranges, proteste-t-il mollement.

Il lui fait promettre de donner des nouvelles. Quant à se voir, il serait mieux d'attendre que la situation revienne à la normale. Sur ce point, il craint de ne jamais avoir raison. Un sourire incertain fait vibrionner les traits de son visage.

Or, c'est à ce moment-là que le Vieux déboule. « Salut la compagnie ! » fait-il d'une voix de stentor. Il a eu du mal à arriver à cause d'un attroupement de badauds autour du pont qui gênaient la circulation. Pensant qu'il s'agissait d'un accident, il est sorti de voiture, s'est mis à interroger les uns et les autres et a eu le fin mot de l'histoire : on aurait trouvé un cadavre dans la Seine. C'est un pêcheur, croyant avoir ferré un brochet, qui a tiré, tiré, et fait remonter un cadavre à la surface : un homme, apparemment, plutôt jeune. Comme il faisait pas loin de deux mètres, il a fallu qu'ils se mettent à plusieurs pour le sortir…

Tout à son histoire, il ne voit pas le visage de son gendre se décomposer, jusqu'à devenir livide, ni celui de cette jeune cliente se figer dans un rictus de surprise et d'horreur.

Les pensées d'André Froissard se télescopent, il anticipe la suite des événements : dans cinq minutes elle sera sur le pont, là, elle va le reconnaître, parler à la police, avouer qu'elle avait rencontré son amant la veille au soir, il va être interrogé, peut-être enfermé comme suspect numéro un, il y a aussi cette histoire de criminel en fuite, il peut avoir en plus un bel alibi avec cette histoire de voiture qui ne démarrait pas, mais pour cela il doit filer d'urgence chez le garagiste, raconter que sa voiture ne démarrait pas avant-hier soir, qu'il a trifouillé dans le moteur pour qu'elle marche à nouveau mais pas moyen, il en informera Marie-Paule en insistant sur les problèmes mécaniques rencontrés ces derniers jours, il va aussi réparer l'horloge dès ce soir en lui disant « au fait, chérie, j'ai réparé l'horloge hier matin », tout le monde pourra ainsi attester qu'il est arrivé à la maison à 20 heures, trente minutes pour tuer un homme, embarquer son cadavre et le mettre à l'eau, ça fait court, il doit nettoyer le coffre et se calmer, surtout se calmer, s'attendre à être convoqué et interrogé sans trembler, bonjour messieurs, ah oui, c'est terrible, avec tous ces dingues qui traînent, si je peux vous aider, je me tiens à votre disposition…

Suzanne vient de partir précipitamment vers le pont d'Asnières, à sept cents mètres de là, provoquant par sa course un pic des *œstrogènes*, immédiatement suivi de la libération de l'*ovocyte*.

Quant aux quelques centaines de spermatozoïdes rescapés du *coitus interruptus*, la plupart d'entre eux continuent à se faufiler à travers le col de l'utérus. Certains ont enfin atteint les trompes. Une infime minorité arrive à proximité du *cumulus oophorus* pour se fixer à l'enveloppe *glycoprotéique* de *la zone pellucide* mais un seul – ou plutôt une seule, car l'heureuse élue est une XX – connaîtra la réaction acrosomique, au cours de laquelle pourra s'opérer la fusion avec la membrane plasmique de l'ovocyte. À la suite d'une succession de fixations oligosaccharidiques, de réactions corticales, de diffusions enzymatiques, de modifications protéiniques, le contenu du spermatozoïde sera intégré au cytoplasme de l'ovule, et l'œuf fécondé. Ainsi formé, le *zygote* va pouvoir donner forme

À l'embryon

Au fœtus

Au nouveau-né

À la fillette

Et à la jeune femme qu'elle sera vingt-trois ans plus tard, alors que ses propres cellules reproductrices s'apprêteront à se recouvrir de molécules *chimiotactiques* prêtes à accueillir des spermatozoïdes pour une nouvelle fécondation.

Livre VI

Le plus bel endroit du monde (1978)

(Commune de Sisteron, Alpes-de-Haute-Provence,
le 29 mars)

41.

Au fond du jardin, le fossé s'est encore agrandi. De quelques petits centimètres, certes, mais il a incontestablement gagné du terrain. En témoigne la soudaine disparition du parterre d'iris signalant la descente brutale qui mène au cours d'eau. Un ruisseau minuscule qui a profité des pluies abondantes de ces derniers jours pour sortir de son lit, bouleversant en son sillage la distribution des masses et la composition des reliefs, jusqu'à envahir la cave et une partie du garage.

Un jour, le sol s'affaissera et tout s'effondrera. Cela arrivera d'ici deux ans, peut-être quatre. Lorsque l'agent immobilier leur avait fait visiter la maison, il s'était opportunément abstenu de les avertir qu'elle est située en pleine zone inondable. La solution se résume à présent en un mot : partir. Mais avec leurs faibles revenus, ils n'ont le choix qu'entre des logements vétustes du centre-ville ou de sinistres appartements HLM en bordure de boulevard périphérique.

Perdue dans ses pensées, Marlène Froissard-Delbosc ne perçoit ni le grincement du portail, une vingtaine de mètres plus haut, ni le crissement des graviers.

À peine soupçonne-t-elle un intrus qu'il est déjà derrière elle à lui enlacer la taille.

Elle sursaute, articule un borborygme de frayeur et de surprise mêlées. Daniel ! Que fait-il à la maison alors qu'elle vient juste de coucher le petit ? N'est-il pas censé travailler jusqu'à 6 heures du matin le vendredi pour la sécurité du Sunset Boulevard, une boîte de nuit du coin ?

À mesure qu'émerge la réponse, les glandes surrénales libèrent des dizaines de milliers de molécules d'adrénaline. S'ensuit une brusque accélération du rythme cardiaque, ainsi qu'une augmentation de la tension artérielle. Expulsés de ce branle-bas de combat, quelques centimètres cubes d'air résonnent dans la caverne du larynx :

– Ne me dis pas que tu t'es encore fait virer, gronde-t-elle avec un soupir excédé en guise de conclusion.

Il marmonne un vague *yes* qui s'éternise dans un sifflement agaçant.

– Et tu peux me dire pourquoi ?

Elle s'est retournée et lui fait face.

– Pourquoi ?

– …

– J'attends !

Tête baissée, Daniel fixe un point inexistant, espace fictif situé à équidistance de ses chaussures, du sol caillouteux, des collines pelées tout autour et de la perspective de passer un sale moment.

Effectivement, ça se met vite à vriller et à se contorsionner partout, dans ses oreilles, son cerveau et même ses poings, soudainement immobiles et crispés, comme prisonniers d'un haut-parleur qui lui répète que c'est le quatrième job qu'il perd en moins d'un an, par sa faute, avec ses conneries ils vont encore se retrouver à découvert, il est incapable de rester plus de trois mois au même endroit, du coup, c'est elle qui est obligée d'assurer, elle vient de prendre un mi-temps afin de pouvoir terminer sa thèse, c'est pas pour reprendre un boulot à temps plein…

Pendant qu'elle lui hurle dessus, il se surprend à avoir un début d'érection. Il se dit qu'il a intérêt à calmer le jeu vite fait. Aller visiter *le plus bel endroit du monde*, voilà l'urgence. La seule, l'unique destination souhaitable pour les prochaines minutes. Le reste n'est que *bullshit*.

Il répond qu'il n'est pas fait pour ce boulot et qu'après avoir bien réfléchi, il va…

– Parce que, moi, je suis faite pour enseigner toute la sainte journée du Balzac et du Zola à des connards d'adolescents qui s'en foutent comme de leur première chemise ? le coupe-t-elle.

Elle lui rappelle qu'elle s'est cassé le cul à passer le CAPES pour avoir une sécurité financière qui lui avait manqué, enfant, avec un père inconséquent et une mère volage et dépensière (son père, André Froissard, ne l'avait reconnue qu'à l'âge de dix ans, juste après avoir hérité de toutes les parts du « Bon sommeil » qu'il s'était empressé de revendre, divorçant au passage de sa première femme pour épouser sa maîtresse,

Suzanne Rossignol, dont la prodigalité maladive avait dilapidé en un temps record tout l'argent de la petite entreprise familiale).

À présent, elle se dirige vers la maison d'un pas énergique.

– … monter son propre club et là, ils verraient ce qu'ils verraient, toute cette bande de sacs à merde, assène-t-il en la suivant.

Le projet a mûri ces derniers jours, explique Daniel alors qu'elle se sert un verre de jus d'orange dans la cuisine, il va créer un centre d'arts martiaux qu'il appellera le « Club du dragon », où tous les types d'arts martiaux chinois – Wushu, Wing Chun, Kenpō, Qi Gong, Shaolin Quan… – seront représentés, tant sous leur forme *externe* qu'*interne*, ce qui permettra aux personnes âgées de pouvoir les pratiquer également. Après en avoir détaillé les modalités, il tient à la rassurer : dans un an, deux maximum, il aura suffisamment de rentrées pour se salarier. Elle-même pourra arrêter de travailler pour terminer sa thèse, et ils finiront bien par être heureux tous les deux.

– J'ai tourné le sujet dans tous les sens et j'en suis arrivé à la seule conclusion possible : que je n'ai jamais été fait pour avoir un patron, mais pour *être mon propre patron*.

Cette fois, l'argument fait mouche car elle laisse échapper un léger soupir, de fatigue et de soulagement mêlés.

Il l'enlace à nouveau. Il lui suggère d'arrêter de se prendre la tête. Vraiment, elle se fait de la bile pour rien. Ils sont jeunes, ils s'aiment, ils ont la rage et ils vont montrer ce qu'ils ont dans les tripes. Cette fois, elle ne cherche pas à s'extraire de son étreinte. Il émane de sa peau un mélange d'alcool, de menthe et de lavande. Son *after-shave*. Elle ne peut pas s'empêcher de lui passer la main sur tout le torse, effectuant des va-et-vient entre la nuque et les épaules, les pectoraux, les trapèzes, les abdominaux. Les flux qui lui parcourent le bas du ventre se montrent de plus en plus impératifs. Une seule chose compte désormais : obéir à la machinerie moléculaire et hormonale qui lui ordonne d'écarter les cuisses.

L'ovule commence à bouger, tandis que le cervix se distend légèrement.

Quant à ses organes reproducteurs à lui, ils viennent de décréter la mobilisation générale, envoyant des millions de spermatozoïdes à peine formés sur le front.

Portés par la vitesse extrême du désir, ils sont déjà dans la chambre. Comme dans toute scène de sexe entre jeunes adultes attirés l'un vers l'autre, il y a des bouches qui se cherchent, des mains qui s'égarent, des culottes qui volent, des souffles qui expirent dans les graves…

À genoux sur la moquette bleue, Daniel Delbosc contemple avec ravissement le dessin des grandes lèvres entourées d'un duvet blond roux, suffisamment clair pour qu'apparaisse ce que cachent habituellement d'autres types de pilosité, plus foncées ou plus fournies.

Le plus bel endroit du monde.

Elle se fait prendre debout, les deux jambes accrochées aux siennes. Son corps fin et musclé – modulable, comme dirait un de ses anciens fiancés – est tout à fait adapté à ce genre de position, inconfortable pour d'autres, plus massives.

Comme c'est juste après ses règles et qu'elle n'est pas encore dans une phase « fécondable » – c'est le docteur qui lui avait expliqué le principe quand elle était allée le voir pour ces cochonneries de *chlamidiae* que lui avait transmises son précédent fiancé –, elle lui a assuré que ce n'était pas la peine de mettre un préservatif aujourd'hui.

Comment feraient-ils avec deux enfants alors qu'ils y arrivent si difficilement avec un seul ? Comment feraient-ils alors qu'ils sont si démunis devant n'importe quel imprévu – crises de pleurs, subites montée de fièvre, éruptions cutanées –, qu'ils ratent une fois sur deux les rendez-vous chez le pédiatre et qu'ils oublient même parfois d'aller chercher leur fils à la crèche ?

À présent, une armada de spermatozoïdes commencent leur course dans le vagin.

42.

Comme d'habitude, Daniel s'est effondré après le coït. Parti pour somnoler une bonne heure. Bercée par le rythme de sa respiration, Marlène a tout loisir de se laisser submerger par un flot de questions, comme à cet instant où elle se demande si Pierre Bourdieu a bien reçu son projet de thèse, et surtout s'il acceptera de la diriger. Son laïus sur « la construction du sujet féminin dans l'univers professionnel » l'a-t-il intéressé ? ennuyé ? atterré ? S'il n'est pas partant, qui d'autre pour soutenir son travail ? Va-t-il adhérer à l'idée que les inégalités salariales, les prétendus métiers réservés aux hommes, l'instrumentalisation des corps, la différenciation sexuelle dans les hiérarchies ne sont qu'une construction sociale, elle-même dépendant de jeux de pouvoir au niveau le plus intime, voire cellulaire ?

Oui, Pierre Bourdieu est l'un des seuls à pouvoir comprendre, en deçà des structures et des constructions mentales, la chaîne des conditionnements qui enferment dans le même rôle cet ensemble si divers et hétérogène que l'on appelle les femmes. Sinon, il y a bien Michel Foucault, dont elle admire le travail de sape à l'encontre du savoir/pouvoir et d'institutions répressives, tributs de plusieurs siècles de patriarcat. Mais Foucault est devenu une vraie star, célébré à travers le monde pour sa déconstruction du conformisme catholique et bourgeois qui s'est mué en une dictature de la normalité. Que s'embarrasserait-il d'une pauvre petite prof de province ?

Elle l'a vu à des émissions, elle le trouve hautain et glaçant. Bourdieu, à côté, paraît incomparablement plus sympathique. D'un milieu modeste, il perpétue avec la sociologie une tradition critique empathique et non surplombante, dépourvue de ces allures de grande dame qu'il a par ailleurs reproché à la philosophie. Et, surtout, elle le trouve si… beau ! Tout en s'agaçant de cette pensée déplacée dont la superficialité lui fait immanquablement penser à sa mère et ses réflexes si prévisibles de midinette écervelée, quelque chose en elle s'obstine à transformer cette future rencontre putative en un moment aussi puissant, inoubliable et prometteur qu'un premier rendez-vous amoureux.

Plusieurs romans sont posés sur sa table de chevet. Il y a *L'Homme-dé* de Luke Rhinehart, *Octaèdre* de Julio Cortázar, *Le Livre de sable* de Jorge Luis Borgès, *Ma vie dans la brousse des fantômes* d'Amos Tutuola, *Temps zéro* d'Italo Calvino, *Sur la route* de Jack Kerouac, qu'elle s'est promis de lire au plus vite, et aussi *Les Choses* de Georges Perec, qui attendent une deuxième lecture, tant la trajectoire calamiteuse de ces imbéciles de Sylvie et Bruno, englués dans les miroitements de leur désir d'objets, lui paraissent une parabole parfaite du genre de vie détestable auquel aspirent la plupart de ses contemporains.

Pas elle. C'est au moins l'avantage d'avoir été élevée par une mère frivole, dépensière et peu aimante, dont le bonheur dépendait du nombre de robes de marque et de bijoux qu'elle pouvait s'offrir. Et d'avoir passé une grande partie de ses vacances en pension chez des grands-parents communistes et très affectueux, pour qui la société de consommation n'était qu'un miroir aux alouettes, une ruse utilisée par le capitalisme le plus brutal, inégalitaire et impérialiste, dans le seul but d'anesthésier les masses laborieuses.

Si Edmond Rossignol s'était toujours senti éloigné de sa propre fille, désespérément imperméable à ses principes et ses convictions, il n'en avait eu que plus de joie de les retrouver dans la fibre révolutionnaire de sa petite-fille, qui, à son arrivée au lycée, s'était liée à un groupe de jeunes marxistes-léninistes.

Il avait malheureusement été alors emporté en moins de six mois par un cancer du pancréas, avant même d'avoir pu se féliciter du baccalauréat, puis de la double maîtrise, sociologie et lettres, qu'avait décrochés brillamment Marlène. Aussi cette dernière ne peut-elle s'empêcher, nonobstant son athéisme militant et sa méfiance à l'égard de toute forme de spiritualité, de voir son grand-père comme une présence diffuse et tutélaire, l'encourageant après sa mort en chacun de ses faits et gestes.

Mais avant de parfaire sa connaissance de la littérature contemporaine, elle doit terminer *Le Comte de Monte-Cristo* d'Alexandre Dumas. Elle l'a ouvert la semaine dernière, cherchant pour sa thèse un vaste corpus de figures féminines du XIXe siècle, et s'est laissé prendre par un piège narratif implacable, où les scènes d'effondrement et les rebondissements se succèdent sans répit.

Sitôt libérée de ses occupations quotidiennes, elle retrouve avec une fébrilité inquiète les péripéties d'Edmond Dantès. À ce stade, elle se désole de le voir croupir en prison à la suite du complot ourdi par ces fourbes de Danglars et Mondego, qui l'ont fait passer pour un dangereux bonapartiste. Comme elle connaît l'adaptation cinématographique avec Jean Marais, elle sait qu'il va s'en sortir, même si elle ne se souvient pas à quel moment ni par quel procédé. Visualisant les labyrinthes, les grilles, les falaises rocailleuses qui entourent l'île d'If, elle se demande s'il existe une réelle possibilité d'évasion. Cela supposerait une intervention providentielle de l'extérieur, tremblement de terre, attaque armée, ou une complicité.

Alors qu'elle s'apprête à tourner la page qui va l'amener à la rencontre de l'abbé Faria, des craquements de bois attirent son attention. Sans doute quelque bestiole qui crapahute dans le couloir. Elle a déjà remarqué, à plusieurs reprises, des petites crottes signalant la présence de rongeurs : sûrement des loirs, qui ont élu domicile sous le plancher ou dans la cave. Le soir, ils devaient quitter leur cachette et aller grappiller dans la cuisine quelques restes de nourriture.

Décidant de les ignorer, elle reprend sa lecture et pose son regard sur le lit, où Daniel a commencé sa nuit.

Son large torse est agité d'un soulèvement régulier et calme. Quant au visage, il s'est figé dans un sourire d'ange, celui que l'on prête également aux nouveau-nés, dont le sommeil s'illumine parfois de ces sourires mystérieux. Comment a-t-elle pu attirer dans ses filets un tel mâle ? Et lui, pourquoi n'en a-t-il pas choisi une plus belle, comme les *pin-up* qu'elle voyait défiler sur les plages lorsqu'ils allaient en vacances sur la Côte d'Azur ? Certes, il a aussi quelques défauts : le fait d'être infoutu de garder un job plus de trois mois n'est pas le moindre. Mais là, avec son Club du dragon, peut-être va-t-il enfin se stabiliser, s'épanouir et rapporter un peu plus d'argent à la maison !

Ses parents l'adorent. Ils le trouvent drôle et touchant. La dernière fois que le jeune couple est allé les voir, dans leur petit appartement d'Asnières, sa mère lui a même dit qu'il lui rappelait André quand elle l'avait rencontré. Ce n'est pas la moitié des compliments de sa part. Il est d'ailleurs fort étrange et paradoxal que Daniel ressemble à son beau-père André Froissard, alors que sa propre fille n'en a rien hérité : ni la solide corpulence, ni la régularité des traits, ni les yeux bleus, encore moins le caractère, ce mélange d'indolence et de dureté, d'hédonisme et d'entêtement dans l'échec. Peut-être la couleur des cheveux, et encore… Quoi de vraiment commun entre son blond cendré et la crinière dorée de son père ?

Après avoir avancé de quelques pages dans sa lecture, elle éteint la lumière et tombe rapidement dans les bras de Morphée… Pour être réveillée au bout de dix minutes par des pleurs de bébé, venant de la chambre d'à côté. Ce coup-ci, il est hors de question que ce soit elle qui s'y colle.

Marlène secoue doucement le bras de Daniel.

Il ne répond pas. Feint d'être profondément endormi. L'impossibilité totale de se réveiller. Sans doute pense-t-il que tout va s'arranger. Que les pleurs vont bien finir par s'arrêter.

Mais ils reprennent de plus belle. La main se fait plus pressante, plus vigoureuse.

– Vas-y, chuchote une voix alanguie par le sommeil.

– Je dors, chuinte-t-il dans un soupir, espérant que la demande va s'arrêter là.

Elle le secoue avec une détermination croissante.

– S'il te plaît, laisse-moi dormir, tente-t-il de l'amadouer.

– Allez, c'est ton tour !

– Je suis fatigué… Demain je dois être au top pour mon passage de grade, proteste-t-il.

Elle contre-attaque : la dernière fois, elle s'est levée et l'a bercé une partie de la nuit alors qu'elle devait faire cours le matin à 8 heures. Là, c'est son tour. Ils se sont fixé une règle. Ils vont tous les deux s'y tenir, un point c'est tout. C'est d'ailleurs le principe même des règles que de ne pas systématiquement souffrir d'exceptions au gré de la sensibilité et des convenances personnelles, conclut-elle d'un ton ferme et professoral.

Il répète qu'il est fatigué et qu'il a besoin de dormir pour être en forme.

– Et moi, tu crois que je n'en ai pas besoin ? argumente-t-elle.

Trois jours par semaine, elle est en face d'une classe de trente adolescents qui guettent la moindre faiblesse, la moindre inattention de sa part, pour mettre le chahut. Quant à sa thèse d'État, elle attend la réponse d'un des plus grands penseurs du moment, elle va avoir à se battre, à lutter pour imposer ses idées, ce n'est pas le moment de baisser la garde.

Il lui rappelle alors que c'est elle qui voulait absolument un enfant. Et puis c'est elle la femme, la mère. De ce fait, c'est à elle de s'en occuper.

Cette dernière assertion la fait bondir. Elle s'est levée et pointe le doigt dans sa direction, le regard accusateur. Derrière Marlène se tiennent ces milliers, ces millions de femmes dont l'existence pourrait se résumer à une suite de contrariétés, de souffrances et d'humiliations, pour la seule et unique raison qu'elles ne sont pas venues au monde avec un *zizi* entre les jambes. Ah, elle ne savait que trop les gros rires gras dont bruissaient les commissariats se délectant des détails scabreux d'un viol, les ambitions qui s'étiolent et les destins qui se flétrissent à l'ombre d'un mâle dominant, elle ne connaissait que trop d'œuvres artistiques et de découvertes scientifiques tuées dans l'œuf, poussées dans le néant par des jurys phallocrates et des mandarins testostéronés jusqu'aux dents, ou tout simplement plagiées, elle n'entendait que trop ces quolibets, ces remarques condescendantes, ces propositions cochonnes que toute la gent masculine – ouvriers, employés, cadres, dirigeants – adresse à ses collègues femmes pour les remercier de gagner deux fois moins, à poste et diplôme équivalents.

Pas plus tard qu'hier, dans la salle des profs, sa collègue Marie-Claude lui a fait part des problèmes que sa propre fille rencontre au travail : directrice artistique dans une grosse agence de pub parisienne, elle avait été prise en grippe par son supérieur hiérarchique depuis l'annonce de sa grossesse. L'hostilité prenait la forme de paroles blessantes distillées à longueur de journée comme des petites boules puantes. Il lui avait demandé, sur le ton de la blague, s'il pourrait assister lui aussi à l'accouchement. Les jours suivants, il n'avait cessé de lui faire des commentaires sur son physique, l'entreprenant publiquement au sujet de sa poitrine gonflée et de ses fesses plus rebondies que d'habitude. Les huit semaines de congé maternité apportèrent un répit à la jeune femme. Mais à peine de retour à l'agence, les brimades reprenaient de plus belle. Elle lui disait qu'elle avait eu des jumeaux ? Il lui répondait devant tous ses collègues que son mec devait être sacrément au large ! Elle partait à 18 heures pour aller chercher ses petits à la crèche ? Il lui était souhaité un bon après-midi sous une huée de ricanements mauvais !

– Alors, c'est qui la femme ?

La question de Daniel et ses sous-entendus abjects cueillent Marlène au milieu de ses réflexions indignées.

– Ah bon, et c'est écrit où, que seules les femmes doivent s'occuper des enfants ? s'emporte-t-elle. Que leur nature, leur éternel féminin, est d'être les esclaves des hommes ?

Elle déroule sa pensée jusqu'au bout. Son réquisitoire se disperse en petits éclats blessants : il n'avait qu'à réfléchir avant de se prendre une femme intelligente et diplômée, en mesure d'assurer le minimum de sécurité matérielle au couple, ce dont lui est incapable. Et il croyait en plus que bobonne allait tout gérer, les couches, le confort de môssieur, les réveils la nuit, tout en continuant à être fraîche et belle ? Au nom de quoi allait-elle sacrifier sa carrière, sa vie, sa santé, pour son bon plaisir à lui ?

Dans ces moments-là, Daniel ne peut s'empêcher de penser qu'il s'est entiché d'une sorcière qui, à la moindre contrariété, retrouve sa vraie nature. Dire qu'ils viennent de passer ensemble un moment d'une telle douceur...

– Je t'avais proposé que ma mère vienne habiter à la maison quelque temps, se défend-il sèchement.

– Je t'ai déjà dit que je ne supporterais pas d'avoir une personne de plus dans notre intimité, surtout ma propre belle-mère... Tu l'imagines à longueur de journée entre la chambre du petit, la cuisine et le salon, à guetter nos moindres faits et gestes ?

– Si elle avait été là, cette nuit, elle se serait occupée de Cyril et nous ne serions pas là à avoir cette conversation déplaisante...

Pour conclure, elle l'invite à faire preuve d'un peu plus de culture et à relire sans plus tarder *Le deuxième sexe* de Simone de Beauvoir.

Comme à chacune de leurs altercations, une partie de lui-même est engagée dans le combat, tandis que l'autre reste observatrice et incrédule. Dans ces cas-là, c'est la sidération qui chez lui l'emporte sur la frayeur ou la colère.

De guerre lasse, il se lève et se traîne dans la chambre d'enfant. Le petit gigote et se tortille en grimaçant. L'inconfort n'a visiblement rien à voir avec les boutons de varicelle. Sûrement un pet de travers. Ou alors la couche. Pleine de merde, elle lui irrite la peau des fesses.

Il l'extirpe de son lit à barreaux et le pose sur le canapé de velours. Apparemment, la couche est propre.

Deuxième hypothèse : la faim. Il lui présente un biberon.

L'enfant prend avidement l'objet et en boit goulûment le contenu.

Quelques minutes plus tard, Daniel le repose délicatement dans son lit et observe avec soulagement ses yeux se refermer.

Alors qu'il est sur le point de repartir – et de se féliciter d'avoir trouvé une solution au problème en si peu de temps –, un énorme geyser blanc jaillit de la bouche de bébé. Un mélange de lait caillé et de bile macule sa belle layette bleu lavande.

Il va falloir tout changer. Jusqu'aux draps.

Pendant qu'il fouille dans la commode, les pleurs se sont enrichis de nuances rageuses (tout à fait compréhensibles si on prend la peine de se souvenir quel plaisir peut procurer du vomi froid sur le thorax).

Dans son nouvel habit et ses nouveaux draps, bébé n'en a pas pour autant recouvré calme et sérénité.

Car, lorsque Daniel le recouche dans son lit, c'est de nouveau la sérénade.

Il s'arrête enfin… après plusieurs dizaines de tours de chambre dans les bras de son père… et recommence aussitôt, dès qu'il se retrouve en position allongée.

Repromenade de quelques minutes.

Repleurs.

Là, c'en est trop.

La porte se ferme.

Les pleurs reprennent de plus belle pour s'arrêter… une heure plus tard.

43.

Marlène Froissard-Delbosc ouvre les yeux et décrypte les lettres en caractères arabes de son réveil : 9 heures. Sans trop savoir pourquoi, elle se réjouit du ballet des particules de poussière illuminées par le soleil du matin. Comme s'il lui avait été donné d'entrapercevoir, en deçà des mots et des objets de son quotidien, l'architecture remuante des composants les plus élémentaires de l'univers.

Mais cette joie simple, dérisoire, archaïque, se heurte bientôt à une pensée, qui la fait très vite basculer d'un plan de conscience à un autre.

– Ma belle-mère ! lâche-t-elle dans un cri étouffé.

Effectivement, elles ont pris rendez-vous la semaine dernière : sa belle-mère doit être là dès 11 h 30. Elle a promis d'apporter de vieilles layettes, ainsi que des photos de Daniel bébé pour lui montrer à quel point le petit ressemble à son père.

La moindre des politesses, en outre, serait de l'inviter à déjeuner.

Avant, elle doit donner le biberon à Cyril, prendre son petit déjeuner, s'habiller, ouvrir le courrier, corriger ses copies, sans parler de toutes les petites choses à faire pour que la maison ne ressemble pas à une porcherie.

Elle ajuste les draps, moelleux témoins de leurs agissements nocturnes. Dommage qu'ils aient été suivis de cette dispute ! Daniel est parti au *dojo* depuis une heure déjà pour son passage de grade. Va-t-il réussir à avoir son deuxième *dan* malgré sa courte nuit ? Même s'il paraissait confiant, nul n'est jamais à l'abri d'une mauvaise surprise. N'a-t-elle pas été trop dure avec lui ? Trop dure par rapport à quoi ? À une norme édictée par des siècles de patriarcat qui font systématiquement passer l'homme en premier ? N'est-il pas temps de déconstruire ces rapports de domination ?

Pendant qu'elle se prépare un thé et se fait griller quelques tartines, les ondes sonores peuplent l'espace de nouvelles, mauvaises pour la plupart : des échauffourées entre le Front Polisario et l'armée marocaine dans le Sahara. Une dizaine de morts dans les deux camps. L'invasion du Liban par Israël à la suite d'une attaque du Hamas palestinien provoque une nouvelle escalade de la violence. Elle ne comprend rien à ces conflits qui agitent l'Afrique et le Moyen-Orient, mais elle observe un point commun entre ce qui se passe là-bas et les conflits qui ensanglantent la Bretagne et le Pays basque : des frontières dessinées au mépris des peuples, des problèmes de territoire où se cognent les irrédentismes et les cultures. Et si l'on prenait la peine de creuser derrière les signifiants des apparences, toujours le même sujet…

Elle éteint à présent la radio pour finir tranquillement sa deuxième tartine. Le pépiement des oiseaux mêlé au chant des premières cigales de l'année la ramènent au petit coin de réalité qui l'entoure et à la radicalité du choix qu'elle a fait au moment de son affectation : celui de s'éloigner de ses parents, de ses amis, pour se retrouver dans une région où elle ne connaissait personne. Peut-être avait-elle fait une bêtise. Peut-être serait-elle plus épanouie au cœur de la vie intellectuelle parisienne et de tous les débats qui agitent la société. Mais elle n'aurait pour rien au monde voulu être parachutée dans un collège de banlieue, comme certains de ses collègues. Et puis, qui sait, si son projet de thèse était accepté, peut-être serait-elle un jour appelée à enseigner à l'université.

Dans sa chambre aux murs pastel, le petit émerge doucement du sommeil. Après lui avoir donné son biberon – elle avait dû résister aux pressions d'une partie de son entourage pour ne pas l'allaiter ! –, elle l'habille et le met dans son parc en compagnie de Sophie la girafe.

Assise à son bureau, elle s'empare du paquet de copies et commence le travail d'abattage. Dégainant son Bic rouge en position de combat, elle biffe, commente, questionne, avant d'asséner un verdict sans appel : 3/20 Hors sujet ; 8/20 L'analyse superficielle du texte cache un manque de sérieux et de culture ; 7/20 S'il n'y avait pas eu autant de fautes d'orthographe, de syntaxe et d'accord, vous auriez peut-être eu la moyenne ; 15/20 L'enjeu du texte est bien compris, l'argumentation construite, l'écriture maîtrisée ; 7/20 Travail bâclé sur tous les plans ; 12/20 Vous auriez gagné à lire le cours sur l'œuvre de l'auteur… Six en moins de dix minutes. À ce rythme, elle aura fini dans une petite heure.

Mais à peine a-t-elle corrigé la septième copie qu'elle entend une porte de voiture claquer. Elle regarde sa montre : 10 h 33. Sa belle-mère a presque une heure d'avance. Alors qu'elle n'a pas exécuté le quart de son programme de la matinée !

De rage, elle pousse un cri étouffé.

À mesure que l'information devient précise, identifiable, émerge une désagréable sensation : celle d'un corps étranger et hostile faisant effraction dans son intimité. Un corps étranger, prédateur, doté de la capacité de fouiller dans les moindres replis de sa vie.

D'abord circonscrite à la mâchoire et au thorax, la crispation s'étend à tous les muscles.

44.

Une fois les premières formules de politesse échangées, le plus difficile est de ne pas laisser le silence s'installer. De voir s'échapper du filet de la pensée les mots que l'on croyait si familiers, si bien dressés à meubler les interstices. Parler, parler, mais de quoi, de qui ? Des centaines de pages et de réflexions sur lesquelles elle s'épuise pour changer l'ordre du monde ? C'est hors de question, tant elle craint que leurs divergences, qu'elle sait profondes, viscérales, ne créent un gouffre entre elles. De ce cher rejeton qui a encore injustement perdu son emploi, le fruit béni de ses entrailles, si gentil, si travailleur, si parfait, victime de la dureté du monde du travail à l'égard des jeunes ?

Cherchant l'insouciance des conversations légères de vieilles amies autour d'un thé ou de collègues dans la salle des profs, Marlène ne trouve que des interjections qui se télescopent.

Contre toute attente, elle n'a pas à supporter ces interminables secondes de silence. Brûlant les préliminaires qu'eût exigés une pratique raisonnée des convenances sociales, l'Autre s'est mise à parler : le médecin a diagnostiqué une broncho-pneumopathie à son mari, des examens complémentaires sont nécessaires pour s'assurer que ce n'est pas plus grave. Une chose est sûre : il doit arrêter de fumer. Depuis le temps qu'elle le lui dit, depuis le temps qu'elle n'en peut plus de cette odeur de tabac, elle-même a fait une radio des poumons, car elle tousse de plus en plus, une toux sèche et douloureuse, et voilà t'y pas qu'on lui a trouvé un voile, et qu'elle aussi va être obligée de faire d'autres examens, alors qu'elle n'a jamais pris une seule cigarette de sa vie (les deux femmes sont toujours debout dans le vestibule).

Avant qu'elle n'ait le temps de reprendre son souffle, elle évoque la situation professionnelle de son deuxième fils, Francis, vous savez, celui qui vit à Marseille, qui se retrouve dans une position difficile, pour ne pas dire très délicate : il a appris qu'il n'allait pas pouvoir rester dans l'entreprise de transport routier dans laquelle il travaillait à cause du départ soudain d'un gros client. Et comme un malheur n'arrive jamais seul, sa femme a décidé de le quitter. Il faut dire qu'elle l'a bêtement surpris avec une autre, je dis bêtement parce qu'elle a surpris mon Francis en train d'en bécoter une autre sur le vieux port, oh, rien de bien méchant, que des papouillages de gosse, je connais mon Francis, il a toujours adoré faire le *joli cœur*, mais depuis le temps qu'elle cherchait un prétexte, celle-là, élevée comme une princesse habituée à péter dans la soie, j'ai bien vu le jour de leur mariage, ils nous prenaient tous de haut, tout ça parce que le papa a un haut poste dans les aspirateurs, avec plein d'argent et tout le tsoin-tsoin, un vrai Monsieur, pas comme mon pauvre Georges qui, à force de travailler dans une usine avec toutes ces odeurs de produits chimiques et de fumer comme un pompier par-dessus le marché, s'est mis à cracher ses poumons, si c'est pas malheureux de l'entendre toutes les nuits, une vraie garce je vous dis, pour peu qu'elle lui demande une pension, je l'ai vu la première fois qu'il nous l'a amenée, ça faisait des mois qu'il courait après son petit minois de princesse, ah, il l'avait voulue, il l'avait eue, et voilà comment elles les tiennent, les hommes…

Le prétexte est opportun pour trouver un registre de conversation neutre et sans affect. Butinant dans le registre consolation, Marlène concocte une réponse rassurante du type « il se placera facilement ailleurs, car le marché des transports routiers est en plein développement ». Quant à sa vie de couple, ils vont peut-être réussir à se rabibocher. Et même si elle décide de le quitter pour demander le divorce, rien ne dit qu'il sera obligé de payer une grosse pension alimentaire, surtout s'il est au chômage. D'ailleurs, peut-être a-t-il intérêt à rester au chômage, le temps du procès, si procès il y a, hasarde Marlène.

Alors que la jeune femme cherche des arguments économiques et juridiques en vue d'étayer son propos, elle voit l'enveloppe posée sur le meuble de l'entrée.

Peut-être la lettre que tu attends depuis si longtemps. Peut-être la chance de ta vie.

Fébrile, Marlène la décachète immédiatement. Elle en retire un papier velin griffonné d'un « Bonjour Madame » suivi d'îlots de sens : « demande », « collègue », « grand intérêt », « prometteur ». Le ton poli et distant, cette petite écriture incisive et tourmentée, pas de doute, ça doit être lui.

Mais très vite, le message est parasité par un bruit sourd, accompagné d'un hurlement : Cyril ! Après avoir escaladé la barrière de son parc, il vient de chuter la tête la première sur le Gerflex !

Son cœur s'emballe, tandis que ses jambes se dérobent. Le sang empoisonné d'adrénaline, elle affronte un fleuve tumultueux charriant des blocs d'images sanglantes et de pensées coupables : à cause d'elle, mère indigne, elle va le retrouver défiguré, estropié, handicapé à vie.

Elle accourt vers le petit en criant. Il est sur le ventre, en larmes. La belle-mère, qui s'est également précipitée, le prend délicatement dans ses bras pour l'ausculter : miraculeusement indemne. Non seulement il n'a rien, pas une bosse, pas une égratignure, mais il semble même respirer tout à fait normalement.

Après quelques minutes de câlins, la violence des pleurs a diminué. La panique fait place à l'euphorie d'avant la chute. Elle laisse le petit dans les bras de sa grand-mère et retourne lire la lettre.

Loin de laisser tomber l'allégresse qui a commencé par l'envahir, le contenu de la missive lui donne une prospérité inattendue : Pierre Bourdieu a pris connaissance de sa demande et a lu sa note d'intention sur « la construction du sujet féminin dans l'univers professionnel » avec un grand intérêt, des collègues auxquels il a parlé du projet le trouvent résolument prometteur. En conclusion, il serait ravi de la rencontrer, elle pourra lui rendre visite la semaine prochaine à l'École des hautes études, il espère que cela ne lui posera aucune difficulté.

45.

Daniel est de retour en milieu d'après-midi, juste après le départ de sa mère. Il a eu son deuxième *dan* haut la main. Pour fêter ça, il a donné rendez-vous en début de soirée à Seb et quelques autres copains du club au *Purple*, un bar rock qui vient d'ouvrir près de la citadelle. Il aimerait que Marlène soit de la partie.

Comme elle a aussi une bonne nouvelle à fêter, elle accepte spontanément. Elle lui raconte alors la lettre, la chute du petit, son rendez-vous prochain avec Pierre Bourdieu à Paris. Puis elle se ravise aussitôt : est-ce bien raisonnable alors que demain elle travaille à 8 heures ? Ne pourrait-on pas prévoir cette sortie le week-end prochain ? Et puis que vont-ils faire de Cyril ?

Il lui répond qu'ils ne resteront que trois heures, quatre tout au plus, et qu'ils seront de retour à minuit. La plupart des gens travaillant le samedi, ils ne seront sûrement pas les seuls dans ce cas. Après tout, ils sont jeunes, ils ont la vie devant eux, ils ont bien le droit de s'amuser un peu. Sur ce point-là, il n'a pas tout à fait tort.

Quant à Cyril, ils vont l'emmener et le laisser dans sa poussette, le plus simplement du monde. De guerre lasse, elle ne songe même pas à lutter.

Lorsqu'elle voit le paysage défiler, alternance de collines pelées, de synclinaux et d'anticlinaux escarpés, elle s'imagine passer les heures qui suivent à s'ennuyer agréablement dans un café bruyant autour de conversations aussi futiles que décousues sur les frasques de Bernard Lavilliers, le pouvoir des plantes hallucinogènes ou le rôle des extraterrestres dans la mort de Claude François, et à ressentir du soulagement au moment de se dire au revoir et de les laisser disparaître dans la nuit des temps.

Si la plupart des amis de Daniel sont loin d'être des cadeaux, Seb détient la palme. Lecteur infatigable de Philip K. Dick et de Lobsang Rampa, il considère la réalité comme une illusion générée par des entités suprahumaines vivant dans une dimension inconnue du commun des mortels. Mais lui est l'un des seuls à les avoir rencontrées : sur le chemin de la fac, un jour, il avait été capturé par des êtres lumineux, presque translucides, avec des yeux immenses et télépathiques. Ils l'avaient déshabillé, observé pendant des heures… et relâché à l'endroit même où ils l'avaient trouvé.

Il se raconte surtout que Seb avait fait un *bad trip* à l'acide, quatre années auparavant. Il en est resté perché, comme coincé dans un cauchemar dont rien ni personne ne peut le sortir. Contraint par l'altération brutale de ses fonctions cognitives et d'incoercibles crises d'angoisse à abandonner sa licence de philo à la fac de Nice, il est revenu vivre aux crochets de sa vieille mère, sans autre projet que de retrouver la rassurante familiarité des lieux qui l'avaient vu grandir.

Son physique non plus ne l'aide pas, et il ne fait rien pour s'arranger. Avec sa tête de vieux vautour déplumé, son allure flasque et ses yeux globuleux d'un bleu presque translucide, il avait même quelque chose d'inquiétant. Non seulement la première impression de Marlène, « capable de tout, même du pire », ne s'était jamais émoussée, mais elle s'était même plutôt renforcée à chacune de ses apparitions. Comment expliquer autrement le mélange d'effroi et de dégoût qu'elle éprouve chaque fois qu'elle le voit ?

La terrasse du *Purple* est encore clairsemée. Il fallait s'y attendre, la clientèle du vendredi soir est majoritairement composée de hippies crades et rigolards qui vivent dans les communautés des environs.

Les jours de marché, on les voit derrière leurs étals, si fiérots de leur petite production de fromages de chèvre assaillis de mouches bourdonnantes. Enveloppés dans leurs saris violets, l'air toujours tellement *cool au-dessus de tout*, ils considèrent le monde environnant – humains parlants, insectes volants, nuages mouvants, montagnes immobiles – avec amusement et bienveillance. À les voir, à les écouter, rien n'est jamais grave ni important (même si le manque d'hygiène, la puanteur, les asticots grouillant dans le lait fermenté, la prolifération des salmonelles et autres sympathiques micro-organismes vecteurs de dyspepsies gastriques, de lésions intestinales irréversibles entraînant le décès chez les tout-petits et les vieillards ne manqueront pas d'attirer l'attention des autorités sanitaires, incomparablement moins *cool*).

Qui sont-ils au juste ? Souvent d'anciens ingénieurs, d'anciens profs, d'anciens pas grand-chose également, qui ont un beau jour décidé que vivre une expérience collective en pleine nature, au contact des éléments, est beaucoup plus important que construire des avions, enseigner l'histoire de la Seconde Guerre mondiale, ou ne rien faire du tout. Certains sont accompagnés de chiens de berger bourrés de puces et de tiques. Les pauvres bêtes passent leur temps à se gratter, à lécher leurs plaies creusées par la démangeaison et à se regratter encore plus fort.

Par contraste, les amis de Daniel ont l'air nettement plus civilisés. Pour un peu, on les croirait sortis d'un film de Rohmer, où les personnages parlent comme dans les livres de Marivaux. Ils sont une bonne dizaine à être venus fêter le deuxième *dan* de leur héros. Marlène les connaît tous au moins de vue, pour les avoir croisés au *dojo*, ou lors de festivités locales.

Ils prennent place à côté de Bertrand et Nadine, respectivement ceinture noire et ceinture bleue. Lui est petit, brun, fin, avec des cheveux longs, des traits bien dessinés et des sourcils ourlés d'Italien. Elle, grande, massive, avec un visage rosâtre et poupin de Normande. D'après ce qu'elle sait, ils travaillent à l'office du tourisme de Sisteron. Ils sont tous les deux plutôt bavards, curieux, à l'aise sur pas mal de sujets, laissant à Seb un temps de parole relativement limité, même s'il plombe la conversation à plusieurs reprises avec ses idées délirantes. À peine ceinture orange, il ne cesse de la ramener au sujet du *Ki*, citant à tout va Lobsang Rampa et ses élucubrations ésotériques et martiales tirées du *Troisième Œil*. Quant à la *pouffe* qui l'accompagne - une cartomancienne, du moins c'est ce qu'elle prétend -, elle rit de toutes ses dents trop blanches, les découvrant méthodiquement, selon une procédure graduelle qui laisse penser qu'elle s'y est exercée des heures devant le miroir. À la fin de la soirée, elle ne pourra s'empêcher de tirer le *Yi-King* à toute la tablée, promettant des ouvertures et des changements de vie radicaux à qui veut l'entendre.

Marlène n'aime pas cette fille. Elle lui rappelle Corinne, une de ses camarades de classe qui se plaisait à la terroriser en lui racontant des horreurs. Aussi stupides et malsaines l'une que l'autre. Un souvenir remonte subitement à la surface : elle a six ans. Pour son anniversaire, elle a invité trois de ses copines de classe, dont ladite Corinne. Cette dernière lui a offert une jolie poupée de chiffons. Bien qu'un peu apeurée par ses yeux rouges exorbités, son nez crochu de sorcière et ses cheveux en bataille, la petite Marlène s'empresse de l'extraire de sa boîte. L'objet ne bouge pas d'un iota, prisonnier de son système d'attaches et de fixations. Elle recommence ; toujours rien. Deux petites mains fébriles se mettent alors à tirer dans tous les sens jusqu'à ce qu'une douleur aiguë l'interrompe dans ses mouvements. D'abord surprise à la vue du sang qui arrose l'emballage de carton rose, elle pousse un cri d'horreur lorsqu'elle en identifie la provenance. Alertée par ses hurlements, sa mère accourt, l'entraîne dans la salle de bains pour la nettoyer et découvre le doigt à moitié arraché. Après un bref détour par la pharmacie, la soirée se termine chez le médecin, d'où elle reviendra avec des points de suture. Par une étrange coïncidence, cette même Corinne ne cessait de lui raconter des histoires de poupées maléfiques, de monstres dressés pour venir chez elle la nuit et l'emmener dans l'obscurité si elle se montrait méchante et refusait de lui obéir.

Auréolé de son deuxième *dan* de kung-fu, Daniel paye la première tournée à tout le monde. Impérial et décontracté, il ne remarque pas Marlène qui le fixe d'un air furibard. Chacun de ses gestes, chacune de ses paroles semble flotter sur sa puissance nouvelle, qui a le don d'éclipser, d'annihiler toute autre réalité et de reléguer tout autre être vivant, dont sa femme, au statut de satellite ou d'objet inanimé.

Tentant de contrebalancer le mouvement d'humeur que fait naître en elle la perspective d'un dépassement du découvert autorisé et d'un nouvel appel de la banque, cette dernière se concentre sur son courrier du jour. Dans un élan de confiance, elle tente même de partager avec ses voisins sa joie d'avoir un rendez-vous avec Pierre Bourdieu.

– Qui ça ? lui est-il répondu.

– Pierre Bourdieu, un des plus grands sociologues français !

– Vouais…

– Il est professeur à l'École des hautes études en sciences sociales et a écrit entre autres des livres sur la condition des travailleurs en Algérie et la reproduction des élites.

– Hum… C'est cool, ça…

C'est cool, ça… C'est tout ce qu'ils avaient à dire au sujet de Bourdieu, de l'importance d'avoir attiré l'attention de l'un des penseurs français les plus en vue. Ils n'ont même jamais entendu parler de lui ! Pour un peu, Marlène Froissard-Delbosc regretterait les conférences germanopratines tristounettes où quelques doctorants grisâtres s'entretenaient de la mort du sujet dans l'œuvre de Samuel Beckett et de Claude Simon, en tirant une gueule de cent pieds de long entre deux bouffées de pipe. Eux, au moins, étaient en mesure de comprendre qui est Pierre Bourdieu.

– Bande d'huîtres, grommelle-t-elle en passant machinalement sa main sur le front de Cyril, en train de s'endormir dans sa poussette, au milieu du bruit, alors que des ricanements d'hyène signalent une mauvaise blague de Seb.

En revanche, lorsque Daniel fait son grand numéro de philosophe taoïste, les regards s'illuminent, les esprits s'échauffent. Après avoir raconté l'histoire de Bodhidharma (l'Illuminé), ce moine bouddhiste indien qui traversa la Chine pour enseigner le kung-fu aux moines *Shaolin* et expliqué le *Pa Kua Chang* (« la paume des huit trigrammes »), il se livre à un vrai réquisitoire contre le mental, l'intellect, qui ne peut s'empêcher de faire écran entre le monde et nous. Marlène bouillonne : elle qui a toujours été l'intello de service se voit implicitement ridiculisée aux yeux de tous.

À un moment, Seb allume un pétard. Lorsqu'il passe de main en main, Marlène se tord la bouche de dégoût.

Va-t-elle hurler, courir ou vomir ? Comme la réponse que lui dicte son corps est vraisemblablement un peu des trois, elle se met à trembler. De tous ses membres.

Pendant les deux heures qui lui restent à supporter toute cette comédie, elle s'efforcera de jouer la fille un peu réservée mais heureuse pour son homme, de parler d'un ton enjoué et de rire fort alors qu'elle n'a qu'une seule envie : être dans son lit.

46.

Arrivés à la maison à 1 heure du matin, ils se couchent en silence.

Elle seule a pensé à sortir le petit de son siège bébé. À l'amener délicatement dans son lit à barreaux, sans le réveiller. À fermer la voiture. La porte d'entrée. À mettre le réveil. À éteindre les lumières avant de rejoindre leur lit.

Il sait qu'elle ne supporte pas ça, chez lui, quand il fume du *shit* au point d'être complètement *stone*, aussi fermé qu'une pierre. Il sait que ça la rend malade d'angoisse.

Elle ne comprend pas que planer, c'est comme marcher, respirer, se nourrir. La fois où il a fait un *trip* à l'acide, elle est restée terrée dans sa chambre toute une journée. Il faut dire que la maison, à commencer par la cuisine où il était allé prendre une bière dans le frigo, s'était soudainement peuplée de crustacés géants qui essayaient de les attaquer. Pour les faire reculer, il leur a lancé tout ce qui lui passait sous la main, boîtes de conserve, assiettes, cendriers, pommes de terre, bocaux de cornichons.

Toujours le même problème, avec les femmes, elles veulent des mecs qui sortent de l'ordinaire et s'imaginent qu'ils vont se comporter comme de parfaits employés de bureau.

Il s'affale sur le lit tout habillé et tombe vite dans un sommeil profond.

Comme d'habitude, c'est elle qui n'arrive pas à dormir. L'obscurité s'emplit de mondes possibles, dont la non-réalisation ne tient qu'à de toutes petites choses : à quoi aurait ressemblé sa vie si elle était restée à Paris ? A-t-elle vraiment fait le bon choix, pour reprendre la formule choc du président de la République ? Comment Daniel pourra-t-il monter son club d'arts martiaux s'il se fait coffrer pour une sale histoire de stupéfiants ? Une certitude : ils ne pourront jamais s'arracher de ce trou avec un seul salaire. Et si en plus elle tombait malade ? Elle ne peut alors s'empêcher de penser à cette pauvre Évelyne, une cousine éloignée de sa mère : obligée de lâcher son travail d'animatrice en point de vente – dépendant d'une multiplicité de petits employeurs, elle n'avait pas pu, ou su (quoi de plus efficace que la coalition de la paperasserie et de la complexité administrative pour achever une personne en situation d'extrême vulnérabilité ?), se mettre proprement en arrêt maladie – pour soigner une cochonnerie de cancer, elle venait de se faire expulser de son logement. Avec un seul demi-salaire et deux grands enfants, forcément, elle ne s'en sortait plus. Il était mathématiquement impossible qu'elle s'en sorte. Par-dessus le marché, son compagnon est parti sans donner de nouvelles. Et de ses adolescents, pas un seul n'a été fichu de trouver du travail. Bouffée de l'intérieur par la prolifération des cellules malignes et lestée par deux feignasses gonflées à la Kro qu'elle n'aurait bientôt plus les moyens de nourrir, cette pauvre Évelyne n'avait pas eu le courage de lutter. D'ailleurs, son combat contre la maladie n'avait duré que quelques mois.

Un craquement prolongé ramène Marlène à un autre sujet de préoccupation : sa maison. Qui sait si les dernières inondations n'en ont pas fragilisé les fondations. Si elle n'est pas en train de se fissurer. Se crevasser jusqu'à l'effondrement. Demain ils seraient faits comme des rats, prisonniers des éboulements.

Elle se faufile hors de la chambre, inspecte la configuration de leur habitat et de ses alentours : rien que de très normal.

Dehors, tout a l'air calme. Même la progression du fossé, derrière la maison, lui paraît moins inquiétante que pendant la journée.

Elle ouvre la porte d'entrée et fait quelques pas sur la route. Vu de l'extérieur, ce petit rectangle blanc isolé sur fond vert n'est pas dénué de poésie, à la différence des grappes de lotissements qui ont poussé à une vitesse éclair. Sous la pression des populations et des entreprises de travaux publics du coin, des permis de construire ont été délivrés en nombre, au mépris du plan de prévention des risques concernant les risques de submersion et d'éboulements.

Des hurlements lugubres lui répondent. Sans doute un chien resté dehors, effrayé par les bruits de la nuit ou l'approche d'un sanglier. La semaine dernière, revenant d'un barbecue fort arrosé, ils se sont risqués à couper à travers champs… Et se sont trouvés nez à nez avec une laie suivie de ses petits. Mû par un réflexe viril et protecteur, Daniel a chuchoté quelques instructions à l'oreille de Marlène : pas parler, pas bouger, surtout pas de gestes brusques. Tétanisée par la peur et troublée par la forte quantité d'alcool que s'épuisaient à combattre plusieurs centaines de milliers d'émissaires hépato-biliaires, cette dernière s'est mise à hoqueter bruyamment, au grand dam de son époux. L'animal, quant à lui, a passé tranquillement son chemin, se contentant de scruter l'obscurité d'un regard bas, buté et méfiant, tout en poussant quelques grognements à l'intention de sa progéniture, sans doute trop lente et indisciplinée à son goût.

Un autre craquement, plus soutenu cette fois, comme si un matériau avait lâché sous l'effet d'une pression quelconque.

Elle décide de l'ignorer et de laisser vagabonder son esprit. Les bribes d'images et de sons qui traversent ses cellules corticales sont encore celles de la soirée : un groupe de rock du coin était venu mettre un peu d'ambiance. En fait, leur large répertoire les avait autorisés à massacrer impunément les plus beaux morceaux du moment, de Dire Straits à Simon and Garfunkel, de Crosby, Stills, Nash and Young à Genesis. Au moins, ils n'avaient pas eu droit à la rétrospective Claude

François, enrichie de tubes *made in France* de Stone et Charden !

Marlène abhorre plus que tout cette variété hexagonale, dont les refrains niais et les mélodies sirupeuses font le bonheur de sa mère, qui ne raterait pour rien au monde son « Sacha Show » ou les *hits* de chansons françaises sur RTL.

Après avoir prétendu qu'il connaissait bien Serge Hitler, le frère cadet d'Adolf Hitler, Seb s'était mis à gloser sur l'expédition des nazis au Tibet pour finir par citer un passage du *Bardo Thödol*, le *Livre tibétain des morts* : celui au cours duquel le défunt se voit comme aspiré par des étendues vertes et des senteurs végétales, sensations dont la force et la répétition annoncent sa réincarnation en animal.

À un moment, comme sous l'effet d'une trop forte densité sur une surface instable, le sol se met à tanguer. Sans doute l'effet du *mojito*, mélangé à la fumée du *shit* qu'elle avait inspirée malgré elle.

Après s'être forcée à vomir dans les toilettes un mélange rougeâtre de chyme, d'alcool et de viande de bœuf au ketchup, elle regagne son lit. Actionne le bouton de la lampe de chevet. Tente de retrouver le chemin d'une attention, d'une stabilité intérieure compatible avec une séance de lecture. S'empare du livre posé sur la chaise : le comte de Monte-Cristo et l'abbé Faria l'attendent patiemment pour accomplir leur destin de papier. Où qu'elle aille, quoi qu'elle fasse, ils continueront à l'attendre, jusqu'à la fin des temps s'il le faut.

Et si un jour l'humanité disparaissait, et avec elle toute possibilité de lire et de penser, il n'en resterait pas moins que la fixité de ce repère, aussi parfait et invariant qu'une figure de géométrie, aura un jour existé.

47.

Le lendemain, Daniel se réveille un peu après 9 heures. Marlène est déjà au travail. Comme tous les samedis matins, elle a amené le petit chez sa belle-mère et le récupérera en rentrant.

Bruno, son copain d'enfance, arrive vers 11 heures. S'il veut avoir le temps de se préparer et de remplacer le joint de la tuyauterie du lavabo, qui fuit à grosses gouttes, il n'a pas intérêt à traîner.

C'est la première fois qu'il voit Bruno depuis sa sortie de prison. L'imbécile s'était fait arrêter à l'occasion d'un simple contrôle routier qui avait dégénéré. Les flics avaient fouillé sa vieille Ford Tonus : six mois ferme pour détention de stupéfiants et outrage à agent. Là où certains pourraient évoquer un simple coup de malchance, Daniel ne peut s'empêcher d'interpréter l'incident comme l'une des multiples conséquences possibles d'un mauvais karma. Dans une vie antérieure, Bruno avait dû commettre des crimes et des atrocités. Conformément aux principes les plus élémentaires du *Dharma*, chaque trouble susceptible d'affecter le voile fragile de son existence terrestre n'est qu'un à-valoir cosmique pour l'aider à payer le solde négatif de ses actions passées et améliorer son cycle des réincarnations.

Après un petit déjeuner hyperprotéiné – œufs brouillés, bacon, muffins – englouti en moins de dix minutes, Daniel saute dans un vieux jogging et enfile la chemise qu'il portait hier. Le complexe olfactif herbe-tabac-parfum ravive les moments forts de cette soirée avec ses potes du club. Comme d'habitude, il a trop fumé et Marlène a été obligée de conduire au retour. Par miracle, le petit s'était rapidement endormi dans sa poussette, sans doute bercé par le bruit de fond des rires et des conversations.

Il n'a pas le temps de changer le joint du lavabo : trop mal placé, trop compliqué. Placée à l'endroit où tombent les gouttes, une éponge fera l'affaire. Et puis, une fuite affectant un simple conduit d'évacuation n'est pas franchement un problème. Et ce d'autant moins qu'à cause de ce satané ruisseau, la cave, au-dessous, est entièrement inondée. Affaire classée.

Reposant ses outils dans le garage, il est alerté par un claquement de portière. L'arrivée de son ami est précédée par celle d'un diablotin quadrupède qui se trémousse dans tous les sens et finit par se cogner à ses mollets en lui léchouillant fébrilement les mains, le nez, le cou lorsqu'il le soulève dans ses bras.

Bruno a pris quelques kilos supplémentaires de muscles. Avec sa barbe et ses cheveux longs rasés sur les tempes, il a tout l'air d'un Viking. Les deux amis se donnent l'accolade, se tapent dans les mains, l'air résonne de leurs vigoureuses retrouvailles :

– T'as trouvé ce truc en taule ? ricane Daniel.

– Je te présente Musclor ! Un pit-bull américain, une demi-tonne de pression dans la mâchoire, assène son ami en technicien du *free fight* canin.

– Un pit-bull ?

– Oui... un croisement de bulldog, de mastiff et de terrier... dans chaque portée, on sélectionne les spécimens les plus rapides, les plus mordants, les plus résistants à la douleur... et au bout de plusieurs générations, tu as le pit-bull !

– Et tu crois qu'il pourrait battre un berger allemand ?

– Je ne le crois pas, j'en suis plus que sûr.

Il est vrai qu'à six mois à peine, la bestiole est déjà une sacrée masse. Cette présence imprévue ravive chez Daniel l'idée, évoquée à plusieurs reprises avec Marlène, de faire l'acquisition d'un *bodyguard* à quatre pattes. Un boxer lui plairait bien, ou, pourquoi pas, un mâtin napolitain ou, mieux encore, un dogue du Tibet. Il l'accompagnerait dans ses footings, les retrouverait en remuant la queue et monterait la garde dans le jardin la nuit venue.

Cette idée d'un molosse qui le suivrait comme son ombre et lui obéirait au doigt et à l'œil lui donne un sursaut d'excitation.

Les deux amis font face à une haie de troènes squelettiques. Plantés par les occupants précédents pour créer une frontière naturelle entre leur terrain et le reste de l'environnement, ils n'ont jamais été arrosés ni entretenus. À côté d'un muret à moitié construit commence à se former une mini-déchetterie où gisent pêle-mêle vieux barbecues démembrés, composants électroniques rouillés, meubles en formica estropiés, plaques de polystyrène et planches de PVC esseulées, cadavres d'arbustes, pièces détachées de motos, de vélos, de trottinettes, paniers à couverts, robinets de douche, coudes de raccordement, flexibles d'alimentation, brûleurs de gazinière, tables de cuisson, thermostats de four, rouleaux de machine à laver et autres rebuts électroménagers.

Daniel fait visiter sa nouvelle maison à son ami, qui lui suggère quelques bons plans d'aménagement intérieur. Tout péter pour agrandir l'espace, arracher ce papier peint de mémé, telles en sont les principales grandes lignes. À peine entré dans une pièce, il ne peut s'empêcher de taper comme un sourd dans les cloisons afin d'en déterminer le caractère non porteur. Son poing fermé imitant le mouvement d'une masse percute le mur, tandis que ses oreilles attestent que le son est bien creux.

Leur visite terminée, ils se munissent de canettes de Coca et se posent sur les tabourets en plexiglas rouge de la cuisine. Bruno se montre si loquace sur ses six mois passés en prison qu'on pourrait l'imaginer aventurier ou explorateur, narrant son périple au long cours dans une contrée inconnue. D'un ton fébrile, il raconte avec force détails les événements les plus marquants : la mutinerie avec les matelas qui brûlent dans la cour, les sirènes, les renforts de police, les journalistes qui arrivent avec leurs appareils photo et leurs micros.

L'histoire du mec qui a planqué, et si bien planqué, une lame de rasoir dans son larynx – le truc est tenu par un fil coincé entre deux molaires – qu'il finit par l'oublier… et se retrouver avec l'œsophage troué. De celui qui avale du Destop trouvé dans les toilettes de l'infirmerie et meurt en chiant ses intestins. D'un troisième, enfin, qui tue son codétenu et lui boulotte le poumon gauche, un pauvre gars fumant en plus comme un pompier…

Lui, au moins, il n'a jamais rencontré ce type de problème.

Sans vouloir se vanter, il a toujours été le mec le moins emmerdé du monde.

Parce qu'il avait réussi à imposer le respect dès le début. Respect et tolérance zéro. Même les gardiens faisaient gaffe à lui parler poliment.

Un connard a essayé de la lui mettre dans les douches : il lui a si bien refait le portrait que même sa pute de mère serait incapable de le reconnaître, fanfaronne-t-il en esquissant un direct du gauche ; il veut bien être tolérant mais y a tout de même des limites !

– Eh mec, cool ! ça t'aurait pas tué…, persifle Daniel.

– Eh, oh, qu'est-ce que tu me racontes là, mec ?

Sans même prendre le temps de répondre à son ami, il se précipite vers sa chaîne hi-fi pour lui faire écouter un groupe que le disquaire vient de dégoter de derrière les fagots. Un truc sonore énorme, qui ferait passer Black Sabbath et les Ramones pour les Petits Chanteurs à la Croix de Bois.

Les baffles crachent un métal puissant, porté par une voix rauque et méchamment enrouée. Examinant la couverture du disque, Bruno décrypte les neuf lettres en gothic de Motörhead que signe un logo représentant une tête de loup barrée de défenses de sanglier reliées par une chaîne.

Galvanisé par ce déluge sonore, Daniel se met en garde comme Bruce Lee dans *La Fureur du dragon*, pousse un petit cri simiesque et lui assène un coup de pied sauté en plein plexus solaire. Piqué au vif, Bruno soulève son ami par la taille et le lance sur le canapé. Ce dernier réplique par un enchaînement de boxe chinoise, mais les cent vingt kilos de l'ex-taulard finissent par prendre le dessus.

Le combat se termine au sol. Quelques meubles sont secoués, plusieurs bibelots se brisent.

À bout de souffle, les deux combattants se saluent et se donnent l'accolade.

– Après l'effort, le réconfort, déclare Daniel en allant chercher sur la table de la cuisine son nécessaire à rouler.

Il allume le cône et le passe à son ami qui en tire quelques taffes, hochant la tête en fin connaisseur.

– Double zéro ?

– Colombienne ! mon cher.

Affalés sur le canapé du salon, ils se passent le *stick* à tour de rôle, dont ils aspirent la fumée à grosses bouffées. Daniel a passé *Radioactivity* du groupe Kraftwerk, mais les nappes synthétiques ne font pas l'unanimité.

Bruno trouve ça chiant. Cette musique planante l'emmerde. Et il commence à avoir une dalle d'enfer.

Daniel se lève pour faire réchauffer des pizzas au four.

Son ami suggère qu'ils pourraient manger en regardant la télé. Avec un peu de bol, ils tomberont sur un combat de boxe ou un match de rugby.

Pas de chance, c'est l'heure des émissions de cuisine sur TF1. Quant à Antenne 2, impossible d'échapper au journal de 13 heures, présenté par Yves Mourousi.

À un moment, le président de la République fait une allocution au Conseil européen – à moins que ce ne soit devant un parterre d'élus locaux, ou peut-être au milieu d'une délégation du Conseil national du patronat français (CNPF).

De toute manière, le taux de tétrahydrocannabinol – le fameux THC, détectable dans le sang ou dans l'urine, qui permet aux autorités d'identifier les consommateurs de cannabis – est si élevé dans la pièce qu'aucun des deux ne serait capable de comprendre quoi que ce soit à ce qui est dit.

Alors que le premier magistrat de France déroule son discours, Bruno semble se figer en une pose extatique, avant d'exploser en un tonitruant fou rire. Daniel lui demande pourquoi il se bidonne ainsi.

– Tu trouves pas qu'il a une tête de haut-parleur ? fait-il en désignant le président de la République du doigt.

– Qui ça ?

– Giscard !

– Oh putain, c'est trop vrai, s'esclaffe à son tour Daniel.

L'hilarité de l'un contamine l'autre. Leurs deux corps sont agités de spasmes et de soubresauts.

Le programme TV, en revanche, est de plus en plus déprimant. L'émission « Aujourd'hui Madame », qui fait suite au journal, porte sur les violences conjugales. Ils écoutent distraitement les témoignages des femmes présentes, les questions des journalistes et les explications des psychiatres, mimant des obscénités, raillant les invités, surtout s'ils sont sérieux et s'expriment doctement.

Pendant ce temps, Musclor se fait les dents sur les coussins du canapé.

De temps à autre, ils détournent les yeux de l'écran pour évoquer des souvenirs de classe ou échanger quelques informations personnelles.

Ils se souviennent de Mme Raynaud, leur professeure de mathématiques au lycée. L'été venu, elle allait le samedi soir au club nudiste de la piscine municipale. Ils escaladaient le grillage, traversaient un terrain vague et collaient le visage contre une palissade. Par les trous et les fentes des planches disjointes, ils pouvaient lui reluquer la chatte, le cul, les nichons, tout. Un jour, le gardien les avait surpris et les avait poursuivis.

Quand Daniel demande à Bruno si tout va bien côté femmes, ce dernier lui répond de ne pas s'en faire, il a tout ce qu'il lui faut quand il veut. S'il est sage, il lui présentera Ursula, une étudiante allemande qui vit dans une communauté tantrique près de Buis-les-Baronnies : elle sait faire des trucs énormes.

– Et toi, t'as toujours ton matos à la maison ? ricane-t-il.

– T'inquiète pas pour moi, répond Daniel, qui ne cesse de fixer l'écran.

– Et elle est comment au plumard ?

– T'inquiète, j'te dis !

Cette fois, c'est un documentaire animalier : « À la découverte des varans de Komodo ». À la vue de leur démarche lourde, de leur face comiquement hideuse et, cerise sur le gâteau, du petit bout de langue fourchue qui capte, avec un entêtement obscène, les phéromones ambiantes, les deux amis se bidonnent à nouveau.

La première partie du documentaire montre une scène de chasse. On y suit la trajectoire de trois de ces gigantesques lézards qui viennent de sentir la présence d'un buffle. Retrouvant le ruminant, ils l'encerclent et lui mordent les pattes à plusieurs reprises. Comme leur gueule est très venimeuse – un pot-pourri des bactéries les plus mortelles ! s'amuse le présentateur –, il leur suffit de suivre leur proie pendant quelques heures et d'attendre patiemment qu'elle s'effondre pour la déchiqueter.

La seconde partie concerne l'accouplement. À la saison des amours, les mâles s'affrontent en duel pour la conquête des femelles et le *leadership* du territoire. Le vainqueur finit invariablement par monter sur le vaincu, dans une position qui évoque l'acte sexuel.

Il n'en faut pas plus pour inciter les deux hommes à en faire autant, à se mettre à terre et se monter à tour de rôle.

48.

C'est à ce moment-là que Marlène entre dans la salle à manger, le petit dans les bras. Le spectacle auquel elle assiste l'amuse d'abord un peu, puis beaucoup moins quand elle découvre que les deux garçons ont tout laissé en plan – les cartons de pizza, les canettes, les meubles de guingois, les bibelots par terre – et qu'elle constate que les beaux coussins ont été transformés en charpie.

Elle échange quelques mots brefs et polis avec Bruno, lequel prétexte un rendez-vous pour filer.

Après avoir mis Cyril dans son parc, elle est de retour, au bord de l'explosion :

– Comment tu peux laisser un bordel pareil ? tonne-t-elle en réajustant le plaid du canapé.

– Eh, oh, ça va, tu vas pas me prendre la tête pour des conneries, répond Daniel d'un ton d'adolescent pris en défaut.

– Ce que je trouve le plus dingue, c'est que, pendant que je bosse comme une conne, tu te payes du bon temps avec tes copains au lieu de chercher du travail !

La voix vient de la cuisine, où elle est allée chercher de quoi nettoyer.

– Et moi c'que je trouve dingue, c'est que j'ai même pas le droit d'recevoir un ami que j'avais pas vu depuis des mois…

Posant le balai, le seau et la serpillière à ses pieds, elle lui ordonne de nettoyer immédiatement.

Il refuse, prétextant qu'il allait le faire mais que c'est si méchamment demandé qu'il n'en a plus envie.

– Tu me récures ce putain de sol ! vocifère-t-elle.

À mesure que le conflit s'envenime montent en elle les images d'un rêve, ou plutôt un enchaînement d'images oniriques : dans un immense supermarché, des couples nus, des centaines, voire des milliers de couples, à perte de vue. Ils font toutes les cochonneries possibles parce qu'ils savent qu'ils vont mourir dans une heure. Selon l'angle de vue privilégié, cet océan de corps en rut peut devenir un élevage de larves ou un champ de serpents. Tout autour, les clients continuent paisiblement à faire leurs achats et à pousser leurs caddies. Une séquence plus tard – même si, tout bien réfléchi, elle ne sait pas trop si les deux séquences sont corrélées, ou liées par une quelconque temporalité – arrive Daniel, un poulet géant à ses côtés. Bientôt elle ne fait plus la différence entre les deux, à tel point que, lorsque la hache s'abat sur le cou du gallinacé, Daniel se retrouve sans tête et le cul à l'air. La concomitance – tête coupée, cul nu – l'excite à tel point qu'elle est toute mouillée entre les cuisses.

– Ta gueule, connasse !

Elle entend l'insulte avant d'apercevoir les deux majeurs tendus à la verticale.

Son refus d'obtempérer la rend littéralement hystérique. Quoi, ce n'est pas lui qui a foutu tout ce bordel pendant qu'elle faisait le flic avec une classe d'adolescents pour ramener le fric à la maison ?

Hors d'elle, elle s'empare du seau et le lui balance à la figure.

– Toujours aussi *zen*, Bruce Lee ? s'écrie-t-elle d'une voix suraiguë.

Il beugle avec la rage impuissante d'un veau qu'on égorge.

Effrayée par sa propre violence et la réplique à venir, elle court s'enfermer dans leur chambre. Comme elle y restera plus d'une heure, prostrée contre la porte fermée à clef, elle aura tout loisir de réfléchir à sa situation et d'en conclure qu'elle serait mieux avec un autre, à la plastique peut-être moins avantageuse mais plus sérieux, plus travailleur, plus réfléchi. Un mec normal, quoi. Tout ce qu'il y a de plus normal. Parmi ses collègues, qui sait. Non, trop vieux ou trop mariés. Quoique. En cherchant un peu, il y a bien Manfredi, le nouveau prof d'histoire-géo. Pas mal fait de sa personne, un beau regard velouté de Latin énamouré, avec un humour pince-sans-rire. Fume toujours la pipe dans la salle des profs en regardant les autres d'un air amusé. Historien de formation. Après l'amour, les longues et belles conversations au coin du feu sur le devenir de nos civilisations périssables. Et aussi le prof de philo rencontré à l'union locale du syndicat. Il faisait signer une pétition pour la libération de prisonniers politiques dans on ne sait quel pays d'Asie soutenu par les États-Unis. À peu près le même âge que Manfredi. Moins charmant. Plus barbu. Moins drôle. Plus militant.

Après avoir tapé comme une brute en hurlant qu'il va défoncer cette putain de porte si elle n'ouvre pas, il retrouve son sac de frappe dans le garage.

Enchaînant uppercuts, directs et coups de pied sautés, il déploie presque autant d'énergie, de réactions métaboliques et de dépense calorique que l'unique spermatozoïde ayant miraculeusement survécu aux attaques acides du vagin et réussi à franchir le col de l'utérus, *a priori* impénétrable au vu du calendrier ovulatoire.

Rivalisant de stratégie pour trouver la configuration moléculaire qui va déclencher le mécanisme de captation de l'ovocyte, le prétendant à la transmission des caractères héréditaires de Daniel est une cellule mâle (XY). La seule certitude, à ce stade, concerne le sexe masculin du futur embryon.

Pour le reste, les résultats de la loterie méiotique seront entièrement tributaires du matériau génétique à combiner.

Forte probabilité d'apparition précoce d'un cancer de la prostate dû à une mutation ancienne du gène BRCA2 (première cause de mortalité observable sur plusieurs générations d'hommes de cette lignée), intolérance au lactose, excellente mémoire visuelle constituent quelques-unes des innombrables caractéristiques de ses chromosomes. Survivant tels quels au brassage de la méiose, les éléments phénotypiques feront dire à tous qu'il est le portrait craché de son père.

Mais seul le grand Esprit de la nature a le pouvoir de présider en direct au brassage de la méiose. Maître absolu du hasard, ricaneur sans miséricorde ni malveillance, il joue avec les combinaisons possibles et avec les nerfs, contrevenant parfois aux *desiderata* premiers des principaux intéressés : unetelle complexée par son allure de pot à tabac peut très bien devenir la maman d'un pot à tabac miniature, unetelle détestant sa belle-mère n'est nullement à l'abri d'accoucher du portrait craché de ladite belle-mère – et avec un peu de chance, elle en héritera également le caractère, les névroses, les manies et les intonations –, ressemblance dont on imagine les conséquences sur les futures relations mère-fille.

L'inverse est également possible, et des personnes pourront retrouver dans les traits de leur rejeton les visages de leurs chers disparus.

Aussi, Marlène Froissard-Delbosc comprendra assez vite que ce gros crâne chauve et arrondi, ces yeux brun vif, ces traits fins et mobiles – en plus d'une pilosité abondante, accompagnée d'une tendance à la calvitie précoce, d'une mémoire d'éléphant, d'une dépendance forte à l'alcool due à une variation des gènes ADH1B (*alcohol dehydrogenase 1B*) et ADH1C (*alcohol dehydrogenase 1C*), ainsi que d'une inimitable capacité de toucher son nez avec sa langue – sont en grande partie ceux de son grand-père paternel, Edmond Rossignol.

Pour celle qui ne veut pas, mais vraiment pas, d'un deuxième enfant (elle ne s'en rendra compte qu'une fois la douzième semaine de grossesse écoulée, s'interdisant ainsi toute possibilité d'avorter pour se consacrer à sa thèse), il n'en faudra pas plus pour se résoudre non seulement à l'accepter, mais en plus à l'aimer.

Livre VII

Le chant des cellules (2013)

(Paris, IIIe arrondissement, le 24 janvier)

49.

– *Whats going on, honey ?*

– *Oh, I'm tired, sugar... Sorry... Wait a minute, I will do it better a bit later...*

– *Really ? Oh, poor pussy cat... Listen, I will help your dick to be hard and everything is gonna be okay...*

Barnabé Froissard-Delbosc aurait voulu être eucaryote ou anémone de mer, organismes suffisamment élaborés et autosuffisants pour se passer de la reproduction sexuée.

N'en déplaise à l'indéfectible optimisme de sa partenaire, cette séance de baise est un vrai fiasco et ce n'est pas avec la limace lui pendouillant entre les jambes qu'il va semer la petite graine tant attendue.

Depuis près d'un an, leur vie sexuelle s'organise autour du calendrier menstruel : lieu du rapport, éloignement des conjoints, choix d'un dîner riche en protéines, en épices et en sucres lents accompagné d'un vin aux arômes puissants – même l'usage de la langue anglaise, qui s'était au départ présenté comme un jeu, s'est transformé en un vrai process visant à optimiser leur séance d'accouplement, et peut-être à se donner plus facilement l'illusion, pendant quinze minutes, d'être un authentique couple hétéro –, mais il manque l'essentiel : le désir d'un homme pour une femme.

Le mois dernier, seule une séance sur les quatre programmées a abouti, et après quels efforts ! S'ils continuent sur ce *trend*, ils vont droit dans le mur. Les statistiques sont formelles : quatre-vingts rapports sexuels en moyenne pour une fécondation ! Ils sont bien loin du compte, et ce d'autant plus que trente-cinq ans est un âge déjà avancé pour une première grossesse. Sans une heureuse surprise dans les semaines à venir, impossible d'échapper aux techniques d'insémination artificielle, ce qu'ils veulent précisément éviter à tout prix.

Lorsque Barnabé avait emménagé rue des Gravilliers, en 2006, il avait eu un choc en croisant sa voisine de palier. Quand il s'était arrêté, interloqué, la dévisageant et la détaillant de haut en bas, Élise Doucet, son amour de lycée, n'avait pas mis trois secondes pour le reconnaître à son tour. Ils étaient tous les deux en terminale – elle en TS1, lui en TS2 – lorsqu'ils s'étaient rencontrés un soir d'avril 1996, à la fête d'anniversaire d'un de leurs amis communs. Aussi forts en maths que jaloux de leur indépendance, ils se voyaient seulement le week-end, entre deux révisions, dormant parfois chez l'un ou chez l'autre. Leurs parents respectifs s'étaient vite pris d'affection pour ces deux prodiges. Ils les voyaient déjà mariés, occupant des postes de dirigeant dans de grandes entreprises. Le père d'Élise était un colonel de gendarmerie à la retraite passionné d'ufologie. Il amenait son futur gendre putatif dans son atelier pour lui présenter clichés amateurs de soucoupes volantes et enquêtes classées « secret défense » de la NASA. Quant à la jeune femme, elle avait de longues discussions sur la domination masculine et les moyens d'en sortir avec la mère de Barnabé. Cette dernière avait obtenu quelques années plus tôt un poste de maître de conférences en sociologie à l'université d'Aix-Marseille, où l'étalement des cours l'obligeait à rester trois jours par semaine (contrainte sans laquelle elle n'aurait pas supporté une minute de plus la cohabitation avec son *kung-fu master* de mari, qui passait son temps à faire des *katas* dans le jardin face à un mannequin de bois).

Deux mois plus tard, ils obtenaient tous les deux leur bac S avec mention très bien.

Entre-temps, ils avaient reçu des réponses favorables à leurs vœux d'affectation dans les meilleures classes préparatoires aux grandes écoles. Élise avait choisi une *prépa commerce* à Henri-IV, au grand dam de son père – la voyant déjà polytechnicienne, il avait bataillé sans succès pour l'inscrire en maths sup. La jeune femme était partie immédiatement chercher un studio à Paris avec sa mère, laissant son jeune amant se contenter d'une place en internat au lycée du Parc à Lyon.

Au mois de septembre, ils s'étaient dit au revoir amicalement, sans effusion, avec peut-être un étrange soulagement dans le regard, tout en se promettant de rester en contact ; mais après un échange de trois lettres courtes et laborieuses, aucun d'entre eux ne s'était senti obligé de donner à l'autre l'illusion qu'il lui était indispensable.

Par quel méli-mélo de causalités improbables et de séries mathématiques biscornues se retrouvaient-ils dans un logement à quatre mètres l'un de l'autre dix ans plus tard ?

Du Truffaut dans le texte, s'étaient-ils exclamés lors de leurs retrouvailles. Cerise sur le gâteau de cette synchronicité, ils avaient fait des études similaires, elle HEC, lui l'ESSEC, et occupaient le même type de poste dans la finance. Et surtout – ce que le scénario de *La Femme d'à côté* n'avait pas prévu – la jeune fille de bonne famille aimait les femmes, et lui-même était gay.

Se voyant régulièrement chez l'un ou chez l'autre pour se présenter leurs amants du moment, sortant ensemble à des soirées ou des dîners, où ils avaient parfois la surprise de se découvrir des amis communs, ils devinrent vite inséparables, jouant tour à tour le rôle de confident, d'ami, de frère et de sœur. Ils avaient les mêmes goûts littéraires et musicaux – pouvant s'extasier sur le dernier Margaret Atwood après s'être fait un *tea-dance* sur un remix de Depeche Mode dans un bar de la rue Sainte-Croix-de-la-Bretonnerie –, allaient ensemble prendre des cours de yoga bikram d'où ils ressortaient, dégoulinant de sueur et gorgés d'énergie ; et par-dessus tout adoraient tous les deux, le printemps venu, se poser le week-end à une terrasse de café pour parler de leur travail, de leur avenir – chacun se voyait à la tête d'une ONG ou *partner* d'un *hedge fund* solidaire –, s'arrêter pour commenter le *sex-appeal* des passants, imaginer leur vie, leur travail et surtout leur sexualité.

Mais un événement allait perturber cette existence riche de l'hédonisme trépidant que peut offrir une capitale européenne quand on a la chance d'être jeune, riche et séduisant : la rencontre d'Élise, en 2010, avec sa future femme, Clémentine, une post-doctorante en sciences de l'information. L'élection de François Hollande en mai 2012, qui avait annoncé l'ouverture du mariage et de l'adoption aux personnes de même sexe, allait changer les contours de la famille et reconfigurer son noyau dur, la parentalité. Ils ont d'ailleurs prévu d'aller à la manif organisée le dimanche pour soutenir le projet de loi et riposter à la mobilisation montante de ses opposants.

Entre-temps, Clémentine avait lâché son studio de la rue des Martyrs pour venir s'installer chez Élise. Elle a vite été adoptée par Barnabé, qui la trouve drôle, fine et cultivée, même si les premiers mois, la disponibilité moindre d'Élise lui a pesé. La jeune femme a cessé de l'accompagner à toutes ses sorties, lui préférant des soirées *cocooning* avec sa future épouse où elles peuvent s'éterniser devant des sites de décoration, débattant des heures sur le choix d'un papier peint ou d'une deuxième table de bureau. L'annonce du projet de loi dit « mariage pour tous » ouvre aux jeunes femmes de nouveaux horizons. S'il leur est désormais possible de se marier et d'élever un enfant, le seul souci en est la faisabilité technique. Ce sujet devenait insistant à mesure que leur couple s'épanouissait. Alors qu'elles évoquaient leur premier rendez-vous pour une

FIV et les difficultés qui ne manqueraient pas de survenir, Barnabé avait lancé, sur le ton de la boutade :

– Si vous voulez un enfant, je peux vous en faire un ! Élise le porte, elle en est de fait la mère, Clémentine l'adopte, et moi je fais la nounou quand voulez sortir ou partir en voyage.

Il n'en fallut guère plus pour prendre collectivement la décision, scellant un pacte moral entre les trois protagonistes.

Les premiers mois, ils bénéficièrent de l'exaltante impression d'être les pionniers d'un monde nouveau. Élise, en outre, était toujours un peu amoureuse de Barnabé, elle aimait son corps viril et sculpté par de longues séances de musculation. Son attirance pour les femmes ne l'empêchait nullement de coucher de temps à autre avec un homme, et d'en ressentir du plaisir. Barnabé, en revanche, n'avait jamais été attiré par une personne de sexe opposé, et lui seul savait que le flirt poussé avec Élise, l'année de sa terminale, avait pour seule motivation un irrépressible désir de conformité, de paraître « normal » aux yeux de tous, et de ne pas laisser des questionnements sur ses attirances sexuelles plomber la courbe ascensionnelle que ses excellents résultats scolaires laissaient présager.

Furieux contre l'organe récalcitrant, Barnabé Froissard-Delbosc se met alors à le tripoter frénétiquement, sans plus de succès. C'est même l'inverse qui semble se produire, réduisant à néant toute possibilité de féconder sa partenaire. Décidément, impossible d'y arriver. S'il a toujours aimé la compagnie des femmes, Barnabé n'a jamais pu être attiré par leur corps pullulant d'humeurs visqueuses et d'œstrogènes. Mais il n'a pas le droit de la décevoir. Il y va de leur contrat moral, de leur amitié, de toute cette vie rêvée à laquelle ce projet commun d'un enfant pourra donner forme.

Sitôt leur décision prise, Barnabé a fait une offre d'achat à son propriétaire, un retraité du ministère des Finances originaire de Brest qui vit à présent dans un petit village du Morvan. Ce dernier avait payé comptant cet appartement dans les années 1970, alors qu'il travaillait à la trésorerie générale du secteur Archives-Rambuteau. Dans un premier temps, l'octogénaire a fait une réponse évasive, laissant son locataire dans l'incertitude. Piqué au vif, Barnabé a alors tenté l'acquisition à un prix légèrement supérieur au marché, déclenchant une surenchère de la part du vieillard : il vient de lui écrire qu'il est d'accord pour cinq cent mille euros, ce qui fait tout de même un achat à dix mille euros le mètre carré. Barnabé a signé la promesse de vente le mois dernier et contacté sa banque. Si le directeur d'agence s'est d'abord montré encourageant à l'examen des émoluments et du parcours de son client, l'absence d'apport personnel de ce dernier pourrait, il le craint, dissuader ses collègues travaillant aux offres de prêt d'accorder une telle somme. Avant de rencontrer d'autres banques, Barnabé attend les résultats d'une grosse compétition à laquelle participe l'entreprise où il travaille. En tant que *senior manager* en audit, il en a supervisé les principales opérations. La réponse doit tomber d'ici à quelques jours. Si elle était positive, il devrait être gratifié d'une augmentation de salaire, et toucher une prime – au pire, il demanderait une avance, ce que l'entreprise octroie volontiers à ses meilleurs éléments – à la hauteur de l'apport personnel qui lui manque.

De guerre lasse, le jeune homme songe déjà à cette autre option, qu'adoptent la majorité des couples qui n'arrivent pas à avoir d'enfants : la fécondation artificielle.

Tandis qu'il se figure une errance sans fin au sein de la bureaucratie austère des laboratoires d'analyses médicales, Élise s'est lovée contre ses jambes dont elle tente de détendre les muscles par une succession de baisers et de massages. Sa langue fureteuse finit par lui avaler le sexe à pleine bouche. Le caressant et l'embrassant tout à la fois, elle donne à chacun de ses gestes l'application minutieuse du secouriste s'apprêtant à réanimer un blessé.

La jeune femme ferme les yeux de plaisir. Elle veut sentir le moindre tressaillement de ce corps puissant et musculeux.

Lui aussi a fermé les yeux. Non pour s'enchâsser plus profondément dans chaque cellule de cette anatomie qu'il peine à trouver désirable, mais pour s'en éloigner.

Les parois de ses paupières se tapissent alors de culs de mecs – des gars qu'il a pu croiser au yoga, au sauna, parfois même en faisant les courses. Il arrive à se concentrer sur un Iranien imberbe et musclé avec qui il a couché quelques semaines auparavant. Ça revient. Il y est presque. Il va pouvoir se délester de ces millions d'émissaires chargés d'assurer la réplication des gènes dont ils sont porteurs.

Soudain, il se rend compte qu'il est encore dans la bouche de son amie et pousse un cri d'effroi.

– Non ! fait-il dans un soupir étouffé.

Élise a compris et met à profit son excellente condition physique pour risquer une translation immédiate : une seconde, deux secondes, trois... opération réussie !

L'éjaculation dans le vagin est rapide et brutale. Expulsés par la contraction musculaire et péristaltique tant attendue, les gamètes mâles vont pouvoir enfin commencer leur course.

Quant au cerveau d'Élise, il a transmis les informations à l'ovule et au cervix qui se mettent en ordre de marche.

50.

Pendant que Barnabé somnole encore dans sa chambre, Élise est assise sur le canapé du salon, une télécommande à la main. Elle regarde sur LCI un reportage sur les conflits au Moyen-Orient. Après avoir évoqué l'avancée des talibans en Afghanistan, le journaliste sur place enchaîne sur une menace plus grande encore, tant pour les populations locales que pour les pays occidentaux qui ont déjà été frappés par des attaques terroristes : l'avancée des troupes de l'État islamique de Daech.

Merci, Bush, bravo, l'Otan ! maugrée-t-elle en changeant de chaîne.

Cette fois, c'est une émission économique sur la cinq : il est question de Nokia Siemens Networks, en train de se délester de 17 000 emplois. Un commentateur tente de justifier la mesure par les résultats médiocres des groupes du CAC 40, qui ont diminué de 8 % entre 2010 et 2011, tandis qu'un délégué syndical met en cause les exigences folles des marchés et le manque d'anticipation des dirigeants.

Le reportage suivant porte sur les suicides à France Télécom. Une femme, pâle, la quarantaine, raconte qu'après avoir refusé sa « mobilité », on l'a éloignée de son poste, de ses collègues, on a peu à peu fait disparaître ses repères, son environnement habituel... Un autre salarié décrit des objectifs inatteignables, des process changeant en permanence, des convocations incessantes de ses managers qui l'ont progressivement mené au *burn-out*. Un consultant explique que le plan *next* et ses 22 000 départs programmés étaient une nécessité économique pour le groupe, contraint de s'adapter à un marché de plus en plus tendu.

Elle zappe à nouveau.

Une série d'enquêtes sur des affaires criminelles non élucidées. Les scènes sont reconstituées à l'aide d'acteurs et de policiers. Dans l'une d'entre elles, une jeune femme rentre chez elle, après être allée en boîte de nuit. Au moment où elle descend de voiture, une musique de film d'horreur signifie que la mauvaise rencontre est imminente...

Rezapping.

Flash information : une joggeuse retrouvée morte après avoir été violée à Nîmes.

N'en jetez plus, proteste Élise, se voyant déjà broyer les testicules du connard qui s'avisera d'essayer de lui faire la même chose. Elle zappe une nouvelle fois.

Ce coup-ci, c'est une chaîne de téléachat. Une jeune femme présente une mixture à base de légumes et de curcuma pour perdre plus de quatre kilos en moins d'une semaine.

...

Une série mal doublée qui se passe à Las Vegas, pullulant de gros moustachus en costard et de blondes à forte poitrine...

...

Rétrospective du MMA (*mixed martial arts*) sur une chaîne sportive : dans les années 1990, un gigantesque boxeur de nationalité américaine (1 m 96, 140 kg) s'apprête à affronter Rickson Gracie. De taille et de poids plus modestes (1 m 78, 90 kg), ce dernier est un expert en ju-jitsu brésilien, discipline dont il a contribué à forger la légende. Alors que la jeune femme s'attend à la victoire facile du boxeur, ce dernier n'a pas le temps de frapper qu'il est déjà au sol, méthodiquement immobilisé. Le bras coincé entre les jambes du champion de ju-jitsu, le colosse n'aura d'autre choix que de se déclarer vaincu.

Les combats suivants se déroulent selon le même scénario, quel que soit le gabarit des combattants.

La jeune femme écoute attentivement le commentateur : l'arrivée du ju-jitsu brésilien crée une monumentale onde de choc dans l'univers du combat libre, s'enthousiasme-t-il. Spécialisée dans le travail au sol, cette technique venait rappeler à tous cette règle statistique fondamentale : plus de quatre-vingts pour cent des affrontements se terminent à terre.

Quelques années plus tard, à l'heure du K1 et autres MMA, Rickson Gracie incarne une véritable science du combat du XXIe siècle, aussi éloignée du matérialisme simpliste de la loi dite du plus fort que d'un ésotérisme martial spiritualiste qui enseigne, avec moult recettes méditatives, les secrets de l'invincibilité et les arcanes de l'énergie.

À peine sorti de sa torpeur, Barnabé s'extasie sur le visage sculpté et la plastique impeccable du combattant brésilien.

– Moi, jamais je ne pourrais faire de la lutte avec des mecs comme ça, déclare-t-il tout de go.

– Euh… Et pourquoi ? s'étonne Élise.

– Parce que je banderais tout le temps, s'esclaffe-t-il.

– Vous, les mecs, vos hormones ne se reposent donc jamais ? soupire la jeune femme. Tu vois, Olga, ma prof de self-défense, elle est super canon, et en plus elle fait partie des Femen… Ce n'est pas pour autant que je me liquéfie façon limace à chaque fois qu'elle me fait une clef de bras ou un ciseau !

Barnabé s'est assis sur le canapé à côté de son amie et lui caresse les cheveux.

– Au fait, à propos de Femen, tu crois qu'elles seront là dimanche ?

Une vibration avertit la jeune femme d'un SMS.

– Attends, justement, c'est peut-être elle… Ah, non, Stéphanie… ma chère sœurette… Elle me confirme notre déjeuner de demain…

– Tu la salueras de ma part, fait Barnabé tout en laissant flotter dans quelque espace cortical un visage patibulaire aux traits mal dessinés.

Si Élise était sans aucun doute la plus belle fille du lycée, sa sœur cadette d'un an à peine en représentait l'exacte antinomie.

Barnabé peut en revanche difficilement imaginer le drame permanent que vivaient à l'époque ces deux créatures. Stéphanie était ce que l'on appelle communément une « écorchée vive », capable de se mettre dans tous ses états pour des événements aussi anodins qu'une remarque désobligeante, une mauvaise note ou une tache de feutre sur une nouvelle robe. Et, chaque jour, chaque minute, elle devait supporter en silence l'humiliation de se voir comparer à sa sœur. Soucieuse de son apparence et désireuse d'être aimée des garçons, elle chipait systématiquement à son aînée, dont elle enviait tant la beauté, rouge à lèvres, jupes froufroutantes, justaucorps moulants. Loin d'atténuer sa disgrâce, son accoutrement lui ajoutait un effet comique et discordant, attisant l'œil goguenard et méprisant de ses camarades de classe. « Beauté de mes rêves, azur de mes nuits », s'entendait-elle héler dans la cour de récréation, au milieu de gloussements de pintades et d'affreux ricanements.

Si encore un pan de leur existence avait échappé à cette dynamique infernale… Mais non, aucun !

Car Élise, en plus de sa beauté étourdissante, subjuguait également par son esprit. Elle comprenait, retenait tout sans effort, passant avec un succès déconcertant d'une résolution d'équations différentielles à l'écriture d'une dissertation de philosophie, d'une synthèse en chimie organique à un point litigieux de géopolitique. Tandis que sa cadette, indiscutablement moins douée pour apprendre, ne devait ses résultats somme toute moyens qu'à d'innombrables nuits blanches passées à réviser. Aussi se retrouvait-elle en permanence affublée d'énormes cernes, qui donnaient à son visage la dureté luxurieuse et pontifiante d'un consul du Bas-Empire romain.

S'ils nourrissaient une affection égale pour leurs deux filles, veillant à n'en favoriser aucune, les parents d'Élise et Stéphanie ne pouvaient ignorer qu'ils ne leur avaient pas légué les mêmes *avantages comparatifs* dans la lutte pour la survie sociale. Aussi s'efforçaient-ils de supporter avec stoïcisme les regards étincelants de désir ou de jalousie adressés à l'une, et les mines de compassion navrée portées à l'autre.

– Elle est toujours *cost-killeuse* dans sa boîte de la Défense ? fait Barnabé en se dirigeant vers la cuisine pour préparer une tisane ayurvédique détox.

– Oui, mais j'ai l'impression qu'elle est sur la sellette… J'imagine que c'est pour cette raison qu'elle veut absolument me voir… Pourtant, pas faute d'aimer son travail et d'y avoir consacré ses nuits et ses week-ends… Si en plus d'aider Clémentine qui ne s'en sort pas avec sa bourse et son emprunt étudiant, je me retrouve avec ma sœur sur les bras, c'est moi qui vais finir par être en cessation de paiement, grimace-t-elle.

Lorsque Barnabé avait retrouvé Élise, dix ans plus tôt, Stéphanie venait de rater le concours de la police à cause des épreuves physiques. Après être restée près de deux ans au chômage, elle avait enchaîné plusieurs contrats d'intérim pour des collectivités locales où elle s'occupait de tâches administratives allant de la restauration scolaire aux plannings des agents municipaux. Son nouvel emploi lui a donné l'assurance qui lui manquait. Elle est partie en voyage à New York grâce au comité d'entreprise, voit ses collègues certains week-ends. Forte d'un pouvoir d'achat au-dessus de la moyenne et de l'autorité que lui confère son statut de cadre dans une multinationale, peut-être même finira-t-elle par trouver un compagnon.

Un frisson de frayeur traverse le jeune homme en même temps que cette question mesquine, dont il éprouve pleinement la honte, une interrogation minuscule, aussi empreinte de petitesse que pétrie de pertinence scientifique : et si, par le plus grand des hasards génétiques, sa progéniture putative ressemblait à sa tante ?

51.

Tandis que ses collègues finissent déjà d'écluser leur courrier électronique du matin, Barnabé Froissard-Delbosc foule d'un pas lent et spongieux les couloirs moquettés le menant à son bureau.

Il s'était réveillé à plus de 10 heures, laissant flotter une décision prise après avoir bu et discuté une grande partie de la nuit avec Élise : il va bouger. Changer d'horizon professionnel. Non pas tout reprendre à zéro, mais mobiliser son intelligence, son relationnel facile, ses compétences techniques pour des causes plus justes. Comment se regarder dans la glace quand on passe sa vie à monter des opérations pour maximiser les profits de multinationales en les aidant à se soustraire en toute légalité aux systèmes redistributifs des pays où elles sont implantées ?

Tout autour de lui, des personnes font de la recherche fondamentale, travaillent dans des ONG, réalisent des documentaires, écrivent des romans ou participent à des expositions d'art contemporain, adhérant de tout leur être à un projet qui infuse une énergie créatrice à chaque instant de leur existence.

L'entreprise où il travaille est implantée en plein royaume bling-bling, entre Miromesnil et Saint-Philippe-du-Roule. Un quartier où le chiffre d'affaires des boutiques de matériel *high-tech* et des cabinets d'avocats d'affaires suit une courbe inversement proportionnelle à celui des rares librairies dont la sourde obstination à exister se plaît à défier les statistiques.

Dans le métro, il avait continué sa lecture – *Le Triomphe de la cupidité* de l'économiste américain Joseph Stiglitz –, et souligné les principales mesures préconisées par le néokeynésien de Princeton pour réformer le système économique en profondeur : interdire les paradis fiscaux, taxer davantage le capital, changer les indicateurs économiques qui définissent la croissance, dont la mesure du PIB…

S'il gagnait cet appel d'offres, touchait une prime conséquente et pouvait enfin s'acheter son appartement, il serait en droit de considérer un cycle terminé, le passif apuré. Et qu'il était temps de repartir sur de nouvelles bases.

Arrivé à son bureau, Barnabé dresse une liste des tâches de la journée. D'abord, appeler sa mère et son frère : Marlène Froissard-Delbosc doit venir dîner ce soir. Compte tenu de son agenda toujours chargé, il faut s'assurer qu'elle n'a pas zappé. Elle n'a qu'une minute à lui accorder car elle est à l'université, où elle dirige une soutenance de thèse qui va bientôt démarrer, mais non, bien sûr, elle n'a pas oublié. Elle sera là à partir de 20 h 30 et se charge d'apporter le vin et le dessert. Son frère Cyril, en revanche, a visiblement tout son temps car il ne peut pas s'empêcher de l'entretenir de ses derniers déboires professionnels : il avait envoyé sa candidature à une chaîne sportive, mais on vient de lui répondre que, malgré ses innombrables qualités, son profil ne correspond pas au poste. « Tu te rends compte que ces abrutis n'ont même pas pris la peine de me recevoir, avec tous les événements que j'ai déjà couverts ? » s'indigne-t-il pendant que Barnabé commence à cliquer sur sa souris d'ordinateur pour voguer de dossier en dossier, peaufinant telle recommandation et veillant à sa conformité, tant avec la législation en vigueur qu'avec l'algèbre élémentaire de la finance, combinatoire aussi mécanique que prévisible.

Parfois, il lève le nez de ses dossiers et interroge toutes ces petites scènes de la vie de bureau qui peuvent se dessiner dans le rectangle d'une paroi de plexiglas.

Assis autour d'une table ovale, une demi-douzaine de consultants échangent des phonèmes, commentent des chiffres, frottent leurs egos. Des histoires de sécurisation des transactions financières, de fusions-acquisitions et de valorisation des actifs prennent forme dans des haleines surchargées de café tiède et de déjeuners hypocaloriques.

Un peu plus loin, d'autres donnent ou reçoivent des appels sur leur téléphone mobile.

Là, sous l'intense lumière blanche d'un vidéo-projecteur d'origine japonaise, se préparent restructurations et plans sociaux, qui vont mettre des milliers de pauvres gens sur le carreau.

Heureusement, il a rendez-vous à 13 heures dans le quartier du Louvre avec un de ses anciens amants qui travaille dans une agence de *booking*. Il lui raconte la trajectoire, tantôt féerique, tantôt dramatique, de ses *filles*, des mannequins venues de Tchéquie, d'Ukraine ou de Somalie, dont il gère la carrière, organise les sorties et sécurise les contrats. Si la plupart d'entre elles ont fui un environnement misérable pour tenter leur chance en France, toutes n'y parviendront pas. Pour les moins chanceuses, le rêve prendra fin dans une chambre d'hôtel sordide, à arrondir les fins de mois de n'importe quel mac de quartier. Mais le brouhaha de la brasserie avec lequel se ligue la mauvaise conscience de ne pas s'être fait livrer un plateau-repas au travail, comme la plupart de ses collègues, déclenche chez Barnabé une agaçante hypersensibilité aux stimuli ambiants qui le pousse à jeter des regards stupides et affolés sur la salle, et l'empêche de profiter pleinement de son ami.

De retour à 15 heures, il se voit dans la glace de l'ascenseur, scrutant avec une attention inquiète ses premières rides, ses dents légèrement jaunies par le tabac et le café, ses tempes que tous les produits capillaires échouent à regarnir. En même temps, il tente de se rassurer : avec son faciès carré de baroudeur latin et son beau crâne bien rond, il ne serait pas si mal sans cheveux. Normal qu'Élise soit encore un peu amoureuse de lui, même s'il n'est pas sûr de la mériter, compte tenu de ses performances d'hier. D'autant moins excusables qu'avec ses attributs morphologiques – un pétard musclé et sec, de larges épaules, des seins à peine dessinés – Élise est tout à fait *pédécompatible.*

Alors qu'il s'arrête à la cafétéria pour se servir le huitième expresso de la journée, il croise Cédric Lecourt (promo HEC 2001), chargé du pôle banques et assurances du groupe. Spécialiste de l'application de la théorie des jeux à l'économie, grand connaisseur de Pareto, dont il aime le cynisme misanthrope, Lecourt cache une intelligence exceptionnelle des marchés sous une carapace d'hétéro-beauf à l'aise en toute circonstance. Son absence d'inhibition et son indifférence aux autres le mettent parfois dans des situations délicates. Un jour, il avait emmené son chien, un dogue allemand de six mois, au bureau. Comme l'animal a été laissé sans surveillance, on l'a retrouvé dans une salle de réunion en train de dévorer le plateau-repas prévu pour un client. On connaît également ses frasques avec les stagiaires, ses mots douteux, ses regards insistants susceptibles de se poser sur toute femme ayant le malheur d'être jeune et jolie, mais la direction préfère fermer les yeux, tant elle compte sur sa silhouette de pilier de rugby, sa face de *killer* débonnaire et son franc-parler opérationnel pour rassurer les clients.

– Alors, du nouveau ? s'enquiert Lecourt d'un ton faussement inquiet.

– D'ici la fin de la semaine, c'est-à-dire dans trois secondes, peut-être quatre…

– *Good luck, man*… Désolé, j'ai mon client de la Société Générale qui m'appelle !

Le temps d'ébaucher une réponse, l'autre joyeux lourdingue est déjà parti, laissant Barnabé seul avec le poids de l'attente. Selon toute probabilité, ils n'ont pas gagné la compétition. Depuis une dizaine de semaines, l'opération mobilise l'intégralité de sa force de travail, ainsi que celle de plusieurs de ses collègues : il a proposé un montage, fait recueillir les données techniques – économiques, juridiques, logistiques, fiscales – pour s'assurer de sa faisabilité, mené des entretiens avec les principaux directeurs d'unité de Nelson Pet Product afin de cerner au plus près leurs besoins. À l'issue de la quatrième semaine, ils ne sont plus que trois en *shortlist*.

Il décide d'appeler deux copains de promo, l'un auditeur chez Price Waterhouse, l'autre chez Ernst & Young, les deux autres cabinets également en finale. Pas de chance : leur répondeur. Sans doute l'un des deux est-il en train de fêter la bonne nouvelle ! Il va devoir se résoudre à rester locataire de son appartement. Sûrement sera-t-il même obligé de le quitter, tant il est désormais évident que son propriétaire va le vendre au plus offrant. Et s'il contactait une autre banque ? Qui allait lui faire le même type de réponse ? N'est-il pas bien placé pour savoir que toutes les enseignes sont soumises à la même réglementation et aux mêmes process destinés à sécuriser les prêts ? À qui peut-il demander une petite rallonge qu'il rembourserait dans les plus brefs délais ? Tout en classant mollement ses fichiers, il égrène les contacts de son agenda électronique. Dans son cercle d'amis proches, seule Élise gagne très bien sa vie, mais elle entretient déjà Clémentine. Les autres vivent comme des oiseaux sur la branche, et aucun des directeurs financiers, des *partners* et des *chief supervisors* qui ont échoué dans son carnet d'adresses n'est suffisamment intime avec lui pour répondre à une telle demande.

La nouvelle tombe aux alentours de 16 heures. Après la série de hurlements euphoriques venant des bureaux de la direction, les clameurs joyeuses se propagent, électrisant les open spaces de Financial. Un pot festif sur la terrasse du huitième est improvisé. Richard Buxner, le P.-D.G., prend solennellement la parole : il se félicite, et félicite tous les salariés du groupe, en particulier les auditeurs, les *data-analysts* et les fiscalistes, de l'acquisition de Nelson Pet Product, l'un des leaders mondiaux de la santé animale. Le succès de ce pitch, assure-t-il, est une chance inespérée et représente une étape décisive de notre développement, enrichissant le groupe de la position stratégique qui lui manquait sur le plan international, tout en lui faisant entrevoir d'immenses perspectives de croissance.

À l'issue de son allocution, le champagne coule à flots.

Il laissera longtemps un goût amer à Barnabé, dont le nom n'est pas cité une seule fois dans le discours du président : quoi, n'avait-il pas supervisé la plupart des opérations et coordonné les principaux acteurs concernés ?

Oui, il serait mieux ailleurs, dans un endroit où son travail serait reconnu à sa juste valeur.

Alors qu'il s'éloigne de cette assemblée bruissant de rires et d'éclats joyeux, quelqu'un l'appelle. Stœffer, son directeur d'unité, s'approche de lui. Il veut absolument lui parler. Tout de suite dans son bureau serait le mieux.

L'ambiance festive du moment fait ressortir son air grave et ses traits tirés.

Alors qu'ils entrent dans une pièce de cinquante mètres carrés aussi saturée de stuc, de moulures et de matériau précieux qu'une suite de palace libanais – même les poignées de porte et de fenêtre sont en plaqué or –, le directeur se pose dans son fauteuil et invite Barnabé à s'asseoir en face de lui. Sans prendre le temps de préciser l'objet de cette convocation impromptue, il veut savoir s'il a toujours des traces du dossier AIR. Le pitch avait été gagné huit ans plus tôt – Barnabé venait juste d'arriver dans la société, c'était la première compétition à laquelle il participait, il avait eu la bonne surprise de découvrir une prime de 20 000 euros dans sa fiche de paye le mois suivant. Grâce à une série de montages financiers astucieux, constitués de sociétés *off-shore* entre l'Irlande et les îles Caïmans, ils avaient réussi à soustraire la société à une part importante de ses obligations fiscales.

– Oui, bien sûr, répond Barnabé avec la certitude que cette réponse va rassurer son chef.

Or, le visage de celui-ci ne laisse transparaître aucune expression de soulagement. Traits creusés de vieux noceur éprouvé, œil gris inhabituellement vitreux, gestuelle crispée, l'ensemble reflète une terreur déjà tiède et ressassée.

– Vous devez immédiatement les détruire, ordonne alors Stœffer.

– Les détruire ?

– Vous devez tout détruire, bilans, contacts, immatriculations, sans oublier les copies que vous pourriez avoir à votre domicile. Tout, vous m'entendez ? J'ai donné les mêmes instructions à Riou et Sebbag. Et aussi à Berthelot… Même s'il a quitté le groupe, il a immédiatement accédé à ma demande, compte tenu des enjeux… Pour la faire courte, l'ancien P.-D.G. est impliqué dans une affaire de blanchiment d'argent, une enquête a été ouverte par la brigade de répression de la délinquance fiscale, la police judiciaire est également sur le coup… Ce n'est pas un nouvel Enron, tente-t-il de relativiser, mais toutes les sociétés qui ont participé au montage pourraient être impliquées et poursuivies en tant que personnalités morales… Bref, moins ils pourront récolter d'éléments de preuve, mieux ça ira pour nous tous…

– Je m'occupe des fichiers, répond sobrement Barnabé.

52.

Un peu avant 18 heures, Élise monte d'un pas énervé l'escalier de son immeuble, grommelant des « connards, impuissants, porcs ». La porte blindée se referme avec un bruit sourd. Après un double tour, elle accroche son manteau à la patère et pose son sac à main sur le canapé du salon. Enfin chez soi.

Clémentine est en train de travailler sur son ordinateur à un article pour une plate-forme d'information en droit du numérique. Elle a étalé notes de synthèse, projets de lois, décrets, jurisprudences, sur son bureau.

– Oh, ils t'ont encore fait des misères à ton travail, se hasarde-t-elle en voyant les traits contrariés de sa compagne.

– Non, ça s'est très bien passé question boulot, et ce d'autant plus que j'ai passé la journée chez mon client, à Saint-Denis, qui a validé toutes mes préconisations. C'est après que ça a failli très mal se passer, tranche Élise.

Elle est sortie à 17 heures, et au lieu d'attendre un taxi dans le hall, comme l'y invitait la standardiste, cette idiote a décidé de marcher un peu jusqu'au périphérique. Il faisait déjà nuit dehors, il y avait des bandes de jeunes mecs en survêt, des hommes seuls, peu de femmes il est vrai, mais n'étant pas peureuse de nature, elle s'est aventurée sur le boulevard. En moins de vingt minutes, elle est arrivée sous le périphérique à hauteur d'Aubervilliers, comme le lui avait indiqué son GPS.

C'est là, dans ce décor de béton saturé d'odeurs de pisse, au milieu de tentes, de rebuts alimentaires et de déchets électroménagers, que deux hommes surgis de nulle part lui ont demandé du feu et ont commencé à lui parler, voulant savoir ce qu'elle faisait, où elle allait, comment elle s'appelait, ils la tutoyaient, mélangeaient des mots de français et d'une langue qu'elle n'avait pas l'impression d'avoir déjà entendue, peut-être des Roms, ou des Afghans, elle n'avait pas la tête à faire une étude philologique de la question. Elle a tenté de continuer son chemin, mais l'un des deux s'est avancé vers elle pour l'entourer de ses bras, pendant que l'autre commençait à lui passer les mains entre les cuisses, « Ne me touchez pas, bande de connards, au secours ! au viol ! » a-t-elle hurlé en se débattant, suffisamment fort pour faire fuir les deux agresseurs. Mais il s'en fallut de peu pour qu'elle passe à la casserole. Pire que le dégoût et la peur, il y avait cette impression insupportable d'être devenue une proie, un objet offert à la convoitise dégueulasse de l'autre, impression qui non seulement ne l'a pas lâchée, mais s'est renforcée à mesure qu'elle marchait et que d'autres hommes la regardaient, la dénudant des yeux, rêvant tout haut, sans même se cacher, de lui arracher pantalon, chemisier et sous-vêtements et de fouiller ses replis les plus intimes de leurs groins immondes, certains osant même faire des gestes ou pousser des onomatopées obscènes, jusqu'à ce qu'elle trouve un taxi pour la ramener ici.

– Tu connais comme moi la solution pour empêcher la testostérone de tous ces fumiers de coloniser l'espace public, fait Clémentine avec un petit sourire discrètement triomphant.

– Et privé…

– Comment ?

– Je dis l'espace public et privé… Ils te pourrissent le plaisir de sortir et de marcher dans la rue par la violence et la terreur qu'ils infligent à ton corps, à chacune de tes cellules, faisant de la femme libre et épanouie que tu croyais être une pauvre biche aux abois ou, pire, un poulet rôtissant sur le gril, attendant d'être dégusté… Dire que dans pas mal de pays c'est le quotidien des femmes…

– Tu comprends que pour certaines d'entre elles le voile n'est pas une simple coquetterie culturelle… Cela dit, entre le lumpenprolétariat sexuel qui nous arrive des pays en guerre et le mâle blanc hétéronormé qui profite de sa position de pouvoir pour harceler ses subordonnées ou violer les propres membres de sa famille, les formes diffèrent, mais le fond est toujours le même, développe Clémentine, lui rappelant au passage qu'à seize ans, elle a subi des attouchements de son beau-père, un parfait salaud tout ce qu'il y a de plus chic et bourgeois – un grand avocat d'affaires, adulé de ses clients, estimé de ses pairs et gnagnagni –, tellement bien en apparence que non seulement sa mère n'a jamais voulu la croire lorsqu'elle lui a tout raconté, mais elle a cafté l'histoire à l'autre ordure qui l'a menacée de porter plainte si elle continuait à lui baver dessus. Tu connais ma conclusion : tant qu'on n'aura pas castré ces encouillés, le problème restera entier.

– Si ces connards sont incapables de tenir leur bite, je ne vois effectivement pas d'autre solution, concède Élise.

Quand elle est arrivée à Paris à dix-huit ans, dans les années 1990, la familiarité obscène des hommes et leur prise de pouvoir sur son corps – regards déplacés, propos blessants, remarques aguicheuses – lorsqu'elle prenait le métro ou se promenait seule dans la rue le soir, dans certains quartiers, sont les premières choses qui l'ont frappée.

– Mais tous les hommes ne sont pas à mettre dans le même panier, nuance-t-elle.

Elle pense à son père, un catho de la plus pure extraction, élevé chez les Jésuites, qui a toujours su se tenir. Le prototype du mec *sévère mais juste.* Il n'aurait jamais sifflé une femme dans la rue, alors même qu'à son époque c'était permis. Quant à tromper sa mère avec une autre femme, c'était hors de question.

– Je ne dis pas que c'était un saint, reprend-elle, je ne prétends pas qu'il n'a jamais ressenti de désir pour d'autres, qu'il n'y pensait pas, mais il était suffisamment structuré et intelligent pour comprendre que savoir tenir sa bite est l'une des premières conditions de toute civilisation !

Pour changer de conversation, Clémentine lui rappelle qu'elles sont attendues ce soir chez Barnabé. Ce dernier a invité sa mère, une sociologue spécialisée dans le travail des femmes – une très jolie pépée de soixante ans à qui on en donnerait quarante, avec ses beaux cheveux gris coupés au carré encadrant une frimousse à la Isabelle Huppert –, ainsi que son frère aîné, un mélenchonien costaud qui fait des arts martiaux, avec sa femme et leur bébé. À ce propos, Olga l'a appelée cet après-midi, pour la manif elles se retrouvent dimanche à 14 heures à l'angle de la rue Daguerre et du boulevard du Général-Leclerc.

Comme Élise est toujours tendue, visage crispé, poings serrés, épaules rentrées, Clémentine commence à la masser : d'abord la nuque, puis les épaules, auxquelles elle imprime une succession de pressions et de rotations. Bientôt, les mains s'égarent, quelques molécules joyeuses s'activent, les bouches se rencontrent. Elles se retrouvent au lit, où elles pourront batifoler une bonne heure avant de se préparer pour leur dîner.

Le carillon les dérange dans leurs ébats. Clémentine avance vers l'œil-de-bœuf et reconnaît le voisin du dessous, un architecte qui vit avec un ancien champion de patinage artistique. Apparemment il a un gros, très gros problème, qu'elles vont devoir résoudre au plus vite.

53.

À 19 h 30, Barnabé sillonne les rayons du Naturalia de la rue du Renard à la recherche de raisins secs, d'un poulet fermier et d'une laitue pour le dîner avec sa mère et son frère. Il a également invité Élise et Clémentine, qui doivent les rejoindre entre 20 h 30 et 21 heures.

Parti précipitamment du bureau après l'entretien avec Stœffer, il avait engouffré son ordinateur portable 15 pouces dans son sac à dos et fait le trajet du retour en marche rapide. Arrivé rue Rambuteau, il s'était attablé à une terrasse chauffée en sirotant une bonne bière. Sans retrouver son calme pour autant. Car les deux options entre lesquelles il va devoir choisir – soit il détruit les fichiers, soit il les rend publics – lui semblent aussi catastrophiques l'une que l'autre. S'il a à cœur de protéger son employeur des risques judiciaires, la perspective de se soustraire à l'enquête de la brigade de la délinquance fiscale lui est insupportable. La loyauté qu'il doit à l'entreprise, à Stœffer qui lui a toujours fait confiance et ne s'est jamais économisé pour l'aider à monter en compétences, peut-elle lui faire oublier son devoir de citoyen ? Inversement, va-t-il trahir sa hiérarchie, tirer un trait sur cette prime, s'exposer à un licenciement et faire une croix sur un projet immobilier et personnel qui lui tient tant à cœur ? Que faire ? Seule certitude : il va falloir prendre une décision ce week-end.

L'interphone annonce l'arrivée des premiers visiteurs. « Police, ouvrez ! » tonne une voix que Barnabé identifie immédiatement, tout comme il connaît depuis plus de trois décennies l'auteur de ce type de blague éculée.

La porte d'entrée entrouverte, il entend des pas monter l'escalier avant de voir apparaître la silhouette carrée de Cyril, une poussette à la main, suivi de sa belle-sœur, leur progéniture dans un porte-bébé.

Barnabé les invite à accrocher leurs pardessus au portemanteau de l'entrée avant de prendre place dans le salon.

– Cyril, sa tétine ! fait la jeune femme au moment de poser le petit dans sa poussette à peine dépliée.

– Mais ce n'est pas moi qui l'ai… Je pensais que tu l'avais apportée !

– Mais je t'avais dit d'y penser et de préparer toutes ses affaires parce que je savais que j'allais encore finir tard ce soir ! C'est toujours la même chose avec lui, susurre-t-elle d'une petite voix sifflante en levant les yeux au ciel d'un air fataliste, comme pour prendre le plafond à témoin de tous les tracas quotidiens que la négligence de son mari l'oblige à endurer.

Cyril s'empresse d'aller chercher un morceau de pain, que le petit se met à mâchouiller en grimaçant. Sa mère le répétera à plusieurs reprises dans la soirée, *il fait ses dents*, c'est pour cette raison qu'il est geignard en ce moment.

Barnabé les invite à s'asseoir sur le canapé tandis qu'il s'installe dans un fauteuil face à eux. Conforme à son image de *mec qui fait toujours ce qu'il faut pour que tout se passe bien*, il surjoue une convivialité débordante et propose de trinquer – aux enfants ! à la réussite de tous ! à François Hollande qui va faire moins de conneries que Sarkozy ! – tout en pensant que son frère a vraiment le chic pour se choisir des *nanas* qui finissent par ne plus le supporter après quelques années de vie commune.

Céline, Virginie, Flore, Souad, Annabelle, les prénoms et les visages ont beau se succéder, la même scène semble se reproduire à l'infini, avec en point de mire cette mine exaspérée de celle qui en a tellement bavé qu'elle n'attend plus rien, à part peut-être que la situation se dégrade encore un peu plus pour partir. Toutes des névrosées, en conclut régulièrement Cyril, stigmatisant les méfaits du féminisme post-soixante-huitard et les dégâts de la psychanalyse, qui ont renversé les vieux schémas traditionnels de domination masculine. Affranchies de leurs anciennes tutelles, les femmes se seraient transformées en autocrates de la perfection, cherchant obstinément toutes les qualités dans le même homme : un mec qui soit une brute au travail tout en restant super-dispo pour la maison, une bête de sexe également dévouée à toutes les tâches ménagères, bon cuisinier, bon bricoleur, toujours de bonne humeur, grand et beau tant qu'à faire, et, plus important encore, au garde-à-vous devant chacun de leurs désirs… Et avec ça, ce sera tout, mesdames ? Il s'était alors tourné vers les Africaines. Non seulement elles avaient de beaux culs mais comme elles avaient vécu à la dure, pensait-il, elles seraient moins *casse-couilles* que les autres femmes. En ciblant un critère ethnico-géographique particulier, il augmenterait ainsi à l'infini ses chances de rencontrer une épouse inconditionnellement soumise et admirative.

Lorsqu'il avait rencontré Aïssatou sur Meetic, la jeune femme venait de sortir d'une école d'infirmières et travaillait à l'hôpital Ambroise-Paré. Après dix ans de vie commune et des disputes de plus en plus fréquentes, Cyril en était arrivé au constat amer qu'une Africaine n'était pas miraculeusement moins *casse-couilles* que les autres femmes. Aïssatou avait souvent des problèmes au travail qui l'empêchaient de dormir et la rendaient nerveuse et irascible. Dans ces moments-là, il préférait partir et rentrer tard, au milieu de la nuit si possible, pour ne pas avoir à subir sa mauvaise humeur. Elle s'estimait victime de son égoïsme, il lui reprochait son insatisfaction permanente. Même la perspective réjouissante d'avoir un enfant, qui les avait tenus les premières années, s'était éloignée dangereusement. À mesure que le temps passait, elle voyait le ventre de ses amies et collègues s'arrondir, mais ses tests de grossesse restaient obstinément négatifs. Ils finirent par consulter des spécialistes de la fertilité mais, après l'échec de plusieurs tentatives d'insémination artificielle, durent se résigner à abandonner. Il suggéra qu'elle était peut-être trop âgée. Elle insinua que son sperme était de mauvaise qualité.

Elle finit par tomber enceinte à trente-huit ans, au moment où ils avaient abandonné tout espoir.

Ennuis matériels et sources de contrariétés, en revanche, continuèrent à s'accumuler, leur interdisant d'envisager sereinement la suite : Cyril perdit son emploi – journaliste dans un magazine d'arts martiaux depuis dix ans, il s'obstina à ignorer le *virage numérique* du groupe et fut licencié –, on décela une atrésie de l'œsophage au bébé qui nécessita plusieurs interventions chirurgicales suivies d'interminables séances de rééducation, l'ami douanier qui leur louait son appartement fut inopportunément muté à Roissy. Avec un seul salaire, ils durent se contenter d'un deux-pièces sombre et exigu à Boulogne à quatre stations de métro du travail d'Aïssatou. Son emplacement était son unique qualité.

Observant le visage tendu de la jeune femme et les traits fermés de Cyril, Barnabé ne peut s'empêcher de penser que leur couple *n'en a plus pour très longtemps.* Si son frère ne se ressaisit pas rapidement, s'il persiste dans son attitude de mec sûr de son bon droit, persuadé d'avoir raison contre tout, les nouvelles technologies, l'émancipation des femmes, les prévisions des climatologues, elle va le quitter. Il basculera alors dans le camp des exclus, des laissés-pour-compte, n'ayant d'autre choix que de vivre aux crochets de cette société qu'il déteste tant. L'enfant capricieux, bagarreur et peu travailleur – « il a exactement les mêmes défauts que son père ! » s'était résignée leur mère, lasse de ses problèmes de discipline et de ses bulletins catastrophiques – était incapable de s'adapter à la nouvelle civilisation qui prend forme dans ce XXIe siècle. Tout à la fois psychorigide et j'm'enfoutiste, prompt à s'emporter mais répugnant à l'effort, Cyril a en revanche d'autres qualités. On peut lui reconnaître un courage, une loyauté, une droiture et surtout une capacité de résistance physique hors du commun. Mais toutes ces qualités qui en auraient fait un grand combattant du Moyen Âge ou un révolutionnaire dont la main n'aurait jamais tremblé lui sont parfaitement inutiles dans un siècle où il vaut mieux être nuancé, sociable et créatif pour réussir. Avec son esprit vif, sa souplesse comportementale tout-terrain et son goût de la nouveauté, son cadet est incontestablement un homme de son temps. À quoi peut-on attribuer d'aussi grandes différences ? À leur éducation, qui avait pourtant été sensiblement la même pour les deux ? À la génétique ? Indubitablement, Cyril ressemble en tout point à son père, tandis que Barnabé est, si l'on en croit sa mère, le portrait craché de cet arrière-grand-père communiste qu'il n'a jamais connu.

Justement, Marlène Froissard-Delbosc est arrivée. Elle commence par féliciter son fils cadet d'avoir signé une promesse de vente pour cet appartement décidément exceptionnel : on ne peut plus central, vraiment original avec son plan en U qui agrandit l'espace et permet de se voir de n'importe où, incroyablement silencieux, c'est l'avantage d'être au quatrième et dernier étage, s'il achète les combles il pourra faire une mezzanine, pourquoi pas une terrasse, une tropézienne, sans parler du charme de l'immeuble, construit sous Charles X, de la pierre de taille, rien à voir avec l'horrible boîte à sardines pompidolienne où elle vit boulevard Richard-Lenoir.

Après avoir embrassé ses deux fils et sa belle-fille, elle cueille le petit dans sa poussette et se met à le papouiller en poussant de petites onomatopées de chimpanzé.

– Au fait, vous avez tous le bonjour de mamie Suzanne, fait-elle d'une voix chantante.

– Et elle va comment ? s'enquiert Barnabé.

– Pas terrible depuis son AVC ; ça lui a quand même endommagé une partie du cerveau ! Elle a eu du mal à me reconnaître et ne se souvenait même plus que papy André était mort… Elle le croyait dans le jardin de la résidence, en train de tondre la pelouse… En même temps, votre grand-mère, question mémoire, elle s'est toujours posée là… Elle n'a jamais été foutue de se rappeler la date de mon anniversaire, alors avec une partie des neurones en moins…

Marlène est allée chez le coiffeur. Son carré court aux pointes finement aiguisées fait ressortir les traits saillants de son visage. Même si la soixantaine est proche, le temps n'a pas modifié les contours de son anatomie. Ni les arêtes de son caractère, d'ailleurs, qu'elle a toujours aussi exécrable. Sans doute la raison pour laquelle elle n'a jamais réussi à construire de relation durable avec un homme après son divorce avec Daniel, le père de ses enfants.

Depuis qu'elle n'a pas obtenu son poste à l'EHESS, tout l'agace, tout l'excède, le niveau des étudiants, les cigarettes électroniques, ses collègues de l'université, tout. Là, elle commence à parler avec animation d'untel qui ne l'a pas citée dans un article sur la sexuation des postes paru dans une revue internationale de sociologie, puis d'unetelle qui a publié un essai sur le plafond de verre fort bien accueilli par la critique alors qu'il était nul, mais nul !

Sentant la conversation s'enliser, Barnabé demande des nouvelles de leur père. La dernière fois qu'il l'a appelé, ce dernier était en train de préparer la venue au *dojo* d'un grand maître Shaolin…

– … Leung Ting, le coupe immédiatement son frère, un des plus grands maîtres de wing chun, pas Shaolin… L'événement a été couvert par la presse locale, mais pas de chance, la même semaine, il y avait à Gap une démonstration de ju-jitsu brésilien, qui a attiré dix fois plus de monde…

– Depuis le temps que je dis à votre père de diversifier son *dojo*, intervient Marlène. À cause de son entêtement, il va être obligé de louer une partie de la maison tellement les problèmes de sous s'accumulent. Et s'il continue, il va finir à la rue…

– Papa est l'un des plus grands experts internationaux en *wushu* traditionnel, son éthique martiale l'a toujours empêché de céder aux effets de mode du MMA ou du K1, connus pour attirer toute la racaille des environs, le défend Cyril.

– Ah, j'en ai une bonne à vous raconter, reprend Marlène. Vous vous souvenez de Sébastien Pertuis, le vieux copain de votre père ?

– Seb ? Celui qui vivait chez sa mère et qui nous racontait toujours des histoires abracadabrantes d'extraterrestres et d'entités infratelluriques ? s'enquiert Barnabé.

– Oui, c'est lui… Justement, sa vieille mère vient de mourir. Eh bien, figurez-vous que le jour de l'enterrement, il est arrivé maquillé comme un carré d'as, portant les robes et les chemisiers de sa défunte maman. Lorsque votre père lui a adressé ses condoléances, il lui a répondu avec l'accent de la vieille femme – qui était d'origine polonaise. Et vous savez ce qu'il lui a répondu ? « On dit bonjour, madame Orlowiska » !

54.

Élise et Clémentine arrivent à 21 h 30. Elles sont désolées du retard. L'architecte du dessous est venu les voir car de l'eau tombait à grosses gouttes sur ses plans. Après une minutieuse inspection, elles ont trouvé l'origine de la fuite : le siphon d'évacuation de la baignoire s'est littéralement coupé en deux, ne laissant à l'eau d'autre possibilité que de s'écouler par le plancher. Dans l'attente de l'intervention urgente d'un plombier, elles sont interdites de douche.

L'évocation de ce problème de tuyauterie fait naître une vague de bonne humeur dans l'assistance, tant il est vrai que le dégât des eaux, et le séquençage procédural qu'il implique – recherche de la fuite, assistance d'un plombier, rédaction d'un constat, expertises, contre-expertises, études de devis, prises de rendez-vous pour restaurer les parties endommagées –, est l'épreuve reine que doit affronter toute personne vivant en appartement, soit en tant que victime, soit en tant que responsable.

Cyril et Aïssatou s'enorgueillissent de comptabiliser déjà deux dégâts des eaux depuis qu'ils sont dans leur nouveau logement : le premier à cause de leur machine à laver défectueuse, le dernier imputable à une cabine de douche vétuste chez le voisin du dessus.

Sur toute la façade ouest de l'immeuble du boulevard Richard-Lenoir où elle réside, Marlène a des infiltrations dont le syndic n'arrive pas à venir à bout.

Quant à Barnabé, il touche du bois, mais il n'a pas encore été confronté à ce genre de sinistre depuis qu'il est locataire ici. Prononçant le mot « locataire », il approche à nouveau du nœud douloureux qu'il avait réussi à tenir à distance par une gymnastique neuronale faite d'une attention extrême et d'un décentrement systématique l'autorisant à se placer à l'intérieur de l'autre. Mais l'arrivée des deux filles avec leur problème de plomberie remue une nouvelle fois le couteau dans la plaie. Le cocon de douceur, l'îlot familial et amical protégé de la violence du monde est au cœur du dilemme : s'il veut pouvoir acheter cet appartement, il doit détruire les fichiers et devenir l'une de ces innombrables ordures encravatées dont grouillent cabinets d'affaires et entreprises de conseil ; s'il veut pouvoir se regarder dans la glace, il doit les rendre publics, se faire licencier pour faute, et le logement trouvera à coup sûr un autre acquéreur. Comment en sortir ? Il se croyait aussi libre et léger que les héros des *Chroniques de San Francisco,* il se voit aujourd'hui dans la peau d'un personnage de *Prison Break*.

Débouchant le côte-de-nuits qu'ont apporté Élise et Clémentine, il remplit tous les verres et surtout le sien, qu'il termine d'un trait. Il va continuer à boire jusqu'à trouver cet état d'hébétude de fin de soirée qu'il aime tant, ce flottement dans lequel il peut se prélasser des heures, l'esprit délicieusement confus, l'œil virevoltant entre les murs de guingois et le plancher strié de nervures de cette pièce dont la matière a enregistré déclarations d'amour, scènes d'adultère, débats politiques ou moments sans importance de la vie courante, gestes mille fois répétés, conversations banales, satisfactions minuscules, points invisibles à jamais sédimentés en un bloc d'incertitude vibrionnant de possibles.

– On a vu des immeubles entiers s'affaisser ou s'effondrer à cause d'une simple fuite d'eau, assène Cyril. Située dans une zone à *gypse*, une fuite peut avoir des conséquences inimaginables…

Vraiment, qu'est-ce qu'ils pouvaient bien faire, entre ces quatre murs, sous Charles X ? Napoléon III ? Pendant la Commune ? Y avait-il des familles ? Des études d'huissiers comme dans Gobseck *ou* Le Colonel Chabert *?*

– Le *gypse* ? interroge l'une des trois femmes.

– Oui, une roche cristalline très friable… Tout le Nord parisien en est truffé. Mais rassurez-vous, on en trouve un peu partout en France, engloutissant des tronçons entiers de voiries ou certaines maisons de lotissement à l'occasion de travaux…

– Tu es dans le secteur du bâtiment ?

– Non, mais un de mes anciens *sparrings* de boxe thaï travaillait pour un organisme de prévention des risques sismiques, et à chaque séance d'entraînement j'avais droit à un compte rendu circonstancié de l'état des sous-sols…

– Ici, on est dans une zone à *gypse* ? fait Élise avec une grimace de peur surjouée, tout en précisant qu'ayant acheté un quatrième étage, elle ne compte pas se retrouver au deuxième.

– D'après ce que j'ai compris, le centre parisien est plutôt argileux et humide, et les matériaux bougent avec le temps… Dans certains immeubles, les habitants sont obligés de changer leur porte parce qu'ils n'arrivent plus à l'ouvrir ou la fermer.

– Et sinon, Élise, ça se passe toujours aussi bien à ton travail ?

La question est posée par Marlène, que cette conversation sur la prévention des risques géologiques fait ostensiblement bâiller.

Lorsque, enfants, ils invitaient des copains à la maison, elle ne pouvait déjà pas s'empêcher de jouer son rôle de Madame Loyal, interrogeant les uns, modérant les autres, distribuant les tours de parole.

Élise fait part de ses inquiétudes : depuis la dernière fois qu'elles se sont parlé, la boîte s'est fait absorber par un fonds d'investissement, et la situation s'y détériore à vue d'œil. Obnubilés par le chiffre, les nouveaux venus ont instauré le règne de la terreur. Là, ils viennent d'installer des outils numériques de contrôle et de *reporting*, avec des notifications qui s'affichent sur les écrans. Tout ce qu'ils vont réussir à faire, poursuit la jeune femme, c'est pourrir motivation, ambiance de travail, qualité des prestations – consultante dans un bureau d'études spécialisé dans le développement durable, elle aide entreprises, opérateurs, collectivités à réduire leur empreinte carbone –, sans parler des cas de *burn-out* qui ont commencé à se déclarer.

C'est pareil à l'hôpital, observe Aïssatou, avec de moins en moins d'effectifs et de plus en plus de travail administratif, des directives, des règlements dans tous les sens.

Elle est vite coupée par Cyril, qui y va de sa tirade sur le capitalisme financier et le nouvel ordre mondial dominé par les cours boursiers et l'impérialisme américain. Installer les usines qui puent dans les pays en voie de développement, où le silence des ouvriers s'achète à coups de trique, mettre la plupart des travailleurs français sur le carreau et les autres en surchauffe n'est qu'un avant-goût de leur programme, fait-il d'un air mystérieux.

Il est temps de s'organiser. S'organiser, répète-t-il.

Leur faire exploser toute cette merde à la gueule.

En même temps, les Français n'ont que ce qu'ils méritent. Personne ne les a obligés à voter Hollande, qui ne fait que continuer la politique de Sarkozy en réduisant les crédits pour les hôpitaux et l'Éducation nationale, victimes de la vulgate néolibérale. Personne ne leur interdisait de donner leurs suffrages à Méluche qui aurait mis tout ce p'tit monde au pas.

Mme la professeure demande à son fils aîné de changer de ton. Libre à lui de rêver d'avoir l'ami de tous les dictateurs sud-américains comme président, mais tout le monde n'est pas tenu d'être du même avis. Quant à Hollande, laissons-lui au moins le temps de mettre en œuvre son programme avant de juger !

– C'est tout jugé, avec le rouleau compresseur budgétaire de l'Europe et le pistolet sur la tempe des agences de notation, s'esclaffe-t-il. Vous n'avez pas retenu la leçon de la crise des *subprimes*, qui a renforcé le pouvoir des banques et fait peser sur le contribuable le résultat de leurs conneries ?

– Justement, rétorque Marlène, il y a des réformes pour réguler les marchés financiers et lutter contre le dérèglement climatique…

– À propos, j'espère que vous allez tous à la manifestation de dimanche, fait Élise en agitant son index levé. Mélenchon a annoncé qu'il serait aussi dans la rue, poursuit-elle à l'intention de Cyril.

Restée silencieuse depuis le début du dîner, Clémentine s'est mise à fumer un pétard. Avec son physique de crevette anorexique, sa coupe de punkette et ses piercings sur tout le corps, elle assume totalement le look Lisbeth Salander.

Au milieu du feu croisé des arguments des uns et des autres, Barnabé réussit à entendre la sonnerie de son portable. Lorsqu'il parvient à identifier le numéro qui s'affiche à l'écran, un flot d'adrénaline se diffuse en chacune de ses cellules, accélérant son rythme cardiaque : Stœffer.

Comme il ne sait pas trop quoi lui répondre, il laisse sonner et s'immisce à corps perdu dans le débat : la révolution, il n'y croit pas une seule seconde, soutient-il contre la rhétorique guerrière de son frère. Le capitalisme a triomphé, non par le glaive et le feu mais en prenant racine dans l'endroit où il est le plus difficile à combattre : à l'intérieur de nos corps, de nos cerveaux, de notre désir éperdu de confort. D'ailleurs, à quoi a abouti la révolution bolchevique, excepté à la prise de pouvoir par la terreur et à la constitution d'une *nomenklatura* encore plus corrompue que tous les fonds d'investissement réunis et, après la *perestroïka*, à un capitalisme encore plus brutal que celui des pays occidentaux ? Et les révolutions du XIXe, qui ont toutes vu le triomphe de la bourgeoisie ? Sans parler de la révolution nationale du maréchal Pétain ! Non, la seule action face à la complexité du monde serait une révolution technique, un renversement des outils d'évaluation et de gestion. Il cite Joseph Stiglitz, qui propose de réviser les indicateurs économiques et de comptabiliser des notions comme le bonheur ou le bien-être en lieu et place de l'accroissement des biens et des produits. On pourrait parler de révolution keynésienne, concède-t-il. D'ailleurs Keynes lui-même, en bon bourgeois, ne voulait pas tant ébranler l'ordre social néolibéral que le préserver, conscient que l'augmentation des inégalités et la misère en sont les pires ennemies.

– Et ta révision des indicateurs économiques, tu y arrives comment ? contre-attaque Cyril. En demandant aux multinationales et aux États d'être sympas avec les travailleurs et les citoyens ? En leur expliquant qu'ils doivent réduire leur production de déchets pour faire plaisir aux petits oiseaux et aux pandas ?

Les pâtisseries au miel – au retour d'un séminaire dispensé dans les locaux de l'École normale supérieure, rue d'Ulm, Marlène a fait un détour par la Grande Mosquée pour en acheter – déclenchent une vague de calme aussi subite qu'inattendue. Pendant que la professeure de sociologie s'entretient avec Clémentine de son post-doc, lui prodiguant mille et un conseils avisés pour trouver un poste à la fac, Cyril discute free fight avec Élise, qui pratique assidûment le krav maga, tandis que le petit, passé des bras d'Assaïtou à ceux de Clémentine, s'est endormi sur un dragon tatoué.

Son frère et sa petite famille les quittent à minuit. Quant aux trois autres invitées, elles resteront encore plus de deux heures à rire et discuter.

À l'approche de 3 heures, Barnabé accompagne sa mère au taxi.

De retour dans son *sweet home*, il s'affale brutalement sur le lit et tente en vain d'agripper sa lecture du soir, *Le Déclin de l'Occident*, d'Oswald Spengler. Stœffer, son directeur général, ne jure que par ce bouquin. Il prétend que c'est *THE* référence si l'on veut comprendre les raisons profondes du déclinisme contemporain. Le livre tombe sur le plancher, laissant pour plus tard quelques pages froissées en souvenir de sa chute.

De toute manière, Barnabé n'aurait jamais réussi à se concentrer pour avancer dans ce bric-à-brac érudit où la métaphysique entraîne en son sillage l'histoire, la géographie, l'économie, l'esthétique, la botanique ou la mythologie dans l'unique intention de démontrer que la civilisation occidentale va, d'une façon lente mais irrémédiable, vers sa disparition programmée. Si l'on en croit le philosophe allemand, cette évolution serait aussi organique que les fluctuations de la force vitale présidant aux grands cycles cosmiques. S'y opposer serait parfaitement inutile. Pour Spengler, en effet, le destin de n'importe quelle espèce animale, ancré en chacune de ses cellules, peut se résumer à quelques verbes : naître, grandir, mûrir, vieillir... et mourir. Quant à l'accélération technique, la profusion créative, la quantification de toutes les productions humaines tout comme la « dissolution des mœurs » – auxquelles les déclinistes associent volontiers l'égalité des sexes, la légalisation des pratiques homosexuelles, les nouveaux modes de procréation –, elles constitueraient une mise sous perfusion accélérée avant le dépérissement de toutes les fonctions vitales : un magnifique soleil couchant, prélude à une nuit éternelle.

– Ah, tu fais moins le malin, hein ? Moi, j'dis que le déclin, c'est bien, gros nazi de merde ! assène Barnabé d'une voix grasseyante à l'intention de l'opus tombé au sol.

Même si chacun de ses gestes, chacune de ses pensées est empreinte de la rigidité cadavérique et burlesque que confère un fort taux d'alcool, Barnabé a le réflexe d'appuyer sur la touche 1 de son téléphone portable. La voix synthétique lui répond : aucun nouveau message.

55.

Barnabé se réveille à 10 heures, tout habillé, marinant dans un océan de remontées acides. Encore une fois, il a bu comme un trou et ne se souvient plus de la fin de la soirée. Ah, si, il a raccompagné sa mère au taxi, rue Beaubourg, et s'est trouvé nez à nez avec Lecourt… comme à son habitude, en bonne compagnie : cette fois, une gigantesque blonde peinturlurée, mini-jupée et hyper-bottée. Après avoir bégayé deux mots d'étonnement, il a lourdement titubé jusqu'à son lit où il s'est laissé happer par un vertige au goût de vomi.

La nuit n'a pas porté conseil. Son problème semble avoir gagné en opacité depuis hier. D'habitude, il confie à Élise ses soucis du jour mais, à cause du dîner d'hier, il n'a pas pu lui en faire part. Il a rendez-vous à midi dans un café de la rue des Archives avec son ami Maxime – au plus mal depuis qu'Ali, son compagnon, est à l'hôpital, victime d'une agression homophobe dans le métro –, mais rien ne l'empêche d'aller la voir avant.

Alors qu'il introduit deux blinis dans le grille-pain lui reviennent les propos de Cyril sur la nécessité de renverser le système. Il n'a pas forcément tort, même si ce n'est pas pour de bonnes raisons. Cyril a toujours détesté le changement. D'un naturel obtus, incapable de se remettre en cause, il préfère garder ses habitudes, même si elles sont mauvaises, plutôt que d'essayer de s'adapter à une nouvelle situation. Il a refusé de se former aux nouveaux outils à son travail de la même façon que, petit, il hurlait dès que sa mère déplaçait son lit. En revanche, sa vision marxisante d'une société de travailleurs soumis et dépendants des caprices du capital n'est peut-être pas si éculée. L'exploitation existe toujours, même si elle a changé de forme. Le cadre de multinationale, l'autoentrepreneur bombardés d'objectifs chiffrés n'ont guère d'autre choix que d'y répondre pour ne pas déchoir, de même que l'ouvrier du XIXe siècle était obligé d'obéir au rythme de sa chaîne de production s'il ne voulait pas se retrouver dans une misère plus grande encore. Mais il y a une différence, et elle est de taille : alors que l'ouvrier était condamné à reproduire toujours le même geste, le travailleur d'aujourd'hui – salarié, chef d'entreprise, free-lance – est obligé de s'adapter à un cadre mouvant, des logiciels toujours nouveaux, des règles techniques et des procédures de plus en plus complexes et élaborées. L'adoration du chiffre a poussé l'homme et la nature à la vitesse de leur obsolescence, et c'est souvent malgré eux que les acteurs économiques sont impliqués dans cette course folle. D'un côté, les pays riches, leurs cadres et leurs techniciens, harcelés par des indicateurs de performance. De l'autre, des cascades de sous-traitants payés cinquante dollars par mois, au Bangladesh ou en Éthiopie, qui nous permettent de nous offrir des applications de plus en plus sophistiquées afin de pouvoir aller toujours plus vite.

– Peut-être que c'est la raison pour laquelle je veux absolument acheter cet appartement, pour imposer des repères fixes à un monde qui en a de moins en moins, conclut-il en terminant son blini au miel.

Après quelques minutes d'étirements et d'exercices de Pilates suivis d'une bonne douche, il se décide à aller sonner chez Élise. Ses conseils avisés lui seront précieux avant de prendre une décision, quelle qu'elle soit. Elle est partie prenante, elle a son mot à dire sur le sujet.

Les deux filles sont déjà réveillées. Son Mac portable sur les genoux, Clémentine fait découvrir à sa compagne *L'Origine de la guerre*, un tableau de l'artiste féministe Orlan. On y voit, entre cuisses à moitié écartées et torse lascif, un sexe masculin en érection : le contraposé exact de *L'Origine du monde* de Courbet.

De quoi nourrir la réflexion d'Élise sur les stéréotypes de genre ! Pour commencer la matinée, elle a ouvert un vieux manuel scolaire sur la reproduction ayant appartenu à sa mère. Le spermatozoïde y est décrit comme un superhéros ultrarapide, tandis que l'ovule est réduit au rang de gros œuf statique et mou, attendant passivement d'être fécondé.

L'encyclopédie illustrée que ses parents lui avaient offerte pour ses huit ans est du même tonneau. Sans parler d'un vieux Larousse ayant appartenu à son grand-père. À force de butiner des informations d'un ouvrage à l'autre, elle s'est sentie gavée des mêmes clichés, rances, écœurants, d'une science faite par et pour des hommes. Normal que tous les réacs de France et de Navarre fixent avec une nostalgie furibarde ce point de l'histoire d'où ils s'éloignent à la vitesse de la lumière ! Comment accepter de ne plus être au centre du monde quand une tenace illusion vous chuchote en permanence, en chacune de vos cellules mémorielles, que les femmes et les indigènes sont nés pour vous servir ?

Quelques semaines auparavant, Clémentine lui a fait découvrir l'universitaire américaine Donna Haraway et son *Manifeste cyborg*, la philosophe Judith Butler et le *SCUM Manifesto* de Valerie Solanas. Si Élise a adhéré à la critique de la vieille domination mâle et blanche et applaudi aux nouveaux modes de relation au monde, moins binaires et prédateurs, émanant du texte de Haraway, elle s'est désolidarisée des positions de Solanas, entachées à son sens d'un radicalisme intenable, et mues par la seule pulsion de mort : comment faire de la haine des hommes et de leur extermination pure et simple un programme politique ?

– Faut que je te parle d'un truc qui me travaille depuis hier, annonce Barnabé.

Voyant le regard perplexe de son ami, la jeune femme lui propose de prendre un café. Elle lui demande si Clémentine peut rester.

– *Of course*, répond-il en humant son arabica fumant, elle est même la bienvenue.

Après avoir expliqué sa réunion avec Stœffer, l'enquête en cours, le montage, les fichiers à détruire ou à divulguer, le choix impossible qu'il doit faire, il précise qu'il n'attend pas de réponse, de oui ou de non de leur part, juste un regard extérieur, un nouvel angle d'attaque.

Après quelques instants de réflexion, Élise lui conseille de faire un tableur Excel – une simple page blanche peut même faire l'affaire –, ce qu'elle préconise à ses clients : décomposer chaque choix en items comparatifs, affectés de coefficients de pondération. Additionner les items multipliés par les coefficients de pondération et choisir l'option qui récolte le plus de points.

– Et si tu n'arrives pas à te mettre d'accord avec toi-même sur la pondération des items, tu joues ta décision à pile ou face, ironise Clémentine.

Lorsque Barnabé arrive au *Cox*, son ami est déjà attablé à la terrasse. Il a perdu quelques kilos et ses traits creusés laissent augurer sa réponse concernant l'état de santé de son compagnon.

Effectivement, Ali est toujours plongé dans un état stationnaire, coma moyen, type 2. Les médecins ne savent pas encore quand il va se réveiller, ni s'il va pouvoir remarcher. Au mieux, il va en ressortir avec de nombreuses séquelles neurologiques, hépatiques et articulaires. Mais un fait nouveau assombrit l'humeur déjà morose de Maxime : il ne s'agirait même pas d'une attaque homophobe. Depuis son dépôt de plainte, des témoins ont été entendus, et tous les éléments semblent contredire cette première hypothèse… Ali venait de monter dans le métro, ligne 12, station Mairie d'Issy, lorsque trois petites racailles se sont engouffrées en chahutant. Comme la rame était presque déserte, ils ont commencé à tourner autour d'une jeune femme. Lorsqu'elle a hurlé « Laissez-moi tranquille ! », Ali a déplié son mètre quatre-vingt-dix en leur disant de se calmer. Or, les mecs se sont encore plus excités, l'ont traité de bouffon tout en arguant qu'ils avaient le droit de parler avec leur copine, « pas vrai, madame, que vous êtes notre copine », Ali leur a ordonné de dégager, l'un d'entre eux a sorti un couteau, Ali a été rapidement neutralisé, et les deux autres se sont mis à le taper par-derrière, il s'est retrouvé à terre... C'est là qu'ils se sont déchaînés, lui donnant des coups de pied dans la tête, le ventre, le dos, les jambes. Voyant que des passagers montaient, ces salopards se sont enfuis...

– Tu peux être fier de ton mec qui a pris un gros risque pour protéger cette jeune femme, en voilà un héros ! le coupe Barnabé en levant la main pour attirer l'attention du serveur, un blondinet aux pectoraux saillants.

Pendant qu'il songe à sa si peu héroïque hésitation à propos de cette histoire de fichiers, son ami se remet à parler.

– L'article 132-77 du Code pénal prévoit que la circonstance aggravante est constituée lorsque l'infraction est précédée, accompagnée ou suivie de propos ou d'actes portant atteinte à l'honneur ou la considération de la personne ou d'un groupe de personnes dont fait partie la victime en raison de son orientation sexuelle vraie ou supposée, déclare Maxime d'un ton sentencieux, tout en précisant que non seulement une attaque homophobe est plus lourdement sanctionnée mais qu'elle lui aurait en outre permis de saisir le Défenseur des droits et SOS homophobie, qui se seraient constitués partie civile à ses côtés.

– Le Défenseur des droits ?

– Le nouveau nom de la Halde...

Lorsque Barnabé lui demande s'il défilera demain, son ami hausse les épaules de dépit. Le visage fermé et les bras croisés, il lui explique qu'il ne viendra pas, pour la simple et bonne raison qu'il ne comprend pas cet engouement pour le mariage, ou plutôt que si, il a peur de comprendre mais qu'il ne peut qu'en déplorer la raison principale : le désir de normalité. Selon son analyse, la pire chose qui puisse arriver à un groupe d'individus dont la cohésion, la force d'attraction résident précisément dans sa singularité est de devenir *mainstream*. Il lui parle de certains de ses collègues du ministère de la Culture, encore plus les jeunes, qui attendent cette loi comme le Messie pour se marier aussi bêtement, aussi mécaniquement que de parfaits *hétéro-beaufs*. Des petits cons qui n'ont pas connu l'ambiance électrique des premières *Gay Pride*. Relisant Jean Genet, il voit combien ce qu'ils gagnent d'un côté, ils le perdent de l'autre : à quoi tient la beauté vénéneuse de *Querelle de Brest* ou du *Miracle de la rose* si ce n'est à cette inversion systématique des valeurs – homosexualité honnie transformée en sainteté, infamie devenue héroïsme – que Sartre a si bien commentée dans *Saint Genet, comédien et martyr* ? Sortant *Notre-Dame-des-Fleurs* en version Folio de son sac à dos, il ne peut résister au plaisir de lui citer un passage où il est question de Mignon, l'amant de Divine, le héros du roman : « Il trique. Si fort et si calmement que sa virilité observée par les cieux a la force pénétrante des bataillons de guerriers blonds qui nous enculèrent le 14 juin 1940 posément, sérieusement, les yeux ailleurs, marchant dans la poussière et le soleil. »

– Si je comprends bien, les deux pires choses qui puissent nous arriver sont l'inégalité de traitement et l'égalité des droits, résume Barnabé.

Après, il lui suggère que faire la fête avec des amis pourrait lui changer les idées.

Maxime campe sur ses positions : non, il va rester à la maison. En plus, des travaux d'aménagement intérieur l'attendent. Oui, il se tiendra tranquille. Si quelque chose de positif peut sortir de cette épreuve, c'est qu'il sera resté stoïque. Il fait référence à la sagesse des Anciens, cite Épictète qui distinguait les choses qui dépendent de nous de celles qui ne dépendent pas de nous. De fait, ce n'est pas en se morfondant toute la journée et en se tapant la tête contre les murs qu'il va changer quoi que ce soit à la situation.

Un peu plus tard, deux amis de Maxime – des vieux *bears*, militants de la première heure – se joignent à eux. Les nouveaux arrivants ont bien l'intention d'être sur le pavé, et de se marier au plus vite. Ils rappellent que depuis les émeutes de Stonewall, à l'origine de la marche des fiertés, l'égalité des droits est l'une de leurs plus vieilles revendications.

Arrivé chez lui à 17 heures, Barnabé se dit qu'il serait temps de s'installer à son bureau pour remplir ce fameux tableur Excel.

Il avait sillonné la rue Vieille-du-Temple noire de monde – les hétéros envahissent les quartiers gays pour y trouver un supplément de branchitude. Il était passé chez *Dom*, rue Sainte-Croix-de-la-Bretonnerie, pour y regarder les miroirs néo-Empire rococo et les armoires chinoises. Après, il avait fait du shopping et trouvé un Levi's qui lui va parfaitement, à part quelques centimètres de trop en longueur. Même s'il fait 1 mètre 78 – officiellement 1 mètre 80 –, une taille tout à fait respectable, il a des jambes proportionnellement plus courtes que le torse, ce qui ne manque jamais de le complexer.

Avant de faire ce tableur, il décide de s'informer des risques encourus par les lanceurs d'alerte, tout en ayant conscience de ne pas être Julian Assange ni Edward Snowden. Alors qu'il ouvre son ordinateur, il tombe sur un mail qui lui délivre le message suivant :

« *Manifestation nationale pour l'égalité des droits organisée par l'Inter-LGBT et le collectif Agissons pour l'égalité en faveur du droit au mariage, l'adoption, la PMA et la filiation pour tous les couples le 27 janvier à Paris pour toutes et tous sans distinction de genre.*

Départ : 14 heures, Denfert-Rochereau. Arrivée : Bastille.

Plus d'infos sur :

http://www.agissonspourlegalite.fr/ »

56.

À 14 heures, Barnabé, Élise et Clémentine piétinent dans les couloirs du métro tout en se félicitant de cette foule compacte. Comme sans doute chacun de leurs voisins, ils ont rameuté famille, amis, collègues, connaissances dans la ferme intention de montrer au pays, à l'opinion publique, aux politiques, aux opposants du mariage pour tous, que les partisans de la loi sont également capables de mobiliser en nombre.

Ils sont montés à la station Réaumur-Sébastopol, où les rames bondées résonnaient déjà des exclamations amusées à la vue des slogans humoristiques inscrits sur des pancartes, pour la plupart concoctées entre amis à l'aide d'accessoires achetés au rayon bricolage du BHV. Les deux filles ont écrit en lettres roses sur un carton gris : « Mieux vaut deux mamans heureuses qu'une mâle baisée ! »

Arrivés en haut de l'escalier, ils avisent avec un soulagement qui passe vite à l'euphorie la place Denfert-Rochereau fleurissant de drapeaux et de banderoles aux couleurs de l'arc-en-ciel, avant de se frayer un passage jusqu'à la rue Daguerre.

Olga les attend avec deux autres Femen. Elles ne sont pas en « tenue de combat » et s'en excusent presque. Elles sont venues en amies, ce qui va les changer de la dernière fois (elle fait allusion à la manif anti-mariage pour tous du 18 novembre, organisée par l'institut Civitas, qui s'est terminée par le passage à tabac de plusieurs d'entre elles, ainsi que de la journaliste Caroline Fourest, en marge du cortège). Devant, une association de famille homoparentale déroule une grande banderole « Stop à l'homophobie, oui à l'égalité ».

À droite, un message au président de la République : « François, ne recule pas, les homos sont derrière toi ! », déclenche l'hilarité de tous.

Un SMS lui demande « téou ? », mais il n'est pas signé, et le numéro lui est inconnu.

Le cortège se met en marche aux alentours de 14 h 30. Les filles se tiennent par la main, laissant à Barnabé le soin de brandir la pancarte. À mesure qu'ils avancent, ils se sentent tous gagnés par l'ardeur, vibrant à l'unisson de tous ces gens, homos, hétéros, bi, trans, qui avancent dans la même direction : celle de la liberté, de l'égalité, de la fraternité.

Les Femen se sont volatilisées, happées par quelque obligation médiatique.

Un autre SMS d'un nouvel inconnu lui donne rendez-vous place de la Bastille à 17 heures.

Pendant qu'ils avancent vers le boulevard Arago, Élise demande à Barnabé si son tableur l'a aidé à prendre sa décision. Il répond qu'il y est presque, il a encore deux ou trois réglages de coefficients à faire. S'adressant à Clémentine, il s'enquiert de la possibilité technique de copier les fichiers tout en assurant à sa direction qu'il les a bien détruits.

– Normalement, tout est répertorié et enregistré dans les *logs* de ton disque dur, lui répond Clémentine avec son assurance technique de hackeuse. Et encore, pour te répondre plus précisément, je dois étudier le paramétrage du logiciel pour voir si on peut désactiver certaines fonctions, mais je doute qu'une boîte comme la tienne n'ait pas prévu des *logs* traceurs. Dans quatre-vingt-dix-neuf pour cent des cas, toute modification est sauvegardée et toute personne travaillant à la direction informatique de la société peut y avoir accès.

– Alors là, j'hallucine, s'esclaffe Élise. Dans le genre ni oui ni non, bien au contraire, on ne peut pas faire mieux ! À ce stade, je peux te garantir un truc : quoique tu décides, tu as intérêt à arrêter de procrastiner car si tu comptes là-dessus pour toucher l'avance sur ta prime qui ne te sera pas versée avant la fin du mois prochain, tu risques non seulement de rater la prime, mais aussi d'arriver après la bataille, l'avertit-elle devant un couple de femmes habillées en mariées qui se font photographier.

À ce moment-là, il reçoit un troisième SMS, de sa mère cette fois : elle est venue avec une amie, elles les attendent boulevard Arago, au niveau de la prison de la Santé.

Sur le trajet, ils croisent plusieurs connaissances avec qui ils cheminent en devisant. D'autres banderoles font naître des sourires : « Nous aussi, on veut appeler nos enfants Kevin et Tyson et avoir un chien qui pue », « Nous aussi, on veut un PowerPoint pourri pour notre mariage ».

Leur mère et son amie les attendent. Observant les murs de la prison, Barnabé a une pensée pour Jean Genet, que lui avait cité son ami Maxime.

Lorsqu'il demande à sa mère si elle a des nouvelles de Cyril, elle lui répond qu'il n'est pas venu. De toute manière, tu connais les positions de ton frère, ajoute-t-elle avec un haussement d'épaules. Quelques minutes plus tard, ils aperçoivent Jean-Luc Mélenchon en interview.

Place de la Bastille, ils croisent le cortège des partis politiques, Parti socialiste et Écologistes en tête. Des organisations syndicales sont également présentes. La CFDT revendique « Oui à l'égalité des droits », la CGT « Non à l'homophobie ».

De nombreuses célébrités sont venues, dont Jack Lang, Lilian Thuram, Karine Le Marchand, Cécile Duflot ou encore Roselyne Bachelot.

Un chanteur-animateur dont il avait cru apprendre le décès est au bras d'une drag-queen fardée en princesse gothique.

– T'étais pas censé être mort, toi ? murmure-t-il en le fixant d'un air halluciné.

Encore un SMS : l'Inter-LGBT a comptabilisé quatre cent mille manifestants, soit deux fois plus que lors de la manif du 16 décembre.

À partir de mardi va débuter le débat à l'Assemblée nationale. Les commentateurs politiques font état du dépôt de cinq mille trois cents amendements, un chiffre à la hauteur des oppositions au projet de loi.

Les manifestants s'éparpillent peu à peu ; certains s'engouffrent dans les couloirs du métro, d'autres arpentent joyeusement les rues de Paris. Barnabé, sa mère et les deux filles s'attablent à une terrasse, rue de la Verrerie. Ils sont rejoints par des amis qui étaient également de cette marche pour l'égalité. Les chopes de bière s'entrechoquent avec les verres de sancerre et de sauvignon, à la santé du mariage gay.

Élise reprend un deuxième puis un troisième verre de vin blanc, incapable de savoir qu'à partir de ce jour, de cet instant, la consommation d'alcool lui est défendue.

Pendant leur promenade dominicale, en effet, au moment précis où Barnabé a posé à Clémentine son abracadabrante question – peut-on copier des fichiers tout en prétendant auprès de son employeur qu'ils ont bien été détruits ? – une production inhabituellement élevée de *glycoprotéine ZP3* à la surface de l'ovocyte d'Élise a permis au spermatozoïde présent de perdre son flagelle. Autrement dit, les deux gamètes – mâle et femelle – ont fusionné. La *petite graine* a bien été plantée.

Quand bien même pourrait-on déduire du brassage méiotique quelques caractéristiques physiques ou physiologiques incontestables, il serait hasardeux d'en affirmer quelque principe définitif sur son comportement social à venir ou ses futures performances intellectuelles.

Jusqu'à un passé encore récent, l'origine des aptitudes et des comportements était invariablement le théâtre d'un affrontement entre tenants du tout génétique et défenseurs du primat de l'environnement. Faute de précision scientifique, chacun allait chercher dans la philosophie telle définition de l'homme – Rousseau pour les uns, Hobbes pour les autres –, dont il déduisait quelques règles immuables pour l'éducation, l'enseignement et l'action politique en général. Mais les nouvelles découvertes sur l'épigénétique qui se sont généralisées en ce début du XXIe siècle placent ce vieux débat à un autre niveau.

Un niveau où il n'existe plus aucune séparation entre intérieur et extérieur, inné et acquis, mais une interaction permanente. Où le génome ne signifie rien sans l'interprétation qui en sera faite par l'environnement. Où des phénomènes chimiques de *méthylation* et de *déméthylation* peuvent activer ou inactiver certains gènes, modifier des segments entiers d'ADN sans même en changer la séquence. Où des habitudes physiques ou alimentaires aussi anodines que la pratique d'une activité sportive, l'absorption régulière de thé ou la forte consommation de fruits et légumes ont une importance capitale dans le processus. Où la violence physique, le stress et la suralimentation ont la même importance, en un sens inversé. Et tout cela peut se faire très tôt, dès les premières minutes de la fécondation, dès l'instant où le futur vieillard n'est encore qu'un *blastocyste.*

Livre VIII

Bureau d'études génétiques (2046)

(La Rochelle, le 10 juillet)

57.

– Après toi, mon cher William !

Alors que se referme lourdement la porte blindée de son appartement, Diane Froissard-Doucet se félicite de son audace. Ce n'est pas dans ses habitudes de faire venir des hommes chez elle, *a fortiori* des hommes qu'elle ne connaît pas, ou si peu. Et pourtant, elle a fait le premier pas au moment de lui dire au revoir, dans le Vieux-Port, quand elle l'a invité à continuer leur conversation en prenant un dernier verre chez elle : « C'est idiot de se séparer maintenant, j'habite juste là, l'immeuble recouvert de vigne vierge à côté de la tour », a-t-elle lancé tandis qu'il s'apprêtait à faire cliqueter le mécanisme d'ouverture de son Audi.

Voyant les marines accrochées aux murs et la cheminée de son salon soudainement éclairées, Diane s'étonne de ne pas être prise de panique à la perspective de passer la nuit avec un inconnu. D'ordinaire, elle aurait minutieusement modélisé le déroulement de la soirée, les risques qu'elle court en invitant un homme chez elle, les statistiques sur les violences faites aux femmes, l'infime probabilité d'avoir de réelles affinités avec lui, des expériences ou des lectures à partager, elle se serait éclipsée et les choses en seraient restées là. Mais ce soir, c'est différent. Quelque chose s'est produit, peut-être au moment du dîner, sans doute avant, un charme, un envoûtement, quelque chose qui l'autorise enfin à s'ouvrir, à se réjouir de sa présence, à déjà souffrir de son absence, comme une équation parfaite entre la fraîcheur providentielle de cette fin de soirée, les fruits de mer délicieusement accompagnés d'eau citronnée et la bienveillance amusée de son regard de velours.

Diane Froissard-Doucet a rencontré William Gadreau dans le cadre de ses activités professionnelles. Quelques mois plus tôt, le cabinet d'avocats où exerce le jeune homme s'était félicité de remporter l'appel d'offres de *HumanMatchingProject64*, la start-up de *matching* génétique dont Diane chapeaute la division Grand Ouest. Les autres candidats, trop chers ou moins convaincants, avaient été rapidement éliminés. Avocat en droit pénal spécialiste des conflits liés au numérique, William a désormais pour mission de sécuriser les pratiques de la compagnie sur la protection des données. Dans le cadre de leur contrat de prestation, Diane et William se sont revus à plusieurs reprises pour faire le point sur les dossiers en cours. L'un d'eux, potentiellement litigieux, vient d'être gagné en appel grâce à une brillante plaidoirie de sa part. William a saisi l'occasion pour inviter la jeune femme à déguster un plateau de fruits de mer chez *Coutanceau*, près du Vieux-Port.

– Vin rouge, vin blanc, soda, whisky ? demande-t-elle en se dirigeant vers sa cuisine.

– Euh, un jus d'orange serait parfait, j'ai dépassé mon quota d'alcool, tient-il à préciser.

Ils trinquent à leur rencontre et évoquent leurs trajectoires respectives.

Après une enfance assez triste passée à Rochefort, ballottée entre des parents enseignants et divorcés, William avait poursuivi des études de droit à Poitiers et fait ses armes dans des cabinets d'avocats parisiens. Il est revenu dix ans plus tôt se mettre à son compte dans la région qui l'a vu grandir, et où il lui reste encore de nombreux amis.

Diane, en revanche, n'avait jamais mis les pieds dans le coin avant de venir y habiter. Globalement, elle a voyagé à peu près partout, sauf dans son propre pays. Après chacun de ses périples, sa chambre l'attendait sagement, dans l'appartement parisien du troisième arrondissement où elle a grandi avec sa mère, Élise, et Clémentine. Aussi, lorsque Élise Doucet a quitté Paris pour s'installer à La Rochelle, un an plus tôt, sa fille l'a suivie. Par chance, *HumanMatchingProject64* développait son unité Grand Ouest. Travaillant au siège depuis plus de huit ans, Diane y avait suffisamment fait ses preuves pour se voir confier la direction du nouvel établissement.

– Clémentine ? s'enquiert William.

– La femme de ma mère, mais elles ont divorcé quand Clémentine est devenue Tom, lui répond Diane avec une mimique mi-amusée, mi-catastrophée.

– Et ton… euh… père ? lâche-t-il avant de réaliser qu'il vient peut-être de commettre une bévue.

– Il s'est installé en Anjou, avec son mari. Actuellement, il attend une greffe de foie.

Elle préfère s'arrêter là et ne pas dévoiler la raison pour laquelle son père a développé une cirrhose, et ce d'autant plus qu'elle-même est porteuse de la même variation des gènes ADH1B (*alcohol dehydrogenase 1B*) et ADH1C (*alcohol dehydrogenase 1C*). S'ils restent ensemble, il comprendra assez vite pourquoi elle ne prend jamais une goutte d'alcool.

Sirotant son verre de jus, William ne peut s'empêcher de se tenir à distance de son hôtesse. En présence d'une femme, l'hypothèse d'un traquenard n'est jamais à exclure. Si elle portait plainte et le dénonçait pour des faits de viol et d'attouchements non consentis, elle aurait de quoi lui soutirer une somme coquette au tribunal. Il pourrait même, comme c'était arrivé le mois dernier à l'un de ses collègues, passer par la case prison, et être radié de l'ordre des avocats.

Dans le cas présent, tous les indicateurs sont de nature à balayer cette hypothèse. Son intuition, tout d'abord : cette fille n'a pas l'air d'une tordue. Elle est remarquablement intelligente, vertébrée, claire et cohérente en chacun de ses propos. Le milieu où elle a été élevée, son esprit rationnel, son indépendance, tout le porte à penser qu'elle n'est pas du genre à s'abaisser à ce type de pratique.

Une notification le pousse à jeter un coup d'œil à son smartphone.

– C'est quoi ?

– Ma nouvelle application de veille sanitaire ! On nous annonce que nous venons de dépasser le seuil d'alerte bactérien !

– La Communauté européenne vient de le baisser de 75 000 à 50 000, tempère Diane, qui a reçu des informations circonstanciées sur le sujet le jour même.

– On a détecté dans la région quelques premiers cas du SARS de Géorgie, encore isolés il est vrai, mais suffisamment inquiétants pour nous pousser à la prudence…

– Je connais bien la question pour avoir déjà travaillé pour ce type de dispositif… Leur référentiel à base d'« unités taxonomiques opérationnelles » est assez naze… Il se contente d'agréger indistinctement les ADN des bonnes et des mauvaises bactéries… L'impact émotionnel du chiffre ne permet en rien de préjuger de la dangerosité de la situation. Pas de sueurs froides ? Pas de toux sèche ? Pas de fièvre ? Alors tout va bien !

Faisant suite aux différentes épidémies de *coronavirus* qui sévissaient depuis les années 2020, la généralisation des applications de « santé et veille sanitaire » avait changé la nature des contacts et, plus encore, la relation des humains à leur environnement immédiat. Il était désormais impossible d'assister à une réunion de travail ou de faire ses courses sans que le signal sonore de ces alertes personnalisées vienne rappeler risques viraux localisés et incidences prévisibles de tel composant alimentaire ou environnemental sur la santé.

Déplorant cet incident, minime mais regrettable à plus d'un titre – par l'atmosphère de panique générée, tout d'abord, mais aussi par l'idée, véhiculée par ces dispositifs, que chacun est porteur de virus et de bactéries potentiellement dangereux pour le système immunitaire de l'autre –, William cherche un nouveau sujet de conversation. L'une des marines accrochées au mur pourrait remplir cet office : représentant un port sous une brume crépusculaire, elle a sans doute été peinte au début du XIXe siècle. Il demande à Diane d'où vient ce tableau.

Elle l'a trouvé aux puces de Vanves. C'est une vue du port de Londres à la tombée de la nuit, datée de 1852.

William ne peut s'empêcher de clamer quelques vers de Wordsworth et du *Rime of the Ancient Mariner* de Coleridge. Professeure au collège de Surgères, sa mère lui faisait régulièrement réciter ces classiques de la littérature anglaise. Diane lui fait remarquer que le tableau a été peint en pleine période victorienne. Contemporain de Dickens, l'artiste a dû connaître une Angleterre grouillante d'enfants misérables traînant dans les rues, incommensurablement éloignée des landes désertes du Somerset et du Yorkshire qui inspirèrent les poètes romantiques.

– Quelle est la période historique que tu préfères ? s'enquiert-il après avoir intensément réfléchi à un nouveau sujet de conversation.

– Les Lumières, même si elles n'étaient pas lumineuses pour tout le monde. Pas pour les femmes en tout cas, surtout dans les milieux les plus défavorisés... Ou le Moyen Âge, avec l'amour courtois... Non, tout bien réfléchi, l'époque que j'aurais aimé connaître est le tout début du XXIe siècle... Les gens avaient l'air tellement plus gais, plus insouciants qu'aujourd'hui...

– Moi, c'est la Belle Époque ! fait-il en feignant de se lisser de longues moustaches artistement sculptées.

Après une heure de cajoleries verbales et de silencieuses promesses d'étreinte, elle lui annonce qu'elle va se coucher.

Il lui répond qu'il rentre chez lui : sa voiture est garée juste en bas, à quinze mètres à peine.

– Hors de question, tu es mon prisonnier, badine-t-elle en fermant à double tour. Non, plus sérieusement, tu peux très bien dormir ici, le lit est grand et j'ai un sommeil de plomb.

Elle revient vêtue d'un long T-shirt et l'invite à la rejoindre dans la chambre. C'est un rectangle blanc d'à peine dix mètres carrés, meublé d'un lit à baldaquin et d'un fauteuil club sur lequel elle vient de poser ses vêtements. Au pied du lit sont empilés des revues et des livres, parmi lesquels il reconnaît *Le Quatuor d'Alexandrie*, de Lawrence Durrell. Après avoir réglé l'un des points lumineux encastrés dans le faux plafond sur une couleur pastel, elle s'enfonce dans le lit et se trémousse langoureusement sous les draps.

Il s'étire. Fait quelques pas dans la chambre mais repart dans le salon à la recherche de sa cigarette électronique, s'excusant d'être obligé d'avoir sa dose de nicotine pour s'endormir.

De la terrasse, il peut vérifier que sa voiture est toujours à sa place.

Son téléphone l'avertit d'un appel manqué : le responsable juridique d'une entreprise qui cherche les conseils d'un avocat pour se défendre contre une assignation au pénal. Il décide de l'ignorer et laisse son regard flotter à la surface de l'océan.

Excédés par l'emprise croissante des technologies du numérique et de l'intelligence artificielle dans chaque pan de leur existence, les particuliers se sont mis à saisir la justice contre les machines, essayant de faire valoir les préjudices dont ils s'estiment victimes devant des juges souvent perplexes.

Connaissant parfaitement le système foisonnant de l'économie numérique, William construit sa ligne de défense sur les interactions complexes, souvent opaques, entre fournisseur d'accès, entreprise hébergeuse, intermédiaires et applications. À l'issue de ses plaidoiries, il est fréquent que la juridiction se déclare incompétente, et que l'assignation devienne sans objet.

Il s'assied sur l'un des fauteuils en bois blanc parallèles à la rambarde et vapote en imaginant la suite des événements. Quatre minutes plus tard, Diane le rejoint et se pose en face de lui : elle ne dormait pas encore, elle a du mal à supporter la moiteur de l'été, même si une fraîcheur providentielle a commencé à se lever.

Pendant qu'ils échangent, elle croise et décroise nerveusement les jambes à plusieurs reprises. Tant et si bien qu'il constate assez vite que sous son long T-shirt rouge, elle ne porte pas de culotte. Cette fois, la tentation est trop forte. Quand on est seul avec une femme que l'on désire, on ne lutte pas à armes égales avec ses propres pulsions. Et tant pis pour le risque. Il est prêt à l'assumer.

Il s'approche d'elle et commence à lui masser délicatement les épaules et le haut du dos. S'en exhalent d'incoercibles molécules de vanille que ses cellules olfactives ont vite fait de ranger dans la catégorie « comestible ». Sa peau couleur pêche, son front bombé, ses lèvres ourlées, ses cuisses charnues, chaque recoin le plus intime de son anatomie fait désormais l'objet d'une convoitise sans retenue ni limites. Et ce n'est pas son jugement esthétique un peu sévère au départ – il l'avait trouvée boulotte et commune, avec ses petits yeux ronds et son nez retroussé qu'infantilise un visage rebondi – qui va y changer quoi que ce soit.

Elle tourne légèrement la tête et le voit s'affairer sur ses épaules encore tendues. C'est vraiment un bel homme, dans son genre, Latin charmeur, songe-t-elle à cet instant.

Il lui demande si ses muscles commencent à se détendre.

Avant même qu'elle n'ait eu le temps d'articuler un début de réponse, deux bras vigoureux la soulèvent du fauteuil et l'emmènent en direction de la chambre.

À sa grande satisfaction, il parvient à la porter, soixante-cinq kilos tout de même. En revanche, il est obligé de réprimer un début de fou rire lorsqu'il se prend les pieds dans un tapis et manque de s'écrouler avec elle sur les bras.

Il la dépose délicatement sur le lit.

En moins de vingt secondes, ils sont tous les deux nus.

L'ovule a reçu l'information d'une visite imminente. Sous l'influence de la progestérone, le cervix met tout en œuvre afin d'accueillir ses futurs hôtes dans des conditions optimales.

Il l'embrasse langoureusement, des pieds aux tétons, elle se cambre en poussant de très légers, presque inaudibles, gémissements.

Comme elle est sur le dos, il la pénètre dans la position dite du missionnaire. Le lent et régulier va-et-vient du début fait place à une phase d'accélération continue. Il adore cette position, même s'il regrette qu'elle ne lui permette pas de la contempler de derrière. En appui sur ses triceps, il tente d'accorder au mieux ses mouvements de hanches aux siens, conscient de cette limite inhérente à la perception humaine.

Elle se met alors en levrette. Là, il a une vue panoramique sur le déroulé de la colonne, de la naissance des vertèbres à l'anus. Mais il ne peut pas l'enlacer. Ni la regarder en face. Comme d'habitude, il se surprend à regretter l'absence d'une perspective absolue, point de vue de tous les points de vue où, par la grâce d'une impossible anamorphose, lui apparaîtraient simultanément toutes les parties de son corps.

Cette fois, elle est sur lui : priorité au clitoris, dont il sent sous ses doigts la turgescence grandissante, puis aux tétons qu'il tapote, titille, caresse, papouille et léchouille, jusqu'à déclencher un double spasme accompagné d'une chute des corps dans un lit.

58.

William s'est endormi comme une masse.

Observant la couette épouser le sac et le ressac de sa respiration, Diane s'apprête à sortir du lit.

Ces délicieux ébats l'ont plongée dans un état de béatitude qu'une pythie grecque eût attribué à l'intervention de quelque puissance surnaturelle. Qui sait si elle ne pourrait pas se perdre dans un trou noir ou s'envoler à tire-d'aile au-dessus de ce lit, de cette pièce, pour finir sa course dans une galaxie lointaine ?

En plus de son physique agréable et de son intarissable culture, ce garçon a décidément beaucoup de qualités. Calme, prudent, réfléchi, il saurait la rassurer et la stimuler. Lui, l'enthousiasme du feu et la souplesse de l'eau ; elle, la stabilité de la terre et la légèreté de l'air, Hippocrate et la sagesse antique avaient du bon ! Reste à voir si les constituants de son code génétique seront à la hauteur. Compte tenu de son métier, elle connaît mieux que personne les risques d'un mauvais appariement.

Pour la première fois, la perspective d'avoir quelqu'un dans sa vie ne lui donne pas envie de fuir. Les quelques hommes qui ont eu le malheur de s'amouracher d'elle par le passé en ont fait les frais. Article à rendre, génotypage à finaliser, voyage à préparer, tous les prétextes étaient bons pour dissuader ses prétendants les plus motivés.

Depuis qu'elle a emménagé à La Rochelle, elle n'a connu qu'une liaison, et encore, très épisodique, avec un homme marié qui refusait de s'engager. L'éternel masculin…

Avec toutes ces pensées qui se bousculent, elle ne risque pas de trouver le sommeil avant une bonne heure : le temps de faire une méditation *pleine conscience*, dans le silence absolu de son casque anéchoïque.

Mais d'abord, elle doit se livrer à une petite opération. Oh, rien de bien méchant, mais d'elle va dépendre la suite des événements.

À peine sortie du lit, elle avise les vêtements qui jonchent le sol. Reconnaissant le T-shirt de son amant, elle l'emporte dans la cuisine. Y prélève plusieurs cheveux. Les enferme dans un petit bocal hermétique, priant pour que les informations qu'ils contiennent ne l'obligent pas à opposer à cette relation naissante une fin de non-recevoir. Et replace le T-shirt à l'endroit où elle l'a pris.

Quelques mois auparavant, elle avait appliqué la même procédure, aussi discrète qu'efficace, avec ses deux parents. Et avec sa grand-mère, Marlène Froissard-Delbosc, lorsqu'elle était allée lui rendre visite dans sa petite maison aménagée de Montrouge. Sur sa lancée, elle est remontée jusqu'à la huitième génération d'ancêtres, compulsant registres paroissiaux en ligne et archives génomiques, se livrant à des prélèvements d'ADN dans les cimetières de famille. Elle compte dupliquer la méthode pour chacune des lignées dont est composé son génome. Sa seule limite est ce fameux mur du huitième brassage méiotique, au-delà duquel les segments de chromosomes deviennent introuvables. Pour le moment, elle a compulsé des données sur ses ancêtres Froissard qui l'ont menée jusqu'au début du règne de Napoléon III. Chacun est désormais identifié, et va être épinglé par une série d'analyses et de petites notes qu'elle écrira à la première personne, tel un *biopic* cellulaire mêlant caractéristiques génétiques et épigénétiques, notations psychologiques, touches sociales et historiques. Elle projette d'en commencer la rédaction aujourd'hui et, une fois terminée, de s'en inspirer pour un roman, ou une série télévisée qu'elle pourra elle-même financer.

Pourquoi avoir entrepris ce travail dont l'ampleur le dispute à la gratuité ? Qu'en attend-elle, au juste, à part s'engouffrer dans toutes ces vies passées qui lui font l'effet d'énormes blocs d'espace-temps désagrégés sitôt formés, points dérisoires et sans étendue au regard du temps long des géologies et des espèces ? Certes, ils lui ont donné forme et leur sang coule encore dans ses veines, mais ne sont-ils pas, à l'instar des vieilles photos jaunies, de ces cartes postales surannées et de ces échanges épistolaires à peine lisibles qu'elle a trouvés en fouinant dans des greniers poussiéreux, de frêles vestiges d'univers éteints que rien ni personne ne pourra ranimer ? Peut-être trouve-t-elle dans ces mondes disparus la sédimentation inoffensive et rassurante de monuments historiques offerts en pâture à la curiosité débonnaire d'une foule de visiteurs, après avoir vu se dérouler en leurs murs un événement dramatique du roman national.

En faisant revivre ses ancêtres, elle révèle au grand jour un passé encore présent en chacune de ses cellules, donnant à la théorie nietzschéenne de l'éternel retour sa pertinence et son inexactitude tout à la fois : les saisons et les années se reproduisent, les hommes et les femmes se rencontrent, succombent à l'amour, parfois à la jalousie, connaissent l'opulence ou la misère, le succès ou les affres de l'endettement, tombent malades et un jour finissent par mourir. En revanche, ils le font en fonction de leur histoire personnelle, de leur milieu d'origine, de leur époque, de leur tempérament… Le décor diffère, tout comme l'évolution des mœurs, la situation politique et l'état des sciences et des techniques, dont les applications quotidiennes modifient radicalement le cadre des existences. Tout événement, en somme, advient ici et maintenant. Il est unique et non duplicable : l'histoire d'amour entre Augustin Août et Mathilde Goldberg, dont la fin tragique exalte la beauté, n'aurait pas connu le même dénouement si elle était survenue à une période de prophylaxie et de liberté d'expression.

Aussi Diane a-t-elle commencé à croquer des moments qui résument les scènes capitales de leur existence dont elle projette de réaliser une suite de vidéos amateur, tout à la fois inspirées du principe des *historical reenactements* et du *happening* :

– Élise Doucet et Barnabé Froissard-Delbosc se retrouvant par hasard après dix ans de séparation ;

– Marlène Froissard-Delbosc rencontrant pour la première fois Pierre Bourdieu dans un café du boulevard Raspail ;

– Daniel Delbosc molestant son sac de frappe après avoir subi les critiques de sa femme, Marlène ;

– André Froissard exécutant des numéros de comique troupier dans des music-halls de Montparnasse ;

– Suzanne Rossignol se retrouvant à la tête d'un magasin de lingerie fine pour dames ;

– Jules Froissard signant son contrat d'embauche à la Société du gaz de Paris ;

– Valentine Froissard envoyant *Le Christianisme ésotérique*, de la féministe et théosophe Annie Besant, à la figure de son mari Jules s'apprêtant à la frapper sous l'emprise de l'alcool et de la jalousie ;

– Thérèse Froissard établissant un plan d'investissement en vue de moderniser la ferme familiale, dont plusieurs bâtiments venaient d'être détruits par les tirs allemands ;

– Fernand Froissard poursuivant chaque nuit sa femme Thérèse de ses ardeurs ;

– Augustin Août cochant sur les murs de son cachot néo-calédonien les centaines de jours qu'il lui reste à écoper ;

– Mathilde Goldberg apprenant l'arrestation de son grand amour, Augustin Août ;

– Louison Blanchard débarquant à Paris avec son frère cadet, P'tipaul ;

– le baron de Marcheville exerçant son droit de cuissage sur son ouvrière Louison Blanchard.

Diane s'installe sur son coussin de méditation jeté au milieu du salon, face à la mer, son casque anéchoïque à la main. Elle a acheté l'appareil dix ans plus tôt. Conçue sur le modèle des cages de Faraday, sa combinaison astucieuse de pyramides de mousse de polyuréthane, de carreaux de ferrite et de fibre de verre permet de retrouver le silence absolu, à l'abri des sons comme des vibrations et des rayonnements de toutes sortes. Dans certains cas, le cerveau, privé de ses stimuli usuels, interprète des signaux inexistants, du moins non répertoriés dans la gamme des informations que le lobe temporal est habitué à traiter.

Indifférente aux pictogrammes mettant en garde contre les risques d'infarctus, d'hallucination et de vertige, Diane ajuste son casque. Devenue cette vague qui gronde, emportant en son flot puissant que domine l'hypnotique répétition des cognements systoliques parmi la cohorte des signes émis par les organes – murmure vésiculaire, craquements articulaires, grésillements céphalo-rachidiens, borborygmes intestinaux –, elle se force à donner forme à la vie de ces autres, de tous ces autres dont elle est le prolongement.

Un stylo à la main, une feuille posée à côté, elle tente ainsi de fixer ce flux qui s'écoule à la vitesse de la pensée :

(son père, Barnabé Froissard-Delbosc, 1978-) « *Je suis Barnabé Froissard-Delbosc, je n'ai le phénotype d'aucun de mes deux parents, incomparablement plus beaux, plus réussis que moi, surtout mon père, mais aussi ma mère, restée longtemps jolie dans son genre "petite souris binoclarde", comme elle se surnommait souvent. Grand complexé devant l'Éternel et incurable névrosé, j'ai toujours eu peur de tout : peur de me blesser, peur des autres, peur du noir... Petit, je ne pouvais pas dormir sans lumière, j'avais l'impression que des monstres allaient me dévorer. À l'école, j'avais peur de ne pas être à la hauteur, de décevoir ma mère, et j'en ressentais une énorme culpabilité ; il fallait que je sois impérativement le premier, le meilleur, hanté par la figure tutélaire de mon arrière-grand-père paternel, cet homme parti de rien devenu l'une des têtes pensantes du Parti communiste, cet Edmond Rossignol dont j'ai hérité le phénotype, et sans doute une grande partie des gènes : "C'est fou ce que tu me rappelles mon grand-père", ne cessait de me dire ma mère (révélant par ces paroles répétées les liens épigénétiques très puissants les unissant), ou bien "je terminais ma thèse, je ne voulais surtout pas d'un deuxième", ça aussi je l'ai suffisamment entendu. Fœtus clandestin domicilié par erreur dans ce ventre relié à un cerveau studieux, je suis devenu par enchantement l'enfant sans problème dont elle rêvait, le plus gentil, le plus sage, le meilleur à l'école (sa mère avait sans le savoir activé ce fameux système de sanctions et de récompenses dont les cognitivistes ont mis au jour le fonctionnement, ce déclic qui permet aux aptitudes mentales de donner toute leur mesure). Rien à voir avec mon frère Cyril, le prototype du vrai p'tit mec, turbulent, dur, désobéissant, mauvais à l'école : le jour et la nuit... Contrairement à lui, j'ai toujours eu un travail, de l'argent, des relations, mais je n'ai jamais réussi à anéantir cette peur ; elle est là, elle me guette, elle me fixe de ses yeux sans pitié, attendant n'importe quelle faiblesse pour me faire basculer, noyer ce trop-plein dans l'alcool jusqu'à l'effondrement, petite mort rituelle et quotidienne où s'abreuvent les gènes (ô ADH1B et ADH1C, n'en aurez-vous jamais assez ?). Poltron je suis, poltron je resterai, infichu de dénoncer une entreprise encourageant la fraude fiscale à grande échelle, infichu de m'opposer à qui que ce soit, y compris à moi-même, j'ai commencé une analyse mais après huit séances j'ai arrêté, les mots ne me venaient pas, ou plutôt me venaient comme des paroles gelées, et je me voyais parler dans le vide de ce cabinet où le bruit de fond du boulevard Saint-Germain venait s'amortir sur une moquette froide et mauve.* »

(sa mère, Élise Doucet, 1978-) « *Je suis Élise Doucet, fille du colonel Doucet, dont j'ai hérité le phénotype athlétique, les traits bien dessinés, l'esprit clair, la santé de fer ainsi que d'énormes récepteurs de sérotonine qui me donnent cette aptitude à la sérénité. Ma douce et rêveuse maman présente quant à elle d'autres caractéristiques, nervosité, impatience, hypersensibilité, dont je ne décèle aucune trace en mes gènes. Naturellement curieuse, vive et épanouie (autant de signes d'un cerveau bien irrigué et de cellules parfaitement myélinisées !), j'ai toujours été aux yeux de mes parents le prototype du bébé idéal, de la petite fille rêvée, de l'élève modèle. Quand je songe à ma pauvre sœur, je comprends à quel point ça a dû être insupportable de se voir comparée à moi, la plus gaie, la plus jolie, la plus cela, éternelle première de la classe par-dessus le marché. Dame Nature est facétieuse, et ses fées ne se penchent pas sur tous les berceaux avec une égale bienveillance... Heureusement, je n'ai pas été parfaite jusqu'au bout, et ma destinée toute tracée de jolie fille surdiplômée mariée à un potentat local a subi une légère avanie, m'empêchant de venir grossir le rang de ces lignées de poules pondeuses gavées aux anti-dépresseurs, éléments si caricaturalement constitutifs de la gent féminine de ma généalogie. D'ailleurs, quand on y réfléchit, l'ironie de la chose saute aux yeux : si mon père ne m'avait pas transmis ses armées de cellules au garde-à-vous devant la réalité et la nécessité de s'y adapter, déploiements ininterrompus de fiers soldats prêts à en découdre avec l'ennemi viral, l'envahisseur bactérien ou l'attaquant auto-immune, jamais je n'aurais pu avoir le courage d'en finir avec le modèle familial et patriarcal... Pauvre papa, quand il a appris la vérité... Comment leur ai-je dit déjà ? Papa, maman, comment vous dire, je vais me marier mais mon fiancé s'appelle Clémentine... Et encore, je leur ai fait grâce de mes activités militantes LGBT... Et pour finir, j'ai eu une fille avec mon amoureux de terminale, sans doute le seul garçon du lycée qui ne me regardait pas comme un bout de viande assaisonné de pensées cochonnes... et pour cause, mon cher Barnabé, mon compagnon de route, si doux, si drôle, si touchant de maladresse et d'hésitation… moi qui ne crois pas au destin je ferai une exception pour notre histoire, la seule possible avec un homme pour la femelle dominante que je n'ai jamais cessé d'être. »*

59.

Lorsque Diane se réveille, William est déjà parti. Il lui a laissé un pain au chocolat et un mot adorable sur la table de la cuisine. En attendant le résultat des analyses, elle préfère s'abstenir de toute manifestation émotionnelle, même si une légère coloration empourpre ses joues à la lecture de ces deux phrases pleines de sensibilité et d'attention.

Après une douche rapide et un copieux petit déjeuner, elle file à son bureau avec sa petite boîte contenant les cheveux de son amant d'une nuit. En adoptant la procédure FTA (Fast Technology Analysis), elle pourra, si tout va bien, avoir les résultats d'ici la fin de la journée.

Vingt minutes plus tard, elle est dans la salle des machines de *HumanMatchingProject64* Grand Ouest, cherchant son kit de séquençage.

Le bail commercial a été signé l'année dernière. Il avait suffi d'ériger quelques cloisons pour transformer les cent cinquante mètres carrés de ce cybercafé en faillite – lui-même avait remplacé une droguerie en mal de repreneur, trente ans plus tôt – dont les locaux étaient restés inoccupés.

Les passants de ce quartier touristique de la vieille ville sont loin d'imaginer que derrière cette glace sans tain, entre une agence immobilière et une boutique de vêtements pour enfants, se cache la possibilité, encore irréelle pour la plupart d'entre eux, de scruter chaque marqueur de leur ADN.

Quant aux clients, ils pensent généralement s'être trompés d'adresse, surpris par l'aspect si peu *high-tech* du lieu, dont la configuration peut évoquer un centre de soins esthétiques ou un cabinet de médecines parallèles, tout sauf une start-up spécialisée dans le génotypage matrimonial. Venus vérifier la compatibilité de leur code génétique avec celui d'une autre personne, ils cherchent en vain l'architecture de verre et d'acier démultipliée par des galeries ininterrompues d'écrans vibrionnants d'*érythrocytes* et de *mitochondries* s'ébattant sous la houlette d'un aréopage de chercheurs en blouses blanches, nouveaux bergers de l'infiniment petit.

Or, du personnel au décor de l'établissement, *HumanMatchingProject64* Grand Ouest est gérée avec la même économie de moyens. À l'exception de Diane et d'une secrétaire administrative qui vient du lundi au jeudi pour gérer toute la paperasserie numérique, les appels téléphoniques comme le courrier, il n'y a pas de salariés en contrat à durée indéterminée. Les pics d'activité nécessitent parfois l'apport d'un ou deux généticiens *free-lance* supplémentaires, et les tâches traditionnellement dédiées aux *fonctions support*

– maintenance des machines, comptabilité, rédaction des clauses de consentement… – sont sous-traitées à des sociétés extérieures.

Des kits de séquençage attendent la jeune femme dans l'ancienne cuisine qui a été réaménagée en laboratoire.

Conformément au protocole, elle enfile ses gants de latex afin d'extraire la matière à analyser sans la souiller et revêt son matériel de protection contre les effets nocifs des rayons sur les cellules.

Petite fourmi hypermnésique, elle ne peut s'empêcher d'accompagner chaque geste de sa traduction scientifique, en vérifiant scrupuleusement le résultat. *En premier lieu, la dislocation des macrostructures cellulaires par solubilisation des lipides et des protéines hydrophobes.*

Tout beau, tout bichonné, l'ADN est alors prêt à être capturé à l'aide de billes magnétiques, puis amplifié grâce à la *polymération en chaîne* (PCR). C'est à cette seule condition qu'il sera possible d'en identifier les répétitions de séquences spécifiques.

Un logiciel informatique lui donnera le résultat final, sous la forme d'un *électrophorégramme* et attribuera les valeurs de chaque segment d'ADN par comparaison avec une population de référence.

Au moment où elle s'apprête à attaquer le PCR, son téléphone se met à sonner : sa mère. Elle doit dîner avec elle le lendemain, sans doute attend-elle une confirmation.

Elle la rappellera lorsque le logiciel enregistrera les résultats et commencera à mouliner.

Et quand elle la verra, elle devra, si tout va bien, être fixée sur William. En cas de gros risque d'incompatibilité génétique, le logiciel d'alerte génère plusieurs procédures simultanées. Le résultat peut alors sortir après plus de quarante-huit heures de suspense, souvent assorti de sérieuses réserves ou d'un avis carrément défavorable. En tout état de cause, la lenteur de traitement n'est jamais bon signe.

En attendant, Diane brûle de savoir ce que lui réserve l'avenir. Engagée dans une course contre la montre entre le laboratoire et la salle des machines, elle tourne, s'arrête, repart, bifurque, trace des cercles, des ovales, des hyperboles, des spirales, réglant la fluorescence d'une caméra, vérifiant l'intensité des signaux.

Dès que l'*électrophorégramme* se met en route, elle rappelle sa mère pour lui confirmer sa venue, puis s'installe devant son ordinateur :

(Sa grand-mère paternelle, Marlène Froissard, 1955-) *« Je suis Marlène Froissard, fille de Suzanne Rossignol et d'André Froissard. Mon phénotype, mon tempérament tout comme mes caractéristiques physiologiques ne venant ni de mon père, ni de ma mère, ni d'aucun de mes ancêtres connus, j'ai longtemps cru que j'avais été adoptée. Petite fille toute maigrichonne, pâlichonne, le nez plongé dans mes bouquins de classe, j'observais mon coureur de jupons de papa, André Froissard, ainsi que ma belle plante de maman, Suzanne Rossignol, avec autant d'étonnement qu'ils devaient me considérer. Un vrai mystère, cette gamine, au secret de fabrication sacrément bien gardé... Non seulement je ne ressemblais à personne, mais j'avais une insatiable soif d'apprendre, il fallait voir les notes que je leur rapportais, bons points et prix d'excellence en prime... Dire qu'ils n'avaient jamais aimé l'école... Deux cancres, d'après ce qu'ils me disaient en s'esclaffant ; ils s'étaient bien trouvés ces deux-là, aussi flambeurs et superficiels l'un que l'autre, même si je ne les mets pas du tout dans le même sac.* (C'est sur son lit d'hôpital, alors que des torrents d'hémoglobine, rendus plus tumultueux encore par le rétrécissement des artères, s'apprêtaient à faire exploser toutes les digues pour déverser leur flot, qu'André Froissard confia à sa fille qu'il n'était pas uniquement le bon beau gros nounours un peu benêt qu'il paraissait être : il avait tué deux hommes, un officier nazi et le premier mari de Suzanne, alors qu'elle était encore sa maîtresse, un homme jaloux qui la tapait.) *Moi au moins, avec mon physique de petite souris binoclarde aux traits pointus, il m'était difficile de jouer cette partition, à tel point que personne ne m'a vue vieillir, sans doute grâce à toute cette insignifiante anatomie tenue par une tension à l'œuvre en chacun de mes muscles, en chacune de mes cellules probablement, grâce à cette vigilance qui me pousse à être constamment sur le qui-vive, même lorsque je me fourre toute seule dans le pétrin en tombant amoureuse d'un type avec qui je ne partage rien, à l'exception de nos deux fils... Daniel Delbosc, comment ai-je pu t'aimer autant, toi qui es à des milliards d'années-lumière de moi, de mes centres d'intérêt, comment ai-je pu supporter ton air suffisant d'insupportable mâle qui a toujours raison, même quand il a tort, incapable de remettre en cause ne serait-ce qu'une parcelle de son comportement, comment ai-je pu me tromper à ce point, et toi, comment as-tu pu supporter mes récriminations permanentes et mes sautes d'humeur sans jamais me flanquer ton poing dans la figure… Tu m'as beaucoup aimée, Daniel, et la tendresse que j'éprouve encore à ton égard est infinie ; à quelle loi du désir obéit l'attirance des couples : si la littérature et toutes les méthodes d'observation n'ont jamais réussi à nous l'expliquer, la science de l'infiniment petit finira bien par en percer le mystère.* »

(Son grand-père paternel, Daniel Delbosc, 1953-2041) « *Je suis Daniel Delbosc, j'ai le physique de mon père, qui avait lui-même celui de son propre père. En plus de ces caractères visibles de leur génome, j'ai hérité d'une vue exceptionnelle et de nerfs d'acier, qui auraient pu faire de moi un excellent pilote de ligne ou un champion de rallye automobile. Je n'ai jamais été très doué à l'école mais je me suis très vite passionné pour les arts martiaux, sans doute pour épater les filles et clouer le bec aux petites terreurs de cours de récréation ; mon existence s'est organisée autour de cette passion. Après avoir gagné de nombreux combats, je me suis qualifié pour plusieurs championnats : ceinture noire à dix-huit ans, champion du monde de kung-fu à vingt ans, je suis vite devenu la coqueluche de toutes les jeunes femmes du coin. Ma seule erreur a été de m'enticher de la voisine de mes parents, une jeune prof de français nouvellement mutée au collège. Dès le premier regard, je l'ai follement adorée : je lui ai demandé ce qu'elle faisait là, et lui ai proposé de continuer notre conversation autour d'un verre. On s'est revus et je lui ai demandé sa main, tout simplement. Mal m'en a pris ! À peine nous étions-nous installés ensemble, dans notre petite maison de lotissement avec un ruisseau au fond du jardin, qu'elle est devenue tyrannique et maniaque... J'aurais pourtant pu passer ma vie avec une femme incomparablement plus belle et plus douce, mais il y avait quelque chose qui m'attirait chez elle, peut-être son air perdu et son physique de petite souris, peut-être sa dureté aussi... Je m'entendais très bien avec ses parents, André et Suzanne, agréablement surpris du choix de leur fille... Moi, l'éternel adolescent, impulsif, rebelle et paresseux, avec mon taux de testostérone élevé j'ai vite perdu mes cheveux, à trente ans à peine, la fameuse "alopécie androgénique" due à la dihydrotestostérone ; je me suis rasé, avec toutes les communautés de hippies dans la région on me prenait pour un gourou à femmes, il faut dire que je l'ai un peu trompée, ça aussi, elle me l'a reproché : tu es incapable de te remettre en cause, décentre-toi, apprenez à vous décentrer, les hommes, ne cessait-elle de me répéter. Détestostéronez-vous, et vous ferez un pas de plus vers l'harmonie conjugale.* »

Un bip lui annonce la fin du moulinage de l'ordinateur. Le moment d'imprimer les résultats et de procéder à l'analyse du génome était arrivé.

Elle glane quelques informations tout juste sorties de l'imprimante : *intolérance au lactose, allergie aux noisettes, cellules du cerveau actives et bien irriguées, fortes probabilités de QI élevé, plutôt du soir. Origine :*

20 % africaine, 20 % anglo-européenne, 50 % franco-ibérique, 10 % asiatique.

Jusqu'ici, tout va bien.

Les modalisations sur l'espérance de vie, les pathologies lourdes et la compatibilité génétique, en revanche, ne sont pas encore sorties. Selon toute probabilité, le logiciel d'alerte va se mettre en route, activant les multiples procédures de validation conforme à la norme ISO GN TRBS adoptée par l'Union européenne.

Diane sait désormais qu'elle peut s'attendre à de mauvaises surprises. Reste à savoir si elles vont être simplement mauvaises, ou carrément très mauvaises.

60.

De retour à son domicile un peu avant 20 heures, Diane s'affale sur le canapé. Sa lassitude pèse sur chacun de ses gestes, chacune de ses postures. Avisant des paquets de chips sur la table de la cuisine, elle se rend compte qu'elle a oublié de déjeuner. Journée de m…, maugrée-t-elle en regardant fixement, presque jusqu'à l'auto-hypnose, les derniers rayons du soleil illuminer des pans de murs et se réverbérer sur la surface de l'océan.

Le déclenchement de cette procédure d'alerte est une mauvaise nouvelle à plus d'un titre. Pour sa vie sentimentale et conjugale, tout d'abord : célibataire depuis toujours, la solitude commence à lui peser. Le moment est venu pour elle de s'embarquer dans une vie de couple ponctuée de dîners langoureux, de discussions passionnées, de matinées coquines et, peut-être un jour, de rires d'enfant. À quoi bon avoir trouvé l'homme qu'il lui faut, dont la présence la rassure et la séduit tout à la fois, pour l'éconduire aussitôt ?

Sur le plan professionnel, elle envisage également les suites préjudiciables de la séparation : le cadrage juridique des contrats clients fait l'objet de la plus grande vigilance. Pour éviter tout risque de contentieux, il est vital d'en peaufiner chaque phrase à la virgule près. William est un avocat réputé, l'un des plus réputés et des plus abordables, en matière de droit à l'image, il a déjà fait basculer des tribunaux par la qualité de ses plaidoiries, sa perte serait une catastrophe pour *HumanMatchingProject64*. Combien de généticiens se sont retrouvés condamnés à des dommages et intérêts ou, pire, à des sanctions pénales, à cause d'une maladie qui n'avait pas été décelée ou parce qu'un enfant ne correspondait pas aux canons de beauté et d'intelligence que ses parents en attendaient ?

Si les intentions premières des entreprises de *matching* génétique étaient exclusivement médicales – éviter que des parents porteurs d'une même mutation ne transmettent à leur progéniture des maladies héréditaires –, elles ont peu à peu débordé de leur cadre initial pour devenir des instruments d'optimisation amoureuse. Non contentes de détecter les futures pathologies, elles ont conquis le marché de la rencontre, promettant des relations durables et sécurisées grâce à une analyse approfondie des profils génétiques « utilisateurs ». Les réseaux sociaux se sont mis à fleurir de campagnes publicitaires visant à faire connaître les vertus du *matching*. Mises en ligne par des influenceurs anonymes travaillant pour le compte de grosses compagnies, elles s'accompagnent de slogans destinés à déclencher le besoin de faire un test de compatibilité :

Et si le secret de l'amour était inscrit dans votre ADN ?

Trouver la bonne personne n'est plus une question de chance !

Sécurisez votre vie amoureuse, valorisez votre capital génétique.

Avant de vous engager, demandez à vos cellules ce qu'elles en pensent !

Comme au moment de l'adoption de la loi dite du « mariage pour tous », en 2013, ces nouvelles pratiques ne manquèrent pas de créer des lignes de fracture dans la société. Les nombreuses voix – religieuses, écologistes, communistes – qui alertaient depuis plusieurs années déjà sur les risques eugénistes de ce type de pratique et en demandaient l'interdiction pure et simple se heurtaient à ses plus fervents défenseurs. Pour ces derniers, l'amélioration de l'espèce humaine était une question de survie collective. En témoignaient, à leur sens, plusieurs décennies d'affaissement du quotient intellectuel des populations, qui se traduisaient par les difficultés d'apprentissage des élèves et les problèmes endémiques de discipline auxquels était confrontée la grande majorité des membres du corps enseignant. Certains députés avaient fait des propositions de « redressement cognitif », passant notamment par l'octroi d'allocations spécifiques aux seules femmes supposées intelligentes, et par la suppression de toute forme d'aide de l'État aux autres. La communauté scientifique était également partagée, et ses membres écartelés entre l'égalité des droits à la procréation et les indiscutables dégâts sociétaux qu'un environnement génétique et épigénétique défavorable pouvait occasionner.

Les pouvoirs publics avaient tenté un cadrage législatif de la sélection par les gènes mais de nombreux amendements en avaient rendu les textes difficiles à comprendre et l'interprétation variable, à la merci d'une jurisprudence encore flottante (la dernière, qui n'était qu'un jugement de première instance, semblait aller dans le sens d'une non-interdiction généralisée, mais elle était encore susceptible d'appel). N'étant pas encore totalement autorisées, ni vraiment prohibées, les entreprises de *matching* génétique se contentent donc d'exister dans une zone grise du droit, en fonction de la seule loi de l'offre et de la demande.

Contrairement à certains de ses collègues, motivés par le seul appât du gain, Diane est une praticienne intègre, attachée aux aspects médicaux et préventifs de son métier, à sa précision technique, à son utilité discrète. Trésorière de l'association *GÉNÉTHIX*, un collectif de généticiens qui cherche à réglementer la profession, elle s'efforce de concilier sa pratique personnelle avec les grands principes de la génétique médicale qu'elle défend auprès de ses pairs, décelant avec la plus extrême vigilance et à des tarifs abordables le moindre risque pathogène auquel s'exposent les futurs embryons issus de telle rencontre de gamètes.

Aussi oppose-t-elle une fin de non-recevoir systématique aux consommateurs de génétique de « confort » : *Et vous pensez, docteur, qu'avec son profil génétique, j'ai quelles probabilités d'avoir un brun élancé qui ait un très bon QI et une santé de fer ? Vous avez des prix Nobel dans votre catalogue « géniteurs » ? Lesquels sont les plus intelligents et aussi les plus beaux ? En fait, je préférerais peut-être des champions de judo, pourriez-vous m'assurer qu'il en héritera les réflexes, la coordination et la densité musculaire ? Si mon fils n'a pas une bonne taille, pourrez-vous me le faire grandir avec vos ciseaux moléculaires CRISPR-Cas9 ? Améliorer sa compréhension des mathématiques ? Changer la couleur de ses yeux, ou juste la redensifier, vous ne trouvez pas qu'ils sont d'un bleu un peu terne ? Ah, bon, vous ne pouvez pas ? L'une de mes meilleures amies m'a pourtant raconté qu'après un simple p'tit coup de CRISPR, la fille de l'ex de son nouveau compagnon a réussi à se débarrasser de l'acné qui lui ravageait le visage depuis plusieurs années… Ah, vous ne voulez pas ?*

Vouloir essentialiser les clivages de la société en accélérant les déterminismes génétiques n'était pas seulement égoïste ou stupide, c'était surtout criminel. Même si leurs demandes insensées ne pourraient jamais être toutes satisfaites, ne scelleraient-elles pas, à la longue, les fondements inégalitaires d'un monde de plus en plus fermé ? Certains aspects pouvaient évoquer *Le Meilleur des mondes* d'Aldous Huxley : d'un côté, les riches (les *Alpha*), bien fournis en capital génétique et en interactions épigénétiques réussies ; une zone médiane de classe moyenne (les *Bêta* et les *Gamma*) de plus en plus réduite, oscillant entre la peur de la déchéance et l'espoir d'un avenir apaisé ; et de l'autre, les pauvres (les *Delta* et les *Epsilon*). Pauvres en biens matériels, mais surtout en mondes et en possibilités d'adaptation, condamnés à vivre des maigres subsides de l'État, à exercer des métiers aussi durs, précaires que mal payés et, pour beaucoup, à s'orienter vers la voie de la criminalité et de la délinquance.

Car, à la différence de l'utopie décrite par Huxley, les *Delta* et les *Epsilon* n'étaient pas forcément plus petits, plus laids, ou intrinsèquement moins intelligents que les *Alpha*. Ils étaient surtout loin d'accepter leur condition de parias. La violence liée aux frustrations sociales ne cessait de grandir, comme le montrait l'atmosphère de guerre civile qui gangrenait toute la surface du globe. Poursuivant la dynamique mortifère de la série d'attentats et de crimes gratuits qui avaient émaillé le premier quart du XXIe siècle, elle avait gagné de nombreux quartiers, et s'était étendue à la plupart des couches sociales. En France, l'état d'urgence était devenu permanent, et les forces armées déployées ne suffisaient plus à protéger les populations. Dans un village près de Poitiers, on avait trouvé plusieurs familles décimées selon le même mode opératoire : femmes violées, maris égorgés sous les yeux des enfants. Les tortionnaires, pour la plupart des tueurs isolés au cerveau gorgé du kitsch sanglant des jeux en ligne, se réclamant pour certains d'une mouvance islamiste radicale, vivaient leurs dernières heures palpitantes du récit de leur cavale sur tous les écrans comme une apothéose. Comme toujours dans l'histoire, ces exactions étaient l'œuvre de jeunes mâles sociopathes, pétris de haine et de testostérone. Dans certains cas, les auteurs des faits étaient déclarés irresponsables, sous l'emprise d'une drogue, ou d'un quelconque délire paranoïaque. Non seulement l'affaire Sarah Halimi, et la tache indélébile que portait la justice française au regard de l'impunité du meurtrier, avait laissé des traces mais elle s'était répliquée. Puisqu'il était possible de tuer sans être condamné, aucun verrou mental ne pouvait sérieusement empêcher le passage à l'acte.

Longtemps tétanisée, l'opinion publique avait fini par réagir avec la plus grande virulence devant ces crimes répétés, mobilisant en masse sur les réseaux sociaux pour inciter les populations à supprimer les assassins. Dans les quartiers, dans les villages, des milices citoyennes et des groupes d'autodéfense armés se constituaient afin de pallier le manque prévisible des forces de l'ordre. S'y infiltraient des militants nationalistes et identitaires, qui voyaient là l'occasion de régler une bonne fois pour toutes le problème de l'immigration.

Jusqu'à quand la cohésion du pays allait-elle pouvoir tenir ?

Conformément à ses principes, Diane considère les tests génétiques comme un acte citoyen. Exclusivement axés sur des problèmes de compatibilité génétique et de risques graves, ses actes étaient plafonnés au tarif de remboursement des caisses primaires d'assurance maladie. Ne plus avoir à répondre aux demandes aussi ridicules que menaçantes d'une caste de nantis exigeant que leur futur enfant soit plus que parfait lui épargne des maux de ventre, et des raisons supplémentaires de détester l'espèce humaine. N'est-elle pas elle-même, compte tenu de son physique, la preuve que l'on peut très bien vivre sans avoir l'apparence d'une héroïne de Netflix ?

Vingt minutes plus tard, Diane finit par s'extirper de son canapé. En se levant, elle éprouve une légère sensation de vertige, tandis qu'un essaim de phosphènes traverse son champ visuel. Sans doute un début d'hypoglycémie, ou une baisse brutale de tension. De méchants grondements intestinaux lui rappellent qu'elle aurait tout intérêt à aller piocher quelques restes dans la cuisine sous peine d'aggraver ses symptômes et de tomber d'inanition.

Sans prendre le temps de s'asseoir, elle engloutit quelques tartines de tarama et une banane accompagnée de trois cookies. Elle a bien conscience que son hygiène de vie est déplorable mais, ce soir encore, elle a trop de travail pour perdre du temps en préparatifs et en cuissons. À force d'expédier ses repas à la va-vite, elle avait fini par multiplier les problèmes digestifs. Les plus pénibles sont sans conteste les remontées acides, dont elle n'arrive jamais à se débarrasser totalement. Mais comment en finir avec ce célibat mortifère si les gènes de l'homme qui lui plaît sont incompatibles avec les siens ?

Retrouvant son casque anéchoïque et ses arrière-grands-parents paternels, la jeune femme se met à taper sur les touches de son PC :

(son arrière-grand-père, André Froissard, 1920-2004) « *Je suis André Froissard, je suis le mâle, le mâle désirant, le mâle aimant aimé de toutes. Si je suis si grand, si beau, si fort, je n'en remercie personne, sauf le hasard des rencontres cellulaires qui m'ont donné le meilleur de ma généalogie. J'aime la viande rouge, les sports violents et le sexe* (en plus du recueil exhaustif des récits familiaux, Diane s'était livrée à des prélèvements de cellules d'ADN autour de la tombe d'André), *et je passerai ma vie à explorer le mystère qui gît entre leurs cuisses, adorables sorcières, grandes, petites, blanches, noires, brunes, rousses, elles sont toutes à croquer quand elles se donnent, belles et offertes comme des fruits d'amour… Je les guette à tout instant, en tout lieu, dans la rue au bras de leur mari, seules sur le quai d'une gare… Parfois, la simple vue d'un mollet puissamment galbé suffit à déclencher en moi l'étincelle divine… Ah, les délicieuses promesses du premier baiser, les sens émoustillés dès la montée de l'escalier… Et si j'aime autant me donner en spectacle, les faire rire, c'est pour les voir, les sentir se trémousser en leur tréfonds… Jusqu'à faire pipi dans leurs petites culottes… Même interrogé par les poulets après avoir tué le mari de Suzanne, j'ai réussi à être drôle* (par chance pour André Froissard, le Roger en question avait de mauvaises fréquentations, des dettes de jeu et un casier judiciaire déjà bien rempli, et les policiers privilégièrent la thèse du règlement de comptes). *À la fin de l'interrogatoire, il faut voir comment ils se marraient… Ma mère m'a donné tellement d'amour, mon père tellement de raclées, que j'en ai gardé une haine féroce des hommes et un amour immodéré pour le sexe faible. Les femmes m'ont tout pris, argent, santé, énergie, jusqu'à la petite fortune du Bon sommeil, dilapidée en un rien de temps par Suzanne... Ce n'est pourtant pas faute de lui avoir répété de veiller à ne pas trop dépenser, à bien gérer la comptabilité de son magasin, mais elle ne m'a jamais écouté, avec son cerveau de petite fille capricieuse et autoritaire. Grand seigneur, je me suis perdu en chacune d'elles, vivant comme un lion paresseux et pétri de confiance. Mais les jours ont passé et la vie s'est vengée : me voilà cardiaque et perclus de rhumatismes, si tendu que les valeurs de mon tensiomètre arrachent des cris de frayeur aux infirmières, qui m'adorent, elles aussi... Le jeune mâle plein de fougue est devenu un vieux lion fatigué et déplumé, qui a tout perdu, ambition, cheveux, argent, santé... Un vieux lion terrassé, disloqué, disséminé par les structures dissipatives de sa propre puissance* (le mot est bien évidemment de Diane Doucet, qui a pris le parti de faire parler certains de ses ancêtres comme s'ils possédaient sa lucidité aiguë, sa culture scientifique, sa compréhension des multiples interactions sociales et biochimiques, érigées en principes explicatifs des aptitudes et comportements). »

(son arrière-grand-mère, Suzanne Rossignol, 1932-2019) « *Je suis Suzanne Rossignol, je ressemble à ma mère, et plus encore à ma grand-mère maternelle, la plus jolie femme du Vexin. Je suis une fleur du désir, le regard des hommes m'éveille à la vie, je l'ai su dès l'âge de douze ans, lorsque je les voyais lorgner ma culotte et mes seins naissants avec des regards humides, un cerveau au bord de l'apoplexie et des gestes si maladroitement comiques, ouh, ce que c'était drôle... ! Oui, j'ai su à ce moment-là qu'un trésor inestimable se cachait* entre mes cuisses, un onguent magique, aussi puissant que les efflorescences hormonales dont j'épousais les fougueux jaillissements. Je suis le plaisir en marche, la beauté à la recherche de son reflet toujours dévoilé, l'empreinte lascive de Vénus se lit dans les symboles épanouis de ma féminité. Hermétique aux sécheresses du logos et à la rigueur mathématique, inapte au travail de la pensée, je n'ai jamais aimé l'école, où les leçons peinaient à trouver leur chemin dans mon cerveau, qu'une parcimonieuse irrigation a toujours su préserver des problèmes insolubles et des questionnements angoissants. Bécasse je suis, bécasse je resterai, et si je me lasse de tout, c'est parce que je vis à la vitesse de l'émerveillement. Heureuse avec un bébé dont je partageais le goût de l'élémentaire, je n'ai pas tardé à déchanter, ne sachant que faire de la fillette studieuse dont j'avais pourtant conçu la chair, et encore moins de l'adulte dont le langage m'était inconnu, moi la nymphe acéphale frémissant au vent joyeux des chansons niaises et des refrains sirupeux. Ai-je réussi ma vie, ai-je tout raté, je ne saurais le dire, mais je sais que je ne regrette rien car je me suis bien amusée. Suis-je un peu arriérée, un tantinet demeurée, je ne pourrais le jurer car j'ai su manier tous les signes et élaborer mille et une stratégies pour me laisser électriser par les courants forts de la vie. Je suis une fleur du désir, un embryon de pensée sauvage, je me fiche des causalités mais je connais la puissance cachée des analogies et la fulgurance des images. Femme-papillon, j'habite l'instant de la caresse, je flirte avec la terre pour mieux étreindre le ciel, je vibre de tout et ne me soucie de rien. »

61.

Lorsque Diane se décide à sortir du lit, il est déjà 10 heures. Elle s'était réveillée dans la nuit pour s'enquérir du verdict possible de l'*électrophorégramme*, mais son application lui avait opposé un invariable *no results found*. De guerre lasse, elle avait décidé de se rendormir.

Elle a fait une série de petits cauchemars absurdes, mais un seul d'entre eux flotte encore dans sa conscience endormie : William s'était installé chez elle. Tout en ayant la certitude de sa présence, elle ne l'avait jamais vu. Elle savait qu'il était là grâce à un ensemble d'indices et de traces – cheveux bruns dans la baignoire, boîtes de conserve ouvertes, livres déplacés… – dont elle ne parvenait pas à analyser l'ADN. Suspectant le jeune avocat d'avoir élu domicile dans l'un des faux plafonds, elle décidait de mettre le feu à l'appartement pour l'en déloger, mais de l'eau se mettait à couler des murs, contrariant son projet.

Avant de prendre un café accompagné de tartines de pain grillé et de fruits secs, elle se connecte à la 5G de son smartphone avant de le refermer aussitôt, avisant son écran saturé de faits divers sordides, de scandales, de cataclysmes, de suicides et d'attentats, bruit de fond de ce XXIe siècle arrivant à maturité. Elle a décidé de sortir de sa bulle pour prendre des nouvelles du monde trois jours par semaine, du samedi au lundi, mais la surabondance d'informations finit par lui donner le vertige. Trop d'événements *de nature exceptionnelle*, d'inventions aux conséquences imprédictibles, de menaces sur la biodiversité, de production de déchets, de panique des marchés financiers. Trop de chiffres. De la croissance. Du chômage. Des féminicides. Des espèces en voie d'extinction. Trop de coups d'éclat politico-médiatiques. De détails sordides révélés au grand jour. Trop d'histoires personnelles des uns et des autres saturant les réseaux sociaux sous forme de récits d'inceste, de viol, de harcèlement, du calvaire d'avoir été victime de *grossophobie*. De *maigrophobie*. De *petitophobie*. De *moyennophobie. De pilophobie*. Comment suivre les pérégrinations de dix milliards d'humains alors qu'une simple mise à jour de ses connaissances au regard des avancées de la science génétique est un effort de tous les instants ?

Tout bien réfléchi, la seule urgence de la journée est une séance de remise en forme. Elle a un cours de fitness à 11 heures. Si elle ne traîne pas trop, elle peut encore y assister. Le club est de l'autre côté du Vieux-Port. Contrairement à sa mère, elle n'avait jamais éprouvé le besoin de faire du sport. Mais depuis qu'elle a étudié le fonctionnement du cerveau, en quatrième année de médecine, et que lui ont été révélés les effets d'un exercice physique régulier sur l'irrigation des synapses, elle s'est empressée de s'inscrire au club de gym le plus proche de son domicile. Elle y passe une grande partie de ses samedis, renouvelant son forfait année après année. Depuis son emménagement à La Rochelle, le décor a changé, mais la sensation créée par la libération d'*endorphines* récompensant l'effort reste toujours la même. Et dans la perspective d'une histoire avec William, une perte de poids ainsi qu'un raffermissement généralisé de l'ensemble de son anatomie seraient les bienvenus.

Alors qu'elle s'apprête à partir, elle reçoit un appel. La localisation indique Paris. Peut-être au sujet de son père…

– Allô, oui ? fait-elle d'un ton contrarié.

– Allô, ce n'est pas le portable d'Hector ? interroge une voix déjà entendue.

– Non, madame, il n'y a pas d'Hector ici.

– Mais j'ai pourtant bien fait le numéro d'Hector, insiste la voix.

– Oui, mais je vous dis que je ne connais pas d'Hector, s'agace Diane à l'idée de rater sa séance de sport…

– Je ne comprends pas. Son numéro s'affiche sur l'écran et une autre personne me répond !

Cette fois, son interlocutrice a suffisamment parlé (et l'hippocampe a eu le temps d'accomplir son travail de reconnaissance !) pour qu'elle l'identifie : c'est Sarah Gross, l'une de ses anciennes collègues de travail. Voisines de bureau chez *Génomics*, elles avaient fini par sympathiser et se voyaient régulièrement, le soir et le week-end. Depuis que Diane a démissionné de *Génomics* pour entrer chez *HumanMatchingProject*, leurs relations se sont peu à peu distendues.

– Sarah ! fait-elle.

– Mais qui est au téléphone ?

– Diane ! Diane Doucet !

– Ah, Diane… C'est toi ? Désolée, j'ai encore dû être piratée !

– À moins que cette fois, nous n'y soyons vraiment entrés…

– Entrés où ?

– Dans la singularité…

Diane faisait directement allusion à une conversation qu'elles avaient régulièrement au sujet des innombrables dérèglements qui commençaient déjà à affecter les messageries et les réseaux, et qui se généraliseraient par la suite : des communications changent de destinataire, des contacts disparaissent mystérieusement, remplacés par d'autres, pour des raisons tout aussi inexplicables en apparence.

Les systèmes complexes lui étant familiers, Diane pressent immédiatement ce qui est en jeu. S'il a été décidé, du moins programmé, que Sarah la contacte à ce moment-là en lieu et place de cet Hector, ce ne doit sûrement pas être par hasard. Il y a forcément une raison, même si cette dernière n'apparaît pas immédiatement. D'un certain point de vue, les bugs et les lapsus techniques apparemment aléatoires s'apparentent aux hasards objectifs et aux coïncidences improbables de la vieille synchronicité, même si son bric-à-brac ésotérique peuplé d'entités malveillantes ou d'anges gardiens peut aujourd'hui prêter à sourire. Ils révèlent ou traduisent à leur façon un ordre caché, une causalité occulte que le brouhaha du quotidien a fini par faire oublier.

La suite de la conversation lui donne raison. Sarah, en effet, s'apprêtait à recontacter son ex-compagnon. Depuis qu'il avait tenté de la défenestrer à l'issue d'une dispute, elle avait décidé de ne plus le revoir. Or, ses nombreuses relances, ses excuses, ses pleurnicheries et ses messages d'amoureux transi sont en passe de la faire changer d'avis. Le croyant sincère et capable de bien se tenir à l'avenir, elle est disposée à lui donner une seconde chance.

– Qu'est-ce qui l'avait mis dans cet état ? s'enquiert Diane.

– Oh, une histoire toute bête de réseaux connectés, minimise Sarah. Il croyait que je le fliquais avec *Neuralink* parce qu'il voyait une alerte avec mon profil s'afficher dès qu'il était connecté… En fait, il avait tout simplement oublié d'activer la réponse à une demande qu'il m'avait faite… Bref, un stupide malentendu qui a failli très mal tourner… Un saut du deuxième étage, tu me diras, je n'en serais peut-être pas morte…

Poussée dans ses retranchements par les questions de Diane, Sarah décrit une relation tumultueuse, faite de moments d'intense fusion alternant avec des phases d'hyperviolence, de suspicion et de jalousie. Cet Hector a tout d'une personnalité instable, limite psychotique, voyant son pauvre *moi* comme une forteresse assiégée par tous : par ses amis, avec qui il se querelle forcément parce qu'ils lui en veulent de sa réussite ; par les personnes avec qui il travaille, dont il ne supporte aucune remise en cause ; par ses parents, coupables à ses yeux de maltraitance pour ne pas lui avoir passé tous ses caprices… Un comble pour un coach reconnu qui faisait de la zénitude et de la maîtrise des émotions son fonds de commerce !

Après un audit circonstancié de la situation, Diane ne peut s'empêcher de mettre son amie en garde contre ce type de relation : s'il a déjà sévi, il recommencera, elle peut le lui garantir. S'imagine-t-elle avoir un enfant avec lui ? Qu'adviendrait-il, à son avis ? Tient-elle à finir dans la rubrique des faits divers les plus sordides ?

Lorsqu'elle raccroche, il est déjà midi.

Qu'à cela ne tienne, il y a un autre cours à 14 heures. Au retour, elle se commandera une salade et prendra son café sur l'une des terrasses ensoleillée du Vieux-Port en observant les passants. Après, elle filera directement chez sa mère. Cette dernière lui a dit de passer tôt, vers 18 heures, pour l'aider à configurer un nouveau logiciel de cartographie des risques climatiques qu'elle vient d'installer sur son ordinateur. Certaines données, en effet, ne sont pas prises en compte, d'autres ressortent surpondérées, voire falsifiées… Sans doute un problème de paramétrage ou de migration incomplète, je t'arrange ça en vingt minutes, lui a tranquillement répondu Diane.

En attendant son cours, elle coiffe son casque anéchoïque :

(son arrière-arrière-grand-mère, Valentine Froissard, 1897-1991) « *Je suis Valentine Froissard et si j'en crois ma mère, je ressemble comme une goutte d'eau à ma grand-mère maternelle, Zoubida M'bella, Zoubida la sage, tant par mon apparence physique que par les méandres de mon esprit. J'ai comme elle la peau couleur caramel, et je tiens de son âme pénétrante de fortes dispositions médiumniques ainsi qu'une attirance pour les mystères de la vie et de la mort. Capable de m'enfoncer dans les profondeurs de l'universelle psyché, je me ris de la surface du visible, et les regards falots de mes compatriotes gaulois sur mon physique d'indigène ont toujours glissé sur moi comme de l'eau sur un canard. Il faut dire qu'avec ma bonne éducation de petite fille riche et mon aisance dans le maniement de l'imparfait du subjonctif, je ne m'en suis jamais laissé conter. Guidée par le divin en moi et l'espérance d'une verticalité enfin retrouvée* (Diane avait noté que Valentine était porteuse de la double allèle, réservoir abondant de sérotonine), *je comble de mes attentions mystiques mes tendres amis, amants, mari, enfants, animaux, végétaux... Dans ma folie aimante, j'ai supporté un second mari qui me battait et qui ne m'a apporté que du malheur ; il faut dire que je le lui rendais bien en infidélités et en projectiles lancés à la figure. De mes deux fils, c'est étrangement André qui a le plus souffert de la violence de Jules. Pierre-Louis, héritier du physique comme du don thaumaturgique des M'bella, était toujours plongé dans ses livres, happé par le travail sans fin de l'intelligence universelle. André, quant à lui, ne ramenait que des mauvaises notes et des punitions, sans doute en opposition à ce père autoritaire qu'il détestait tant.* »

(son arrière-arrière-grand-père, Jules Froissard, 1896-1937) « *Je suis Jules Froissard, et je ne ressemble pas du tout à mes parents, le seul membre de la famille à qui il m'est prêté des traits communs est mon grand-père maternel, Augustin Août. Le cerveau toujours en alerte, je suis d'une nature nerveuse et inquiète, qu'une malformation de naissance a rendue plus instable encore : un pied bot varus équin. Excellent à l'école mais incapable de courir après les bêtes, doué pour le calcul mental mais inapte aux travaux manuels de la ferme, je suis né au mauvais endroit, sans doute aussi au mauvais moment, tant la force physique, la mobilité, la confiance face aux éléments m'ont toujours fait défaut. Mon imbécile de père n'a cessé de me traiter de bon à rien en me fichant des raclées, tandis qu'à l'école, dans la cour de récréation et à l'internat, mon infirmité attirait sur moi sévices et quolibets. Même si ma mère m'a aimé, profondément aimé, j'en ai gardé une haine féroce des êtres humains. Oui, je hais mes semblables, je hais leurs regards narquois ou leurs mimiques faussement apitoyées… Heureux d'avoir un bon travail dans une belle compagnie, j'en ai gravi un à un les échelons. Compagnon de route de l'Action française et grand lecteur de Maurras, j'ai envisagé un temps la députation. L'ennemi est à nos portes, tous les hommes de bonne volonté n'ont-ils pas le devoir de s'unir pour faire face à la racaille bolchevique et judéo-maçonnique ? Mais cette saloperie de grippe espagnole m'a coupé en plein élan. En plus de ce pied à demi gangrené, mes poumons ont commencé à se décomposer à leur tour. Alors je me suis mis à boire, de plus en plus, plusieurs litres par jour, du rouge, des liqueurs, de l'eau-de-vie, de n'importe quoi. Mon foie aussi s'est mis à aller mal, et tout autour mes gosses, ma femme, me voyaient pourrir, ils m'observaient comme un cancrelat en putréfaction, un agrégat de chairs souffrantes. Et au fond, tout au fond de ma douleur, je n'entendais plus rien d'autre que cette affreuse voix nasillarde m'implorant d'en finir au plus vite. »*

62.

À 18 heures précises, Diane Doucet s'annonce au visiophone de sa mère : la résidence « Les Tamaris » est un immeuble du dernier quart du XXe siècle, tout ce qu'il y a de plus fonctionnel. Comme pour sursignifier le caractère maritime du lieu, des voiles et des gilets de sauvetage sont entreposés dans l'entrée, une marinière sèche à une fenêtre et au moins deux balcons servent d'entrepôts à des planches à voile. Quant aux tamaris, ils sont une bonne dizaine de spécimens, entourés de lauriers-roses et d'azalées, à défier le vent de leurs troncs noueux, témoins immobiles d'homériques combats contre les éléments.

Lorsqu'elle s'est installée à La Rochelle, un an plus tôt, Élise Doucet avait délibérément jeté son dévolu sur un appartement à l'opposé des vieilles pierres et de la vue sur les toits de son immeuble Charles X de la rue des Gravilliers.

Un homme sort de l'ascenseur. Il a l'âge et la stature de William, sa couleur de cheveux aussi, mais il est incomparablement moins séduisant. Un commercial bas de gamme, pense Diane en observant son teint hâlé et ses cheveux gominés, tandis qu'il lui dit poliment bonjour. À peine arrivée dans la région, elle a été surprise de l'urbanité tranquille de ses habitants. Elle a eu cette même sensation en passant par Niort, à une soixante de kilomètres de là. Rien à voir avec les Parisiens ou les Marseillais, qui ne peuvent s'empêcher de vous klaxonner et de vous faire des bras d'honneur en vous doublant si vous avez le malheur de respecter les limitations de vitesse.

Peut-être a-t-il un code génétique parfaitement compatible avec le mien, rage-t-elle intérieurement en voyant l'homme traverser le jardin et refermer la grille de la résidence.

Arrivée au dixième étage, elle vérifie sa coiffure dans le miroir de l'ascenseur et s'engage dans le couloir moquetté. La porte de l'appartement est restée entrouverte, laissant apparaître son blindage. La hausse des attaques armées et des intrusions a créé une prospérité sans précédent du marché de la sécurité. Même si ces précautions ne présentent souvent qu'une valeur dissuasive face à des professionnels capables d'abattre une cloison en moins de quinze minutes, il est devenu impossible d'être couvert par une assurance sans avoir fait installer un blindage ou un système d'alarme connecté.

Apercevant sa fille franchir le seuil de son trois-pièces, Élise accourt vers elle, l'embrasse tendrement.

Diane voit sa mère telle qu'elle a toujours été : forte, belle et courageuse. Alors qu'elle avait dix ans, elles avaient regardé ensemble *Wonder Woman* à la télévision, avec Gal Gadot. La jeune femme se souviendra toujours de l'impression, jamais démentie depuis, que sa maman aurait pu jouer à la place de l'actrice. Elle n'avait d'ailleurs pas pu s'empêcher de lui dire qu'elle lui ressemblait tellement elle était forte. Si forte que, quelques jours plus tôt, elle avait fait fuir un voleur qui s'était fait passer pour un policier. Manque de chance pour lui, Élise s'était spécialisée dans la défense contre les attaques à l'arme blanche après l'obtention de sa ceinture noire de krav maga : à peine avait-il sorti son couteau qu'il s'était retrouvé au sol le nez ensanglanté avant de s'enfuir, la queue entre les jambes.

Aujourd'hui encore, Élise est une belle femme athlétique, même si elle approche les soixante-dix ans. Son physique tout en muscles élancés et en angles doux, devenu plus sec avec le temps, lui donne une légère tournure ascétique. Ayant fait le choix de vivre seule depuis sa séparation avec Tom, son emploi du temps se partage désormais entre ses cours de yoga, les week-ends passés chez Barnabé Froissard-Delbosc – grâce à sa société de logiciels, il a pu faire l'acquisition d'un château près de Saumur, où il réside désormais avec son mari – et les quelques allers-retours à Paris nécessités par sa présence au conseil d'administration de plusieurs entreprises de finance responsable et à une commission interministérielle sur le développement durable.

– Ma fille chérie, je suis contente que tu sois là, mais montre voir, tu n'as pas l'air dans ton assiette, lui fait Élise en lui prenant le menton.

Dans un premier temps, Diane répond à sa mère que tout va bien mais, devant son insistance, elle finit par lui parler de ses soucis. Non, tout ne va pas bien, enfin pas encore très mal mais pas bien non plus, assène-t-elle avant d'expliquer les faits d'une voix blanche : sa rencontre avec William, la nuit qu'ils ont passée ensemble, le séquençage de son ADN, le bulletin de santé qui met des plombes à arriver parce que la procédure d'alerte a été déclenchée. Quelque chose doit clocher, mais elle ne sait pas encore quoi… Peut-être un simple risque de malformation fœtale qu'un coup de ciseaux moléculaires suffira à éliminer. Peut-être une mutation pathogène impossible à restaurer… Dans deux ans, elle aura passé le cap des trente-cinq ans, et commencera à être trop vieille pour un premier enfant. Pourquoi les choses sont-elles aussi compliquées ?

– Tu es quand même au courant que je ne t'ai pas eue à vingt ans ? lui répond prestement sa mère.

– Pour une fois que j'avais trouvé un homme avec qui ça pouvait *matcher*, poursuit Diane sans même l'écouter.

– Attends au moins d'avoir les résultats définitifs pour te lamenter et en conclure quoi que ce soit sur la suite des événements !

– Tu as raison, ma chère maman.

Les deux femmes sont assises dans des fauteuils qui se font face et sirotent chacune un jus de myrtille sans sucre. L'acidité thérapeutique du breuvage leur arrache de petites grimaces de satisfaction.

Élise regarde sa fille, incrédule : comment son bébé a-t-il pu devenir aussi vite une adulte presque trop vieille pour avoir un enfant ? Comment ces quelques décennies ont-elles pu filer à ce point ? Lors du déménagement, elle était tombée sur des photos d'elle portant Diane, petite, ou lui donnant à manger. Plus encore que le passage du temps l'avait frappée l'étrangeté de ces instants momifiés, dont la substance révélait le décalage entre l'Élise d'alors et celle qu'elle était devenue. Même si elle n'avait pas changé de genre, comme Clémentine, ce n'était plus elle mais une autre personne qu'elle contemplait dans ces reliques du passé.

Connaissant le professionnalisme de sa fille, Élise lui épargne de fournir des réponses à des questions liminaires du type « tu es sûre ? », « tu ne t'es pas trompée ? ». Dans la perspective de très mauvais résultats, plaide-t-elle, Diane pourra s'estimer heureuse d'avoir veillé à faire ces analyses, pour éventuellement trouver une solution médicale. Et s'il n'en existe aucune, mieux vaut le savoir tout de suite pour éviter de faire une grosse bêtise. Elle s'imagine avoir un enfant portant un lourd handicap avec un homme doté de toutes les qualités, sauf celle d'avoir su rester en vie ?

Quant à la question de l'âge pour une première grossesse, elle ne voit pas le problème : si sa fille tient à avoir un enfant, elle est bien placée pour trouver le *matching* idéal, quitte à passer par la fécondation artificielle. La seule question qui se pose alors est la nécessité de procréer : n'est-on pas déjà assez sur cette terre ?

– Tu sais parfaitement que la plupart des gens ratent leur vie professionnelle, sentimentale, familiale et sabordent leur santé parce qu'ils ne savent pas ce qui est bien pour eux : parce qu'ils n'ont pas trouvé la bonne personne, le bon travail, le bon environnement, c'est-à-dire ce qui est compatible avec leur appareillage génétique, moléculaire et cognitif. Invoquer la pulsion de mort en cas d'échec comme on l'a trop longtemps fait est un simple aveu d'ignorance, soutient Élise avec son esprit rationnel. Trop rationnel.

– Facile à dire, mais comment vais-je expliquer à William que nous ne sommes pas génétiquement compatibles, ou peut-être que si, moyennant une petite opération de reformatage moléculaire ? s'énerve Diane.

Qui sait si, en tant qu'avocat, il ne l'attaquerait pas pour utilisation illégale d'informations personnelles ? Et à supposer qu'il passe l'éponge sur l'aspect juridique, comment pourra-t-elle continuer à travailler avec lui ?

En quelques centièmes de seconde, une notification est adressée à l'une, puis à l'autre. Diane se précipite sur son smartphone. S'attendant à avoir enfin le résultat de l'*électrophorégramme*, elle est presque déçue lorsqu'elle tombe sur un message de son père leur annonçant la bonne nouvelle de son opération imminente.

– Toi aussi tu as reçu le message de Barnabé ? laisse échapper Diane dans un sursaut d'excitation. Connectons-nous à son compte !

L'écran s'ouvre alors sur une salle de bal d'un château XVIIIe. Quatre lustres de cristal illuminent effigies de stuc et lambris de chêne sculptés, ornés de fresques mythologiques. Barnabé Froissard-Delbosc est assis sur un canapé Louis XV. C'est un vieil homme fatigué au visage boursouflé, aux yeux rougis par l'alcool. Son maintien peu assuré, son teint gris piqueté de rose ainsi que les angiomes lui fleurissant les joues achèvent de trahir son état hépatique lamentable. À ses pieds somnole un couple de molosses : un mâle et une femelle dogues de Bordeaux. Lâchés dans le parc la nuit venue, ils sauront retrouver leur atavisme de chiens de combat pour dissuader toute tentative de visite intempestive.

– Oh, je vois une Diane, s'anime-t-il en apercevant le visage de sa fille dans la fenêtre de son écran. Et une Élise… Comment allez-vous, mes chéries ?

– Beaucoup mieux depuis cinquante secondes… Tu as enfin trouvé un donneur pour une greffe ? s'enquiert Élise.

– Oui, un motard de vingt-cinq ans, d'après les informations de l'hépatologue… Un pauvre garçon, mort sur le coup suite à un refus de priorité… Avec mon foie tout beau tout neuf, je vais rajeunir de vingt ans, et pouvoir enfin revivre comme j'ai toujours vécu…

Un autre visage, plus juvénile, cheveux raides et noirs tenus par un catogan, apparaît dans l'écran et les salue : Ricardo, son mari.

– Non, papa, s'il te plaît, il est temps de devenir enfin adulte, le sermonne Diane en secouant la main comme si elle s'apprêtait à lui donner une fessée... à partir de demain c'est « *no alcool* ».

Voyant ses traits se rembrunir, elle esquisse une brève présentation de l'écosystème digestif, les interactions entre le foie et les autres organes, des reins au pancréas, du cœur aux poumons en passant par la circulation sanguine.

Visiblement importuné par cette leçon d'anatomie improvisée, Barnabé Froissard-Delbosc s'empresse de changer de sujet :

– Au fait, vous ne connaissez pas la dernière de Cyril ? fait-il avec un sourire un peu crispé. Attendez, je vous envoie le lien !

Élise clique sur l'hypertexte *www.lafoired'empoigne.com*, indiquant le titre d'une émission dont le principe s'inspire des *talk-shows* à l'américaine : deux groupes antagonistes d'invités croisent le fer sur un sujet sensible du moment, généralement formulé sous la forme d'une question dichotomique, appelant deux réponses opposées. Il n'est pas rare que l'émission se termine en pugilat généralisé, où chaises, poings et micros se mettent à pleuvoir. Jusqu'à ce que l'intervention musclée de la sécurité – une tonne de muscles généreusement répartie en une demi-douzaine d'individus – suggère, poliment mais fermement, à tout ce petit monde de rentrer bien sagement à la maison.

La question thématique de la soirée est « plus ou moins de testostérone ? » : deux partisans du « plus » font face à deux ardents défenseurs du « moins ».

Conformément à la ligne testimoniale de l'émission, les invités ne sont ni des théoriciens du genre ni des spécialistes de la génétique, mais des quidams représentatifs de la population française censés avoir éprouvé le sujet dans leur chair. Aussi trois gaillards à la virilité augmentée font-ils face à trois castrats dont Cyril, affalé dans un fauteuil en cuir du plateau. Le souvenir du karatéka-boxeur aux cheveux coupés en brosse, révolté et toujours prêt à en découdre, se superpose avec obstination à l'image du bibendum chevelu et hilare qui sourit béatement à la caméra.

Après une brève présentation des six protagonistes, l'animateur donne la parole à l'un des *pro-virilité augmentée* :

– Je n'ai pas toujours été l'homme que vous avez devant vous, confesse un certain Gaspard, crâne rasé et muscles moulés dans un T-shirt *Batman*. Si vous m'aviez rencontré avant mon traitement, vous n'auriez pas donné cher du pauvre type de plus en plus fatigué et mollasson que j'étais devenu. Voyant que j'étais en train de perdre toute ma gnaque de commercial, et bientôt mon emploi, un collègue m'a conseillé de consulter. Depuis qu'un médecin m'a prescrit des piqûres de testostérone, ma vie a changé, sur tous les plans… Je ne suis plus jamais fatigué… Euh, d'ailleurs, vous pouvez demander à mon épouse si vous voulez *(une femme dans le public se lève en hochant la tête avec des yeux gourmands)*… J'ai retrouvé toute la motivation au travail… À propos, je salue mon patron, Selim, qui regarde l'émission *(applaudissements)*… Et surtout, et surtout, vous allez voir ce que vous allez voir *(il enlève son T-shirt et exhibe un torse de champion de* body-building*)*... Voilà, vous en avez la preuve, le vieillissement des hommes n'est pas une fatalité !

Son acolyte de gauche se lève pour confirmer ses propos. Il est aussi chauve mais plus jeune, plus noir, et surtout incomparablement plus large. Vraiment, sa musculature est hors normes, à commencer par son cou. Un cou monumental, arrimé des épaules aux oreilles par un enchevêtrement de ligaments gonflés, de tendons noueux et de chair pulsant de vaisseaux sanguins aussi gros que des boyaux. En plus des suppléments de testostérone, il s'est quant à lui attaqué à l'origine de la faiblesse dont souffrent la plupart des hommes : la *myostatine*, ce fameux gène qui inhibe le développement musculaire. Contournant la législation européenne, il est allé dans un pays dont il taira le nom afin de se faire enlever ce Xf6y. Pour lui aussi, les choses ont immédiatement changé : sa force surhumaine – il est capable de soulever trois fois son poids – lui a permis de remporter tous les combats de MMA (avant que les inhibiteurs de *myostatine* soient systématiquement détectés, et leurs utilisateurs exclus), et de gagner beaucoup d'argent.

– Et comment votre entourage vit cette métamorphose ? lui demande le présentateur.

Très bien. Peut-être même un peu trop : il ne compte plus les filles qui lui demandent d'être leur garde du corps pour les raccompagner chez elles la nuit, rigole-t-il. Qui n'a jamais rêvé d'être un superhéros ? fanfaronne-t-il avant de se précipiter vers son voisin de droite et de le soulever à bout de bras comme s'il pesait une trentaine de kilos, sous un tonnerre d'applaudissements.

Le présentateur demande alors à Cyril ce que les exploits de ses contradicteurs lui inspirent.

– Oh, bien de la compassion pour ces pauvres types certes adorables, mais obligés de se livrer à des pitreries pour se sentir exister, répond-il en se redressant sur son siège.

Son opération, plaide-t-il, a fait de lui un homme nouveau. Mieux : un être humain total. Enfin affranchi des obligations auxquelles il a dû se plier au cours de toute sa pitoyable existence de mâle, toujours obligé de prouver qu'il était le plus fort, le meilleur, le plus performant, celui qui avait la plus grosse, la plus dure *(rires du public)*, enfin débarrassé des pulsions qui n'avaient cessé de le harceler en tout lieu, à n'importe quelle heure du jour et de la nuit, l'obligeant à réveiller ses partenaires successives, et souvent à se débrouiller tout seul *(huées)*…

– Vous avez lu comme moi les dernières statistiques sur le harcèlement de rue, les viols, les féminicides… Franchement, vous n'avez pas l'impression qu'il y a un truc qui cloche entre les hommes et les femmes ? Vous n'avez jamais pensé qu'avec une petite, une minuscule intervention physiologique sur les petits mâles à leur naissance, le monde serait plus beau, plus doux, plus harmonieux ?

– Et ta femme, qu'est-ce qu'elle en pense ? beugle une voix dans le public, suivie d'un concert de cris d'hyène.

– Ma femme n'a jamais été aussi... épanouie, répond Cyril d'une voix douce et sensuelle. Et pourtant, avec l'ablation totale, c'était loin d'être gagné... Sauf que l'absence soudaine de testicules et de *kiki* a libéré d'autres zones... Nous nous sommes éveillés aux caresses... De vraies caresses, qui engagent l'être en entier... Le toucher ontologique... on-to-lo-gique... qui concerne l'être... Comme vous, je ne connaissais pas ce mot avant de devenir un homme-tendresse...

Le deuxième castrat est un artiste de *body-art*, connu pour la variété de sévices qu'il inflige à son corps. Son travail actuel, explique-t-il, s'articule autour des quatre étapes suivantes : « détestostéronisation », « déshumanisation », « désanimalisation », « minéralisation ». Une fois débarrassé de tous ses signes de virilité, il se greffera des gènes de chèvre. Et quand il se sera suffisamment familiarisé avec son corps de biquette, il fera la même chose pour devenir un arbre, puis un bloc de terre. En même temps, il ne sait pas trop, il n'en est pas sûr, et puis surtout, il ne sait pas si tout cela est génétiquement possible *(ricanements du public)*.

L'animateur fait alors un signe à l'un de ses techniciens. Le plateau est immédiatement plongé dans la pénombre, tandis qu'un sexe d'homme en érection apparaît, en surimpression de scènes de guerre, de viol et de génocide. Des centaines d'images, de vidéos ou d'extraits de films défilent à toute allure, créant parfois des esquisses d'anamorphoses, immobilisant quelques séquences-clefs – le comte de Bourmont débarquant, drapeau levé comme un phallus, sur la côte de Sidi Ferruch, trois semaines avant la prise d'Alger,

Napoléon trépignant devant une carte de Russie, Hitler debout dans sa Volkswagen décapotable aboyant sur des foules galvanisées, Staline exultant à Yalta, Franco intimant à des phalangistes l'ordre d'exécuter des opposants, Saddam Hussein et d'autres chefs de guerre, regard chargé de haine, nuque de pierre, rigidité douloureusement comique d'automates, tous mus par la même obsession. Soudain, l'histoire ralentit et un scalpel tranche l'ensemble des parties génitales, laissant seulement un petit trou par où passe l'urètre. Les scènes guerrières font place à des clichés d'une humanité harmonieuse et pacifiée, tandis que la bande-son « métal » s'amenuise progressivement pour se diluer dans un ensemble de bêlements et de rires, mixés de langoureuses nappes synthétiques.

Un mélange d'applaudissements et de sifflements traduit la perplexité du public, partagé entre la sidération et l'enthousiasme.

Une heure plus tard, Diane et sa mère commentent abondamment le tout autour d'une persillade de sardines accompagnée de pommes de terre à l'huile et de poivron confit. Le « cas Cyril » s'impose vite comme le sujet de conversation du dîner : le frère de Barnabé s'est fait opérer il y a une dizaine d'années, à la suite d'une énième rupture amoureuse. Après avoir été quitté par Aïssatou, il avait rencontré une chercheuse slovène, mais la relation s'était invariablement détériorée au bout de quelques mois. Ils s'étaient battus, elle avait porté plainte, il avait passé quelques mois en prison. Lorsqu'il en était ressorti, il s'était juré d'en finir avec les femmes, mais avait été incapable de tenir sa promesse, tant ses pulsions sexuelles le harcelaient. Il passait ses journées sur les sites de rencontre, leur préférant à la longue les services de *robots-putes*, dont il ressortait de plus en plus déprimé et épuisé.

Le lendemain d'une orgie avec plusieurs de ces créatures virtuelles, il avait pris rendez-vous avec un médecin zurichois pour une ablation totale des parties génitales. À son retour en France, il avait annoncé l'événement sur les réseaux sociaux, recevant des centaines de *likes*, la plupart du temps envoyés par d'autres hommes, excédés comme lui d'être la proie de pulsions sexuelles devenues trop difficiles à assouvir et juridiquement risquées. Depuis, la *trend* des castrations volontaires avait connu une courbe exponentielle.

– C'était couru… Avec la montée en puissance des femmes et la législation qui nous est de plus en plus favorable, ils ne savent plus quoi faire de ce truc qui leur pendouille entre les jambes, lâche Élise avec un petit sourire fataliste.

Arrivée chez elle, Diane met son casque anéchoïque et retrouve ses arrière-arrière-arrière-grands-parents, Thérèse et Fernand :

(son arrière-arrière-arrière-grand-père, Fernand Froissard, 1875-1910) « *Je suis Fernand Froissard, tout le monde me dit que je suis le portrait craché de mon père, Théodore Froissard : un colosse de plus d'un quintal, capable de faire plier un taureau en le prenant par les cornes comme d'assommer ses fils à coups de poing. Oh, oui, je m'en suis pris, des branlées. Des avoinées. Des torgnoles. Des tabassées… Le pire, c'est quand il nous courait après, et qu'il arrivait enfin à nous attraper, écumant de bave, ruisselant de sueur et au bord de l'apoplexie. Là, fallait payer le dérangement… Une fois, ses coups ont été si forts qu'il m'a percé le tympan, ça sifflait de partout… Maintenant, je n'entends plus d'une oreille et j'ai des bourdonnements la nuit… mais bon, j'vais pas m'en plaindre, pour sûr y a pire… Moi, tant que je mange bien, je bois bien, je dors bien, et que j'ai de bons muscles au bon endroit pour planter mes petites graines dans le jardinet de ma Thérèse… Hé hé… Ho ho… Ma belle pouliche, tu en fais des simagrées et des cérémonies… Dame, je suis un bon chrétien, et l'homme est né pour jouir du soleil, des fruits de ses récoltes et des faveurs de sa gentille petite femme… Même m'sieur le curé est d'accord avec moi… Dieu m'en soit témoin, il en faut plus que ses cris d'orfraie et ses petits poings mignons gigotant dans tous les sens pour m'arrêter… Sache-le, ma bonne femme, chez les Froissard, on a le cuir épais et on ne recule jamais devant rien… Vois, ma chère enfant, quand la lame du couteau s'approche, s'approche pour s'enfoncer dans la chair du cochon… Vois le sang versé en abondance, la peine et les gesticulations de la bête à l'agonie, suivies du long silence repu de la terre, à nouveau fertilisée, prête à faire éclore les semences jetées par les mains de ses enfants. La nuit venue, alors que la tête me tourne et que je n'ai pas encore dessoûlé, je redeviens le Roi des blés et, dans ma prairie de lin blanc, je sème à l'infini les graines qui porteront à jamais la gloire de nos ancêtres.* »

(son arrière-arrière-arrière-grand-mère, Thérèse Froissard, 1875-1954) « *Je suis Thérèse Froissard, je ne sais pas de qui j'ai hérité mes traits et mon comportement. Pas de mon père, Augustin Août, à qui je ne ressemble sur aucun plan. Encore moins de ma mère, Mathilde Goldberg, qui ne m'a donné ni son teint cuivré, ni son visage de madone. D'un naturel froid et organisé, je n'ai pas le tempérament idéaliste et optimiste d'Augustin, encore moins le caractère de Mathilde. Je suis une fille robuste et travailleuse, amoureuse de l'ordre, des placards propres et des armoires bien rangées. Heureuse lorsque tout est à sa place, lorsque les choses se tiennent avec sens et harmonie, comme éclairées par la lumière du Seigneur. Je n'ai pas connu le bonheur conjugal auquel toute femme bien née est en droit d'aspirer, mais les tourments que j'ai subis avec mon mari ne m'ont pas abattue. Victime d'un mauvais mariage avec un homme qui abusait de moi chaque nuit, j'ai tenté vainement d'utiliser les recours de la raison – la force, je n'en avais hélas pas les moyens –, avant d'être obligée de tout mettre en œuvre pour que cesse ce supplice. Épouse haineuse à la maternité estropiée, de mes deux fils je n'ai su aimer que Jules, dont le visage bien dessiné et l'esprit vif me rappelaient Augustin Août, ce père avec lequel je n'avais pas grandi. Victor, quant à lui, m'inspirait la même répugnance que son père, Fernand, dont il possédait les traits grossiers, l'âme boueuse et les mauvaises manières, ce mari aussi lubrique que brutal voué à un long et douloureux trépas causé par un mélange de poisons savamment dosés.* (Après avoir attentivement analysé le compte rendu du médecin ayant établi le certificat de décès de Fernand Froissard, Diane avait soupçonné un empoisonnement. Elle s'était livrée à une enquête moléculaire... et avait constaté un taux exceptionnellement élevé d'arsenic et d'ammoniaque autour de sa tombe !) *Entre deux maux, j'ai dû choisir le moindre : si je suis devenue criminelle, c'est pour ne pas avoir à me donner la mort, péché plus terrible encore, et je dois une vie immensément vertueuse, toujours éclairée par la lumière du Seigneur, à la répugnance que cette action n'a cessé de m'inspirer.* »

63.

« Envie de te revoir... Rappelle-moi, s'il te plaît... William. »

Non, trop télégraphique, trop expéditif, pas assez poétique !

« Diane, ô ma douce chasseresse, tu m'as percé le cœur de cette flèche qui vole et qui ne vole pas... »

Trop littéraire, trop précieux, elle ne va pas aimer non plus !

« Diane, nous nous sommes vus, nous nous sommes aimés et jamais je n'accepterai que ce moment si précieux termine dans les poubelles de l'histoire... »

Imbécile, tu ne construis pas une plaidoirie, tu dois juste dire à une femme que tu as envie de la revoir et de faire un bout de chemin avec elle !

« Bonjour Diane, j'espère qu'après notre soirée inoubliable tu as autant envie de me revoir que... »

Nul, nul, nul ! Non, décidément, il n'y arrivera pas. Peut-être devrait-il l'appeler. Ou attendre encore un peu. Oui, attendre. Après tout, il n'a quitté son appartement que la veille.

Comme tous les dimanches, William Gadreau déjeune chez sa mère, à Surgères. Comme tous les dimanches, il revoit la ville, le lotissement, la maison où il a passé ses dix-huit premières années. Dans le fond, rien n'a vraiment changé. C'est la même chose en un peu plus lent, un peu plus triste, un peu moins vivant. Même sa chambre d'enfant est restée telle quelle, avec Sophie la girafe sur l'étagère, et quelques nouvelles toiles d'araignée au plafond.

– Mon chéri, c'est prêt !

En moins de trente secondes, il est dans la salle à manger. La vieille femme a laissé la télévision allumée, qui dévide son flot de nouvelles, mauvaises pour la plupart.

– Quelle époque horrible, se contente-t-elle de gémir à intervalles réguliers.

À présent, la mère et le fils déjeunent en tête à tête. Le tintement des couverts s'accorde étroitement avec les bruits de mastication pour évoquer quelque scène de repas d'un épisode de série B accompagné d'un bruitage « pour faire plus vrai ». Elle : petits yeux noirs mobiles et méfiants de moineau, cheveux gris ébouriffés, visage encore poupin, des traits fins en passe de succomber à un affaissement généralisé. Une femme qui s'était laissée glisser dans la vieillesse avec un soulagement morbide. C'est au dessert – elle a acheté des éclairs au chocolat – que William se décide à lui parler de Diane.

– Maman, fait-il, je crois que j'ai rencontré quelqu'un… Une fille formidable… Géniale…

Égrenant les superlatifs, il se rend compte qu'il est en train de commettre une bévue.

L'information délivrée, en effet, soulève une foule de questions inquiètes de sa mère : qu'est-ce qu'elle fait dans la vie ? Il est sûr que c'est une fille bien ? Elle ne veut pas lui prendre tout son argent ? Elle n'est pas malade ? Et ses parents, dans quoi ils travaillent ?

Comment aurait-il pu croire qu'elle réagirait autrement ? Elle avait toujours eu peur de tout, du monde extérieur, des voyages, des virus, des inspecteurs d'académie… À ce moment-là, William comprend pourquoi son père l'a quittée pour la documentaliste du collège où il enseignait, une femme jolie, joyeuse et pleine de vie. À quarante-cinq ans, elle n'avait pas hésité à lâcher la routine de son collège pour entreprendre des études d'histoire de l'art et passer le concours de conservateur de musée.

Oui, il l'avait quittée parce qu'il ne voulait pas vieillir avec une femme triste, aigrie et paresseuse. À force de ne rien faire de la journée et de rester le cul dans son fauteuil, elle s'est attrapé des escarres et une insuffisance cardiaque. Si au moins elle s'arrangeait un peu. Alors qu'aujourd'hui les femmes de soixante-dix ans ont les moyens d'en paraître à peine cinquante, on lui en donnerait vingt de plus. Quelle honte. Quel gâchis. Quelle tristesse.

Désolé de cet enchaînement de pensées si peu amènes, il décide de se changer les idées dans le jardin. Mais la prolifération des mauvaises herbes et des mûriers de Chine a transformé le petit coin de paradis où il jouait, enfant, en jungle périurbaine. Dire que, trente ans auparavant, son père avait organisé l'espace en créant une architecture de petites allées dont chacune menait à un écosystème différent : le potager, ses salades, ses tomates et ses potirons, le coin « arbres fruitiers » où poussaient un cerisier, un poirier et un prunier, la terrasse méditerranéenne avec ses cyprès, son olivier, ses plantations de romarin et de lavande.

Pourquoi est-elle restée toute seule dans cette maison, dans ce bled où elle ne connaît personne alors qu'elle aurait été si bien dans un appartement avec vue sur mer à La Rochelle ? Combien de fois le lui a-t-il répété ?

Non, tous les torts n'étaient pas du côté de son père, en dépit des critiques que les uns et les autres s'étaient crus autorisés à émettre à son égard.

De retour dans le salon, il se pose sur le canapé et regarde son agenda électronique : demain, 9 heures, réunion avec le syndicat patronal des industries du tourisme local. L'après-midi, il doit voir l'un de ses associés, évaluer son stagiaire, contacter le président de la région, demander un report d'audience à un confrère, passer à un comité d'orientation stratégique sur les nouvelles technologies et commencer l'audit juridique d'un centre d'appel hébergeant le pôle technique d'un grand opérateur téléphonique, sans parler des plaidoiries à finaliser.

William a beau tenter de continuer à jouer la comédie sociale, il n'y est pas. Une seule chose lui importe : la revoir. Reproduire à l'identique la soirée qu'ils ont passée ensemble. Revivre ce moment parfait étiré dans le temps, et recommencer des centaines, des milliers de fois, jusqu'à l'usure.

Il tente à nouveau de lui écrire, mais à peine a-t-il tapé « Bonjour Diane » qu'à l'issue d'une manœuvre précipitée, il laisse échapper le *send*. L'imbécile. Il a envoyé le RCS. Mais Diane ne l'a pas lu. Pas encore.

Interrogée à plusieurs reprises, son application lui avait répondu un invariable *no results found*. De rage et de dépit, elle a coupé son téléphone.

(son arrière-arrière-arrière-arrière-grand-mère, Mathilde Goldberg, 1855-1875) « *Je suis Mathilde Goldberg, je ressemble à mon père et plus encore à sa mère, dont j'ai hérité la physiologie et le bouillonnement intérieur. Née femme dans un siècle fait par et pour les hommes, je m'insurge contre la place réservée aux représentantes du sexe "faible". Serions-nous donc toutes dotées d'une âme à peine plus évoluée que celle de nos cousins chimpanzés* (il est fortement probable que Jacob Goldberg, professeur de philosophie et libre-penseur, avait connaissance des travaux de Darwin, dont la théorie de l'évolution commençait à se diffuser, et en avait parlé à sa fille) *pour être reléguées aux seules fonctions maternelles, domestiques et nourricières ? Lorsque je songe à cet esclavage en lequel nous sommes tenues, je tempête contre tous, Église, bourgeois, Empereur, ministres, sénateurs, tous ceux qui ont intérêt à pérenniser une telle injustice. Aussi prompte à m'enthousiasmer pour une lecture pleine d'esprit, une théorie piquante ou une invention propice à égayer ce siècle si ennuyeux* (esprit critique toujours en éveil, imagination débridée, grande culture, caractère fougueux et passionné, Mathilde semble réunir tous les signes d'une intelligence supérieure qu'une réserve insuffisante de sérotonine peine à stabiliser, générant nervosité, insomnies et autres troubles de l'humeur) *que rétive à l'immobilité des longs dimanches croupissants dans l'attente de lendemains laborieux, je cherche dans mes semblables de quoi frotter mon cerveau contre le leur, pour reprendre l'expression de ce cher Michel de Montaigne… Aux figures si prisées de la Récamier ou de la Girardin, je préfère les Olympe de Gouge et les George Sand, dont l'engagement défie les lois et les usages… Eh, quoi, est-ce une vie de passer des heures entières dans un boudoir, couchée sur un divan, à faire la conversation aux poètes comme ces femmes d'artistes dont notre cher Balzac nous entretient dans sa* Physiologie du mariage ? *Mes idées en faveur de l'égalité des sexes ne n'empêchent pas d'être coquette pour plaire aux hommes, ni ne me prémunissent contre l'amour. Tombée en pâmoison devant un jeune ouvrier d'une grande beauté, je m'enflammai lorsque je compris qu'il était aussi d'une rare intelligence, d'une culture infinie et d'une délicatesse exquise. Nous nous revîmes. Chaque rencontre fut un enchantement, et le délice de nos conversations n'avait d'égal que la fièvre de nos transports. Partageant ma sensibilité politique, Augustin appartenait à un groupe de guesdistes affiliés à l'Internationale ouvrière. Lorsque j'ai appris son arrestation et son exil en Nouvelle-Calédonie, je suis tombée dans un vide glacial dont le merveilleux cadeau qu'il m'avait fait avant de partir n'a pas réussi à me faire sortir... Comment aurais-je pu survivre à la naissance de ma fille alors que, sans lui, j'étais déjà morte depuis longtemps ?* »

(son arrière-arrière-arrière-arrière-grand-père, Augustin Août, 1853-1934) « *Je suis Augustin Août. J'ai hérité la régularité de mes traits et la blondeur de ma mère, dont je n'ai connu l'existence qu'à l'âge de vingt ans, et j'ignore qui est mon père. Ayant été déposé dès ma naissance à l'orphelinat, j'ai connu deux familles d'adoption : de la première, je garderai toujours le souvenir de cette horrible bonne femme, prompte à s'emporter et à punir les enfants pour les enfermer à la cave des heures durant. Son mari, tout aussi abominable, se livrait à d'ignobles trafics... Entassé avec mes compagnons d'infortune dans la puanteur humide d'un matelas fétide, je remarquai que des enfants disparaissaient mystérieusement, aussitôt remplacés par d'autres... De la seconde famille, je n'oublierai jamais l'amour filial dont j'ai rapidement été l'objet, les soins et les attentions prodigués par milliers. Entre la lecture des grandes œuvres par le père Viaud, les séances de piano et de chant données par la mère Viaud – née Castiglione – et, plus tard, les exercices de casuistique sur les qualités, l'existence ou l'inexistence de Dieu, chaque instant concourait à l'élévation de l'âme et au perfectionnement de l'esprit* (si les registres d'adoption mentionnent nom et profession du tuteur des deux familles d'accueil, ils ne précisent nullement les raisons pour lesquelles Augustin avait été transféré de l'une à l'autre ; les archives judiciaires, en revanche, font état de l'arrestation du premier couple pour les motifs de "fraude à l'assistance et trafic d'enfants". L'autre source d'information est constituée de la correspondance d'Augustin avec sa fille Thérèse, miraculeusement trouvée dans le grenier du domaine de la Chênay, où les descendants des Froissard résident encore à ce jour). *Aussi contrastée que ces deux rivages opposés où le hasard m'a porté, ma vie est une alternance d'orages et d'éclaircies, d'afflictions extrêmes et de moments sublimes. À peine avais-je rencontré Mathilde, ma tendre et douce Mathilde, que je me voyais arrêté pour complot contre l'État, et exilé pour seize ans à l'île de Nou. Je tentais de me consoler de mon malheur en espérant nos liens si forts que nous nous retrouverions avec les mêmes étreintes, et des affinités électives tout aussi fortes que par le passé. Mais après quatre années de silence, je recevais une lettre m'annonçant que Mathilde n'était plus... Comme ce pauvre Dante Alighieri apprenant la mort de Béatrice, l'éternelle élue de son cœur, j'ai d'abord voulu la rejoindre dans l'au-delà. Fixant jusqu'à l'hébétude les murs gris et froids de ma cellule, je nous voyais tous deux cheminant dans un bois sans éclaircie, emportés dans quelque fleuve tumultueux des abysses. Oui, je me serais volontiers donné la mort sur-le-champ si, au plus profond de moi, quelque chose n'avait su apercevoir, derrière le malheur, des trouées de lumière, porteuses de la plus élémentaire des certitudes : celle d'être en vie* (à en croire l'analyse des quelques molécules d'ADN trouvées autour de sa tombe, Augustin était porteur de la double allèle élargie, lui donnant la possibilité de puiser dans d'immenses réservoirs de sérotonine pour se reconstituer). *J'aurais laissé le désespoir étendre son empire si je n'avais éternisé ma bien-aimée en chacun des combats que je me résolus à livrer… Eh, quoi, ne partagions-nous pas avec Mathilde la même haine des injustices, et le sentiment qu'un monde meilleur était à construire ? L'histoire n'est-elle pas, à l'image de cette créature aussi imparfaite que magnifique qu'est l'être humain, une lutte perpétuelle entre le bien et le mal, contradiction que la science et le progrès de la médecine finiront un jour par abolir ?* »

64.

Lorsque Diane se réveille, elle éprouve une douloureuse sensation de vide et d'absence. Comme si, persuadée de découvrir un ciel peuplé d'angelots facétieux et d'un Dieu aussi barbu, bienveillant que tout-puissant, elle se trouvait propulsée dans le silence froid des espaces interstellaires.

Elle a passé toute la soirée à exhumer les documents collectés – coupures de presse, certificats de naissance et de décès, photos, médaillons, billets, correspondance amoureuse… – donnant corps au passage d'Augustin Août et de Mathilde Goldberg sur cette terre. Tour à tour sublimes et dramatiques, ces bribes d'existence arrachées au néant apparaissaient sous un voile d'interrogations qui en exaltaient l'intensité : si l'effondrement de Mathilde apprenant la déportation de son amoureux au bagne était une certitude, rien n'indiquait comment l'information lui était parvenue, et nul n'avait attesté sa réaction exacte à ce moment. Avait-elle hurlé dans la foule du boulevard de Sébastopol en apercevant la une du *Petit Quotidien* ? S'était-elle effondrée sur son lit lorsque son père lui avait appris la nouvelle ?

Tous les indices, en revanche, s'accordent à souligner l'intensité du lien unissant Augustin et Mathilde. Ils s'étaient aimés, profondément aimés, en dépit de, ou peut-être plutôt grâce à la brièveté tragique de leur histoire. L'attestait le ton à la fois enflammé des lettres de Nouvelle-Calédonie d'Augustin, ainsi que les multiples interventions en sa faveur des parents de Mathilde auprès du ministère, et ce avant même de connaître l'état de grossesse de leur fille. Entreprend-on de telles démarches pour une simple amourette ?

À mesure que le café lyophilisé à l'eau filtrée allié au glucose anime des liens entre cellules nerveuses, les pensées de Diane Doucet butent contre la rigidité cadavérique du *no results found* s'affichant obstinément dès qu'elle se connecte à son application. Tout un monde résumé dans cette formule terrible et mesquine, répétée à l'envi. Un monde où tous les désirs se heurtent à des récifs d'algorithmes, de mots de passe, de pièges en différé. Un monde où il n'est plus possible de penser, de boire, d'aimer, de respirer, sans en connaître toutes les conséquences néfastes. Si la possibilité de jouir sans entrave avait été le mot d'ordre de la génération arrivée au pouvoir à la fin du XXe siècle, elle s'est retournée en son exact contraire cinquante ans plus tard. Légitimé par la vertigineuse précision des sciences de l'infiniment petit, le principe de précaution est devenu un poison existentiel, conditionnant chaque geste, chaque action, annihilant toute spontanéité. Tétanisés, inaptes au combat pour l'adaptation, les muscles de l'émotion finissent par dépérir.

Une notification fait entendre sa cristalline injonction. Déjà 10 heures, sursaute la jeune femme. Il n'est plus temps de théoriser, mais de se connecter à son comité de direction, qui commence dans quarante secondes exactement. Elle ira à son bureau juste après la réunion, et pourra, avec un peu de chance, prendre connaissance de l'analyse détaillée de l'ADN de William.

L'écran s'ouvre sur une série de fenêtres animées. Diane reconnaît d'abord la face anguleuse et claire – barbe d'une semaine, alopécie grisonnante coupée ras – de Bruce Laborde. Le CEO de *Project64* s'est campé dans un décor évoquant l'environnement des premières colonies martiennes. Sont également connectés les responsables nationaux et directeurs d'établissement des quatre filiales de *Project64* : *HumanProject64* (la filiale « épigénétique et développement humain »), *AnimalProject64* (amélioration et création des espèces animales) et *VegetalProject64* (optimisation végétale). Ne manquent à l'appel que le directeur technique Groupe et la P.-D.G. de *HumanMatchingProject64*, Ouzena Parson. Les « bonjour » successifs et entrecroisés font place au silence. Un silence dont Bruce Laborde se plaît à alourdir la substance, l'enrichissant de raclements de gorge et de soupirs excédés. Après trois minutes de suspense, Ouzena apparaît enfin, toutes dents dehors. Son sourire, sa désinvolture, sa bonne humeur trahissent sa position de numéro un dans la course au profit à laquelle participe chacune des sociétés du groupe. Parmi ses nombreuses qualités, elle a eu le bon goût d'être à l'initiative de *HumanMatchingProject64 Grand Ouest*, et d'avoir identifié Diane pour en prendre la direction.

Bruce Laborde réprime un soupir d'impatience et se détend comme un ressort longtemps comprimé. Tout d'abord, il tient à excuser Tom Wegman, qui n'a pu se connecter aujourd'hui car il participe à une conférence de l'ONU avec *Space X* et d'autres entreprises de biotechnologies. L'installation des premiers peuplements martiens a été un vrai fiasco avec à peine 0,1 % de survivants. Mais le plus étonnant n'est pas tant ce pourcentage en lui-même, poursuit Laborde, que la temporalité dans laquelle il est déployé. La quasi-totalité des décès, en effet, est survenue pendant le voyage, ou dans les semaines qui lui ont succédé. Les quelques dizaines de survivants, en revanche, sont toujours en parfaite santé et supportent avec une étonnante résistance les rigueurs de l'atmosphère martienne.

Appelés à la rescousse, généticiens et statisticiens se sont mis à travailler de concert afin de déterminer leurs caractéristiques biochimiques.

Sur le premier point de l'ordre du jour, « recommandations des *CAC* en prévision d'une nouvelle législation », Bruce Laborde tient à attirer l'attention sur un point délicat que lui ont soumis les commissaires aux comptes de Fiducial au regard des résultats exceptionnels réalisés par *HumanMatchingProject64*.

Ce n'est un secret pour personne, les derniers sondages semblent donner le Parti de la Nature favori de la présidentielle pour l'année prochaine, avec plus de cinquante pour cent des intentions de vote, contre quarante-huit pour le Parti du Progrès. Dans l'hypothèse, fort probable, de cette gouvernance politique à venir, la branche *matching* étoufferait sous le poids des règlementations et des contraintes. Dans plusieurs pays d'Europe, des coalitions similaires – mariages parfois hétéroclites de la carpe écologiste et du lapin souverainiste, unis contre la toute-puissance des nouvelles technologies mais opposés sur de nombreux autres sujets sociétaux – ont rendu l'activité des agences de *matching* nettement plus compliquée. Dans leur grande sagesse, les *CAC* recommandent donc un « lissage » des résultats sur l'ensemble du groupe. Ce petit tour de passe-passe comptable et financier aurait un double effet bénéfique : d'une part, il ne manquerait pas de tranquilliser les actionnaires ; d'autre part, il pourrait aider l'entreprise à rééquilibrer ses actifs et à se redéployer sur *HumanProject64,* dont l'activité n'est pas dans la ligne de mire des censeurs de tout poil.

– *Bullshit !* siffle alors Ouzena, furieuse.

Tentant de contenir sa colère, la directrice d'*HumanMatchingProject64* pointe l'absurdité d'une logique qui consiste à encourager l'activité la plus prometteuse du groupe… en lui coupant les ailes ! Quant à l'arrivée au pouvoir du Parti de la Nature, elle n'y croit pas une seule seconde. Ni à ces sondages, dont on oublie les nombreux *bugs* : à les croire, on aurait dû avoir un ancien champion de MMA – représentant le Parti de la Force – à la tête de l'État, cinq ans auparavant. Or, ce dernier avait été loin, très loin de se qualifier pour le second tour : le Parti de la Force avait même peiné à dépasser les candidats du Parti royaliste.

Diane soutient sa supérieure hiérarchique sans grande conviction. Elle a beau essayer de se motiver, son sens critique tourne à vide. Une désagréable torpeur s'est emparée d'elle, un engourdissement contrarié lui rappelant le laborieux exil des scènes oniriques dont elle était l'héroïne au moment où sa mère la réveillait pour aller à l'école, trente ans plus tôt. Ses paroles se diluent en ressassements insipides d'arguments déjà proférés. De toute manière, elle s'en fiche. Elle n'a qu'une seule envie, qu'un seul désir : être dans les bras de William.

Les points suivants de l'ordre du jour ne soulevant pas de problème particulier, le comité se termine à midi pile.

Alors que ses collègues se déconnectent, elle reçoit une notification. Apparemment, les résultats sont enfin disponibles sur un site auquel elle est censée accéder par un simple clic, moyennant l'utilisation de son mot de passe habituel : évidemment, ça ne marche pas. Elle ne parvient pas à ouvrir la pièce jointe. Appuyant furieusement sur la touche en insultant son appareil, elle ne réussit qu'à faire mouliner l'ensemble un peu plus.

Quinze minutes plus tard, Diane est à son bureau, essoufflée et ruisselante de sueur.

Courant vers l'imprimante, elle s'attend à esquiver l'accueil enjoué de Karel, sa secrétaire administrative. Or, cette dernière est partie faire quelques courses. « De retour dans 30 minutes », a-t-elle griffonné sur un Post-it laissé sur son clavier. Ça y est, Diane initialise l'imprimante de l'*électrophorégramme.*

Trébuchant sur d'interminables secondes, ballottée par des fleuves glacés de sang, la jeune femme parvient tant bien que mal à attraper le bilan médical.

Le commentaire final lui arrache un cri d'effroi. Parcourant à rebours le document, haletante, elle tente en vain de trouver une issue, une alternative au verdict sans appel dont elle vient de prendre connaissance. Incompatibles jusqu'au tréfonds de leur MHC (*major histocompatibility complex*), ils possèdent chacun une copie génétique de l'amyotrophie spinale, de l'ataxie de Friedreich et d'autres maladies neurodégénératives héréditaires, donnant à leur progéniture un risque fort de développer l'une ou l'autre, voire plusieurs, de ces pathologies. De mémoire de généticienne, elle n'était jamais tombée sur pire appariement. Ou si, au début de sa spécialisation, lorsqu'elle avait étudié le génome des familles royales, dont la pauvreté moléculaire et immunologique, touchant jusqu'à la caricature des dynasties comme les Habsbourg, jetait dans le grand bain de l'existence des êtres faibles, difformes, inadaptés à la vie et inaptes à relever les défis historiques auxquels ils étaient destinés.

Mais le coup de grâce lui est donné par le bilan médical de William lui-même. Altération brutale du gène BRCA2, prolifération diffuse de proto-oncogènes et taux anormalement élevé de chromogranine A, entre autres, indiquent de fortes probabilités (97,9 %) d'apparition prochaine d'un cancer du pancréas. Il lui est prédit une espérance de vie de huit ans, à compter de la réalisation dudit bilan.

– Maman ! hurle-t-elle avant de s'effondrer sur le lino de la salle des machines.

En rentrant, Karel trouve sa patronne étendue sur le sol, inanimée. Après l'avoir auscultée et placée en position latérale de sécurité, elle réussit tant bien que mal à la réveiller. Avisant les documents imprimés, Diane les déchire furieusement en hurlant : elle ne veut plus voir cette merde, elle veut crever, elle veut qu'on la laisse crever tranquille.

Deux heures plus tard, les deux femmes sont attablées à une terrasse de café du Vieux-Port. Habituée à soutenir des personnes dans des situations psychologiquement éprouvantes, Karel a géré la crise avec autant de sang-froid que de douceur. Mise en confiance, Diane a abondamment parlé : de sa vie d'avant. De l'aventure avec William. De ses sentiments pour lui. Du bilan génétique réalisé en catimini. Karel lui répond calmement : à sa place, elle ne donnerait pas suite à cette histoire. N'y a-t-il pas assez de souffrances sur cette terre ? Et puis, des hommes, elle pourra en trouver d'autres.

Diane écoute Karel avec une attention à peine distraite par l'agitation du Vieux-Port. Lors de son entretien d'embauche, il y a un an, elle a été séduite par la franchise et la débrouillardise de la jeune femme. Cette dernière, en effet, avait déjà exercé plusieurs métiers

– attachée de presse, pigiste pour des plateformes de sciences humaines, *community manager*... –, certes passionnants mais incompatibles avec des études poussées. Elle avait surtout besoin d'un métier qui lui laisse suffisamment de temps libre pour terminer sa thèse d'anthropologie. Belle plante débordant de santé et d'énergie, Karel a également été championne de natation et coach pour des sportives de haut niveau. Généralement, les clients s'adressent à l'assistante avec déférence avant de comprendre que le médecin est la petite enrobée. Mais Diane s'en fiche. Ni la mesquinerie ni l'envie ne sont dans sa nature. Parfois, les deux femmes déjeunent ensemble dans un des restaurants de la vieille ville. À force de se côtoyer, leurs rapports ont dépassé le cadre purement professionnel pour devenir amicaux, presque intimes.

De retour à son appartement, Diane se félicite de la décision qu'elle vient de prendre sur le chemin, à la suite des échanges avec Karel : elle reverra William dans le seul cadre de leur contrat de sous-traitance. Ne lui parlera de rien. Ni de leur incompatibilité génétique, ni des menaces pesant sur sa santé, dont l'annonce entraînerait à coup sûr un effondrement des défenses immunitaires, faisant survenir la maladie avant son échéance programmée. Elle se contenterait de lui dire d'un ton désolé que cette histoire arrive au mauvais moment, trop tôt ou trop tard, bref, qu'elle n'est pas prête. Elle ne piochera pas, surtout pas, dans les « catalogues de géniteurs » de prix Nobel, de lauréats et de champions en tous genres.

Elle n'aura aucune descendance, et ce sera mieux ainsi.

Elle n'aura aucune descendance, mais elle va donner naissance à tous ses ancêtres dont elle peut lire l'ADN à livre ouvert. Huit générations, soit deux cents ans, est du reste une échelle de temps confortable, aussi éloignée du silence inorganique des ères géologiques que des lointains possibles posthumains qui donnent le vertige. Tétanisés par l'accélération technologique exponentielle ces dernières années, nombre de ses contemporains se sont déjà créé des poches spatio-temporelles où ils vivent quasi reclus. Des communautés de néoruraux nostalgiques des conditions d'existence du néolithique apparaissent dans le Vercors. D'autres collectifs s'engagent dans des *re-enactments*, batailles historiques, grandes découvertes, événements sportifs marquants joués et vécus à l'infini.

Ses arrière-arrière-arrière-arrière-arrière-grands-parents sont le baron de Marcheville (Diane a retrouvé ses traces grâce à de lointains cousins qui résident au Canada, dont ADN figure dans un fichier de tests génétiques) et Louison Blanchard :

(son arrière-arrière-arrière-arrière-arrière-grand-père, Hugues de Marcheville, 1809-1875) « *Je suis Hugues de Marcheville, fils de Charles et d'Anne de Marcheville. J'ai hérité de mon père le front haut, le nez bourbon, la taille fine et la démarche altière. Homme à conquêtes et à soubrettes, je sais me rendre profond et impénétrable aux yeux des jeunes innocentes que je dévoie avec gourmandise. Mélange de puissance et de majesté, l'esprit des Marcheville coule dans mes veines, et coulera aussi longtemps que Dieu, dans son infinie miséricorde, voudra bien m'accorder vie. Je garde de mes premières années le souvenir d'une période de solitude studieuse et de grande ferveur religieuse. Voyant peu mon père, appelé à Paris pour siéger à la Chambre des députés, et n'ayant pas eu le temps de connaître ma mère, emportée par la variole un an après ma naissance, je fus vite confié à des jésuites, qui m'enseignèrent l'amour de la discipline, les rudiments de la foi, l'élévation de l'esprit obtenue par l'étude des sciences et des humanités. J'en ai gardé le goût de la lecture, des beaux discours et des grands échauffements d'idées. Enfant sous la Restauration, jeune homme sous la révolution de 1830, j'ai vu l'effondrement de l'ancien monde, dont le seul nom évoque en moi les vestiges d'un paradis perdu. Tandis que les têtes emperruquées de nos aînés disparaissaient une à une pour laisser place à l'horreur du naturel, un roi bourgeois indigne de sa généalogie se piquait d'idées sociales et entendait élever la populace aux idées démocratiques. Anoblis par le grand Louis en récompense de hauts faits de guerre dans lesquels ils s'étaient illustrés par leur courage et leur dévouement contre l'ennemi autrichien, mes ancêtres m'ont légué un irréfragable attachement au prestige de la Couronne. J'ai vu l'Ordre, la Propriété et la Religion s'altérer et s'affaiblir, gangrenés par les idées républicaines, jusqu'à l'ultime coup de grâce* (lors de son coup d'État du 2 décembre 1852, Louis-Napoléon Bonaparte s'empressa de dissoudre le parti de l'Ordre, auquel appartenait le baron de Marcheville, et de poursuivre ses principaux dirigeants). *Qu'à cela ne tienne ! Légitimiste je suis, légitimiste je resterai, et j'attendrai l'éternité s'il le faut pour voir les oriflammes et les blasons de nos chers monarques revenir au pouvoir.* »

(son arrière-arrière-arrière-arrière-arrière-grand-mère, Louison Blanchard, 1836-1901) « *Je suis Louison Blanchard, fille de Pierrot et de Germaine Blanchard. J'ai travaillé longtemps comme ouvrière à l'usine de manufacture de Marcheville pour aider mes parents à nourrir mon petit frère et mes deux petites sœurs. Mon patron était le baron de Marcheville, un vieux cochon que j'les lui aurais bien coupées si j'avais pu, si j'avais pas tant la frousse de finir la tête sur le billot. Ça m'empêche pas que je suis jolie, ça je le sais aussi, à cause de tous ces fripons qui essayent de me trousser les jupons* (bien que certains gènes et allèles aient commencé à devenir illisibles, Diane a pu reconstituer le phénotype de Louison Blanchard ; l'information est corroborée par les lettres d'Augustin, dont certains passages font allusion au physique étonnamment athlétique de sa mère, eu égard à la pauvreté de son régime alimentaire, ainsi qu'à son visage de reine des neiges), *surtout quand ils ont bu, mais moi au moins je sais me défendre, pas comme toutes ces pauvres gamines qui se font tartouiller sans broncher, tremblantes de trouille et de fureur rentrée, faut voir ce que j'leur mets dans la gueule quand ils me posent leurs grosses mains velues entre les cuisses, les hommes sont des porcs, surtout le baron… Heureusement, le fils qu'il m'a fait, Augustin, est le portrait tout craché de mon frère P'tipaul… Tout aussi mignon et tout aussi malin… Et moi, je me suis débrouillée comme j'ai pu en arrivant dans ce grand Paris avec ma bonne mine… Au moins, j'ai arrêté d'avoir faim et de porter ma misère comme une croix… Pas comme dans la manufacture où tout le monde était tout le temps sale, malade, toussait, crachait, suait, grelottait… L'hiver on avait trop froid, l'été on avait trop chaud, et quand on en sortait on avait les oreilles qui sifflaient, les pieds en compote et les muscles en pelote… Même que parfois, il y avait des enfants qui se faisaient prendre par la machine et ils en ressortaient avec un bras ou une jambe en moins… Quand les jeunes tombaient enceintes, elles se faisaient renvoyer et on les retrouvait en guenilles dans les rues, leur chiard à moitié crevé accroché aux mamelles… Et les vieilles, j'en ai vu être obligées de se faire couper les mains, devenues trop vertes et trop enflées à force de les avoir trempouillées dans le textile et l'eau bouillie… Cochon de baron, cochons de patrons, cochons de fripons, les hommes sont des cochons… Un jour lointain viendra où on vous les coupera, couic-couic, et ce jour-là, mon esprit reviendra de l'enfer où il brûlera juste pour les voir tomber.* »

APRÈS LA FIN, AVANT LE DÉBUT

L'histoire pourrait se terminer là, mais l'appareillage technique foisonnant de *HumanMatchingProject64* refusera de mettre un point final à la recherche.

À cinquante-six ans, Diane Doucet aura pourtant réussi l'exploit d'aller jusqu'au bout de son projet, n'ignorant rien du quotidien, de la vie intérieure comme des actions de ses ancêtres s'apprêtant à planter la *petite graine* dont l'embryon fécondé donnera naissance aux différentes branches de sa généalogie.

Elle leur construira des habitats personnalisés dans un village virtuel du nom d'Aspés-sur-Vinestre : réunis au même endroit, ils pourraient vivre et revivre à l'infini les scènes capitales de leur existence, conformément au projet initial. Quoi de plus hypnotique que ce fondu-enchaîné de séquences, moments volés à chacune de ces biographies en train de s'écrire, ignorant tout de la partition qui ne va pas tarder à se jouer ? Quoi de plus enivrant que ces cascades de générations tirées du néant par la grâce d'une lointaine descendante nostalgique et technophile ? Parmi ces multiples lignées, celle des Froissard sera, et de loin, la préférée de Diane. Aucunement entachée de conduites monstrueuses - participation à un génocide, comportement incestueux, infanticide -, modérément fournie en personnalités médiocres, perverses ou immensément stupides, contrairement à d'autres branches de cet arbre, elle compte même une belle proportion d'individualités attachantes, voire exceptionnelles, à l'instar d'Augustin Août, de Mathilde Goldberg, de Valentine Aubert ou, plus proche encore, de sa propre mère, Élise Doucet.

Mais Diane sera vite chassée de ce monde clos et prévisible.

Elle avait pourtant essayé d'en protéger l'intégrité par un enchevêtrement de mots de passe en série, à côté de quoi les systèmes d'authentification multifactoriels utilisés par les entreprises travaillant pour l'armement et la défense pouvaient s'apparenter à d'aimables laissez-passer.

En vain.

L'ingénierie génétique mobilisée continuera à décrypter, envers et contre tout, bien au-delà du programme initial. Non contents d'établir avec une précision clinique croissante les modalités et les conditions de reproduction des huit générations sélectionnées, les automates de *Project64* ne pourront s'empêcher de remonter et de descendre plus loin, de plus en plus loin dans l'arbre des ancêtres. L'*électrophorégramme*, quant à lui, fonctionnera sans discontinuer, menaçant les premières équipes d'informaticiens venues pour le stopper d'infecter de virus autoréplicants tout l'écosystème numérique de *Project64*.

Dépassée par la puissance de feu de l'informatique quantique alliée à la finesse de décryptage des nouveaux outils d'investigation moléculaire, Diane Doucet devra se résoudre à suivre toutes les lignées évolutives de son génome, des premiers hominidés aux dernières générations de posthumains. Bombardée de masses de données, elle se tiendra au garde-à-vous devant cet afflux d'informations avec l'abnégation volontariste et appliquée d'un axone se débattant au milieu d'un océan de neurones. Absorbée par son titanesque projet, elle finira par oublier ce globe au bord de l'asphyxie où il lui sera donné de vivre encore quelques décennies. Trop d'individus, trop d'objets, trop d'interactions auront fini par altérer sévèrement la qualité du vivant.

Depuis longtemps déjà, les sciences de l'infiniment petit ne cessent de s'enrichir d'autres continents du savoir. D'archéologie. De paléontologie. D'épidémiologie. De bromatologie. De climatologie. De zoologie. De rudologie. De paléopsychologie. De philologie. De géodésie. De topographie. De géomatique. D'hydrologie. D'astronomie. De photogrammétrie. D'héraldique. D'hagiographie.

Des simulations de plus en plus réalistes naîtront de modalisations de plus en plus ambitieuses.

Des rencontres virtuelles émergeront de nuages de probabilités.

Le mode opératoire sera toujours le même : après la triple sélection – supports, modes d'existence et types d'événements souhaités –, toutes les tranches de vie demandées, émouvantes de ressemblance et criantes de vérité, pourront voir le jour.

Un simple claquement de doigts suffira ainsi à ressusciter Clovis honorant Clotilde ou Charlemagne partageant sa couche avec Himiltrude, Hildegarde, Fastrade ou Liutgarde, odyssées conjugales, sexuelles et cellulaires en amont des nombreuses généalogies que comptera le futur royaume de France. Remontant le long des frontières de l'Austrasie et de la Neustrie, Diane finira bien par rencontrer quelques-uns de ses lointains ancêtres visigoths, burgondes et ostrogoths s'ébattant sur une paillasse qu'un sommaire assemblage de bois protégera des intempéries. Et un beau jour, son salon se peuplera de couples de postados se livrant à de tumultueux ébats sous des huttes tendues en peaux de bêtes : un cadre idéal pour une émission de téléréalité et d'aventure, sauf que n'y existeraient ni équipes de production ni téléspectateurs, rien d'autre que ces paysages à perte de vue, alternance de plaines fouettées par le vent et de collines giboyeuses, peuplées de ces jeunes gens aux allures de hippies se tenant dans l'efflorescence de l'instant, là où l'émerveillement et la terreur se tiennent en un point compact et mouvant.

Continuant sa marche à reculons, l'entité mathématique incontrôlable se hasardera également dans le futur. Aussi impérieuse que ces rivières, de plus en plus nombreuses à s'émanciper de leur lit initial pour adopter d'autres trajectoires, envahissant routes et maisons, elle s'immiscera dans les cellules des arrière-petits-neveux et des arrière-petites-nièces de Diane (avant son opération, Cyril Froissard avait eu un fils et une fille, et tous deux étaient également devenus parents).

La vieille femme verra alors, comme dans une boule de cristal aussi médicale que cauchemardesque, les maladies et les tares consécutives à plusieurs décennies de malnutrition et de perturbateurs endocriniens qu'ils ne manqueront pas de transmettre à leurs enfants au moment de leur conception. Hypothyroïdie. Insuffisance surrénalienne. Paresse androgénique. Altération libidinale. Chute des défenses immunitaires. Du développement musculaire. De la ferritine. De la prothrombine. De la fécondité. Baisse du taux de dopamine. D'endorphines. Déficit en calcium. En magnésium. En somatotrophine.

Elle verra également les premiers signes de la recomposition humaine qui ne tarderont pas à s'opérer, sous l'influence croisée du dérèglement climatique, des grandes migrations et du premier effondrement technologique. Ce ne sera pas la fin de l'histoire, tant annoncée par les uns et les autres, mais une dissémination de l'aventure humaine en ses éléments les plus contrastés, maelström chaotique de croyances, de modes de vie et de positions impossibles à réconcilier. Les scénarios les plus apocalyptiques de grande extinction à la suite de la fonte des glaces, d'un virus létal, d'une guerre nucléaire ou d'une chute de météorite ne se réaliseront pas. Pas encore.

Même si une partie de l'humanité reste hypnotisée devant ces visions, passées en boucle sur les réseaux, de prisonniers de guerre tournant sur des barbecues géants.

Même si des hordes de jeunes mâles imperméables aux lois de la civilisation, enfants sauvages, enfants-soldats, adolescents des poubelles et des zones industrielles désaffectées, ne cessent de peupler les cauchemars des pusillanimes *Alpha*, éreintés par trois générations de confinement social absolu et plusieurs décennies de baisse de sérotonine, de testostérone et de progestérone.

Même si de plus en plus d'individus, sans travail ni attaches, n'ont d'autre choix que de s'agglomérer à ces masses grouillantes vivant dans des immeubles prêts à s'écrouler au milieu des cris et de leurs propres déjections, donnant une fois de plus la preuve que les lois de l'entropie finissent toujours par triompher.

Même si les inlassables pluies diluviennes de chiffres, de mots et d'images se surajoutant aux secousses du continuum physique finissent par distordre les géodésiques et donner une nouvelle forme à l'univers, multipliant les gouffres d'inconnaissance au-delà des espaces-temps.

En cette fin d'Holocène, beaucoup de grands mammifères se seront déjà éteints du vivant de Diane. Certaines nouvelles espèces n'auront pas survécu : ainsi des hommes-arbres se reproduisant par germination – pourtant préférables à de multiples égards au *sapiens*, espèce trop prédatrice, bavarde et narcissique pour prétendre asseoir sa domination, ou tout simplement son échelle de valeurs, sur de longues durées – et des hybrides, parfois si attachants mais tellement handicapés par leur incapacité de se reproduire sans l'homme, sans parler de leur chair succulente qui en fera des proies de choix pour tous les affamés en mal de protéines.

Si l'on en croit les prévisions des quelques modélisateurs de futur encore en état de fonctionnement, Diane sera partie au bon moment. Avant qu'il ne reste plus rien, ou si peu, de ce que l'homme aurait imaginé, construit et stabilisé, mémoire, justice, travail, entraide envers les plus démunis. Avant que cette civilisation ne devienne aussi minuscule et inexistante aux yeux de l'éternité qu'un rêve d'eucaryote à la veille d'une division cellulaire.

Elle sera emportée par un cancer du foie à quatre-vingt-six ans, l'année de référence annoncée par l'*électrophorégramme*. Plus étonnante encore que la coïncidence entre la prophétie et sa réalisation sera cette impression de *déjà-vu*, ou plutôt de *déjà connu*, qu'elle éprouvera au moment de partir, comme si elle avait retrouvé une connaissance de toujours.

Elle vivra alors en Provence, l'une des régions françaises les moins concernées par la montée des eaux et les conséquences météorologiques catastrophiques de la disparition du *gulf stream*.

Elle aura fait l'acquisition d'une petite maison de village bordée de cyprès et de tamaris, à cinquante kilomètres d'Avignon.

Elle partagera sa solitude entre une chatte nommée Rosalind – en hommage à la découvreuse de la double hélice de l'ADN si injustement oubliée –, une aide à domicile présente deux jours par semaine et la cohorte de ses ancêtres, toujours disponibles pour s'entretenir avec elle.

Ce jour-là, elle se sentira légère, plus légère que les vibrations acoustiques provenant du dehors lumineux, chargées de pépiements d'oiseaux et de crissements de cigales attendant la reproduction.

Elle aura eu malgré tout une belle vie. Une vie sobre et intense. Organisée et consciente. Ni trépidante ni somnolente. Encore moins chaotique. Une vie de travail et de lutte. Contre l'effondrement. Contre son propre effondrement, exorcisé à chaque seconde d'inattention ou de relâchement. Contre les effondrements à venir, dont elle aura vu les premières fissures démesurément s'agrandir. Une vie à l'abri de l'indigence, de la faim et des catastrophes naturelles. Protégée des relations toxiques comme de la bêtise bruyante de ses contemporains.

Une vie solitaire, aussi.

Peut-être sera-ce là son seul regret. Après William, elle aurait pu rencontrer d'autres hommes. Connaître à nouveau la fièvre des commencements amoureux. Voir le monde à deux. Se donner mutuellement secours et assistance, pour reprendre la formule consacrée. Mais après l'avoir quitté, elle aura décidé de revenir. Et de l'accompagner jusqu'au bout, lui tenant la main jusqu'à son dernier soupir.

Devinant que le grand voyage va bientôt commencer, elle s'habillera de sa plus belle robe, de son plus beau chemisier. Sans oublier de se maquiller.

Elle passera une heure devant le miroir de la salle de bains, peinant à stabiliser son regard, à coordonner ses bras et à porter le poids de tout son corps sur ses jambes.

Fatiguée, percluse de rhumatismes et de douleurs, elle parviendra malgré tout à initialiser la machine et posera une dernière fois les yeux sur les habitants d'Aspés-sur-Vinestre.

Elle les verra disparaître un par un. Peut-être certains d'entre eux tenteront-ils d'égayer son départ en lui chuchotant des paroles douces et réconfortantes.

Arbres, collines, champs de lavande, le paysage s'immobilisera. Observant s'épaissir en elle la matière pierre-bois-ciment de sa chambre aménagée, offerte le temps d'une interminable seconde au soleil de midi, elle fermera les yeux et devinera la sarabande de ses ancêtres, cachés derrière ses paupières déjà closes.

Avant d'être propulsée vers d'autres mondes, elle aura juste le temps de leur dire : « Merci. »

UUU	UCU	UAU	UGU	AUU	ACU	AAU	AGU
UUC	UCC	UAC	UGC	AUC	ACC	AAC	AGC
UUA	UCA	UAA	UGA	AUA	ACA	AAA	AGA
UUG	UCG	UAG	UGG	AUG	ACG	AAG	AGG
CUU	CCU	CAU	CGU	GUU	GCU	GAU	GGU
CUC	CCC	CAC	CGC	GUC	GCC	GAC	GGC
CUA	CCA	CAA	CGA	GUA	GCA	GAA	GGA
CUG	CCG	CAG	CGG	GUG	GCG	GAG	GGG

Les soixante-quatre codons du code génétique sont formés par toutes les combinaisons par trois de l'Uracile, la Cytosine, la Guanine et l'Adénine.

TABLE

pca
cmb
édition pré-presse
livres numériques

44400 Rezé

Achevé d'imprimer en novembre 2022
sur les presses de Normandie Roto Impression s.a.s.
à Lonrai (Orne)
pour le compte des Éditions Payot & Rivages
60/62, avenue de Saxe -75015 Paris
N° d'impression : 2205657
Dépôt légal : novembre 2022

Imprimé en France